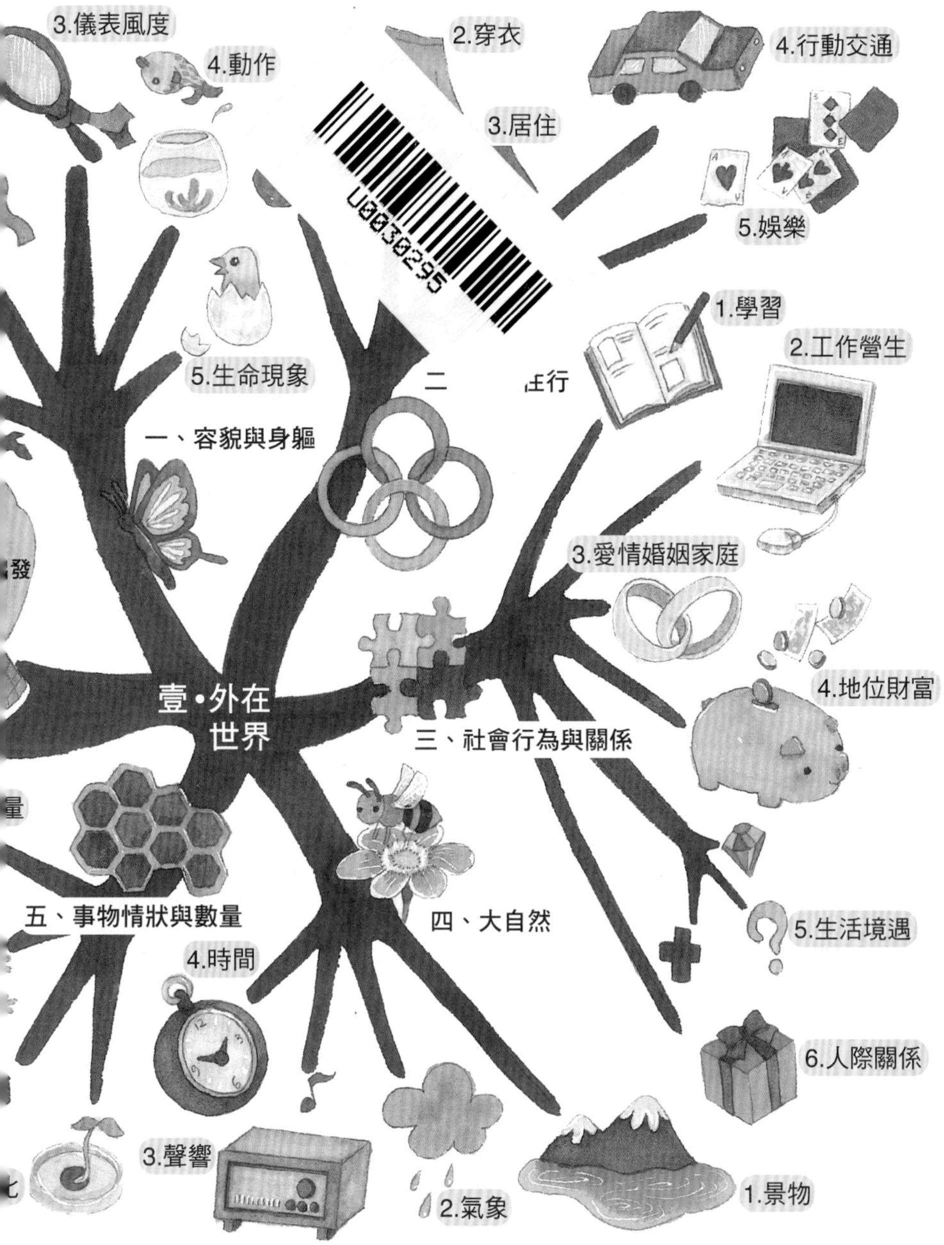
3.儀表風度
4.動作
2.穿衣
3.居住
4.行動交通
5.娛樂
5.生命現象
1.學習
2.工作營生
一、容貌與身軀
3.愛情婚姻家庭
4.地位財富
壹•外在世界
三、社會行為與關係
五、事物情狀與數量
四、大自然
5.生活境遇
4.時間
6.人際關係
3.聲響
2.氣象
1.景物

詞彙心智圖

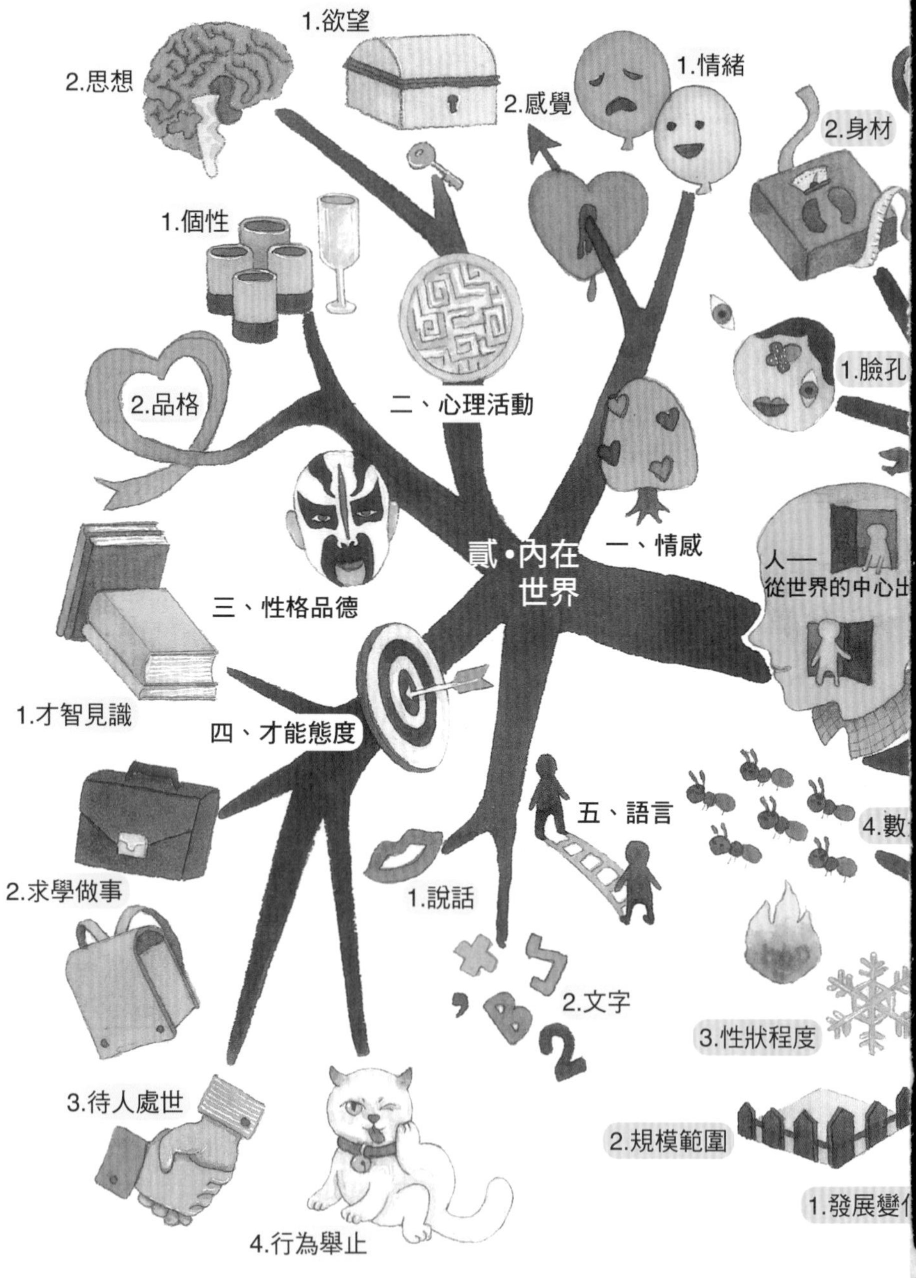
貳•內在世界
一、情感
1.情緒
2.感覺
二、心理活動
1.欲望
2.思想
三、性格品德
1.個性
2.品格
四、才能態度
1.才智見識
2.求學做事
3.待人處世
4.行為舉止
五、語言
1.說話
2.文字
人──
從世界的中心出
2.身材
1.臉孔
4.數
3.性狀程度
2.規模範圍
1.發展變

中文可以更好 17

如何捷進寫作詞彙

黃淑貞　編

編輯說明

一、本書是寫作參考的工具書，依照事物的概念類別以及實用原則，分為十大類、三十六小類；小類之下再根據語義相近或對立關係列出二百四十四個詞組，每一組有代表性詞語，表明收詞的範圍，經由此路徑查詢，可找到適切的詞彙。

二、詞組之下搜羅的詞彙共約五千餘條，先根據詞義正反、褒貶，程度淺深、輕重，順序發展變化，再依照字數、筆劃多寡排列，並有解釋，方便讀者了解字義、辨析差異、擇選用詞。

三、詞語之後，精選歷來四百多位作家，合計一千餘佳句範例，供讀者在欣賞觀摩之餘，迅速從中學習用法與巧妙變化，體會語境，提高自己的寫作與表達能力。

四、閱讀是擴增詞彙的不二法門。期望本書除滿足查詢功能，有助於學生與讀者從平日閱讀工夫中，加強遣詞用字的敏感度，在捷進寫作詞彙上更有方法與心得。

五、此外，本書概念分類可參照彩色拉頁「人・世界・詞彙心智圖」。並在詳細目錄的代表性詞語下方列有關鍵詞，可供參考，加速正確查詢。

編者黃淑貞與商周出版編輯部

大專院校與國高中校長、國文教師一致推薦

這是一本可以讓文章的詞藻更優美、內容更精采而豐富的好書！作者很用心的從我們的生活中取材，以名家作品為例，不但可以很快的讓讀者增進詞彙量，更能迅速又正確的應用於寫作中，很值得推薦給青年學子。

寫作能力不管在升學路上或工作實務中，顯得愈來愈重要，而如果能透過有效的引導，佐以好的工具書的應用，必能持續的提升。這本《如何捷進寫作詞彙》非常值得您閱讀。

——裕德國際學校校長　李慶宗

本書兼備了工具書、修辭學應用與佳作觀摩的優點。想要寫好一篇自我介紹或是命題作文嗎？想要更了解中文世界的細微多姿嗎？真誠的推薦這本《如何捷進寫作詞彙》，它將成為案頭解語的好友！

——北一女中國文教師、臺大中文系兼任助理教授　歐陽宜璋

此書誠為學寫作者提高學習效率之工具書，雖然現在資訊傳遞發達，關鍵字搜尋便捷，但若只知其義，不知其詞，甚至不知如何形容，搜尋起來亦頗為耗時。而此書正提供具系統性且

詳細的條列整理，一目瞭然。誠摯地向各位推薦。

——國立苗栗高級商業職業學校國文教師　呂婉甄

詞彙是寫作的基本原料。原料的庫存不但要足夠，也要經過適當的管理，才能使生產的過程更加順暢，生產的品質更有保障。讀了本書，不僅可以增加詞彙的庫存，還能夠系統化地聯想相關的資訊，在最有效率的情形下，創作出最優質的文章。

——中壢高商國文教師　曾家麒

搜羅豐富資料，涵納典麗語彙，適合對創作有想法，卻又一時語塞的學習者。

——北市蘭雅國中國文教師　黃美瑤

國語文的學習隨著教材版本的多元化、教師教學的多元化與學生動腦的多元化，而進入了多元化伸展的時代。學生如何在說話中，將語氣表達得更好？如何在寫作中，將情意表達得更貼切？似乎都與學生的詞彙量有關。因此學習國語文，應以語詞為核心，輻射出各式各樣的詞彙，豐富學生對生活的想像力與生命的領悟力。本書有生動活潑的架構圖、詳細的目錄與索引，好查又好學。讓學生的遣詞能力更遊刃有餘！

——竹東高中國文教師　詹敏佳

從此提筆不再擔心文思枯槁，不用擔心文不達意。《如何捷進寫作詞彙》用收集鑑賞的眼光評寫寫作詞彙，從人的角度出發，琳瑯滿目的詞語因而有了生命。除了學習詞語替換，閱讀中還可初窺名句、名家、名作，功能實用而親切。如果那些寫作詞彙是珠玉，《如何捷進寫作詞彙》這本書理當是針線，引領使用者連綴出錦繡文章，讓你的寫作內容不豐富也難。

——北市士林高商國文教師　鄒依霖

在名家、名句的醍醐灌頂下，打通寫作的任督二脈，增進詞彙的內功心法祕笈。

——臺灣科技大學人文社會學科國文領域助理教授　蔡明蓉

讀小說或散文的快意，莫過於和文字擦身而過時，忍不住又繞了回來，仔細的看看他、端詳他、嫉妒又傾羨的打量眼前這迷人的風景，如何可以這般渾然天成？本書編者體悟時下年輕學子之痛癢，為您裁剪現代中國文學的吉光片羽，體貼的系統化歸類。擺在案頭床頭，每天二十分鐘端坐讀、躺著讀，不出半年，當能隨手拈來、信筆而書。善加運用者，下筆如有神助；入於化境者，讓原本昏沉的閱卷老師頓時驚醒，看得淚流滿面亦非難事。

——新北市立中和國中國文教師　蔡明勳

詞彙是點亮文章的精靈，詞彙貧乏，用語重複，就像失去法力的精靈，會使文章索然無味，失去精采度。《如何捷進寫作詞彙》一書，運用心智圖概念，以「人」為中心出發，分類架構各類詞彙，便於讀者查詢、學習，引領讀者進入詞彙的大觀園，是一本捷進詞彙能量的好書。

——北市萬華國中國文教師　藍淑珠

〈專文推薦〉

《如何捷進寫作詞彙》——案頭解語的好友

歐陽宜璋

在「華文熱」襲捲全球的二十一世紀，這股浪潮除了鼓動起世界性的華語學習風氣，也經由資訊和科技，在地球村中無遠弗屆地傳遞了華人的文字、生活和觀點。當西方人帶著子女嘗試用拼音文字讀出「你好嗎？」的時候，當北京奧運的開幕式拉開活字印刷術的文化捲軸，千百個正體字模在捲軸上不斷地起伏躍動時，兩岸三地使用中文的廣大族群卻因為資訊和生活的便捷，一點一滴喪失了對中文詞彙的運用和表達能力。身為「漢字文化圈」的核心成員，我們對中文的認知解讀和組織表達能力，正攸關著未來是否能與世界公平對話，和是否能掌握決策關鍵點的主導權。一向以龍的傳人為傲的我們，真的準備好了?

遠在一千五百年以前，南北朝的文學理論家劉勰就在《文心雕龍．章句》一文中，昭示了一篇文章構成的基本層次：

> 夫人之立言，因字而生句，積句而為章，積章而成篇。篇之彪炳，章無疵也；章之明靡，句無玷也；句之清英，字不妄也。振本而末從，知一而萬畢矣。

這段文字說明了：在人類語文的生成過程中，往往經由口頭語言轉換為書面文字，而書面的表達又包括字—句—章—篇的累積過程。因此，由詞彙的理解與運用著手，去組成句段和篇章，是溝通、閱讀，與寫作的不二法門。而詞彙的應用能力，不能只靠翻查字典、辭典或百科全書，而是靠日積月累的閱讀與表達。生活在資訊爆炸的現代，如何在短時間內精進詞彙的運用能力，光是單方面的讀和寫，而沒有精確的閱讀與寫作策略，可能只會事倍功半，無法觸類旁通。

作為一級的釣魚師傅，與其釣好一隻隻的大魚送給學徒，還不如教會他們如何讓大魚上鈎的絕招。商周出版「中文可以更好」系列的新書《如何捷進寫作詞彙》，就是這樣一本智慧的工具書，在書中收錄了五千條值得反覆咀嚼與運用的詞彙，再搭配一千句名家範例，其中涵括了近代、現代的四百位名家：從《紅樓夢》的作者曹雪芹到現代名嘴張大春，從武俠大師金庸到新詩名家夏宇……書中總共列舉了五千條精選詞彙和一千句名家範例，「即時」提供了讀者易學易用的表達途徑和適切、精準而優美的用辭。

此外，本書的編輯突破了一般字典或百科全書的制式分類方式，別出心裁地設計了生活化的分類架構，所有詞彙均從世界的中心——「人」出發，一方面向外擴展由自我到世界的認知，一方面也向內探索自我的情感與語文表達方式。而在單元詞語的分類上，迥異於坊間同義詞歸類的死記硬背，強調狀態的發展、層次的遞進、情境的變化順序等，便於理解應用。此外，對於常用的動詞、形容詞與副詞，也有豐富的指導與介紹；再加上拉頁設計的心智圖與詳細的目錄索引，使本書兼備了工具書、修辭學應用與佳作觀摩的優點。

想要寫好一篇自我介紹或是命題作文嗎？想要更了解中文世界的細微多姿嗎？真誠的推薦這本《如何捷進寫作詞彙》，它將成為案頭解語的好友！

（本文作者現為北一女中國文教師、臺大中文系兼任助理教授）

目錄

壹・外在世界

一 容貌與身軀

1 臉孔

眼睛

【深邃】深沉，幽深。

【窅冥】深邃的樣子。窅ㄧㄠˇ。

【灼灼】眼神明亮。

【炯炯】眼神明亮。「炯炯有神」。

【秋水】女子眼睛清澈。白居易〈箏〉：「雙眸剪秋水，十指剝春蔥。」

【秋波】女子眼睛明亮清澈。

【朗星】如星星般的明亮，眼睛有神。

【犀利】可形容目光尖銳鋒利。

【橫波】目光流動如水波一般。傅毅〈舞賦〉：「眉連娟以增繞兮，目流睇而橫波。」

【懸珠】目光明亮有神。《漢書・東方朔傳》：「目若懸珠，齒若編貝。」

【水靈靈】形容眼睛漂亮而有精神。

【骨碌碌】滾動的樣子。

【明眸善睞】目光流轉動人。睞ㄌㄞˋ。曹植〈洛神賦〉：「明眸善睞，靨輔承權。」

【透水似的】形容眼珠明亮如透澈澄淨的水。

【雙瞳翦水】眼睛清澈明亮。周履靖《錦箋記・第九齣》：「不要說甚麼，你只看他雙瞳翦水迎人灩，風流萬種談笑間。」也作「雙瞳剪水」。

【迷濛】朦朧不清。

【惺忪】剛睡醒，眼神迷茫的樣子。

【渙散】散漫不集中。

【餳澀】眼神朦朧、無神。餳ㄒㄧㄥˊ。

【直勾勾】形容眼神呆滯。

穿一身羅斯福呢戎裝的那人，清瘦，沉靜，薄唇高鼻粱，蒼白俊秀的臉上就只見一雙深邃不可測的眸子，彷彿能夠穿透人心。一股觸電的感覺，細妹子受到了震驚。（劉慕沙〈出奔〉）

她略帶怒意的一抬眼，正遇見他探尋的眼睛。那透視的灼灼逼人的眼光像一種壓迫，又像一種撫慰；像火又像水，他看見了連她自己都看不見的——那是什麼？（吉錚〈偽春〉）

同時相近的別的船上也似乎有許多眼睛炯炯的向我們船上看著。我真窘了！我也裝出大方的樣子，向歌妓們瞥了一眼，但究竟是不成的！我勉強將那歌折翻了一翻，卻不曾看清了幾個字，便趕緊遞還那伙計，一面不好意思地說：「不要，我們……不要。」（朱自清〈槳聲燈影裡的秦淮河〉）

王佐既有錢，又傲慢，自誇要娶北京最漂亮的小姐。結果，果然娶到了，至少這是他自己的看法。素丹蒼白得像個鬼，但是卻美得出奇，像一朵外國花兒，兩隻眸子猶如一池秋水，勾魂攝命。（林語堂《京華煙雲》）

吳金水那如鷹隼一般的犀利的目光，瞬都沒瞬一下。半晌，只是以一種奇異的眼光盯著地上的兒子。（王湘琦〈沒卵頭家〉）

她並沒有大聲說話，也不曾笑，偶然看見她和近旁的女伴耳語，一低頭，一側面，衹覺得她眼睛很大，極黑，橫波入鬢，轉盼流光。（冰心〈我的同學〉）

這女子問的是倩，免得說他女人或是他老婆，那雙水靈靈的鳳眼勾勾望住他，隨後便擰擰衣服角，低頭看鞋。（高行健《一個人的聖經》）

回頭看時，卻原來正是璵姑，業已換了裝束，僅穿一件花布小襖，小腳褲子露出那六寸金蓮，著一雙靈芝頭扱鞋，愈顯得聰明俊俏。那一雙眼珠兒，黑白分明，都像透水似的。（清．劉鶚《老殘遊記．

第十一回》）

她醉眼惺忪，可還起價錢來，還是精神抖擻。那些四川的店舖伙計，頂喜歡為了爭價錢吵得面紅耳赤，二奶奶也覺得討價還價是件有滋有味的事兒。要是她買一斤蠶豆，準得再抓上一把蔥，塞進菜籃子裡。（老舍《鼓書藝人》）

燈光所以映她的穠姿，月華所以洗她的秀骨，以蓬騰的心燄跳舞她的盛年，以餳澀的眼波供養她的遲暮。（俞平伯〈槳聲燈影裡的秦淮河〉）

忽見她雙眼直勾勾地，瞪著她那堆珍藏的故物，丟魂失魄，灰白的臉罩上死光，如荒寺裡的石燈，僵在寒夜中。（李碧華〈雙妹嘜〉）

眉毛

【掃】 畫，塗抹。可形容眉毛濃得像畫過的。

【畫】 以眉筆修飾眉毛。

【描】 描畫眉毛。

【春山】 形容婦女的眉毛，如春色妝點的山容。

【蛾眉】 細長而彎曲的眉毛，如蠶蛾的觸鬚。

【翠黛】 黛色深青，古代用來畫眉，眉又稱「翠黛」。

【劍眉】 眉毛筆直而且末端翹起。

【一字眉】 眉形像「一」字。

【八字眉】 外側端略下垂呈「八」字的眉形。

【柳葉眉】 眉毛細長尖削，像柳葉的形狀。

【臥蠶眉】 像臥蠶形狀的眉毛。特徵是眉尾上揚，眉身微彎。

【新月眉】 形容眉型細彎如陰曆月初鉤月狀。

【倒掛八字】 反向上豎成倒八字的眉形。

【清朗】 清淨明朗。

【眉宇舒坦】 眉額之間平坦而無皺紋，適意的樣子。

【愁眉不展】 雙眉緊鎖，很憂愁的樣子。

我寫著寫著，忽然抬眼，看見你兩道羊毫筆掃出來的濃眉，還有長睫下鋒芒的眼。（方娥真〈水仙操〉）

那一天大約剛是舊曆的初三、四的樣子，同天鵝絨似的又藍又紫的天空裡，灑滿了一天星斗。半痕新月，斜掛在西天角上，卻似仙女的蛾眉，未加翠黛的樣子。（郁達夫〈沉淪〉）

方欲走時，猛抬頭見窗內有人，敝巾舊服，雖是貧窘，然生得腰圓背厚，面闊口方，更兼劍眉星眼，直鼻權腮。（清．曹雪芹《紅樓夢．第一回》）

婁太太戴眼鏡，八字眉皺成人字，團白臉，像小孩學大人的樣捏成的湯糰，搓來搓去，搓得不成模樣，手掌心的灰揉進麵粉裡去，成為較複雜的白了。（張愛玲〈鴻鸞禧〉）

官樣孩子的基本條件是多肉；有眉毛與否總是次要的。況且「孩大十八變」，焉知天賜一高興不長出兩條臥蠶眉呢。（老舍《牛天賜傳》）

她墨黑的新月眉將略略上挑的眼睛烘托出一股凌厲風味。只不過眼梢末的魚尾紋清楚可見，又眼皮微微凹陷，眼神就顯得暗淡而深沉。（王禎和〈鬼．北風．人〉）

晨勉第一次看到祖，直覺他更像音樂家，眉宇舒坦，神色自若，內心有一小節奏章。（蘇偉貞《沉默之島》）

鼻子

【塌】形容鼻梁不高。

【扁】鼻梁稍凹。

【秀挺】秀麗高挺。

【高峙】高挺。

【端正闊大】挺直寬大。

【齊勻高整】形容鼻梁勻稱高挺。

【朝天】可形容鼻孔朝向上

方。

【蓮霧】可形容鼻梁短而低陷，鼻肉肥大呈扁倒圓錐形。

【懸膽】形容鼻子的形狀直垂而圓。

【酒糟鼻】鼻部及周圍有紅色斑點，並有無數微血管分布，形成結節及腫瘍。

【鉤鼻子】形容鼻形彎曲如鉤狀。

【蒜頭鼻】形容鼻形像蒜的地下莖。

【鷹勾鼻】如鷹嘴狀般鉤曲的鼻子。

她仰了仰秀挺的小鼻子，側著頭望我，眼睛深得像那口潭，我猜不透她到底信不信我的話，〔……〕（鍾玲〈大輪迴〉）

我可以看到他被太陽曬成黝黑的側臉上高峙的勾鼻子和因臉頰下陷而拉下的薄唇的嘴角，他的額頭高潔，上有深刻的皺紋，眼睛埋在還算黑的眉下，映著太陽，似乎還閃著光。（李昂〈花季〉）

他那鎮定而並不機靈的眼睛，刺虎魚般壓在厚嘴唇上的端正闊大的鼻子，都顯示出堅強的決心；這決心是牛也拉不動的了。（高曉聲〈李順大造屋〉）

她的臉部，於是也就被他看見了。全體是一張中突而橢圓的臉，鼻梁的齊勻高整，是在近代的東洋婦女中少見的典型。而比什麼都還要使他驚嘆的，是她臉上的純白的肉色和雪嫩的肌膚。（郁達夫〈十三夜〉）

接下來看看鼻子吧。有的如懸膽，有的如朝天煙囪，有的如半個蓮霧，有的如峭拔峰岳，有的如饅頭小山……看來看去，人間果然沒有一座相同的山巒。（蔡碧航〈心不歡，且行行〉）

嘴巴

【薄】不厚。

【肥厚】肥而厚實。

【溫軟】溫暖柔軟。

【嫩膩】細嫩滑潤。

【丹脣】紅脣。曹植〈洛神賦〉：「丹脣外朗，皓齒內鮮。」

【抹硃】嘴脣豔紅。《三國演義．第五十八回》：「又見馬超生得面如傅粉，脣若抹硃；腰細膀寬，聲雄力猛。」

【檀口】紅豔的嘴脣。王實甫《西廂記．第四本》：「又驚又愛，檀口搵香腮。」

【櫻脣】嘴脣像櫻桃般小巧紅潤。

【嬌紅欲滴】形容脣色嫩紅，彷彿飽含水分一樣。

酷烈的光與影更托出佳芝的胸前丘壑，一張臉也禁得起無情的當頭照射。稍嫌尖窄的額，髮腳也參差不齊，不知道怎麼倒給那秀麗的六角臉更添了幾分秀氣。臉上淡妝，只有兩片精工雕琢的薄嘴脣塗得亮汪汪的，嬌紅欲滴。（張愛玲〈色，戒〉）

嘴脣倒是不大，只是有些過於肥厚了。特別是月前拿掉了他們之間的第一個孩子，伊的嘴脣似乎因此更見肥厚。老是含著一種母親的寂寞和憂愁似地，重重地下垂著。（陳映真〈那麼衰老的眼淚〉）

他也許忽略了我的眼淚，以為他的嘴脣給我如何的溫軟，如何的嫩膩，把我的心融醉到發迷的狀態裡罷，所以他又挨我坐著，繼續說了許多所謂愛情表白的肉麻話。（丁玲〈莎菲女士的日記〉）

那女子嫣然一笑，秋波流媚，向子平睇了一眼。子平覺得翠眉含嬌，丹脣啟秀，又似有一陣幽香，沁入肌骨，不禁神魂飄蕩。（清．劉鶚《老殘遊記．第九回》）

她很費力地拉著絲線，緊緊地，澀澀地，真是太滯手，有時絲線又滑脫了針眼。她咬緊了她的櫻脣而覺得煩惱，她沉浸於愛的波濤中。（林語堂〈戀愛和求婚〉）

頭髮

【綁】此指綑紮。
【挽】繫，盤結。
【紮】纏束，捆綁。
【綰】ㄨㄢˇ，繫，盤結。
【盤】此指纏繞。
【繫】綁，結。
【攏】此指整理、梳理。
【波浪】形容呈波浪狀的髮型。
【直順】可形容髮直且質地柔順。
【削薄】打薄。
【茸茸】柔密叢生的樣子。

【蓬鬆】鬆散、不夠密實。
【劉海】垂在額頭的短髮。
【鬈曲】捲曲。
【齊耳】高度與耳朵齊。
【清湯掛麵】直而齊耳的短髮髮型。
【披肩】可指頭髮披垂在肩膀上。
【瀑垂】可形容長髮如瀑布般直瀉而下。
【飄逸】高飛輕快。
【黑緞瀉地】形容頭髮很長且烏黑發亮。

【青絲】黑色頭髮。
【油亮】光亮。
【烏黑】純黑，深黑。
【雲鬢】捲曲如雲的鬢髮。可形容婦女濃黑而柔美的鬢髮。
【染霜】形容頭髮變白。李煜〈病中感懷〉：「夜鼎唯煎藥，朝髭半染霜。」
【華髮】花白頭髮。
【斑白】花白。《三國演義．第五十四回》：「吾年已半百，鬢髮斑白。」也作「頒白」。

【蒼髯】灰色鬍鬚，形容年老。髯ㄖㄢˊ。《三國演義．第九十三回》：「皓首匹夫！蒼髯老賊！」
【暮雪】形容髮白。
【皤然】形容頭髮斑白的樣子。皤ㄆㄛˊ。白居易〈白髮詩〉：「白髮生來三十年，而今鬚鬢盡皤然。」
【鶴髮】白髮。
【少白頭】人未老但頭髮已變白。

伍先生進來時沒見女人，進屋才又倒出來看見她蹲在花草間。女人頭髮攏在腦後，紮一條大紅巾，漂亮的曲線沿頸脖滑下肩背。伍先生口中讚美花草，心中讚美女人。（張讓〈黃昏之眼〉）

查這刻工當前清同治十二年慎獨山房刻本，無畫人姓名，但是雙料畫法，一面「詐跌臥地」，一面

「為嬰兒戲」，將兩件事合起來，而將「斑斕之衣」忘卻了。吳友如畫的一本，也合兩事為一，也忘了斑斕之衣，只是老萊子比較的胖一些，且綰著雙丫髻，不過還是無趣味。（魯迅《朝花夕拾．後記》）

母親年輕的時候，一把青絲梳一條又粗又長的辮子，白天盤成一個螺絲似的尖髻兒，高高地翹起在後腦，晚上就放下來掛在背後。（琦君〈髻〉）

她燙得極其蓬鬆的頭髮像一盤火似的冒熱氣。如同一個含冤的小孩，哭著，不得下台，不知道怎樣停止，聲嘶力竭，也得繼續哭下去，漸漸忘了起初是為什麼哭的。（張愛玲〈紅玫瑰與白玫瑰〉）

秋心也忘了跟著大家下去，她只凝注著這歡樂的一群。遠的夫人很年輕，很苗條，頭髮燙得鬈曲著，髮的兩旁露著一對大珠耳環，豐豔的臉上，施著脂粉，身上是白底大紅花的綢長衣，這一切只襯出她的年輕，並不顯得俗氣。（冰心〈西風〉）

她斜倚在前排座椅歇息，瀑垂的長髮披過椅背，髮間別著一只鑲有粉紅色碎琉璃的髮夾，直直鋪在他的視線前，有如流瀑飛洩。（田運良〈真的深刻嗎〉）

所有明治年間的美麗青絲豈不早成為飄飛的暮雪，所有的暮雪豈不都早已隨著蒼然的枯骨化為滓泥？獨有這利剪切截的願心仍然千迴百繞，盤桓如曲折的心事。（張曉風〈眼神四則〉）

曾經多麼烏黑豐饒的長髮，如今卻變得如此稀薄，只餘小小一握在我的左手手掌裡。（林文月〈給母親梳頭髮〉）

望著天上的月亮及燦爛的星斗，王貴生說，如果用他家的金條兒能夠搭成一道天梯，他願意爬上天空去把那彎月牙兒掐下來，插在尹雪豔的雲鬢上。（白先勇〈永遠的尹雪豔〉）

如今說東京汴州開封府界，有個員外，年逾六旬，鬚髮皤然。祇因不伏老，亢自貪色，蕩散了一個家計，幾乎做了失鄉之鬼。（明．馮夢龍《警世通言．卷十六．小夫人金錢贈年少》）

肌膚

【白皙】皮膚潔白細緻。

【冰雪】比喻晶瑩純潔。

【雪白】潔白如雪。

【凝脂】凝固的油脂，形容皮膚如油脂般光滑柔白。語出《詩經．衛風．碩人》：「手如柔荑，膚如凝脂。」

【白裡透紅】白皙的皮膚裡透出紅潤的光澤。

【紅潤】紅而潤澤。

【酡紅】紅潤、泛紅貌。

【古銅色】可形容膚色深褐似古銅。

【紅撲撲】臉色紅潤。

【粉嫩】皮膚像粉一樣的細白柔軟。

【細膩】細緻光滑。

【緊緻】皮膚緊實細緻。

【吹彈可破】皮膚嬌嫩。

【慘白】蒼白。

【面如死灰】臉色慘白，像灰燼一樣。

【乾黃】形容臉色枯黃，毫無血色。

【蠟黃】形容人的面色像蠟一樣黃。

【黝黑】深黑、青黑。

【黧黑】黑色。

【乾皺】皮膚乾燥、鬆弛而生出皺紋。

【乾皴】乾皺；過分乾燥而裂開。皴ㄘㄨㄣ。

【鬆弛】鬆散、不緊密。

【皺巴巴】形容皺紋很多的樣子。

人們敬慕他的美麗的模樣兒，他的玉蔥樣的雪白的指尖兒，他的頎長而烏黑的眉毛，他的女性型的婀娜的步態，他的賣弄風情的眼波，和他全部偽飾女性美的裝束——這些條件就是迎合全國無數戲迷心理的骨子。（林語堂〈文學生活〉）

原來世上真有俊男美女，倒叫他自慚形穢，他只覺得男的有一股書卷氣，溫文爾雅，女的有一張凝脂

般小面孔，可是配一雙大眼睛，面頰上不知什麼閃閃生光，煞是好看。（亦舒《蟬》）

而且，倘在路上遇著與她同年的我，她精緻的小臉蛋，會很快地為一份酡紅充滿著，那樣當然很美，像似一把小火，豔麗而溫熱，一直燒到她的耳根。（渡也〈歷山手記〉）

太陽像一爐熊熊的烈火，傾倒在沙灘上，林剛已經被曬得汗如雨下，草帽裡全汪滿了汗水。沙灘上年輕人占多數，他們修長結實的身體都曬成了發亮的古銅色。（白先勇〈火島之行〉）

我在心裡說很晚了，得快些回去侍候媽——媽皮包骨蠟黃沒神的形象，倏地湧現腦際；一句向薇抱歉的話，快擠出喉頭，又使勁吞回肚裡。（李喬〈飄然曠野〉）

他們家裡的頂小的一位苗裔年紀比我大一歲，名字叫阿千，冬天穿的是同傘似的一堆破絮，夏天，大半身是光光地裸著的；因而皮膚黝黑，臂膀粗大，臉上也像是生落地之後，只洗了一次的樣子。（郁達夫〈我的夢，我的青春！〉）

尤其當他緊咬著牙，從防空壕裡艱辛的爬上來時，我總注意到豆大的汗珠，在他黧黑的臉上迸落，而急促的喘息更使他口脣大張，彷彿斷了氣般的戛然有聲。（鍾延豪〈金排附〉）

老通寶哭喪著乾皺的老臉，沒說什麼，心裡卻覺得不妙。（茅盾〈春蠶〉）

原先黑白分明的大眼睛，已經布滿了紅絲絲，色澤濁黃。原先好看的雙眼皮，已經隱現一暈黑圈，四周爬滿了魚尾細紋。原先白裡透紅的臉蛋上有兩個逗人的淺酒窩，現在皮肉鬆弛，枯澀發黃……（古華《芙蓉鎮》）

美麗

【妍】美好、豔麗。

【姝】ㄕㄨ，容貌美麗。美女。《詩經．邶風．靜女》：「靜女其姝，俟我於城隅。」

【靚】ㄐㄧㄥˋ，漂亮，美麗。「靚女」。

【玉人】美女。元稹〈鶯鶯傳〉：「待月西廂下，迎風戶半開，拂牆花影動，疑是玉人來。」

【佳人】美女。蘇軾〈和秦太虛梅花〉：「萬里春隨逐客來，十年花送佳人老。」

【佳麗】貌美女子。白居易〈長恨歌〉：「後宮佳麗三千人，三千寵愛在一身。」

【姝麗】美麗。美女。

【紅顏】美人。

【粉黛】婦女畫眉的青黑色顏料，比喻美女。白居易〈長恨歌〉：「回眸一笑百媚生，六宮粉黛無顏色。」

【紅粉佳人】容貌美麗的女子。

【清秀】秀美不俗。

【秀媚】秀逸嫵媚。

【秀麗】清秀美麗。

【娟秀】美好秀麗。

【標致】姿色美麗、出眾。

【正點】容貌端正標致。

【妙麗】美麗。

【姣好】容貌美麗。

【俏麗】容態輕盈美好。

【瑩麗】明亮美麗。

【水蔥兒】聰穎秀麗。

【小家碧玉】年輕貌美女子或平常人家的女兒。

【嬌媚】嬌豔嫵媚。

【尤物】誘人的美貌女子，有貶抑之意。

【冶豔】妖冶嬌豔。

【妖嬈】ㄧㄠ ㄖㄠˊ，形容美麗而輕佻的樣子。曹植〈感婚賦〉：「顧有懷兮妖嬈，用搔首兮屏營。」

【嬌娃】美女。

【嫵媚】姿態嬌美可愛的樣子。司馬相如〈上林賦〉：「柔橈嫚嫚，嫵媚纖弱。」

【千嬌百媚】形容美好的容貌和體態。

【絕色】姿色極美。

【仙姿玉色】容貌美麗，光潤如玉，有如神仙。

【國色天香】指容貌美麗的女子。

【絕代佳人】姿容出色的美女。

【傾國傾城】極為美麗動人。「傾城」可代指美人。《漢書．外戚傳上．孝武李夫人傳》：「北方有佳人，絕世而獨立，一顧傾人城，再顧傾人國。」

【麗質天生】容貌美麗，氣質優雅。

【俊秀】容貌秀美。

【俊美】俊俏美麗。

【俊俏】俊美秀麗、伶俐。

【英俊】容貌俊秀有精神。

【英爽】英偉爽朗且豪邁。
【嬌逸】俊美的樣子。
【玉樹臨風】年少才貌出眾。
【面如冠玉】男子面貌俊美，如鑲飾帽上的美玉。
【可愛】討人喜愛。
【嬌憨】天真可愛的樣子。
【嬌滴滴】嬌媚可愛。
【憨態可掬】形容嬌痴單純的樣子充溢在外。

浴梅宜隱士，浴海棠宜韻客，浴牡丹芍藥宜靚妝妙女，浴榴宜體艷色婢，浴木樨宜清慧兒，浴蓮宜嬌媚妾，浴菊宜好古而奇者，浴臘梅宜清瘦僧。（林語堂〈袁中郎的《瓶史》〉）

我下樓到客廳裡時，一看見站在矮子舅媽旁邊的玉卿嫂卻不由得倒抽了一口氣，好爽淨，好標致，一身月白色的短衣長褲，腳底一雙帶絆的黑布鞋，一頭烏油油的頭髮學那廣東婆媽鬆鬆的挽了一個髻兒，一雙杏仁大的白耳墜子卻剛剛露在髮腳子外面，淨扮的鴨蛋臉，水秀的眼睛，看上去竟比我們桂林人喊作「天辣椒」如意珠那個戲子還俏幾分。（白先勇〈玉卿嫂〉）

誰知自娶了他令夫人之後，倒上下無一人不稱頌他夫人的，璉爺倒退了一射之地：說模樣又極標致，言談又爽利，心機又極深細，竟是個男人萬不及一的。（清．曹雪芹《紅樓夢．第二回》）

這偏遠的高山，竟有如此瑩麗清純的女子啊！她雙手交叉地攤放在粗劣的百褶裙上，顯得羞怯而又可人，縱然她年輕的雙掌呈現著從事耕種或摘取的勞動工作，而變得粗礪、褐黃，但她那種纖柔並且異於塵俗的姿質，是令我訝異非常的。（林文義〈昨日的登山鐵道〉）

我是一箇敏感又內向的孩子，對於冶豔妖嬈的女人，心中存著懼怕的心念，祇喜歡那容貌善良的女人（唉，到今天還是這樣），裁縫店的這位女主人便是我最易傾心的那類。（王文興〈欠缺〉）

這得意，似乎便能減少他的嫵媚，他的英爽。要不，為什麼當他顯出那天真的詫愕時，我會忽略了他

那眼睛，我會忘掉了他那嘴脣？否則，這得意一定將冷淡下我的熱情。（丁玲〈莎菲女士的日記〉）

這兩部小說，雖然粗製，卻並非濫造，鐵的人物和血的戰鬥，實在夠使描寫多愁善病的才子和千嬌百媚的佳人的所謂「美文」，在這面前淡到毫無蹤影。（魯迅〈關於翻譯的通信〉）

只恐多情損梵行，入山又恐負傾城。世間哪得雙全法，不負如來不負卿。（清·倉央嘉措）

在接下來的時間中，小寶一直目不轉睛，打量米博士，最後感嘆：「古人形容美男子，用『玉樹臨風』這樣的句子，真是確切。」米博士笑：「當然確切，我本來就是一棵樹啊！」（倪匡《遺傳》）

她的聲音好聽得不得了，宛若牛奶流過琴絃，面頰又鮮嫩又豐潤，好似兩片四季常熟的水蜜桃，而最可貴的還是那份氣質，我敢保證你跑上天宮都找不到對兒。有時她也會露出一點嬌憨的模樣，叫人看得真會疼得跳起來。（郭箏〈好個翹課天〉）

醜陋

【媸】 ㄔ，相貌醜陋。

【奇醜】 非常醜陋。

【不颺】 相貌醜陋。颺ㄧㄤˊ。《幼學瓊林·身體類》：「貌醜曰不颺，貌美曰冠玉。」

【仳倠】 ㄆㄧˇ ㄏㄨㄟ，面貌醜陋。

【痲胡】 面痲多髯，形貌醜陋、不清爽。

【寒磣】 有醜陋、難看的意思。磣ㄔㄣˇ，形容醜。

【猥瑣】 容貌鄙陋煩碎。《三國演義·第六十回》：「操先見張松人物猥瑣，五分不喜。」

【寢陋】 容貌醜陋。

【蹇傴】 身形醜陋。蹇ㄐㄧㄢˇ，跛腳。傴ㄩˇ，駝背。

【其貌不揚】 面貌醜陋、難看。

【面目可憎】 容貌令人討厭。

【臼頭深目】 頭頂凹入，兩眼深陷。形容面貌極為醜陋。劉向《列女傳·辯通》：「鍾離春臼頭深目，長指大節，卬鼻結喉，肥項少髮，折腰出胸，皮膚若漆。」

【尖嘴猴腮】尖嘴巴瘦面頰，形容長相醜陋。

【獐頭鼠目】獐頭小而尖，鼠目小而凸。形容相貌鄙陋，教人生厭。

【貌似無鹽】形容女子相貌醜陋，有如戰國著名醜女鍾離春。

【鼻偃齒露】鼻子扁，鼻孔向上，牙齒暴露，形容面貌十分醜陋。

【燒糊了的捲子】烤焦的饅頭。後用來比喻貌醜。

【醜惡】醜陋惡劣。

【夜叉】容貌醜陋或性情凶暴的人。

【猙獰】面貌凶惡的樣子。

【橫肉】面貌凶惡。

【鬇鬡】ㄓㄥ ㄋㄧㄥˊ，面貌凶惡的樣子。

【青面獠牙】臉色青綠，長牙外露，相貌非常凶惡可怕。

馮雲卿驀地叫起來，樣子很興奮。他不住地點著頭，似乎幸而弄明白了一個疑難的問題。一會兒後，他轉臉仔細看著女兒，似乎把想像中的劉玉英和眼前的他的女兒比較妍媸。（茅盾《子夜》）

蘇小姐一向瞧不起這們寒碜的孫太太，而且最不喜歡小孩子，可是聽了這些話，心上高興，倒和氣地笑道：「讓他來，我最喜歡小孩子。」她脫下太陽眼鏡，合上對著出神的書，小心翼翼地握住小孩子的手腕，免得在自己衣服上亂擦。（錢鍾書《圍城》）

我們的先生自然不能同太太擺在一起，他在客人的眼中，至少是猥瑣，是市俗。誰能看見我們的太太不嘆一口驚慕的氣，誰又能看見我們的先生，不抽一口厭煩的氣？（冰心〈我們太太的客廳〉）

那計氏雖身體不甚長大，卻也不甚矮小；雖然相貌不甚軒昂，卻也不甚寢陋；顏色不甚瑩白，卻也不甚枯黧；下面雖然不是三寸金蓮，卻也不是半朝鑾駕。（清．西周生《醒世姻緣傳．第一回》半朝鑾駕，形容古代婦人纏得不大不小的腳。）

這種外表的優雅顯然不是指身體上之美。黃氏所說的面目可憎，不是指身體上的醜陋。醜陋的臉孔有

時也會有動人之美，而美麗的臉孔有時也會令人看來討厭。（林語堂〈讀書的藝術〉）

這些中老爺的，都是天上的文曲星；你不看見城裡張府上那些老爺，都有萬貫家私，一個個方面大耳。像你這尖嘴猴腮，也該撒泡尿自己照照；不三不四，就想天鵝屁吃！（清·吳敬梓《儒林外史·第三回》）

周學道坐在堂上，見那些童生紛紛進來，也有小的，也有老的，儀表端正的，獐頭鼠目的，衣冠齊楚的，襤褸破爛的。（清·吳敬梓《儒林外史·第三回》）

賈母笑道：「你帶了去，給璉兒放在屋裡，看你那沒臉的公公還要不要了！」鳳姐兒道：「璉兒不配，就只配我和平兒這一對燒糊了的捲子和他混罷。」說的眾人都笑起來了。（清·曹雪芹《紅樓夢·第四十六回》）

粗糙的黃標紙上，印著簡單的圖畫。是陰間十座閻王殿裡，面目猙獰的閻王，牛頭馬面，以及形形色色的鬼魂。（琦君〈母親的書〉）

阿Q疑心他是和尚，但看見下面站著一排兵，兩旁又站著十幾個長衫人物，也有滿頭剃得精光像這老頭子的，也有將一尺來長的頭髮披在背後像那假洋鬼子的，都是一臉橫肉，怒目而視的看他。（魯迅〈阿Q正傳〉）

笑

【哂】ㄕㄣˇ，微笑。「哂笑」，「微哂」。

【粲】笑。徐珂《清稗類鈔·譏諷類》：「今之弄筆，意在一粲。」

【失笑】不能自制的忽然發笑。

【含笑】面帶笑容。

【莞爾】微笑的樣子。屈原〈漁父〉：「漁父莞爾而笑，鼓枻而去。」

【發噱】發笑。噱ㄐㄩㄝˊ。

【解頤】開懷而笑。

【嫣然】嬌媚的笑態。宋玉〈登徒子好色賦〉：「嫣然一笑，惑陽城，迷下蔡。」

【噗嗤】形容突然發出的笑聲。也作「噗哧」。

【憨笑】痴笑，傻笑。

【囅然】笑的樣子。囅ㄔㄢˇ。

【笑吟吟】笑的樣子。

【巧笑倩兮】女子美好的笑容。《詩經．衛風．碩人》：「巧笑倩兮，美目盼兮。」

【忍俊不禁】忍不住的笑。

【眉開眼笑】笑容滿面。

【笑逐顏開】心中喜悅而眉開眼笑。另外有「喜逐顏開」。

【破涕為笑】停止哭泣，轉為喜笑，比喻轉悲為喜。

【啞然失笑】情不自禁發出笑聲。

【滿面春風】滿臉笑容，心情喜悅。

【捧腹】捧著肚子大笑。

【絕倒】大笑而傾倒。

【粲然】大笑的樣子。《聊齋志異．嬰寧》：「滿室婦女，為之粲然。」

【噴飯】笑得把嘴裡的飯都噴了出來。

【慘笑】心中悲傷卻勉強裝出笑容。

【強顏歡笑】勉強裝出高興的樣子。

【匿笑】竊笑，偷笑。

【諂笑】以諂媚的笑容討好他人。

【獰笑】邪惡的奸笑。

【竊笑】暗中譏笑。

華夫人掐下一枝並蒂的菊花，一對花苞子顫裊裊的迎風抖著，可是她知道萬呂如珠最是個好虛面子，嘴上不饒人的女人，花苞子選小些給她，恐怕都要遭她哂笑一番呢。（白先勇〈秋思〉）

紳士聽到這個話莞爾而笑了，他說，「能夠這樣子是好的。因為年輕，凡是年輕，一切行為總是可愛的，我並不頑固以為那是糊塗，我承認那個不壞。你怎麼樣犧牲？是演戲還是別的？」（沈從文〈一個女劇員的生活〉）

他雖是地主之子，卻樸實自愛，全無紈袴惡習，性情在爽直之中蘊涵著詼諧，說的四川俚語最逗我發

噱。（余光中〈思蜀〉）

不羨其得豔妻，而羨其得膩友也。觀其容，可以忘飢，聽其聲，可以解頤。（清．蒲松齡《聊齋志異．卷一．嬌娜》）

不說話女人的嫣然。一笑更令人賞心悅目、心領神會。你願意說話也可以，但無數的目光會注視著你，使你自己都感到無趣。（莫言〈會唱歌的牆〉）

在兩條繩上，串出種種把戲，有時疾走，有時緩行，有時似穿花蝴蝶，有時似倒掛鸚哥；一會豎蜻蜓，一會翻筋斗，雖然神出鬼沒的搬演，把個達小姐看得忍俊不禁，竟濃裝豔服地現了莊嚴寶相。（曾樸《孽海花．第六回》）

仔細一看，只見藍布上有一條白紙條兒，便伸兩個指頭進去一扯，扯出紙條。仔細看時，不看時萬事全休，看了時，卻如半夜裡拾金寶的一般。那王觀察一見也便喜從天降，笑逐顏開。（明．馮夢龍《醒世恆言．卷十三．勘皮靴單證二郎神》）

K微笑望了我一眼，慢慢答道：「我知道你要打聽的是什麼人。可是你將來一定能夠明白，我沒有在你面前撒過謊。」我們四目對射，忽然同時都啞然失笑。（茅盾《腐蝕》）

那模範的警察，慘笑著交了槍；亡了國家，肩上反倒減輕了七八斤的分量——一種無可如何的幽默正配合著那慘笑。（老舍《蜺》）

哭

【泣】掉眼淚，低聲哭。

【噙】ㄑㄧㄣˊ，含著，指眼裡含著淚水。

【汍瀾】流淚、哭泣的樣子。汍ㄨㄢˊ。陸機〈弔魏武帝文〉：「氣衝襟以嗚咽，涕垂睫而汍瀾。」

【汪然】淚流不止的樣子。柳宗元〈捕蛇者說〉：「蔣氏大慼，汪然出涕。」

【吞聲】無聲的悲泣。

【抽噎】哭泣時一吸一頓。也作「抽咽」。

【抽搭】哭泣後一吸一頓的聲音。

【泫然】流淚的樣子。

【幽咽】低微的哭聲。

【涔涔】ㄘㄣˊ，流汗、流淚的樣子。

【唏噓】ㄒㄧ ㄒㄩ，抽噎、嘆息聲。

【涕零】流淚。《詩經．小雅．小明》：「念彼共人，涕零如雨。」

【哽咽】哭泣，不能成聲。

【啜泣】抽噎、哭泣。

【啼哭】因悲傷而放聲哭泣。

【揮淚】落淚。

【飲泣】悲哀到哭不出聲來。司馬遷〈報任少卿書〉：「然陵一呼勞軍，士無不起，躬自流涕，沫血飲泣，更張空拳，冒白刃，北嚮爭死敵者。」

【嗚咽】悲傷哭泣。也作「嗚唈」。

【漣漣】哭泣流淚貌。《詩經．衛風．氓》：「不見復關，泣涕漣漣。既見復關，載笑載言。」

【潸潸】ㄕㄢ，淚流不止。

【凝咽】哽咽不止。

【灑淚】揮灑眼淚。

【撲簌簌】形容眼淚紛紛落下的樣子。簌ㄙㄨˋ。

【泣不成聲】十分悲傷，哭得發不出聲音。

【涕泗橫流】哭得很傷心。另有「涕泗縱橫」、「涕泗滂沱」、「涕泗交頤」。

【淚下如雨】哭得很傷心，淚水像下雨一般。

【眼淚洗面】淚流滿面，極度憂愁悲傷。

【聲淚俱下】邊說邊哭，形容沉痛悲傷的樣子。

【嚎】有聲無淚的哭號。《西遊記．第三十九回》：「哭有幾樣，若乾著口喊，謂之嚎。」

【哭號】大聲哭。

【慟哭】哀傷的大哭。

【嚎啕】放聲大哭。

【呼天搶地】極度哀傷、悲痛。搶地，用頭撞地。

【泣血漣如】悲痛異常。

【椎心泣血】自捶胸脯，哭到眼睛流血，哀痛到了極點。

【撫膺大慟】拍胸痛哭，悲傷至極。

【稽顙泣血】形容悲痛到極點。稽顙ㄑㄧˇ ㄙㄤˇ，以額觸地。

你三次出現在天鵝絨帷幕前，眼裡噙著閃閃的淚花，點頭、鞠躬，從歡騰的掌聲裡、人群中，尋找著你的親愛的又欣喜若狂的哥哥……（朱谷忠〈等你……〉）

一日憑吊方返，遙見紅衣人揮涕穴側。從容近就，女亦不避。生因把袂，相向汍瀾。已而挽請入室，女亦從之。嘆曰：「童稚姊妹，一朝斷絕！聞君哀傷，彌增妾慟。淚墮九泉，或當感誠再作；然死者神氣已散，倉卒何能與吾兩人共談笑也。」（清·蒲松齡《聊齋志異·卷十一·香玉》）

只聽底下只是嚶嚶啜泣。又聽堂上喝道：「你還不招嗎？不招我又要動刑了！」又聽底下一絲半氣的說了幾句，聽不出什麼話來。只聽堂上嚷道：「他說甚麼？」聽一個書吏上去回道：「賈魏氏說，是他自己的事，大老爺怎樣吩咐，他怎樣招；叫他捏造一個奸夫出來，實實無從捏造。」（清·劉鶚《老殘遊記·第十六回》）

我拿出一捲中文音樂卡帶送她時，那雙老花眼鏡背後不可抑遏的淚水潸潸流下。（褚士瑩〈另一個春天〉）

什麼時候你成了一隻白天的夜鷹，／而開始追憶夜晚的歌唱？／什麼時候你開始懼怕淒楚的曲調，／而垂首無語凝咽？（張錯〈紅顏〉）

想來想去，活又活不成，死又死不得，不知不覺那淚珠子便撲簌簌的滾將下來，趕緊用手絹子去擦。（清·劉鶚《老殘遊記·第十七回》）

那樣悲慘淒苦無所告訴的一張老臉，枯髮蓬飛，兩手扒心，五官扭曲如大地震之餘的崩癱變形，她放聲的哭號破紙而出，把一條因絕早而尚未醒透的大街哭得痙攣起來。（張曉風〈觸目〉）

一日，到了都門，先奔入鐵檻寺。那天已是四更天氣，坐更的聞知，忙喝起眾人來。賈珍下了馬，和

賈蓉放聲大哭，從大門外便跪爬進來，至棺前稽顙泣血，直哭到天亮，喉嚨都啞了方住。（清．曹雪芹《紅樓夢．第六十三回》）

害羞

【臊】ㄙㄠˋ，害羞。

【含羞】表情嬌羞。

【羞怯】含羞而膽怯。

【羞澀】因害羞而舉止不自然。

【羞靨】形容害羞時面頰泛紅。靨ㄧㄝˋ。

【訕訕】ㄕㄢˋ，難為情的樣子。

【赧然】形容羞慚、難為情的樣子。赧ㄋㄢˇ。

【靦腆】ㄇㄧㄢˇ ㄊㄧㄢˇ，害羞、不自然的表情。

【嬌羞】害羞可愛的樣子。

【尷尬】處境困窘或事情棘手，不好應付。

大劉姐臊得滿面通紅，趕緊朝著牆角裡躲起來了。她認為直當開玩笑，並不十分在意；誰知這件小事卻幾乎決定了她的一生。（師陀〈一吻〉）

王雄訕訕的瞅著麗兒，說不出話來，渾黑的臉上竟泛起紅暈來了，好像麗兒把他和她兩人之間的什麼祕密洩漏了一般。（白先勇〈那片血一般紅的杜鵑花〉）

當時在場的很多村人的臉上都赧然失色，像是天送伯就真正在場接受火樹伯的道歉，也在挨阿盛伯的責罵一樣。（黃春明〈溺死一隻老貓〉）

隔日再訪，店主人是一對中年夫婦，有著京都人慣有的靦腆與沉默，不太理會客人，安靜地埋首工作。（曾郁雯〈京都之心〉）

做作

【忸怩】ㄋㄧㄡˇㄋㄧˊ，慚愧難為情或不大方的樣子。

【作態】故作某種姿態。

【拿喬】擺架子刁難。亦作「拿翹」。

【造作】故作不自然舉動。

【賣俏】作嬌俏狀誘惑人。

【矯揉】做作、不自然。

【擺樣子】故意做好看的外表給別人看。

【做張做致】裝模作樣。亦作「做張做勢」。

【惺惺作態】故意裝模做樣，虛情假意。

【喬模喬樣】假模假樣。

【裝腔作勢】故意裝出某種腔調或姿勢。

【搔首弄姿】形容故意賣弄風情。

【矯揉造作】裝腔作勢，刻意做作。

上大旅館去擇定了一間比較寬敞的餐室，一我請她上去，她只在忸怩著微笑，我倒被她笑得難為情起來了，問她是什麼意思。她起初只是很刁乖的在笑，後來看穿了我的真是似乎不懂她的意思，「……」（郁達夫〈迷羊〉）

的確，這年頭組織吃香。甚麼人都組織了，阿貓阿狗都有紅袖章戴，你沒有，就被動。起碼是氣短一截，連醬油店的麻嫂都不屑對你賣俏。（李杭育〈阿三的革命〉）

她的「傾城之戀」裡的男女，漂亮機警，慣會風裡言，風裡語，做張做致，再帶幾分玩世不恭，益發幻美輕巧了，「……」（胡蘭成〈民國女子〉）

因他自幼生得有些姿色，纏得一雙好小腳兒，所以就叫金蓮。他父親死了，做娘的度日不過，從九歲賣在王招宣府裡，習學彈唱，閑常又教他讀書寫字。他本性機變伶俐，不過十二三，就會描眉畫眼，傅粉施朱，品竹彈絲，女工針指，知書識字，梳一個纏髻兒，著一件扣身衫子，做張做勢，喬模喬

樣。（明・蘭陵笑笑生《金瓶梅・第一回》）

我們不能扣留住閃電來代替高懸普照的太陽和月亮，所以我們也不能把笑變為一個固定的、集體的表情。經提倡而產生的幽默，一定是矯揉造作的幽默。這種機械化的笑容，只像骷髏的露齒，算不得活人靈動的姿態。（錢鍾書〈說笑〉）

呆愣

【怔】呆愣的樣子。

【木然】形容一時癡呆、不知所措的樣子。

【出神】注意力集中，以致面容呆楞。

【愣神】發呆的樣子。

【發痴】發呆。

【發怔】心神不貫注而眼睛呆視的樣子。

【傻眼】看呆、愣住了。

【呆若木雞】愚笨或受驚嚇而發愣的樣子。

這裡寶釵只剛做了兩三個花瓣，忽見寶玉在夢中喊罵說：「和尚道士的話如何信得？什麼是金玉姻緣，我偏說是木石姻緣！」薛寶釵聽了這話，不覺怔了。（清・曹雪芹《紅樓夢・第三十六回》）

他木然地望著他們，這群狂樂的人：他們嚷著，笑著，搖著，圍困住他，如非洲野人歡跳祭神舞一般。他們對他嚷些甚麼，他卻聽不見。（王文興〈玩具手槍〉）

高三時，教室就在三樓，正對著樹林濃密部，那年我十八歲，還沒戀愛過。我常常瞪著大眼睛，出神的看著蟬鳴深處發呆。未來我會愛上什麼樣的人呢？那時我當然不可能知道會遇上妳，但我總是遇上妳了。（蔡詩萍〈但我總是遇上妳了〉）

2 身材

高

【高䠷】 身材高而修長。䠷ㄊㄧㄠˇ。

【頎長】 細長，修長。頎ㄑㄧˊ。《詩經·齊風·猗嗟》：「猗嗟昌兮，頎而長兮。」

【壯碩】 高大、強壯。

【高壯】 高大健碩。

【偉岸】 壯大奇偉的樣子。

【健壯】 強壯矯健。

【健碩】 健壯魁梧。

【碩實】 高大壯實。

【魁梧】 體貌高大雄偉。

【魁偉】 體貌高大雄偉。

【瑰瑋】 形容相貌魁梧美好。《聊齋志異·席方平》：「仰見車中一少年，丰儀瑰瑋。」

【矯健】 魁梧強健的樣子。

【虎背熊腰】 背寬厚，腰粗壯，體型魁偉。

【彪形大漢】 形容身材高大，健壯如虎的男子。

四點半太陽快不見了，我走過檢查哨，有位身材高䠷的老哨員走出哨亭，看起來就是患肺結核的樣子，軟骨發育不良的塌鼻被凹陷的兩頰挺高，兩個眼窩深得沒有精神。（拓拔斯〈拓拔斯·搭瑪匹瑪〉）

他，這生人，我將怎樣去形容他的美呢？固然，他的頎長的身軀，白嫩的面龐，薄薄的小嘴唇，柔軟的頭髮，都足以閃耀人的眼睛，但他卻還另外有一種說不出，捉不到的丰儀來煽動你的心，〔……〕（丁玲〈莎菲女士的日記〉）

可是現在，她竟俚俗到要在一個不相干的場合和一個不相干的女子鬥妍！這個感念成為自覺的時候，又加重了朱女士的憤恨，好像全是章秋柳害了她使她竟如此鄙俗。她覺得坐椅上平空長出許多刺來，

不能再多耐一刻兒了。她正待走開，曼青卻已回到她跟前，有那位西裝紳士很偉岸地站在背後。（茅盾《蝕三部曲．追求》）

儘管他已成為一個魁梧男子漢，我的印象仍是童年時，他在自己房中欠缺安全感，夜深以後，悄悄潛進我房裡，蜷在鞋櫃上睡覺的瘦小孩子。（張曼娟〈青青子衿〉）

離土岡腳還有十幾步，林子裡便竄出五個彪形大漢來，頭包白布，身穿破衣，為首的拿一把大刀，另外四個都是木棍。一到岡下，便一字排開，攔住去路，一同恭敬的點頭，大聲吆喝道：「老先生，您好哇！」（魯迅〈采薇〉）

矮

【矬】ㄘㄨㄛˊ，矮小。

【五短】形容四肢和身軀都很短小的身材。

【侏儒】身材過度矮小者。

【短小】長度短、體積小。

【矬矮】身材短小。

【三寸丁】身材矮小。

【矮不隆咚】形容人的身材矮小。

【矮胖】矮小肥胖。

【矮墩墩】身材矮胖。

來得最早的是劉寶利。他是個唱戲的。坐科學的是武生。因為個頭矬點，扮相也欠英俊，缺少大將風度，來不了「當間兒的」。（汪曾祺〈八月驕陽〉當間兒，中間之意，此指成為戲班的重要角色。）

他真是沒什麼好的，每天從早忙到晚，長相不夠英俊，身材恰是五短，我是做太太的看先生愈看愈不得意。（蔣曉雲〈隨緣〉）

悟空罵道：「你這潑魔，原來沒眼！你量我小，要大卻也不難。你量我無兵器，我兩隻手勾著天邊月哩！你不要怕，只吃老孫一拳！」縱一縱，跳上去，劈臉就打。那魔王伸手架住道：「你這般矬矮，我這般高長，你要使拳，我要使刀，使刀就殺了你，也吃人笑，待我放下刀，與你使路拳看。」

（明・吳承恩《西遊記・第二回》）

胖

【肥胖】脂肪多形體粗大。

【肥碩】肥大豐碩。

【肥實】肥胖。

【笨重】身材粗重不輕巧。

【發福】客套稱人發胖。

【敦實】健壯篤實。

【虛胖】體內脂肪異常增多的現象。

【臃腫】笨重、肥胖、不靈巧的樣子。

【胖乎乎】形容人肥胖的樣子。亦作「胖嘟嘟」。

【大腹便便】形容肚子很大的樣子。

【五大三粗】形容膀闊腰圓，身材魁梧，力氣大。

【水桶身材】身形肥胖，毫無曲線，有如水桶。

【肥頭大耳】體態肥胖。

【腦滿腸肥】形容飽食終日，空有壯盛的外表，而無實學。

【富泰】即「富態」。形容體態豐腴。

【圓潤】體貌圓滿豐潤。

【豐盈】身材豐腴、碩美。宋玉〈神女賦〉：「貌豐盈以莊姝兮，苞溫潤之玉顏。」

【豐腴】豐厚碩美。

十年了，發福的他，勻稱的在各部位長肉。指頭慢慢變粗，第一指節剛好把戒指卡在指根上。不痛不癢，他也懶得動它。（鄒敦怜〈戒指〉）

他個子不高，然而結實豐滿。因為長得敦實，有時顯得遲鈍、笨拙。不過要是他願意的話，也能像猴兒一樣的機靈、活躍。你跟他一塊走道兒，要是遇上一灘水，你準猜不出他到底會一下子蹦過去呢，

還是穩穩當當往水裡邁，把鞋弄個精濕。（老舍《鼓書藝人》）

老女人包塊灰布頭巾，一身青灰棉襖，免襠老棉褲，臃臃腫腫紮的褲腳，穿雙髒得發亮的黑布棉鞋，一個道道地地的老農婦，難道就是當年上過高等學府傳遞情報的那位革命女英雄？（高行健《一個人的聖經》）

巧得很，蓀亞和木蘭第一天在古玩舖時，正好遇見老畫家齊白石。齊先生正坐在藤椅上打盹，鼾聲大作，大腹便便，時起時伏，在肚子上的鬍子也隨之上下。（林語堂《京華煙雲》）

一般中年婦人，因為自己的水桶身材，多著寬鬆的洋裝，而尤青青卻穿薄薄的貼身旗袍，耀眼的竹青色裹住她腰是腰身是身的豐盈體態。（鍾玲〈四合院〉）

湯升回道：「這女人來了整整有五六天了，住在衙門西邊一爿小客棧裡。來的那一天，先叫人來找小的，小的沒有去。第二天晚上，他就同了孩子一齊跑了來。把門的沒有叫他進來，送個信給小的。小的趕出去一看，那婦人倒也穿的乾乾淨淨，小孩子看上去有七八歲光景，倒生的肥頭大耳。」（清．李寶嘉《官場現形記．第二十二回》）

裡面一間花廳，人比較少，也比較安靜，三張桌子旁，坐著的大都是腦滿腸肥的大富賈，整堆整堆的花花銀子，在一雙雙流著汗的手裡轉來轉去，桌子旁有香茗美酒，十幾個滿頭珠翠的少女，媚笑著在人群中穿梭來去，就像是一隻穿花的蝴蝶，從這裡摸一把銀子，那裡拈兩鍍金錠。（古龍《楚留香傳奇之血海飄香》）

她比從前胖了一點。脖子上圍著一條狐皮，更顯得富泰一點。她穿著一身藍呢的衣裙，加著一頂青絨軟帽，帽沿自然的往下垂著些，看著穩重極了。（老舍《二馬》）

段譽只是苦笑，心道：「慕容復是珍貴的玉器，我是卑賤的石頭，在這三個少女心目之中，我們二人的身價亦復如此。」阿朱在他臉上塗些麵粉，加高鼻子，又使他面頰較為豐腴，再提筆改畫眉毛、眼眶，化裝已畢，笑問王語嫣：「姑娘，你說還有什麼地方不像？」（金庸《天龍八部》）

瘦

【苗條】體態細長曲線美。

【細挑】身材苗條。

【精瘦】非常瘦。

【纖細】細長柔美。多形容女子身材。

【纖瘦】瘦小。

【羸】ㄌㄟˊ，瘦弱。

【尪羸】瘦弱。尪ㄨㄤ。

【削瘦】纖細瘦弱。

【枯瘦】乾枯消瘦。

【清瘦】瘦弱。

【清癯】清瘦。癯ㄑㄩˊ。

【乾癟】枯乾瘦弱。癟ㄅㄧㄝˇ。

【單薄】身體薄弱、瘦弱。

【孱弱】瘦弱。孱ㄔㄢˊ。

【孱羸】瘦弱。方孝孺〈栽柏〉：「我生素多病，中歲早孱羸。」

【嶙峋】形容清瘦見骨的樣子。

【羸弱】瘦弱。《史記・匈奴傳》：「漢兵逐擊冒頓，冒頓匿其精兵，見其羸弱。」

【羸瘠】瘦弱疲病。《史記・劉敬傳》：「今臣往，徒見羸瘠老弱，此必欲見短，伏奇兵以爭利。」

【羸瘵】瘦弱。瘵ㄓㄞˋ。杜甫〈同元使君春陵行〉：「歎時藥力薄，為客羸瘵成。」

【皮包骨】形容很瘦。

【形容枯槁】外貌乾瘦，神情憔悴。

【形銷骨立】極其瘦弱。

【面黃肌瘦】形容人消瘦、營養不良的樣子。

【鳩形鵠面】形容飢餓枯瘦，面容憔悴。

【瘦骨嶙峋】形容身體枯瘦、骨骼突出可見。

說著，只見有個丫鬟端了茶來與他。那賈芸口裡和寶玉說著話，眼睛卻溜瞅那丫鬟：細挑身材，容長臉面，穿著銀紅襖兒，青緞背心，白綾細折裙——不是別個，卻是襲人。（清・曹雪芹《紅樓夢・第

二十六回》）

還好，她還不怎麼老。她那一類的嬌小的身軀是最不顯老的一種，永遠是纖瘦的腰，孩子似的萌芽的乳。她的臉，從前是白得像瓷，現在由瓷變為玉——半透明的輕青的玉。上頷起初是圓的，近年來漸漸尖了，越顯得那小小的臉，小得可愛。臉龐原是相當的窄，可是眉心很寬。一雙嬌滴滴，滴滴嬌的清水眼。（張愛玲〈傾城之戀〉）

長老又謝恩坐了，只見那國王相貌尪羸，精神倦怠，舉手處，揖讓差池；開言時，聲音斷續。（明．吳承恩《西遊記．第七十八回》）

夢中的母親依然孱弱，枯瘦的身子和我併肩站在大片落地窗前，〔……〕（廖玉蕙〈遠方〉）

他不願意圖個人的安適，他要和幾個朋友支持著「文協」，但是，他已不是青島時的老舍了，真個清癯了，蒼老了，面上更深刻著苦悶的條紋了。（臺靜農〈我與老舍與酒〉）

在客廳，柔軟的躺椅／光線從右方斜映／我瘦長的枝幹與你／嶙峋的骨架，互相調侃／——於是，我的身上／長出你的枝梗，你的身上／也有了我的（零雨〈有果實的客廳〉）

背後是昏憒胡塗的皇帝、屈殺忠良的權奸、嫉功妒能的言官；手下是一批飢餓羸弱的兵卒和馬匹，將官不全，兵器殘缺，領不到糧，領不到餉，所面對的敵人，卻是自成吉思汗以來，四百多年中全世界從未出現過的軍事天才努爾哈赤。（金庸《碧血劍．袁崇煥評傳》）

我哀痛王國祥如此勇敢堅忍，如此努力抵抗病魔咄咄相逼，最後仍然被折磨得形銷骨立。（白先勇〈樹猶如此〉）

上海這地方比得上希臘神話裡的魔女島，好好一個人來了就會變成畜生。至於那安南巡捕更可笑了。

東方民族沒有像安南人地樣形狀委瑣不配穿制服的。日本人只是腿太短，不宜掛指揮刀。安南人鳩形鵠面，皮焦齒黑，天生的鴉片鬼相，手裡的警棍，更像一支鴉片槍。（錢鍾書《圍城》）

這「兩人」顯然是一雙孿生兄弟，兩人俱是瘦骨嶙峋——雙顴凸出，一人手裡拿著個算盤，一人手裡拿著本帳簿，穿著打扮，雖像是買賣做得極為發達的富商大賈，模樣神情，卻像是一雙剛從地獄逃出來的惡鬼。（古龍《絕代雙嬌》）

適中

【勻稱】均勻合適。

【停勻】勻稱。

【合宜】合適、恰當。

【肥勻明秀】肥瘦均勻，明亮秀麗。

【穠纖合度】形容身材勻稱，肥瘦恰到好處。

她們三個人中間，算陳蓮奎身材高大一點，李蘭香似乎太短小了，不長不短。處處合宜的，還是謝月英，究竟是名不虛傳的超等名角。（郁達夫〈迷羊〉）

美麗有許多方面，容顏底姣好固然是一重要素，但風儀底溫雅，肢體底停勻，甚至談吐底不俗，至少是不惹厭，這些也有著分兒，而這個雨中的少女，我事後覺得她是全適合這幾端的。（施蟄存〈梅雨之夕〉）

幾乎沒有例外的，鳥的身軀都是玲瓏飽滿的，細瘦而不乾癟，豐腴而不臃腫，真是減一分則太瘦，增一分則太肥那樣的穠纖合度，跳盪得那樣輕靈，腳上像是有彈簧。看它高踞枝頭，臨風顧盼——好銳利的喜悅刺上我的心頭。（梁實秋〈鳥〉）

3 儀表風度

儀態

【凌波】形容女性步履飄逸輕盈的樣子。賀鑄〈青玉案〉：「凌波不過橫塘路，但目送、芳塵去。」

【窈窕】儀態美好。《詩經．周南．關雎》：「窈窕淑女，君子好逑。」

【輕盈】形容女子姿態輕柔優美。

【旖旎】ㄧˇ ㄋㄧˇ，儀態柔媚的樣子。

【蓮步】形容女子的步態婀娜多姿。

【嬋娟】可形容姿態曼妙優雅。沈禧〈一枝花．天生瑚璉套．梁州曲〉：「腰肢嫋娜，體態嬋娟。」

【丰姿綽約】形容女子體態柔美。

【亭亭玉立】形容女子身材修長苗條，體態秀美的樣子。亦作「婷婷玉立」。

【玲瓏有致】形容女子身材曲線完美。

【娉娉婷婷】體態輕巧美好的樣子。娉ㄆㄧㄥ。

【婀娜多姿】形容儀態柔美貌。

【嬝嬝娜娜】姿態柔美的樣子。「嬝」通「嫋」、「裊」。

客廳裡幾隻喇叭形的座燈像數道注光，把徐太太那窈窕的身影，嬝嬝娜娜地推送到那檔雲母屏風上去。（白先勇〈遊園驚夢〉）

一步一徘徊／一粒埃塵也不曾驚起／如此輕盈，清清淺淺的一分光／雖然只有——／一流盼／便三千復三千了（周夢蝶〈所謂伊人——上弦月補賦〉）

恰便似嚦嚦鶯聲花外囀，行一步可人憐。解舞腰肢嬌又軟，千般裊娜，萬般旖旎，似垂柳晚風前。

（元．王實甫《西廂記．第一本．第一折》）

韓小瑩昨晚在王府中與梅超風、歐陽克等相鬥時，已自留神到了黃蓉，見她眉目如畫，丰姿綽約，當時暗暗稱奇，此刻一轉念間，又記起黃蓉對他神情親密，頗為迴護，問道：「是那個穿白衫子的小姑娘，是不是？」郭靖紅著臉點了點頭。（金庸《大漠英雄傳》）

今天晚上，你試穿剛做好的晚禮服，娉娉婷婷走到我們面前，月白色的絲緞旗袍發出銀波般的光采，你的眼眸亦如銀波，那是溫柔星光的組合啊！（周芬伶〈東西南北〉）

她在北方還沒見過那樣的竹子，她很喜愛那竹枝的嬌秀苗條。那竹葉特別的形狀和竹竿的纖弱細長，總是使她聯想到一個少女，婀娜多姿，面帶微笑，而且前額上還飄動著一綹秀髮。（林語堂《京華煙雲》）

氣質

【含蓄】藏於內不露於外。

【典雅】舉止間所散發出的高雅氣質。

【高貴】高雅尊貴。

【斯文】舉止文雅有禮。

【雍容】溫和莊重、從容不迫的樣子。

【端莊】端正莊重。

【嫻雅】沉靜文雅。

【嫻靜】文靜。

【儒雅】風度溫文爾雅。

【蘊藉】蘊含不露。

【文質彬彬】人舉止文雅有禮。語出《論語．雍也》：「質勝文則野，文勝質則史。文質彬彬，然後君子。」

【明媚閑雅】形容女子相貌端莊，體態優雅。

【林下風範】形容女子舉止嫻雅，風韻脫俗。

【清風明月】比喻人高雅清爽。

【彬彬有禮】形容禮貌恰到好處。

【溫文爾雅】形容人文質彬彬，態度溫和典雅。

【落落大方】舉止自然坦率，毫無造作。

【雍容華貴】溫和大方，端莊華麗。
【蕙質蘭心】比喻女子芳潔的心地、高雅的品德。
【高逸】清高脫俗。
【脫俗】不沾染庸俗之氣。
【脫灑】超脫；無所拘束的樣子。
【超逸】超然逸俗。

【逸氣】超脫塵俗的氣質。曹丕〈與吳質書〉：「公幹有逸氣，但未遒耳。」
【絕塵】超脫塵俗的氣質。
【飄逸】灑脫自然，超凡脫俗。
【靈秀】清新脫俗的氣質。
【超塵拔俗】超脫塵世，不同於流俗。

【不食人間煙火】形容具有仙氣或靈氣的人。
【風流】風雅瀟灑。
【倜儻】ㄊㄧˋ ㄊㄤˇ，卓越豪邁，灑脫不受約束貌。
【翩翩】形容舉止灑脫。
【瀟灑】風度大方、灑脫。
【風流蘊藉】形容人風流瀟灑，含蓄有致。

【俚俗】鄙俗、粗野。
【粗鄙】粗俗鄙陋。
【庸俗】平凡而俗氣。
【傖俗】粗鄙、庸俗。
【俗不可耐】形容言語舉止庸俗得使人難以忍受。

外表永遠保持高貴的人，必有其低下之處；外表永遠保持典雅的人，必有其野性之處。（隱地〈人啊人〉）

定哥道：「那人生得清標秀麗，倜儻脫灑，儒雅文墨，識重知輕，這便是趣人。那人生得醜陋鄙猥，粗濁蠢惡，取憎討厭，齷齪不潔，這便是俗人。我前世裡不曾栽修得，如今嫁了這個濁物，那眼稍裡看得他上！到不如自家看看月，倒還有些趣。」（明．馮夢龍《醒世恆言．卷二十三．金海陵縱欲亡身》）

因為被人稱為「無禮」是一對面子極大的懲罰。不得已只好在表面上遵行以保護「面子」。這我們但需看今日紅白喜喪中，有人到殯儀館談笑風生，如參加交遊會者然。又有人參加婚禮，在交錢如儀後即各就各位，好像他來的目的就是吃飯。中國人中固大不乏內外一致，文質彬彬者，但奉行故事，有「禮」無德者亦比比皆是。（金耀基〈中國的傳統社會〉）

這女子何以如此大方，豈古人所謂有林下風範的，就是這樣嗎？（清·劉鶚《老殘遊記·第八回》）

所以看戲去的姑娘，個個都打扮得漂亮。都穿了新衣裳，擦了胭脂塗了粉，劉海剪得並排齊。頭辮梳得一絲不亂，紮了紅辮根，綠辮梢；也有紮了水紅的，也有紮了蛋青的。走起路來像客人，吃起瓜子來，頭不歪眼不斜的，溫文爾雅，都變成了大家閨秀。（蕭紅《呼蘭河傳》）

可是細心打量一下，他渾身上下沾滿顏色，新的痕跡壓在舊的痕跡上邊。還有種散漫的、不經意的、脫俗似的氣息，不知從他身上還是臉上散發出來。（馮驥才〈感謝生活〉）

好容易盼至明日午錯，果報：「璉二爺和林姑娘進府了。」見面時彼此悲喜交接，未免又大哭一陣，後又致喜慶之詞。寶玉心中品度黛玉，越發出落的超逸了。（清·曹雪芹《紅樓夢·第十六回》）

娃媞娜凝目看他一陣，然後點點頭，他這是第一次仔細看眼前這位曹族少女。嗯，真美。那是一種絕塵的，自然的，真正純潔無邪的美啊。（李喬〈泰姆山〉）

項少龍不自覺地朝她移近了點，俯頭細審她像不食人間煙火的清麗容顏，沉聲道：「琴太傅給了她甚麼意見呢？」（黃易《尋秦記》）

周瑜的瀟灑得之於他的資質風流。儀容秀麗，能文能武，還精通音律，「曲有誤，周郎顧」。他是瀟灑人的經典類型。（莫言〈雜感十二題〉）

老二莊因則以詩書知名，嗜杯中物，風流蘊藉，最肖乃父。（楊牧〈六朝之後酒中仙〉）

那知韋小寶是個庸俗不堪之人，週身沒半根雅骨，來到花棚，第一句便問：「怎麼有個涼棚？啊，是了，定是廟裡和尚搭來做法事的，放了焰口，便在這裡施飯給餓鬼吃。」（金庸《鹿鼎記》）

氣勢

【壯闊】雄壯寬廣。

【昂昂】志節高尚，氣度不凡，「氣宇昂昂」。

【昂揚】激昂、奮發。

【英發】英氣風發的樣子。蘇軾〈念奴嬌〉：「遙想公瑾當年，小喬初嫁了，雄姿英發。」

【勃發】形容精神煥發。「英姿勃發」。

【威猛】威武勇猛。

【淩厲】形容豪氣干雲，奮行直前。

【堂堂】可形容人相貌端正莊嚴，或志氣宏大。

【稜稜】ㄌㄥˊ，此形容氣勢威嚴的樣子。《新唐書．崔融傳》：「從為人嚴偉，立朝稜稜有風望。」

【颯爽】矯健強勁的樣子。颯ㄙㄚˋ。杜甫〈丹青引贈曹將軍霸〉：「褒公鄂公毛髮動，英姿颯爽猶酣戰。」

【赫赫】顯盛的樣子。

【氣昂昂】形容精神飽滿，氣度非凡。

【雄糾糾】雄壯威武。

【叱吒風雲】大聲怒喝，使風雲變色，形容威風凜冽。

【虎虎生風】形容雄壯威武，氣勢非凡。

【氣宇軒昂】形容人神采洋溢，氣度不凡。

【氣沖牛斗】形容氣勢極盛，上沖星空。

【氣沖霄漢】氣勢充盛，直上雲霄。

【氣壯山河】氣勢如高山大河般雄壯豪邁。

【氣貫長虹】形容氣勢旺盛，能貫穿長虹。

【意氣風發】精神振奮，志氣昂揚的樣子。

【颯爽英姿】英挺矯健，神采煥發。

【氣沮】氣勢餒弱。

【氣索】精神委靡，餒弱。

【氣餒】氣勢餒弱；洩氣。

錢夫人看見他笑起來時，咧著一口齊垛垛淨白的牙齒，容長的面孔，下巴剃得青亮，眼睛細長上挑，隨一雙飛揚的眉毛，往兩鬢插去，一桿蔥的鼻梁，鼻尖卻微微下佝，一頭墨濃的頭髮，處處都抿得妥妥帖帖的。他的身段頎長，著了軍服分外英發，可是錢夫人覺得他這一聲招呼裡卻又透著幾分溫柔，半點也沒帶武人的粗糙。（白先勇〈遊園驚夢〉）

三公子似乎也察知前廳發生的事，帶著他那把慣常把玩的鑲玉小匕首，飛也似地由長廊跑上大廳，未乾透的頭髮尚貼黏在額上，臉上透出稜稜的殺氣，五官的形狀都變了，眼睛斜撐著，好怕人。（奚淞〈封神榜裡的哪吒〉）

所以他的書既富於自己的個性，一面也富於他人的個性，無怪乎他自己也會覺得他的富有了。他的分析的描寫含有論理的美，就是精嚴與圓密；像一個扎縛停當的少年武士，英姿颯爽而又嫵媚可人！又像醫生用的小解剖刀，銀光一閃，骨肉判然！（朱自清〈山野掇拾〉）

喬峰皺起眉頭，臉色尷尬。不久之前，他還是個叱吒風雲、領袖群豪、江湖第一大幫的幫主。數日之間，被人免去幫主，逐出丐幫，父母師父三個世上最親之人在一日內逝世，（……）如此重重打擊加上身來，沒一人和他分憂，那也罷了，不料在這客店之中，竟要陪伴這樣一個小姑娘唱歌講故事。（金庸《天龍八部》）

他到了京都的清水寺前，一直上門來求見方丈。方丈出來接見的時候，看見他從看門人的木屐底下走了出來，大大地吃了一驚！但是看他身材雖小，卻是氣宇軒昂，談吐不凡，方丈十分喜愛，把他留下，讓他在大殿裡做些雜務。（冰心〈一寸法師〉）

左手那一個，烏紗帽，白羅襴，胸藏錦繡，筆走龍蛇，乃是梁山泊掌文案的秀士「聖手書生」蕭讓；右手那一個，綠紗巾，皁羅衫，氣貫長虹，心如秋水，乃是梁山泊掌吏事的豪傑「鐵面孔目」裴宣。（元末明初·施耐庵《水滸傳·第七十六回》）

我母親驀然抬起頭來這麼問道，眼中又閃出那種我所熟悉的凌厲的眼光。從前一看到她這種眼光，就叫我聲咽氣餒，可是現在我居然覺得在我心中滋生了一種以前所欠缺的勇氣，……（馬森《夜遊》）

神情

【自在】隨己意而無礙。

【安逸】安樂、舒適自在。

【恬然】安然自得的樣子。

【悠然】自在閑適的樣子。

【悠哉】悠閑自在的樣子。

【逍遙】自由自在、不受拘束的樣子。

【從容】舒緩悠閑的樣子。

【閑舒】安閑舒暢。

【翛然】自由自在、無所牽掛的樣子。翛ㄒㄧㄠ。《莊子．大宗師》：「翛然而往，翛然而來而已矣。」

【愜意】滿意、舒適。

【寫意】舒服愜意。

【優游】閑暇自得的樣子。

【好整以暇】形容在紛亂、繁忙中，仍顯出從容不迫的樣子。

【神清氣朗】神氣清朗，心情舒暢。

【奕奕】煥發的樣子。

【容光煥發】臉上呈現閃耀的光彩。

【神采飛揚】活力充沛，神色自得的樣子。

【神采奕奕】形容人精神飽滿，容光煥發。

【精神抖擻】精神飽滿。

【局促】不安適的樣子。

【恍惚】神志模糊不清。

【枯槁】形容憔悴。

【憔悴】枯槁瘦病的樣子。

【無精打采】沒精神，提不起勁的樣子。

為什麼大家都哭喪著臉，表現出一種極度的消沉呢？為什麼大家都不注意他照片上恬然的表情呢？為什麼那個讀祭文的人硬要拖著長長的嗓音，逗得大家流淚呢？我真是不懂。（王尚義〈祭〉）

以前我是會做秋夢的，以為身為士大夫，四民之首，好神氣！但現在不是了，（……）因此你們可以說：殷海光，你的夢可以醒了！這樣我們便要面對現實了。當時朱熹可不如此，好愜意哦！到山上開家書院，自任山長。But now all gone! 現在時代不同了，生活的需要多了。（殷海光〈人生的意義〉）

我最初記得是在七友畫展中見到的，印象極深。如今張在壁上，我仍能朝夕相對，令人翛然心遠，俗慮頓消。（梁實秋〈青衣與花臉〉）

余魚同見公差逃走，也不追趕，將笛子舉到嘴邊。李沅芷心想這人真是好整以暇，這當口還吹笛呢。（金庸《書劍江山》）

柳媽的打皺的臉也笑起來，使她蹙縮得像一個核桃；乾枯的小眼睛一看祥林嫂的額角，又釘住她的眼。祥林嫂似乎很局促了，立刻斂了笑容，旋轉眼光，自去看雪花。（魯迅〈祝福〉）

4 動作

手部

【拿】用手取物或持物。

【拎】提。

【秉】用手執握。〈古詩十九首．生年不滿百〉：「晝短苦夜長，何不秉燭遊！」

【執】拿著，握著。

【掂】ㄉㄧㄢ，用手估量物體的輕重。「掂量」。

【掇】ㄉㄨㄛˊ，拾取，「拾掇」；採摘。

【搦】ㄋㄨㄛˋ，握，拿。曹植〈幽思賦〉：「搦素筆而慷慨，揚大雅之哀吟。」

【搆】伸手拿東西。

【摘】用手取下。

【摭】ㄓˊ，撿起來。「摭取」；摘取。

【攜】拿，帶，提，拉。

【攫】攫取，奪取。

【抬】舉起。

【挈】ㄑㄧㄝˋ，提，舉。《荀子．勸學》：「若挈裘領，詘五指而頓之，順者不可勝數也。」

【掄】ㄌㄨㄣˊ，揮動，旋動。「掄拳」。

【揮】搖動，擺動。

【揭】舉，高舉。

【舉】抬起，往上托。

【擎】高舉。

【攀】抓住物體往上爬。

【振臂】舉臂，揮臂。

【托】用手掌承舉。

【捧】用兩手托物。

【掬】用兩手捧取。「掬水而飲」。

【抱】摟持，以雙手合圍。
【摟】用手臂攏抱著。
【攬】提，牽。〈古詩十九首．明月何皎皎〉：「憂愁不能寐，攬衣起徘徊。」
【拄】支撐。
【挽】拉，引。「挽手」。杜甫〈前出塞〉：「挽弓當挽強，用箭當用長。」
【牽】拉，挽引。
【掖】攙扶。
【撐】支持，抵住。
【攙】牽挽，扶持。「攙扶」。
【扶掖】攙扶。
【擦】摩，揩拭，塗抹。
【捋】ㄌㄩˇ，手指順著摸過。「捋平紙張」；ㄌㄨㄛ，手握著東西，向一端抹取。「捋起袖子」。

【揩】ㄎㄞ，擦，抹。
【搵】ㄨㄣˋ，按，擦拭，通「抆」。辛棄疾〈水龍吟〉：「倩何人，喚取盈盈翠袖，搵英雄淚。」
【攘】ㄖㄤˇ，捋，捲袖露出手臂的動作。「攘臂」。
【拂拭】擦去塵埃。
【捫】撫，摸。
【揉】反覆摩擦、搓動。
【搓】兩手反覆相揉、磨擦。
【摶】ㄊㄨㄢˊ，捏聚搓揉成團。「摶弄」、「摶麵」。
【摩挲】撫摩，用手接觸。挲ㄙㄨㄛ。
【撫摸】用手撫弄輕觸。
【捏】用手指夾住，或將軟東西搓成某種形狀。
【捻】用手指搓揉。

【掐】以手指或指甲用力夾。
【撚】ㄋㄧㄢˇ，用手指捏取，夾取。「撚花」；彈奏琵琶的手法，撥弄。白居易〈琵琶行〉：「輕攏慢撚抹復挑，初為霓裳後六么。」
【撮】抓取。
【擰】絞，扭轉，以手指夾住皮肉旋轉。
【按】用手向下壓。
【捺】用手用力按下。「捺手印」。
【摁】ㄣˋ，以手按壓。「摁電鈴」。
【撳】ㄑㄧㄣˋ，用手按。「撳門鈴」。
【壓】由上往下施力。
【搔】以指甲或器物輕抓。
【撓】抓，搔。「撓癢」。

【扔】拋，投，擲。
【甩】投擲，丟擲。
【拋】投擲。
【撂】ㄌㄧㄠˋ，放，扔，撇開，摔。
【摜】ㄍㄨㄢˋ，摔，扔。
【摔】用力扔，丟。
【擲】丟扔，拋投。
【攛】ㄘㄨㄢ，拋擲。
【扳】ㄅㄢ，向某一方向拉。
【拽】ㄓㄨㄞˋ，拖拉。
【揪】ㄐㄧㄡ，扭扯，抓住。
【掣】ㄔㄜˋ，拉，抽取。「掣肘」。
【抻】ㄔㄣ，拉長，拉扯。「把衣服抻平」。
【撏】ㄒㄩㄣˊ，拉扯，拔取。「撏綿扯絮」。

【拉扯】抓住不放。

【拖曳】拉著走。

【死拉活拽】強拉，硬拖。

【挖】掘；掏取。

【掏】伸進去拿；從某空間中取出東西；挖。

【揠】ㄧㄚˋ，拔起，「揠苗助長」。《孟子．公孫丑上》：「宋人有閔其苗之不長而揠之者，芒芒然歸。」

【搴】ㄑㄧㄢ，拔起，扛舉。「斬將搴旗」。

【摳】提挈，撩起；用手或手指挖。

【撥】橫向推開；用手轉動、挑動或拉動。

【掰】以手用力將東西分開。

【撩】提，掀，揭。

【攪】用手或器具調勻物品。

【指】用手指示。

【捂】ㄨˇ，遮掩，遮擋。

【摀】ㄨˇ，遮掩。

【打】攻擊，敲擊。

【扣】敲，擊，通「叩」；抓，牽，扳。

【砸】丟；打壞。

【捶】敲打。

【搧】用手摑臉。

【摶】用手撲打。

【搗】搥打。

【敲】叩，擊。

【摑】用手掌打人的臉。

【擂】搥打，敲擊。

【擊】敲打。

【擣】搥擊。

【交手】打鬥。

【扭打】互相揪握毆打。

【格鬥】打鬥，拚鬥。

【動武】指打架。

【搏鬥】徒手或用刀棍激烈對打。

【捽打】形容憤怒時動作的粗野放肆。「捽打砸拉」。

【撲打】拍打。

【毆打】擊，打。

【廝打】相打。

【鞭撻】用鞭子抽打。撻ㄊㄚˋ。

【左右開弓】形容雙手同時或輪流做某一動作。

【揎拳捋袖】伸拳頭，捲衣袖。形容粗野、準備動武的樣子。揎ㄒㄩㄢ。

小姐現在是她唯一的親人；她就為這個女孩子活著。早晨一塊兒拾掇拾掇屋子，吃完了早飯，一塊兒上街散步，回來便坐在飯廳裡，說說話，看看通俗小說，就過了一天。（朱自清〈房東太太〉）

汪處厚見了他，熱情地雙手握著他的手，好半天搓摩不放，彷彿捉搦了情婦的手，一壁似怨似慕的說：「李先生，你真害我們等死了，我們天天在望你——〔……〕」（錢鍾書《圍城》）

故人賞我趣，挈壺相與至。班荊坐松下，數斟已復醉。父老雜亂言，觴酌失行次，不覺知有我。安知物為貴，悠悠迷所留，酒中有深味。（東晉．陶淵明〈飲酒詩二十首之十四〉）

但是體仁很高興，也學會了把兩隻手插進褲兜兒裡走。也繫顏色鮮豔的領帶，背心上還有個表兜兒！裡頭放著懷表，有時候兒一隻手插進衣襟裡，一隻手掄著一根手杖，就像他所看見的瀟灑的歸國留學生和洋人一樣。（林語堂《京華煙雲》）

他衝著對手沈長發吼出最後一聲，擎起了雙手托起的鐵漿臼，擎得高高的，高高的。人們沒有誰敢搶上前去攔阻，那樣高熱的岩漿有誰敢不顧死活去沾惹？鑄鐵的老師傅也愣愣的不敢近前一步。（朱西甯〈鐵漿〉）

司馬溫公看書也有考究，他說：「至於啟卷，必先几案潔淨，藉以茵褥，然後端坐看之。或欲行看，即承以方版，未曾敢空手捧之，非惟手污漬及，亦慮觸動其腦。每至看竟一版，即側右手大指面襯其沿，隨覆以次指面，撚而夾過，故得不至揉熟其紙。每見汝輩多以指爪撮起，甚非吾意。」（見《宋稗類鈔》）

我們如今的圖書不這樣名貴，並且裝訂技術見進步，不像宋朝的「蝴蝶裝」那樣的嬌嫩，但是讀書人通常還是愛惜他的書，新書到手先裹一個包皮，要曬，要揩，要保管。（梁實秋〈書〉）

燈光下，一切都發出清冷的腥氣。抽水馬桶座上的棕漆片片剝落，漏出木底。瀠珠彎腰湊到小盆邊，掬水擦洗嘴唇，用了肥皂，又當心地把肥皂上的紅痕洗去。（張愛玲〈創世紀〉）

我們互相攙扶著前進，有時背著風走，我緊緊拉緊前面小彭的衣服，頭低著，心在緊縮，一步步吃力地向前衝。……這是我第一次在和風沙搏鬥。我從來沒見過這樣的情景，連太陽都被颳得只賸了昏黃

的一團，〔……〕（周競〈戈壁灘上〉）

孩子：無常的黑夜會吸去我的魂魄，生命的屍衣終將上身，我怕我見不到你的榮華，來不及扶掖你穿越荊棘迷林了。（吉廣輿〈父難〉）

春桃注神聽他說，眼眶不曉得什麼時候都濕了。她還是靜默著。李茂用手捋捋額上底汗，也歇了一會。（許地山〈春桃〉）

說著老和尚竟哽咽起來，掉下了幾滴眼淚，他趕緊用袈裟的寬袖子，搵了一搵眼睛。秦義方也掏出手帕，狠狠擤了一下鼻子。（白先勇〈國葬〉）

那是唯一的一次，我主動地從伏跪的祭儀中站起來，走近你，俯身貪戀你，拉起你垂下的左掌，將它含在我溫熱的兩掌之中摩挲著、撫摸著你掌肉上的厚繭，跟你互勾指頭，這是我們父女之間最親熱的一次，〔……〕（簡媜〈漁父〉）

母親說話時緊緊捏著我凍得冰冷的手，可是我覺得母親的手也不暖，被風吹得乾枯的手背上隆起了青筋。（琦君〈毛衣〉）

鄰居道：「你中了舉了，叫你家去打發報子哩。」范進道：「高鄰，你曉得我今日沒有米，要賣這雞去救命，為甚麼拿這話來混我？我又不同你頑，你自回去罷，莫誤了我賣雞。」鄰居見他不信，劈手把雞奪了，摜在地下，一把拉了回來。（清・吳敬梓《儒林外史・第三回》）

腳部

【站】直立。

【企】踮著腳尖，把腳後跟提起來。

【踮】抬起腳跟，以腳尖著地。

【企踵】提起腳跟，形容急切盼望。

【佇立】久立。佇ㄓㄨˋ。《詩經．邶風．燕燕》：「瞻望弗及，佇立以泣。」

【走】步行。

【跋】陸地行走。「跋涉」、「跋山涉水」。

【踅】ㄒㄩㄝˊ，來回的走，《老殘遊記．第二回》：「搖著串鈴滿街踅了一趟，虛應一應故事。」

【步履】行走。

【徒步】步行。「徒步當車」。

【散步】隨意走走。

【邁步】提起腳向前大步走。

【舉步】邁開腳步。

【踱】一步一步慢慢走。

【躡】ㄋㄧㄝˋ，放輕腳步走的樣子。「躡手躡腳」。

【蹀躞】ㄉㄧㄝˊ ㄒㄧㄝˋ，小步行走的樣子。溫庭筠〈錦鞵賦〉：「凌波微步瞥陳王，既蹀躞而容與。」

【鵝行鴨步】比喻走路緩慢。

【踽踽】ㄐㄩˇ，孤單行走的樣子。《詩經．唐風．杕杜》：「獨行踽踽，豈無他人，不如我同父？」

【跑】快走。

【奔】急忙地走。

【奔馳】快速奔跑。

【拔腳】邁開腳步。

【疾走】快跑。

【撒腿】放步奔逃。

【趲步】急忙地走。趲ㄗㄢˇ。

【健步如飛】形容步行速度像飛行的一般快。

【蹣跚】形容步伐不穩，歪歪斜斜。

【趔趄】ㄌㄧㄝˋ ㄐㄩ，身體搖晃，腳步不穩的樣子。

【踉蹌】ㄌㄧㄤˋ ㄑㄧㄤˋ，走路步伐不穩，跌跌撞撞貌。

【跌跌撞撞】走路搖晃不穩的樣子。

【磕磕絆絆】跌跌撞撞。

【蹀里蹀斜】走路歪歪斜斜，搖晃不定的模樣。

【踩】腳底接觸地面或物體。

【跐】ㄘˇ，踩踏。

【跺】以腳用力踏地。

【頓】可指以足叩地。「頓足」。

【敲】可指踩、踏。

【踏】腳踩著地或東西。

【踢】用腳觸擊。

【踹】ㄔㄨㄞˋ，以腳底用力踢。

【蹈】踩踏，跳動。

【蹬】ㄉㄥˋ，腳底踩在某物，用力往前跳。

【蹴】ㄘㄨˋ，踏踩；踢。
【躐】ㄌㄧㄝˋ，踹；踏。
【踐踏】踩踏。
【涉】徒步渡水。
【蹚】ㄊㄤ，行走於有水草或泥巴的地面。
【跳】以腳蹬地，使身體往上或向前。
【跨】舉步移動。
【蹦】跳躍。
【躍】跳動。《易經．乾卦》：「或躍在淵。」
【騰躍】向上跳躍。《莊子．逍遙遊》：「我騰躍而上，不過數仞而下。」
【躩躍】跳躍。躩ㄐㄩㄝˊ。
【一躍而起】一下子跳起來。
【摔倒】跌倒。
【仆跌】向前跌倒。
【失足】走路摔倒。
【撲跌】猛然向前跌倒。
【倒栽蔥】人摔倒時，雙腳朝上的姿態。
【四腳朝天】手足向上，仰面跌倒的樣子。

有些腿在桌子底下跳舞了。皮靴的頓蹴的聲音更增濃幾分狂亂。突然錢麻子怪叫起來，兩手在左右鄰坐者的肩膀上猛拍一下，霍地站在椅子上，高喊踢球時的「拉——拉」調，亂舞著一雙臂膊，像兩支槳。（茅盾《虹》）

到水源地方去的路程，出乎意外的遙遠，因為大河源於小溪，小溪來自高山，但老人一點也不怕苦，他懷著極為感恩的心，千里跋涉去拜謝水賜給他的恩典。（藍蔭鼎〈飲水思源〉）

正嘰嘰咕咕策劃躲到廁所裡去吸煙的王春保們急急回過頭去時，滿臉的頑皮陡然消散，脅肩勾頭，灰溜溜地蹓進了教室，彷彿幾隻水鴨，被人攆上了岸似的。（何立偉〈花非花〉脅肩勾頭，聳肩低頭之意。）

當你不在那片土地，當你不再步履於其上，俯仰於其間，你只能面對一張象徵性的地圖，正如不能面對一張親愛的臉時，就只能面對一幀照片了。（余光中〈地圖〉）

幾次晚飯過後，不經意間踱到廚房，發現父親捧著土芒果，弓著身軀，幾乎是整個身子趴在廚房的水

糟上吃著。（廖玉蕙〈芒果狂想曲〉）

窗口亮光不太一樣了，原來居然滲進了曙色。譚教授還是沒有睡著。他覺得胸口緩和得多了，便輕輕下床，躡足走進書房裡。破曉的霞光在窗外布局著。（李黎〈譚教授的一天〉）

他大聲地斥責一個士兵，隊伍底行進便完全停息。然後，隊伍底先頭，轉移了一個方向，繼續開始進行。他們底步履仍舊是蹀躞，雜亂，因為腳底下所踩著底地面是崎嶇而不平坦。（王文興〈草原底盛夏〉）

他一個人踽踽的向前走著，腳下不知踏著什麼東西。……走出約有二十步的光景，他又頓然停住了，然後大步的轉回來。（端木蕻良〈鷥鷺湖的憂鬱〉）

我一聽，高興得簡直要瘋了，呼踏踏跑過去，就要上轎。誰知管事的大人硬是不讓我上，而把我的堂弟推進轎門。我於是躺在地上，打滾搏躝地哭鬧起來。（劉成章〈壓轎〉）

此時正值暮春天氣，只見一路上有的是紅桃綠柳，燕舞鶯啼。白氏貪看景致，不覺日晚，尚離開陽門二十餘里，便趁著月色，趲步歸家。（明．馮夢龍《醒世恆言．卷二十五．獨孤生歸途鬧夢》）

追上來的孫福揮手打去，打掉了男孩手裡的蘋果，還打在了男孩的臉上，男孩一個趔趄摔倒在地。（余華〈黃昏裡的男孩〉）

每次從書店出來，我都像喝醉了酒似的，腦子被書中的人物所攫，踉踉蹌蹌，走路失去控制的能力。「明天早些來，可以全部看完了。」我告訴自己。想到明天仍可以占有書店的一角時，被快樂激動的忘形之軀，便險些撞到樹幹上去。（林海音〈竊讀記〉）

見他們嘻嘻哈哈的擦身而過，四周都是學士服跑來跑去，我又沒緣故的非常快樂，想著我正年輕，高跟鞋敲在大道上，一步是一步，青春呵，即使是什麼內容都沒有的，也這樣光是不勝之喜就夠了。

（朱天文〈牧羊橋．再見〉）

走廊中也會有障礙物，冒失的過路人也許會失足跌倒，在完整的靜謐中注入了噪音，然後更有游離的回聲。你會站起身來，摸摸衣襟，拍拍灰塵，驚魂甫定，你四顧無人，不禁失笑起來。比起人生戰場上的仆跌來，這只不過是一次輕鬆的餘興節目吧。（張健〈走廊〉）

耳朵

【聆聽】注意聽聞。

【側耳】傾著耳朵聽。

【傾耳】十分專心的聽著。《史記．淮陰侯傳》：「農夫莫不輟耕釋耒，褕衣甘食，傾耳以待命者。」

【傾聽】側耳細聽。

【諦聽】仔細聽。

【洗耳恭聽】專心、恭敬的聆聽。

【耳聞】聽說。

【風傳】風聞，輾轉流傳。

【風聞】傳聞。

【探悉】打聽清楚。

【探聽】訪察打聽。

許多年前，有一次，我借來醫生的聽診器，聆聽自己的心跳，那一聲一聲沉穩而規律的跳動，給我極深的撼動，這就是我的生命，單單屬於我的。我可以好好的使用它，或是白白糟蹋它，我可以使它過一個更有意義的人生，或是任它荒廢虛度，庸碌一生；〔……〕（杏林子〈生命生命〉）

夏季，是屬於荷花的季節，如果你側耳傾聽，便不難發現，植物園裡的荷花們早就已經笑成一團了。

（張騰蛟〈荷〉）

窗外有淒切的蟲鳴和清冷的月光，窗內流轉著柴可夫斯基〈如歌的行板〉。此時的我富有得像一個女

王，擁有整座夜的王國，能諦聽所有精靈的耳語。（彭樹君〈最愛清歡〉）
他曾對我說過，這馬克思主義的理論，他一輩子也學不到手。本來，在反右以後，也風傳著要罷掉他的縣長官位。（陳若曦〈尹縣長〉）

眼睛

【瞧】看；偷看。

【盼】看。

【望】向遠處或高處看。

【視】看，見。「正視」、「直視」。

【睜】張開眼睛。

【瞅】ㄔㄡˇ，看。「不瞅不睬」。

【覷】ㄑㄩˋ，看；偷看；瞇眼注視。

【覽】觀看；眺望。「一覽無遺」。

【觀】察看，審視。

【目睹】親眼看見。

【目擊】親眼所見。

【瀏覽】大略看看。

【觸目】目光所及，眼睛所看到的。

【面面相覷】互相對視而不知所措。

【視若無睹】當作沒看到。「視而不見」。

【盯】集中精神或目光，注意的看。「盯梢」。

【睇】ㄉㄧˋ，微微斜視；注視。陶淵明〈閑情賦〉：「仰睇天路，俯促鳴絃。」

【瞄】注視。「瞄準」。

【瞪】睜大眼睛直視；惡意的看人。「目瞪口呆」。

【目送】目光隨著離去的人或物轉動。

【迎睇】以目迎接。劉晝《劉子．因顯》：「來而迎睇之，去而目送之。」

【注視】集中視線而望。

【定睛】集中視線。

【眈眈】眼睛向下注視的樣子。眈ㄉㄢ。

【停睇】目不轉睛的看。《聊齋志異．青鳳》：「生談竟而飲，瞻顧女郎，停睇不轉。」

【寓目】注目，過目。《左傳．僖公二十八年》：「請與君之士戲，君馮軾而觀之，得臣與寓目焉。」

【逼視】逼近觀看。

【睽睽】張眼注視。「眾目睽睽」。

【端量】端詳，打量。

【諦視】仔細察看。

【審視】詳細察看。

【凝眸】目不轉睛的看。

【凝睇】注視。白居易〈長恨歌〉：「含情凝睇謝君王，一別音容兩渺茫。」

【凝視】目不轉睛的看著。

【瞠視】睜眼直視。瞠ㄔㄥ。

【瞵視】瞻望，注視。瞵ㄌㄧㄣˊ。

【矚目】注視。

【目不轉睛】眼睛不動，凝神注視的樣子。

【虎視眈眈】如老虎般貪狠的注視。語出《易經·頤卦》：「虎視眈眈，其欲逐逐。」

【怒目而視】發怒而圓睜兩眼瞪視對方。

【瞥】眼光掠過，很快看一眼。「匆匆一瞥」。

【瞟】ㄆㄧㄠˇ，斜著眼睛看。

【乜斜】眼睛瞇成一條縫或斜視。乜ㄇㄧㄝ。

【側目】斜眼看人，不以正眼看人。「引人側目」。

【睃望】側目觀望。睃ㄙㄨㄛ。

【睇眄】斜眼注視；顧盼。眄ㄇㄧㄢˇ，斜視。王勃〈滕王閣序〉：「窮睇眄於中天，極娛遊於暇日。」

【睥睨】ㄅㄧˋㄋㄧˋ，斜眼看人，輕視或瞧不起。

【窺伺】窺探他人動靜，找機會下手。

【窺視】暗中偷看。

【探頭探腦】四處窺探。

【四顧】環視四周。李白〈行路難〉：「停杯投箸不能食，拔劍四顧心茫然。」

【眄睞】環顧。

【掃視】目光向四周掠過。

【張望】從隙縫中看或四處遠望。

【滿目】形容充滿視野。

【彌望】一望無際。潘岳〈西征賦〉：「黃壤千里，沃野彌望。」

【環顧】觀察周遭的動靜。

【顧盼】觀看。

【左顧右盼】東張西望；猶豫遲疑的樣子。

【放眼】放眼遠望。

【眺望】遠望。

【飽覽】暢快的看。

【憑眺】憑高遠望。

【臨眺】登高遠望。

【騁目】縱目眺望遠處。

【俯視】從高處往下看。曹丕〈雜詩〉：「俯視清水波，仰看明月光。」

【俯瞰】由高處往下看。瞰ㄎㄢˋ。

【鳥瞰】從高處往下看。

【仰望】抬頭向上看。

【舉目】抬起眼睛看。《晉書·王導傳》：「風景不殊，舉目有江山之異。」

【瞻仰】仰望，觀看。

方抬起頭來，向台下一盼。那雙眼睛，如秋水，如寒星，如寶珠，如白水銀裡頭養著兩丸黑水銀。（清．劉鶚《老殘遊記．第二回》）

錢夫人睇著蔣碧月手腕上那幾隻金光亂竄的扭花鐲子，她忽然感到一陣微微的暈眩，一股酒意湧上了她的腦門似的，〔……〕。（白先勇〈遊園驚夢〉）

李先生，我……我，我知道銀行待我不錯：我不是不領情。可是……您是沒有瞅見我家裡那一堆孩子，活蹦亂跳的孩子，我得每天找東西給他們吃。銀行辭了我，沒有進款，沒有米，他們都餓得只叫。並且房錢有一個半月沒有付，眼看著就沒有房子住。（曹禺《日出》）

「洋爐子」太高了，父親得常常站起來，微微地仰著臉，覷著眼睛，從氤氳的熱氣裡伸進筷子，夾起豆腐，一一地放在我們的醬油碟裡。我們有時也自己動手，但爐子實在太高了，總還是坐享其成的多。〔……〕我們都喜歡這種白水豆腐；一上桌就眼巴巴望著那鍋，等著那熱氣，等著熱氣裡從父親筷子上掉下來的豆腐。（朱自清〈冬天〉）

浣芳在玉甫懷裡，定睛呆臉，口咬指頭，不知轉的甚麼念頭。玉甫不去提破，怔怔看他。祇覺浣芳眼圈兒漸漸作紅色，眶中瑩瑩的如水晶一般。（清．韓邦慶《海上花列傳．第三十六回》）

笑聲中，一個顴骨高聳，面如淡金，目光如睥睨鷹的獨臂老人，已大步自左面的雪林中走了出來。右面的雪林中，也忽然出現了個人，〔……〕阿飛一眼便已瞥見，這人走出來之後，雪地上竟全無腳印，〔……〕這人居然踏雪無痕，雖說多少占了些身材的便宜，但輕功之高，也夠嚇人的了。（古龍《多情劍客無情劍》）

伊在鏡子裡瞟了我一眼。伊的極深而大的眼睛，會使你那麼微微地怵然一驚。（陳映真〈一綠色之候

鳥〉）

喜妹是個極肥壯的女人，偏偏又喜歡穿緊身衣服，全身總是箍得肉顫顫的，臉上一逕塗得油白油白，畫著一雙濃濃的假眉毛，看人的時候，乜斜著一對小眼睛，很不馴的把嘴巴一撇，自以為很有風情的樣子。（白先勇〈那片血一般紅的杜鵑花〉）

妳盤腿而坐，特別引起我的愛意，同時妳像在冬天時一樣地盛裝，一切都像是知道我會來窺視。（七等生〈隱遁者〉）

從那四方形如城堡的樓塔，展望環繞金山四周的環境。在這兒鳥瞰，並不只是在享受一種登高望遠的樂趣而已，還有更多思古的情緒，以及歷史的困惑，都會伴隨著景觀，自腦海浮升。（劉克襄〈金山小鎮〉）

眉毛

【挑眉】 引動眉毛。

【橫眉】 眉毛橫豎，形容憤怒的樣子。「橫眉豎目」。

【顰】 皺眉。「顰眉」。李白〈怨情〉：「美人捲珠簾，深坐顰蛾眉。」

【深鎖】 蹙緊，緊皺。「愁眉深鎖」。

【皺眉】 雙眉緊蹙，表示不滿、不悅或憂愁。

【擰緊】 可形容眉間緊皺。

【蹙眉】 皺眉。蹙ㄘㄨˋ。

【攢眉】 皺緊眉頭。攢ㄘㄨㄢˊ。

他那胖得像一條毛毛蟲的手指一直朝我鼻梁衝來。然後，又把胳膊盤在胸前，撇著嘴岔，對我橫眉豎眼。（蕭乾《夢之谷》嘴岔，指嘴角。）

太陽照著的時候，那水在微風裡搖晃著，宛然是西方小姑娘的眼。若遇著陰天或者下小雨，湖上迷迷濛濛的，水天混在一塊兒，人如在睡裡夢裡。也有風大的時候；那時水上便皺起粼粼的細紋，有點像顰眉的西子。（朱自清〈瑞士〉）

一個俊俏的姑娘人群中游動，栗色的頭髮似乎隨意挽個髮髻，眉心擰緊，面容愁悵得令人心動，垂下的寬眼簾顯得有些憔悴，〔……〕（高行健《一個人的聖經》）

千百個櫥窗中我看到妳眩人心神的笑彷彿未笑／寬鬆衣擺下搖蕩一奧祕的天體／蹙眉思考如聖經紙印的字典（陳義芝〈住在衣服裡的女人〉）

鼻子

【嗅】聞氣味。
【聞】用鼻子嗅。
【擤】ㄒㄧㄥˇ，捏住鼻子，排除鼻涕。

【吸呼】生物體與外界環境進行氣體交換的過程。
【歙張】收縮，張大。歙ㄒㄧˋ，吸氣或縮鼻的樣子。

【屏息】抑止呼吸的聲息。
【憋氣】憋住氣，不呼出。
【喘】呼吸急促。
【喘吁吁】形容呼吸短而急促的樣子。吁ㄒㄩ。
【氣喘咻咻】形容呼吸急促、大聲喘氣的樣子。

唯獨一人是海底的暗礁，沉穩的一塊，移近我時，我鼻孔歙張，呼吸聲與心跳聲海葵似的放大。（林俊穎〈夏夜微笑〉）

人生原是一場難分悲喜的／演出而當燈光照過來時／我就必須要唱出那／最最艱難的一幕／請你屏息靜聽然後／再熱烈地為我喝采（席慕蓉〈詠嘆調〉）

當下金、玉姊妹每人喝了約莫也有一小盅酒，那杯裡還有大半杯在裡頭，便遞給長姐兒。他拿起來，一憋氣就喝了個酒乾無滴，還向著太太照了照杯，樂得給太太磕了個頭，又給二位奶奶請了倆安。（清．文康《兒女英雄傳．第三十七回》）

她奮力推開這個痴纏的男人，一直往前跑了好一陣。急風急火，失魂落魄，跑得氣喘咻咻。（李碧華〈素卿〉）

嘴巴

【抿】輕輕合上雙脣。

【鼓】凸起，漲大。「鼓腮幫子」。

【撇】下脣伸出，嘴角向下。

【噘】ㄐㄩㄝ，嘴脣圓合而向上翹。通「撅」。

【努嘴】翹起嘴脣示意。

【嘟嘴】將嘴向前噘起。

【吐】使東西從口中出來。

【啐】ㄘㄨㄟˋ，用力吐出。

【唾】吐口水。

【噦】ㄩㄝ，乾嘔；因胃氣不順而打嗝。

【作嘔】噁心想吐。

有酒渦的抿著脣嚼，看她那種閃著淚光的癡態，忽然禁不住的笑了；酒渦陷得深深的。「哼！」她從鼻子哼出一聲嬌嗔，嘴脣噘得高高的。（楊青矗〈在室男〉）

致庸看著她由遠而近地奔過來，饒他一直嬉皮笑臉慣了，也不自禁地微微漲紅了臉，但他仍裝出一副滿不在乎的樣子，繼續鼓著腮幫子學蛐蛐叫，還微微背轉過身去。（朱秀海《喬家大院》）

閉了眼睛，一件黑乎乎脹鼓鼓的物體便湧上腦海，使胃裡泛酸作嘔，想一吐為快，偏又吐不出來。慢慢的，我也習慣了，知道這不是生理的反應，而是盤據在我心頭的一種感覺，像鉸鏈一樣，今生怕是

解不開。（陳若曦〈任秀蘭〉）

范進因沒有盤費，走去同丈人商議，被胡屠戶一口啐在臉上，〔……〕（清・吳敬梓《儒林外史・第三回》）

身體

【挑】用肩擔物。

【掮】ㄑㄧㄢˊ，用肩扛東西。

【駝】背負，背載。此通「馱」。

【靠】倚傍，挨近。

【倚】靠，依仗。「倚傍」。

【偎】靠著，傍著。「依偎」。

【憑】靠，依靠。

【躺】平臥。

【臥】躺下。

【趴】身體向下倒伏。

【撲】向前猛衝。

【癱】此指躺坐。

【俯伏】趴在地上。

【偃臥】仰臥。

【蜷縮】彎曲收縮。

【匍匐】ㄆㄨˊ ㄈㄨˊ，手足伏地爬行。《莊子・秋水》：「不聞夫壽陵餘子之學行於邯鄲與？未得國能，又失其故行矣！直匍匐而歸耳。」

【膝行】跪地用膝蓋支撐身體前進，表示恭敬或屈服。

【扭動】左右擺動。

【搖擺】搖蕩，擺動。

【扭股糖兒】一種兩三股扭合一起的糖。後多用來形容扭動或糾纏的樣子。

【欠伸】張嘴哈氣伸懶腰。

【伸懶腰】舒展疲倦困乏的腰身。

【挺身】挺立身軀。

【弓背】彎著背。

【佝僂】ㄎㄡˋ ㄌㄡˊ，背部向前彎曲。

【哈腰】彎腰。

【躬身】彎屈身體表恭敬。

【鞠躬】彎腰行禮。

【轉身】回轉身軀。

【折騰】反覆，翻轉。

【輾轉】翻來覆去睡不著覺。

【翻身】翻轉身體。

【打滾】躺在地上翻滾。

【翻滾】不停的滾動。

【折跟頭】頭手著地，使身子翻轉過來的一種動作。

【翻筋斗】以頭頂地，翻身而過。亦稱「翻跟頭」。

【蹲】彎曲兩腿，臀部虛坐而不著地。

【鴟蹲】如鴟鳥蹲伏般，蜷縮傴促的坐著。李之儀〈浣溪沙〉：「酒量羨君如鵲舉，寒鄉憐我似鴟蹲。」

【蹲踞】張開雙腿蹲著。

【坐】彎曲下肢，臀部附著

在座位上休息。

【趺跏】ㄈㄨ ㄐㄧㄚ，盤腿端坐，即打坐之姿。

【落座】坐到座位上。

【端坐】端正身體而坐。

【箕踞】ㄐㄧ ㄐㄩˋ，兩腿舒展而坐，形如畚箕，是隨意不拘禮節的坐姿。《儒林外史·第三十三回》：「或據案觀書，或箕踞自適，各隨其便。」也作「箕倨」、「箕坐」。

【踞坐】伸開兩腳，雙膝弓起坐著，是倨傲不恭、旁若無人之姿勢。

【盤腿】兩腿交叉彎曲平放在地面的坐姿。

【蹲坐】曲膝而坐。

【正襟危坐】整理服裝儀容，端正的坐好。蘇軾〈赤壁賦〉：「蘇子愀然，正襟危坐而問客曰：『何為其然也？』」

【席地而坐】古人鋪席於地坐臥。後指就地坐下。

【跪】屈膝著地。

【屈膝】下跪。

【卑躬屈膝】低身下跪去奉承別人。

【發抖】身體因寒冷、恐懼或憤怒而顫抖。

【打顫】發抖。

【股慄】腿部發抖。蘇軾〈教戰守策〉：「論戰鬥之事，則縮頸而股慄。」

【哆嗦】因寒冷或恐懼而身體發抖。

【寒噤】受冷或驚嚇，身體不自覺顫抖。噤ㄐㄧㄣˋ。

【顫慄】恐懼、寒冷或激動而身體發抖。

【顫巍巍】抖動搖晃的樣子。巍ㄨㄟˊ。

【俯仰】低頭與抬頭。

【昂首】抬頭。

【翹首】抬頭。

【垂頭】低頭。

【俯首】低頭。

【回首】回頭。

【掉頭】轉頭不顧而去。

去年夏天我去爬黃山。山很陡，全是石階，遠望像天梯，直直通進雲層裡。我們走得氣都喘不過來，但是一路上絡繹不絕有那駝著重物的挑夫，一根扁擔，挑著山頂飯店所需要的糧食和飲料。（龍應台〈兩種道德〉）

隨著高昂的聲音出現的是祁雙發的兒子天星，揹著大把長長的乾竹枝，低著頭，彎著腰，一領汗衫已全部汗濕，水淋淋的好像剛從水裡爬出來一樣，而且半身泥土。（鍾鐵民《雨後》）

當扮鬼的同伴處心積慮地想找出我們，我們卻在黑暗的角落裡蜷縮著身體，緊繃著神經，盯著向我們尋來的同伴時，我總是感到自己深陷在一股漆黑的幸福之中無法自拔。（袁哲生〈寂寞的遊戲〉）

至於跪在平滑的磁甎上擦地板——不知為什麼，她就是喜歡那樣如老農在清淺的水田裡插秧般，匍匐虔誠的跪姿，因為那也是一種工作的姿勢，而只要是工作的姿勢，都是美的。（陳幸蕙〈女作家的私生活〉）

外面舞池裡老早擠滿了人，霧一般的冷氣中，閃著紅紅綠綠的燈光，樂隊正在敲打得十分熱鬧，舞池中一對對都像扭股糖兒似的粘在一起搖來晃去。（白先勇〈金大班的最後一夜〉）

總是被那嗚呀嗚呀一聲高一聲低的紡車搖醒；睜開眼從灰黯的蚊帳透視出來，一盞黃昏疲憊的清油燈，正照著母親佝僂著的一團影子，影子忽兒長、忽兒短，皮影子戲一樣的貼在地板上。（張拓蕪〈紡車〉）

但我最羨慕的是那能安然受死的人，像面臨著持槍的洋兵的虛雲大師，像大居士龐蘊同他的女兒靈照。像許多知道自己行將入滅，趺跏而坐，猶諄諄不忘弟子的求佛悟道的大師們。（孟東籬〈死的聯想〉）

忽然，謝醫生失了重心似地往前一衝，猛地又覺得自己的整個的靈魂跳了一下，害了瘧疾似地打了個寒噤，卻見她睜開了眼來。（穆時英〈白金的女體塑像〉）

而在那炎熱的七月十七普渡下午，林市乍看到阿罔官朝著走來，不知怎的一陣陰寒的顫慄湧上，身子不能自禁的起了雞皮疙瘩，腦皮轟的一聲瘦麻麻的腫脹起來。（李昂《殺夫》）

那時祖母臉上的笑容，小雪不曾看見過。小雪的祖母顫巍巍地從椅子上站了起來。「真好聽。真好

聽。」她說，笑著搖動手臂。（張惠菁〈小雪〉）

空空洞洞的午後。滿懷希望的傍晚。在萬家燈火之間腳步匆匆，在星光滿天之下翹首四顧。目光灑遍所有的車站。看盡中年人漠然的臉——這幫中年人怎都那樣兒？（史鐵生〈比如搖滾與寫作〉）

5 生命現象

睡與醒

【眠】睡。

【睏】睡；倦而欲睡。

【寐】ㄇㄟˋ，睡。

【宿】住夜。「食宿」。

【睏覺】睡覺。也作「困覺」。

【渴睡】想睡；瞌睡。

【就寢】上床睡覺。或作「就眠」。

【安歇】就寢。

【入睡】睡覺。

【成眠】入睡，睡著。

【酣睡】熟睡。

【安眠】安穩熟睡。

【睡海】比喻沉睡狀態。

【鼾睡】熟睡並發出鼾聲。唐彥謙〈宿田家〉：「停車息茅店，安寢正鼾睡。」

【入夢】進入夢境。

【夢寐】睡眠中，夢中。

【黑甜鄉】夢鄉，意指沉睡。馬致遠《陳摶高臥·第四折》：「笑他滿朝朱紫貴，怎如我一枕黑甜鄉。」

【夢魘】夢中受驚。

【夢囈】說夢話。

【瞇】眼瞼上下微閉。

【小睡】短暫休息、睡覺。

【打盹】瞌睡。盹ㄉㄨㄣˇ。

【瞇盹兒】小睡一會。

【假寐】閉目養神。《詩經·小雅·小弁》：「假寐永歎，維憂用老。」

【歇晌】午飯後休息片刻。晌ㄕㄤˇ。

【失眠】夜間不能安眠。

【熬夜】夜間支撐不睡。

【目不交睫】眼皮不合攏，即不睡覺。比喻心情不安或緊張勞碌而不能入眠。

【輾轉反側】因心事而翻來覆去睡不著覺。《詩經．周南．關雎》：「求之不得，寤寐思服，悠哉悠哉，輾轉反側。」

【甦】醒過來。「甦醒」。

【寤】ㄨˋ，睡醒。

【清醒】醒過來。

【惺忪】睡醒。

【驚醒】人在睡夢中突然受驚而醒。

【警醒】睡眠中易醒。

【夙興夜寐】早起晚睡，比喻勤勞。《詩經．小雅．小宛》：「夙興夜寐，毋忝爾所生。」

【晏起】晚起床。

樹縫裡也漏著一兩點路燈光，沒精打采的，是渴睡人的眼。這時候最熱鬧的，要數樹上的蟬聲與水裡的蛙聲；但熱鬧是牠們的，我什麼也沒有。（朱自清〈荷塘月色〉）

這樣的夜晚適宜窩在床上，和眾生同在睡海裡載浮載沉。或許粗心的我弄丟了開啟睡門的鑰匙吧！又或者我突然失去了泅泳於深邃睡海的能力；還是我的夢囈干犯眾怒，被逐出夢鄉。（鍾怡雯〈垂釣睡眠〉）

車還在深林平疇之間穿行著。車中底人，除那孩子和一二個旅客之外，少有不像他母親那麼鼾睡底。（許地山〈疲倦的母親〉）

浣芳因阿姐、姐夫同在相陪，心中大快，不覺早入黑甜鄉中。玉甫清閑無事，敲過十一點鐘，就與浣芳並頭睡下。（清．韓邦慶《海上花列傳．第三十五回》）

媽媽坐在床沿，就著小几上暈黃的燈光，編織著髮網，手裡竹製的梭子，飛快的穿梭著。半夜醒來，瞧見媽累極打盹的臉，總會扯著她的衣角，央求著說：「媽，不要再打了，快睡嘛！」（封德屏〈夜

空下的羽翼〉）

覺慧定睛望著這個在假寐中的老人。他惶恐地站在祖父面前，不敢叫醒祖父，自己又不敢走。起初他覺得非常不安，似乎滿屋子的空氣都在壓迫他，他靜靜地立在這裡，希望祖父早些醒來，他也可以早些出去。（巴金《家》）

蘇家的子瞻和子由，你說／來世仍然想結成兄弟／讓我們來世仍舊做夫妻／那是有一天凌晨你醒來／惺忪之際喃喃的囈語（余光中〈找到那顆樹〉）

生養

【誕生】出生。

【分娩】母體產出嬰兒的動作或過程。娩ㄇㄧㄢˇ。

【出世】出生，誕生。

【坐草】婦女生產、分娩。

【臨盆】婦女分娩。

【襁褓】背負幼兒的布條和小被。借指嬰幼兒。

【呱呱墜地】比喻誕生。

【養育】扶養教育。

【拉拔】撫養長大。

【哺育】餵養培育。

【栽培】比喻教養人才。

【豢養】養育。豢ㄏㄨㄢˋ。

【調教】指導教育。

【撫育】撫養教育。

【鞠養】養育。《西遊記‧第三十七回》：「你既然認得白玉珪，怎麼不念鞠養恩情，替親報仇？」

【孝順】侍奉父母盡孝。

【伺候】侍候，服侍。

【侍奉】服侍，伺候。

【奉養】侍養父母。

【承歡】順從父母，使父母歡喜。「承歡膝下」。

【供養】提供生活上所需要的物品、金錢。

【看顧】照應，照顧。

【照拂】照顧。

【贍養】供衣食生活所需。

【健在】健全完好的存在。

【倖存】僥倖存活。

【苟全】苟且保全。諸葛亮〈出師表〉：「苟全性命於亂世，不求聞達於諸侯。」

【苟活】屈節辱身，苟且偷生。

【偷生】苟且求生。

【貪生】過於眷戀生命，不肯犧牲就死。

【苟延殘喘】勉強延續生命。

蕭蕭次年二月間，十月滿足，坐草生了一個兒子，團頭大眼，聲響洪壯。（沈從文〈蕭蕭〉）

雨說：我來了，我來的地方很遙遠／那兒山峰聳立，白雲滿天／我也曾是孩子和你們一樣地愛玩／可是，我是幸運的／我是在白雲的襁褓中笑著長大的（鄭愁予〈雨說〉）

不過，心中總是疑惑著怎樣的部落能夠豢養出排灣族人的尊貴？怎樣的土地能夠豢養出嚴謹有序的排灣族社會組織？（霍斯陸曼．伐伐〈戀戀舊排灣〉）

賈政朝罷，見賈母高興，況在節間，晚上也來承歡取樂。設了酒果，備了玩物，上房懸了彩燈，請賈母賞燈取樂。（清．曹雪芹《紅樓夢．第二十二回》）

對別人生命的冷漠，恰恰說明了人們對自己苟延殘喘的生命的珍愛，這就是「文革」形成的文化生態。對別人生命的冷漠已經成了我們民族的文化取向，滲入我們的血液以至骨髓。（張賢亮〈美麗〉）

成長

【年幼】 年紀小。

【赤子】 初生的嬰兒。

【乳臭】 口中尚帶奶味。

【孩提】 需人提攜、懷抱的幼兒。韓愈〈祭十二郎文〉：「少而強者不可保，如此孩提者，又可冀其成立邪！」

【童稚】 孩童。

【童蒙】 年幼無知的兒童。

【孺子】 幼童的通稱。《孟子．公孫丑上》：「今人乍見孺子將入於井，皆有怵惕惻隱之心。」

【黃口小兒】 幼兒。

【出落】 少年男女到了青春期間，體態容貌轉為美好出眾。

【發育】 指人自初生至成年，身體逐漸壯實。

【成熟】 達到完全成長的階段。

【茁壯】 壯大、強壯。

【成材】 比喻可以造就的

人。

【翅膀硬】比喻長大獨立後，不服管教。

【青春】比喻年輕時期。

【華年】如花盛開的年紀。指少年。

【韶華】青春年華。

【花樣年華】如花朵般的年紀。指青春年少。

【妙齡】女子的青春時代。

【少壯】年輕力強的時候。

【弱冠】古代指男子年滿二十歲加冠，後泛指男子二十歲左右的年紀。

【而立】到三十歲而有所成就。「三十而立」。

【壯齒】三十歲至四十歲之間，身體正強壯之時。

【不惑】孔子自稱四十不惑，後人稱四十歲為「不惑」。「不惑之年」。

【盛年】年輕壯盛的時期。陶淵明〈雜詩〉：「盛年不重來，一日難再晨。」

【春秋鼎盛】壯年正值一生最旺盛的時期。

「近年魔教立了一個新教主，名叫張無忌，本幫有人參與圍攻光明頂之役，曾見到此人是個無知少年。諒這等乳臭未乾、黃毛未褪的小兒，成得甚麼大事？〔……〕」（金庸《倚天屠龍記》）

你一個人漫遊的時候，你就會在青草裡坐地仰臥，甚至有時打滾，因為草的和暖的顏色自然的喚起你童稚的活潑；〔……〕（徐志摩〈翡冷翠山居閒話〉）

胚珠欲著床的那一刻，在鴻冥的宇宙裡碰撞，有的在不被期待裡靠岸，生命在幽暗裡成長、發育；有的在無數次的期待和盼望裡消亡；生命的著床有著種種的條件與困難，但成功的並不都是想要的或被祝福的。（凌拂〈歲末〉）

福生嫂長得雖然說不上甚麼了不得的標致，卻倒是五官端端正正，沒斑沒點的，而且眉眼間還帶幾分水秀，要是認真打扮起來，總還脫不了一個「俏」字，又因她從小多操勞的原故，身材也出落得非常挺秀，〔……〕（白先勇〈悶雷〉）

即使明天早上／槍口和血淋淋的太陽／讓我交出青春、自由和筆／我也決不會交出這個夜晚／我決不會交出你／讓牆壁堵住我的嘴脣吧／讓鐵條分割我的天空吧／只要心在跳動，就有血的潮汐／而你的微笑將印在紅色的月亮上／每夜升起在我的小窗前／喚醒記憶（北島〈雨夜〉）

且道那女子遇著甚人？那人是越州人氏，姓張，雙名舜美。年方弱冠，是一個輕俊標致的秀士，風流未遇的才人。（明・馮夢龍《喻世明言・卷二十三・張舜美燈宵得麗女》）

衰老

【半百】五十，多指歲數。

【花甲】年滿六十歲。

【古稀】指七十歲。語本杜甫〈曲江〉：「酒債尋常行處有，人生七十古來稀。」

【耄耋】ㄇㄠˋ ㄉㄧㄝˊ，年紀很大的人。耄，約八、九十歲。耋，為七十歲。曹操〈對酒歌〉：「耄耋皆得以壽終，恩澤廣及草木昆蟲。」

【老朽】老邁衰朽。

【朽邁】年老無用。

【高邁】年老，老邁。

【晚歲】晚年。

【皓首】年老而頭髮變白。

【暮年】老年。

【龍鍾】年老行動不便貌。

【日薄西山】人已衰老或事物衰敗腐朽，臨近死亡。

【老樹枯柴】比喻年紀大，青春年華已逝。

【行將就木】比喻年紀已大，壽命將盡。

【風燭殘年】形容人已衰老，不久於世的晚年。

【桑榆暮景】日暮時夕陽照在桑榆間，比喻晚年。

【色衰】容顏衰老。

【人老珠黃】比喻婦女年老色衰，像珍珠年久變黃而失去價值。

【美人遲暮】美女晚年，比喻年華老去，盛年不再。

【春歸人老】女子青春消逝，容顏蒼老。

【耆老】老人，多指德高望重者。耆ㄑㄧˊ。

【耆宿】年高有德望的人。

【耆碩】年高有德望的人。

【矍鑠】ㄐㄩㄝˊ ㄕㄨㄛˋ，形容老人精神健旺。《後漢書・馬援傳》：「援據鞍顧眄，以示可用。帝笑曰：『矍鑠哉！是翁也。』」

【老當益壯】年紀大但志氣更加豪壯。王勃〈滕王閣序〉：「老當益壯，寧移白首之心？窮且益堅，不墜青雲之志。」

【老而彌堅】年紀愈老而身體愈健康，精神愈旺盛。

【老驥伏櫪】馬雖老了，

伏在馬槽邊，仍想奔跑千里。比喻年雖老而仍懷雄心壯志。語出曹操〈步出夏門行〉：「老驥伏櫪，志在千里。烈士暮年，壯心不已。」

【寶刀未老】人的精神或技能不因年紀大而衰退。

童蒙一段時期，說它是天真未鑿也好，說它是昏昧無知也好，反正是渾渾噩噩，不知不覺；及至壽登耄耋，老誖聾瞑，甚至「佳麗當前，未能繾綣」，比死人多一口氣，也沒有多少生趣可言。（梁實秋〈談時間〉）

可是想起雪萊的時候，我似乎總是看到一位英姿勃發的青年，因為他從來沒有老過，即使我努力要想像一個龍鍾的雪萊，也無從想像起。（余光中〈論夭亡〉）

也許妳也該去走一走，東京有我在，無論如何幫助不了妳解決內在問題，妳只會更哀怨我不能陪妳，只會更陷溺。而我是個日薄西山的人了，而妳的日出才悄悄露臉而已。（鍾文音〈白晝蒼蒼〉）

段譽「啊」了一聲，「聾啞先生」的名字，他在大理時曾聽伯父與父親說起過，知道是中原武林的一位高手耆宿，又聾又啞，但據說武功甚高，伯父提到他時，語氣中頗為敬重。（金庸《天龍八部》）

到台北後的婆婆，顯示了意外的精神矍鑠，連睡午覺都不必。白日裡，除了吃飯、上洗手間外，一逕安靜地坐在客廳。（廖玉蕙〈緩步走進恍惚的世界〉）

生病

【犯病】舊病復發。

【扶病】支撐病體，帶病工作或行動。劉禹錫〈送裴處士應制舉〉：「老大希逢舊鄰里，為君扶病到方山。」

【臥病】因病躺臥在床。

【抱病】身上有病。

【染病】生病、患病。

【害病】患病。

【微恙】小病痛。

【罹患】染病。

【沉疴】歷時較久，難以治癒的病。疴ㄎㄜ。

【病篤】病勢沉重。

【宿疾】舊有的疾病。

【痼疾】久治不癒的疾病。痼ㄍㄨˋ。

【頑症】難以治療或久治不癒的病症。

【隱疾】身體上不易看到或不可告人的疾病。

【不治之症】醫治不好的病症。

【回天乏術】比喻無法挽救嚴重的情勢或病情。

【病入膏肓】指人病重，無藥可救。語本《左傳．成公十年》：「醫至，曰：『疾不可為也，在肓之上，膏之下，攻之不可，達之不及，藥不至焉。』」

【病病歪歪】久病的樣子。或作「病病殃殃」、「病病恙恙」。

【群醫束手】形容病重到所有的醫生都無法醫治。束手，無計可施。

【藥石罔效】病情嚴重。

【奄奄】氣息微弱將絕貌。

【垂危】將近死亡。

【垂死】接近死亡。

【臨終】將死。

【彌留】病重將死之際。

【回光返照】人臨死前短暫的精神興奮。

【命在旦夕】形容生命垂危，很快就會死去。

【氣若游絲】呼吸微弱，將要斷氣的樣子。

【休養】休息調養。

【調攝】調養。

【康復】病癒，恢復健康。

【痊癒】疾病治好。

【復原】恢復元氣。也作「復元」。

布視之，乃司徒王允也。相見畢，允曰：「老夫日來因染微恙，閉門不出，故久未得與將軍一見。今日太師駕歸郿塢，衹得扶病出送，卻喜得晤將軍。請問將軍，為何在此長嘆？」（明．羅貫中《三國演義．第九回》）

以後女兒像蝴蝶一樣的飛去了。兒子又像小兔似的跑走了。燕子來了去了，葉子綠了紅了。時光帶走了逝者如斯的河水，也帶走了沉疴不起的丈夫。（陳之藩〈寂寞的畫廊〉）

日復一日，不覺又捱了二年有餘。醫家都說是個痼疾，醫不得的了。（明．馮夢龍《醒世恆言．卷

九．陳多壽生死夫妻》）

今天看到妳喜氣如水，明明朗朗站在我面前，真是歡喜。我是忍住游絲般的奄奄氣息微弱將絕的樣子。一口氣，忍住馬上就會來到的死亡來看妳啊。（詹西玉〈仙山人家〉）

死亡

【卒】死亡。

【歿】死。韓愈〈祭十二郎文〉：「中年，兄歿南方，吾與汝俱幼。」

【逝】死亡。

【喪】死亡。

【斃】死。

【薨】古代諸侯或大官死亡稱為「薨」。《禮記．曲禮下》：「天子死曰崩，諸侯曰薨。」

【亡故】死亡，去世。

【大限】年壽已盡；死期。

【不諱】死亡。

【永訣】生死離別，即今生無法再見面。

【仙逝】成仙升天，死亡。

【作古】做了古人，為死亡的婉辭。

【身故】死亡。

【伸腿】兩腿伸直。人死。

【物化】死亡。杜甫〈天育驃騎歌〉：「年多物化空形影，嗚呼健步無由騁。」

【長眠】指人死亡。

【長逝】一去不返。死亡。

【客死】死於外鄉。

【氣盡】氣絕。

【棄世】離開人世。《三國演義．第三回》：「兄醉矣！先父棄世多年，安得與兄相會？」

【過身】過世，逝世。

【殞命】喪失生命。

【瞑目】閉目。比喻人死的時候無所懸念。

【歸西】稱人死亡的委婉之語。

【嚥氣】人死氣絕。

【翹辮子】俗稱死亡。

【一命嗚呼】生命結束。

【與世長辭】去世，與人世永遠告別。

【撒手人寰】人去世。

【自盡】自殺。

【引決】自殺。司馬遷〈報任少卿書〉：「及罪至罔加，不能引決自裁。」

【自戕】ㄑㄧㄤˊ，自殺或傷害自己的身體。

【自裁】自盡，自殺。

【輕生】不愛惜生命。常指

人自殺。

【尋短見】自殺。

【猝死】身體內潛伏的疾病突然發作，讓人在短時間內死亡。

【畢命】結束生命，大多指橫死。

【暴卒】突然去世。

【暴斃】突然死亡。

【橫死】因自殺、被害或意外事故等原因而死亡。

【斃命】死去，喪命。「一刀斃命」。

【死於非命】因意外危害喪生，非自然死亡。

【溘然謝世】辭別人世，指死亡。溘ㄎㄜˋ。

【溺斃】淹死。

【滅頂】溺水而死。

【殉難】為拯救危難而犧牲生命。

【陣亡】在作戰中死亡。

【捐軀】捨棄身軀。為國家犧牲生命，或因公喪身。

【捨身】為事物盡力而不惜犧牲自己。

【就義】為義而死。

【隕首】犧牲生命。李密〈陳情表〉：「猥以微賤，當侍東宮，非臣隕首所能上報。」

【馬革裹屍】死於戰場，用馬皮包裹屍體。比喻英勇作戰。語出《後漢書．馬援傳》：「男兒要當死於邊野，以馬革裹屍還葬耳，何能臥床上在兒女子手中邪？」

【棄養】父母逝世，子女不得奉養。泛指長者的死亡。

【丁憂】遭遇父母的喪事。

【見背】尊親去世。李密〈陳情表〉：「生孩六月，慈父見背。」

【斷弦】古代以琴瑟比喻夫妻，稱喪妻為「斷弦」。

【遭家不造】家庭遭遇不幸的事。後借為居父母之喪的用語。

【圓寂】出家人的去世。

【入滅】佛教謂達到不生不滅的境界。指僧尼死亡。

【坐化】佛教指高僧端坐安然而死。

【涅槃】梵語意為滅、滅度、寂滅。一般也尊稱出家人去世。

【晏駕】皇帝駕崩。

【崩殂】天子死亡。諸葛亮〈出師表〉：「先帝創業未半，而中道崩殂。」

【駕崩】尊稱天子死亡。

【殤】未成年而夭折。

【夭折】年少而亡。

【早逝】年紀很輕就去世。

【天年不遂】人沒有終壽而早死。

【香消玉殞】女子死亡。

【珠沉璧碎】女子殞亡。

【蘭摧蕙折】女子夭逝。

【善終】指能享天年，安詳而逝。

【正寢】在家中自然死亡。

【壽滿天年】人活滿自然壽數而去世。

面對生命的大限，任何人都卑微而無奈，生死離別的分際，只有情愛的光輝分外耀眼。（鄭明娳〈讀人如讀書〉）

在德國我見過一座墓，墓石兩邊浮雕一雙巨大的耳朵。死者長眠地下，還要傾聽世間的萬籟，這才叫不甘寂寞。這一雙石耳線條渾厚而洗練，和胖墩墩墓石諧調為一個渾厚的整體。墓碑上刻著一行字：「我帶不走的只有愛。」（馮驥才〈墓地——海外趣談〉）

貼在您耳邊細訴，如溪水向東款流／您已過身了，必須把渡海的竹筏拋棄了／如拋棄您沉重的肉身／拋棄月色般的夢和記憶／如拋棄您認為已變異的窳瓜那麼果斷（詹澈〈河間人亡於瓜月——祭父〉）

老師翻到最後一頁的最後一幅畫——萬鴉飛過麥田，泥褐色翻滾的麥浪中，有萬鴉嘎然飛過，把顫抖的、氣絕般的落日遮滿。這幅畫是離開阿爾，搬到精神療養院後畫的最後一幅，畫完後，梵谷在麥田間舉槍自戕。（洪素麗〈萬鴉飛過廢田〉）

昨夜我一人／被拋擲到彼處／感覺到一種／滅頂前的悲傷（許悔之〈亮的天〉）

當我死時，你的催眠中我將不再甦醒／不笑，不皺眉，不為誰偏執／沉靜如聆聽水聲的僧人／在落葉中坐化（楊佳嫻〈五衰〉）

等我長大了才明白，她是向老天爺許下了心願，只有表現出無比的虔誠，才不至於將我中途索走，造成我的夭折，現在看來母親的固執是可以理解的。（李惠薪〈另一種女強人〉）

我們從搖籃到墳墓也不過是一條道路，當我們正寢以前，我們可說是老在途中。途中自然有許多的苦辛，然而四圍的風光和同路的旅人都是極有趣的，值得我們跋涉這路程來細細鑒賞。（梁遇春〈途中〉）

二 食衣住行

1 飲食

吃喝

【吃】咀嚼食物後嚥下。

【服】吃。「服藥」。《史記．扁鵲倉公傳》：「即令更服丸藥，出入六日，病已。」

【咬】用牙齒切斷、壓碎或夾住東西。

【茹】吃，咀嚼，吞咽。「茹毛飲血」。《孟子．盡心下》：「舜之飯糗茹草也，若將終身焉。」

【啃】吃。

【啖】ㄉㄢˋ，吃。「大啖」。

【嗑】ㄎㄜˋ，用上下門牙咬有殼的或硬的東西。

【舔】用舌頭觸碰或沾取。

【餐】吃，食。

【嚐】以口辨別滋味。

【餵】將食物送進嘴裡。

【饌】吃喝，飲用。《論語．為政》：「有酒食，先生饌。」

【嚼】咬碎食物。

【用膳】吃飯。

【吞咽】不加咀嚼而吞下。

【咀嚼】用牙齒咬碎與磨細食物。

【品味】品嚐食物的味道。

【茹素】食齋。

【淺嚐】稍微的品嚐。

【進餐】用餐，吃飯。

【打牙祭】指偶爾才吃到豐盛的菜餚。

【大快朵頤】飽食愉快的樣子。朵，動；頤，下巴。

【狼吞虎咽】形容吃東西急猛、粗魯的樣子。

【細嚼慢嚥】把食物嚼碎，慢慢吞下去。

【喝】飲用液體、飲料或流質食物。

【呷】ㄒㄧㄚˊ，喝。鄭震〈飲馬長城窟〉：「朝呷一口水，暮破千重關。」

【酌】飲酒。「小酌」。

【啜】ㄔㄨㄛˋ，吃，喝。陸游〈睡鄉〉：「有酒君勿啜，入腸作戈矛。」

【汲飲】吸取而飲。

【杯觥交錯】酒席間舉杯互敬暢飲，形容氣氛熱烈。

【飛觥走斝】不斷傳杯，比喻暢飲。斝ㄐㄧㄚˇ，古代盛酒的器具。

【醉】飲酒過量以致神志不清。蕭統〈陶淵明傳〉：「淵明若先醉，便語客：『我醉欲眠，卿可去。』」

【貪杯】貪戀杯中之酒。

【酗酒】飲酒無節制。

【微醺】輕微的醉意。

【酩酊】大醉的樣子。

【爛醉】大醉。「爛醉如泥」。

【酒酣耳熱】指酒喝得意興正濃的暢快神態。曹丕〈與朝歌令吳質書〉：「每至觴酌流行，絲竹並奏，酒酣耳熱。」

【吮】ㄕㄨㄣˇ，用口吸取。「吮指」、「吮癰舐痔」。

【咂】ㄗㄚ，品嚐，吸吮。「咂一口」。

【嘬】ㄕㄨㄛˋ，以口吸吮。

【饞】貪吃。

【流涎】流口水，嘴饞。

【饕餮】ㄊㄠ ㄊㄧㄝˋ，貪吃。饕為貪財，餮為貪食。

【垂涎三尺】口水流下三尺長，形容貪饞。

【咂嘴弄舌】好吃貪嘴。

咬到蘋果的人，一時也說不出什麼，總覺得沒有想像那麼甜美，酸酸澀澀，嚼起來泡泡的有點假假的感覺。但是一想到爸爸的話，說一隻蘋果可以買四斤米，突然味道又變好了似的，（……）（黃春明〈蘋果的滋味〉）

眾人七手八腳搬開桌椅，在靈位前騰出老大一片空地。眼見好戲當前，各人均已無心飲食，只有少數饕餮之徒，兀自低頭大嚼。（金庸《飛狐外傳》）

回到自己的孤零世界，啖畢早餐，咬下最後一口棗泥酥，酥皮零零落落地掉在木板上，飽食後睡意才來，倒頭昏睡一陣，再醒已是陽光滿室。（鍾文音〈咿咿呀呀吊著嗓〉）

有時還可回得早一些，偷偷地在廚房的蒸鍋裡端出一小碗豆豉蒸肉，趁大家還沒回，關起門來吞咽。

（韓少功〈藍蓋子〉）

中午的一頓飯他們是以品味為主，用他們的術語來講叫「吃點味道」。所以在吃的時候最多只喝幾杯花雕，白酒點滴不沾，他們認為喝了白酒之後嘴辣舌麻，味覺遲鈍，就品不出那滋味之中千分之幾的差別！（陸文夫〈美食家〉）

也因為這樣，它燒得一手好菜。每次到家裡來，總是大包小包提著榮家的大鍋菜來給我們打牙祭，特別是逢年過節，榮家吃什麼我們也吃什麼。（孫大川〈我們是一家人：Sarumahenan ta〉）

報名處的兩個老師坐在一扇開著的窗戶前面，每人面前放著一杯茶。「外地來的？」其中一個慢吞吞地呷了一口茶，然後客客氣氣地問那藍布小褂兒。（徐星〈無主題變奏〉）

黑陶，我是。我恆探險於幽古的井底，汲飲著清冽冽的，冬暖夏涼的井水，吐些餘瀝，用多耳聽取它神妙的叮咚。（司馬中原〈黑陶〉）

夏季天黑得晚，落地長窗外的小花園在淡淡的暮色中散發入夜前瞬息的繽紛。我們喝了好多種餐酒，微醺之際，有人低聲唱出一支芬蘭情歌，悽切而深幽。（董橋〈晚風中的薔薇〉）

還記得小時候吃完荔枝捨不得，就把子放在桌上，沒事拿來吮一吮。圓圓的荔枝子在桌上排成一整列，媽媽看到還以為是德國蟑螂。（郝譽翔〈餓〉）

從來不知道賣餛飩的車停在那兒，卻永遠聽得見那有韻律的敲擊節奏，更驚於那總是熱騰騰、香噴噴的餛飩。常常熬到很晚都不肯去睡，為的就是饞那碗熱餛飩，〔……〕（楊小雲〈時代的軌跡〉）

幾天不見肉，他就喊「嘴裡要淡出鳥兒來！」若真個三月不知肉味，怕不要淡出毒蛇猛獸來？有一個人半年沒有吃雞，看見了雞毛帚就流涎三尺。（梁實秋〈男人〉）

美食與粗食

【美味】美好的滋味或鮮美的食品。

【玉食】珍貴美味的食物。「錦衣玉食」。

【甘旨】美味。汪中〈先母鄒孺人靈表〉：「迨中入學宮，游藝四方，稍致甘旨之養。」

【佳餚】美好的菜餚。

【珍饈】珍奇美味的菜餚。

【厚味】美味，滋味極好的食物。《莊子·至樂》：「所苦者，身不得安逸、口不得厚味。」

【美饌】珍美的食品。

【盛饌】豐盛甘美的酒食。

【膏粱】肥肉與美穀。指精美的食物。

【山珍海味】水陸出產的珍美菜餚。

【水陸雜陳】水陸所產的各種美味無不具備，形容豐盛的佳餚。

【方丈之饌】飯菜滿滿的擺了一桌。

【殊滋異味】特別的滋味，指佳餚美食。

【滿漢大餐】清代宮廷最隆重的公宴。

【饌玉炊金】形容飲食的豐盛美味。

【醑】ㄒㄩˇ，美酒。

【芳醴】芳香的美酒。

【佳茗】好茶。

【醇醪】濃烈精純的美酒。醪ㄌㄠˊ。

【瓊漿】美酒。

【金波玉液】名貴的美酒。

【糟糠】比喻粗食。糟，酒滓。糠，穀皮。

【菲酌】粗劣的酒餚。常作謙辭。

【蔬食】粗食。

【家常便飯】家中的日常飯食。

【粗茶淡飯】粗糙簡單的飲食。

【濁酒粗食】混濁的酒和粗糙的食物，飲食不精緻。

【糲食粗餐】以粗劣的食物為餐飯。形容生活清苦。

【簞食瓢飲】比喻生活清苦，但安貧樂道。語本《論語·雍也》：「賢哉！回也，一簞食，一瓢飲，在陋巷，人不堪其憂，回也不改其樂。賢哉！回也。」

伯牙道：「下官傷感在心，不敢隨老伯登堂了。隨身帶得有黃金二鎰，一半代令郎甘旨之奉，一半買幾畝祭田，為令郎春秋掃墓之費。待下官回本朝時，上表告歸林下。那時卻到上集賢村，迎接老伯與

老伯母同到寒家，以盡天年。〔……〕」（明．馮夢龍《警世通言．卷一．俞伯牙摔琴謝知音》）

在這三天之中，洪七公又多嚐了十幾味珍饈美饌，黃蓉卻沒再磨他教甚麼功夫，只須他肯盡量傳授郭靖，便已心滿意足。（金庸《大漢英雄傳》）

郭靖也就住口，從說話人變成了聽話人。這一席話黃蓉足足說了大半個時辰，她神采飛揚，妙語如珠，人人聽得悠然神往，如飲醇醪。（金庸《大漢英雄傳》）

晴天一碧，萬里無雲，終古常新的皎日，依舊在她的軌道上，一程一程的在那裡行走。從南方吹來的微風，同醒酒的瓊漿一般，帶著一種香氣，一陣陣的拂上面來。（郁達夫〈沉淪〉）

原來本地向無此國。只因三代以後，人心不古，撒謊的人過多，死後阿鼻地獄容留不下；若令其好好托生，恐將來此風更甚。因此冥官上了條陳，將歷來所有謊精，擇其罪孽輕的俱發到此處托生。因他生前最好扯謊，所以給一張豬嘴，罰他一世以糟糠為食。（清．李汝珍《鏡花緣．第二十七回》）

宴請

【饗】盛宴款待賓客。指供人享用。「以饗讀者」。

【洗塵】設宴招待遠來或歸來的人。

【宴饗】古代天子大集群臣賓客宴會。或作「燕享」。

【接風】設宴款待遠來或歸來的親友。

【做東】作主人或請客。

【設宴】設置宴席請客。

【款待】殷勤接待。

【款留】殷勤勸留賓客。

【賞光】請求對方接受邀請的客套語。

【餞行】設酒食替人送行。

【回請】受招待後還請。

【還席】受人邀宴後，設酒席回請對方。

前天晚上曾家已經設宴為姚思安「洗塵」，所以不必再回請。過了三天，姚思安要走了，曾家才回請，算做餞行。（林語堂《京華煙雲》）

如果諸位肯賞光，我想請大家吃個便飯，這樣給我多一個向您們兩位討教的機會，不知陳教授您肯不肯賞這個臉？（於梨華〈會場現形記〉）

被請的人有時候也很苦：明知受人錢財就得與人消災，但是又沒有拒絕的勇氣，於是計劃「還席」或「回客」。受了人家的好處，再奉還若干好處給人家，這樣就算兩相抵銷，不再負報答的責任。（王力〈請客〉）

調理

【炒】將食物放在鍋裡攪拌至熟。

【炸】把食物投入多量的沸油中，直至外皮成金黃色。

【烤】將食物置於炭火等熱源附近，使其變熟。

【烙】將食物放在燒熱的鍋上烤熟。

【焗】將食物與調味料置於密閉容器中，用蒸氣使其變熟。

【涮】ㄕㄨㄢˋ，將薄肉片放入滾湯中，燙一下即刻取出，沾佐料而食。

【煎】將食物放入少量油中，加熱至表面成金黃色。

【煲】ㄅㄠ，用慢火熬煮。

【煨】ㄨㄟ，以微火慢慢燒煮，至熟軟。把生食埋在火灰中燒熟。

【滷】用醬油等佐料，加水烹煮食物，使之入味。

【熬】用小火慢煮、乾煎。

【燜】緊蓋鍋蓋，用蒸氣和溫度將食物煮熟或燉爛。

【燉】食物加水，用文火慢煮使爛熟。裝入盅或陶罐中，隔水慢火煨煮到熟軟。

【燴】將湯汁加入材料慢火煮，至湯汁不多時勾芡。

【燻】以松枝、木炭或茶葉等的火煙燒烤食物。

【爆】用大火熱油快炒，頻頻翻攪，食物剛熟即起鍋。

【蘸】ㄓㄢˋ，沾液體或其他物質。

【火悶】用火將食物悶熟。

【勾芡】烹調時，將芡粉用水調勻，加入材料，使成濃稠狀。

【汆燙】將食物放進沸水中，隨即取出。汆ㄘㄨㄢ。

【回鍋】將煮熟的食物重新放回鍋中烹飪。

【冰鎮】冷卻食物。

【拔絲】把糖加熱，因糖液濃稠，拉而見絲，故稱。

【風乾】將食物置於戶外任風吹乾。

【紅燒】將魚、肉略炒，加醬油、冰糖等燜熟至呈褐色。

【烘焙】用火烘乾。

【清蒸】蒸熟食物。

【發酵】醣類被菌類或細菌在無氧情況下代謝後，變成另一種有機物的過程。

【醃漬】將食物加鹽、糖或各種佐料浸泡調理。

【醃臘】將肉品以醬汁、鹽浸漬，然後燻乾或風乾。

【燒烤】用火烘烤。

然而這火悶的花生，卻有一切砂炒的、鹽水炒的和蒜泥炒的花生所沒有的香味：新鮮，帶著一股生豆的香味，和被燒焦了的花生殼燻出來的獨特的芬芳。（陳映真〈鈴璫花〉）

不過，自從大同電鍋上市，天然氣普遍使用後，灶腳的情況改變。使用大同電鍋，家庭主婦無須晨間引火，煲粥煮飯，只要將米掏妥，置於內鍋之中然後外鍋添水覆蓋，最後，像彈鋼琴似的將鍵向下一按，即可，〔……〕（逯耀東〈灶腳〉）

加茉仔的梗柄粗大，葉片寬闊，全身油亮，總是霸氣的吸住人的目光。母親先將蓬鬆的葉子切好，入水汆燙，撈起再下到蒜蓉爆香的油鍋裡，大火快炒幾下，體積大幅變小後，成了萎縮深綠的一盤。（沈花末〈米粉芋〉）

近幾年餃子館在臺灣大為流行，吃餃子當然要蘸醋，大家不約而同，全是化學醋對涼水，再好的餃子也蹧蹋啦！（唐魯孫〈酸溜溜的醋話〉）

當然，隆冬深夜，靜靜啜飲一壺溫暖的鐵觀音，可以享受「以茶當酒」的寒夜之樂；但炎炎夏日，手

捧一甌冰鎮透心的菊花清茗，涓滴品賞，卻另有一番幽趣。（陳幸蕙〈飛昇的菊花〉）

母親對於北方過年的講究十分堅持。一進臘月，各種醃臘風乾的食物，便用炒過的花椒鹽細細抹過，浸泡了醬油，用紅繩穿掛了，一一吊曬在牆頭竹竿上。（蔣勳〈無關風月〉）

味道

【甘甜】甜美。

【甜膩】濃郁的甜味。

【甜滋滋】味道甘甜。

【辛辣】味辣。

【麻辣】又麻又辣的滋味。

【辣實】味道辛辣。

【辣乎乎】形容非常辣。

【澀苦】味道又澀又苦。

【味似黃蓮】味道似黃蓮一樣的苦。

【鹹重】鹽味重的。

【鹺鹹】鹹味。鹺ㄘㄨㄛˊ。

【鹹津津】略帶點鹹味。

【酸溜溜】形容味道酸。

【酸不溜丟】味道極酸。

【淡薄】不濃厚、稀薄。

【清寡】味道清淡。

【味同嚼蠟】沒有味道。

【味如雞肋】與雞的肋骨一樣無味。

【清湯寡水】沒有味道。

【寡淡無味】平淡沒有味道。

【入味】有滋味。

【可口】飲食味美合口。

【提味】增加佐料使可口。

【芬鬱】香氣盛烈。《荀子・正名》：「甘苦鹹淡辛酸奇味以口異，香臭芬鬱腥臊洒酸奇臭以鼻異。」

【香醇】香味醇厚。

【濃烈】味道強烈。

【濃醇】味道濃厚香醇。

【釅】味道濃厚。釅一ㄢˋ。蘇軾〈正月二十日與潘郭二生出郊尋春，忽記去年是日同至女王城作詩，乃和前韻〉：「江城白酒三杯釅，野老蒼顏一笑溫。」

【濃腴】形容食物的味道厚重，含油量高。

【釅釅】形容醇、濃、香。

【油膩膩】含油過多。

【清醇】乾淨純正。

【清鮮】清淡鮮美。

【清釅】清醇有味。

【醍醐】原指由牛奶精煉出的油脂。後泛指食物最美好、精髓的味道。

【易牙之味】食物味道鮮美，有如經過易牙調味。

【齒頰留香】食物味道鮮

美，令人回味無窮。

【腥臊】魚肉的腥臭味。

【腥羶】肉類刺鼻的腥味。羶ㄕㄢ。

【餿腐】食物腐敗而變味。

【走味兒】食物失去原本的味道。

桂花元宵是在元宵的餡裡，攙和著桂花。吃起來，甘甜之中有一股沁人的馨香，那香味絲絲地穿入你的胃腸，能使你久久回味著。（王尚義〈桂花元宵〉）

南方人到了北平，不可能喝豆汁兒的，就是河北各縣也沒有人能容忍這個異味而不齜牙咧嘴。豆汁兒之妙，一在酸，酸中帶餿腐的怪味。二在燙，只能吸溜吸溜地喝，不能大口猛灌。三在鹹菜的辣，辣得舌尖發麻。越麻越喝，越喝越燙，最後是滿頭大汗。（梁實秋〈豆汁兒〉）

我難忘這種深植在記憶泥土裡的作物，當那強烈辛辣的味道吞進肚子裡，就好像有一股熱流在心窩盤旋，復升了上來。（焦桐〈大蒜〉）

似醒似睡，緩緩的柔光裡／似悠悠醒自千年的大寐／一隻瓜從從容容在成熟／一隻苦瓜，不再是澀苦（余光中〈白玉苦瓜〉）

而也因為形成時間相較下更長，較之海鹽來，陸上的鹽在滋味上也往往更為鹹重、雄渾有力。（葉怡蘭〈極致之味〉）

不過，這幾味綠蔬到底質地瘠薄，難以原味本色見人，無怪乎上海人要想方設法變著花樣，其實是吃個感覺意思，也許寬油厚醬的濃腴之物吃多了，要嚐點清寡口味醒醒神吧。（蔡珠兒〈濃腴與清鮮〉）

乃此店的湯頭，色較清亮，有椒香氣，有薑沖氣，亦有近似淺淺沙茶的藥香氣；簡言之，清鮮也。亞熱帶地區或許最適宜這般口味，華南口味，而不是坊間那些我們習以為常的、視為當然的、豆瓣醬風

味的——牛肉麵。（舒國治〈延平北路汕頭牛肉麵〉）

在重新加溫的過程裡，香膩的滷汁，會二度溶入QQ的皮脂和順舌的瘦肉裡。一而再、再而三加溫燉煮，可以讓原本冰冷的蹄膀，滷成透心的醍醐味。（高翊峰〈料理一桌家常〉）

我必須習慣橫衝直撞的賓士計程車，我必須接受度假公寓附近日常生活用品顯然是超高價格的雜貨鋪，我必須接受家家戶戶都是烤羊肉串的腥羶騷味，啊——！這是怎麼一回事，我的希臘生活才要真正開始呢！（師瓊瑜〈我的希臘生活，才要開始〉）

口感

【紮實】穩固結實。
【軟滑】柔軟滑潤。
【爽口】清脆可口。
【爽嫩】爽口鮮嫩。
【酥脆】鬆脆。
【焦脆】食物焦黃酥脆。
【綿爛】綿柔鬆軟。
【彈牙】形容食物富有彈性、嚼勁。
【黏稠】濃稠有黏性的。
【鬆軟】鬆散綿軟。
【爛糊】食物極熟爛，如黏糊狀。
【硬邦邦】形容堅硬、強硬。

雙色令劍荷花凍，倒扣盛在小白瓷盤內，上層白瑩如水晶剔透，下層紅豔如鮮血欲滴，銜接之處浮現一紋淺淺的淡紅色澤。花凍入口冷涼沁香，甜潤軟滑。（丘彥明〈吃花〉）

男的蹲在地上攪拌魚丸漿，是新鮮海鰻身上刮下來的，然後填餡浮於水中，他家的魚丸完全手工打成，爽嫩，餡鮮而有汁，吃福州乾拌麵應配福州魚丸湯，但好的福州魚丸湯也難尋。（逯耀東〈餓與福州乾拌麵〉）

把茄子一剖兩半，挖一鼻屎大豬油乾煎，一邊用鍋鏟把它壓扁，慢慢煨得綿爛，吃在嘴裡原汁原味，比都市什麼魚香茄煲都正宗。（舒婷〈醉人的酒，養人的飯〉）

而魚蛋河粉則是最普遍的麵點，每家茶餐廳和粉麵店，幾乎都有自製魚蛋，有的更標榜人手攪打，打得愈久愈彈牙。（蔡珠兒〈彈牙魚蛋〉）

而最近這趟，還偶然發現了該商場地下樓的西式食品雜貨鋪與西點舖也一樣頗有可觀，尤其是「Mrs. Elizabeth Muffin」的奶茶口味Muffin，非常濃醇馥郁的奶香與鬆軟的口感，很適合外帶一兩只上飛機充當餐後甜點。（葉怡蘭〈莎喲娜啦～羽田機場和菓子〉）

飽與餓

【充飢】進食解餓。

【果腹】填飽肚子。

【解渴】消除口渴。《紅樓夢．第四十一回》：「豈不聞一杯為品，二杯即是解渴的蠢物，三杯便是飲牛飲騾了。」

【療飢】解除飢餓。

【飽足】充分滿足。

【飫饜】ㄩˋ ㄧㄢˋ，飽食。也作「饜飫」、「厭飫」。

【揎飽】填飽。揎ㄒㄩㄢˋ。

【大飽口福】味覺得到充分的滿足。

【酒足飯飽】飯後心滿意足的神態。

【挨餓】受餓。

【枵腹】空著肚子；飢餓。枵ㄒㄧㄠ。

【凍餒】受凍挨餓。

【飢寒】飢餓、受寒。

【焦渴】極為口渴。

【飢火燒腸】比喻飢餓如火燒肚腸般難以忍耐。

【飢寒交迫】飢餓寒冷交相逼迫。

【飢腸轆轆】非常飢餓。轆轆，空腹的鳴叫聲。

【唱空城計】肚子餓。

【喝西北風】比喻沒有飯吃、挨餓。

【啼飢號寒】因飢餓寒冷而啼哭，極為貧困。語本韓愈〈進學解〉：「冬暖而兒號寒，年豐而妻啼飢。」

【饔飧不繼】三餐不繼，生活十分困頓。饔ㄩㄥ，早餐。飧ㄙㄨㄣ，晚餐。饔飧指熟食。

把一鍋佳肴調好了味，淺淺地嘗一口，那熱騰騰正在興頭上的這一小口，滋味美得醉人。這一小口是隨著長時間採辦煨燉的期待，與即將來臨的大嚼、胃口十足，帶點饞吻，使滋味特別醲香。這一小口，如果拿來與飽嚼飫饜以後相比較，飽足後的滋味要少得多了。（黃永武〈「將要」最美〉）

那麼多人或站或蹲，或就地坐下，形成一個亙古未有的大飯場，喝稀飯一片吸溜聲，喝稠飯一片呼嚕聲，只能吃出熱鬧，吃不出溫馨，只能把肚子楦飽，絕對品不出滋味。（周同賓〈飢餓中的事情〉）

跑三四里路，正街上有一所菜館。然而這菜館也限定時間，而且供應量有限，若非趁早買票，難免枵腹遊山。（豐子愷〈廬山面目〉）

這時候，他後父已不大顧到家內，雖然他們母子倆，自己的勞力，經已可免凍餒的威脅。（賴和〈一桿「稱仔」〉）

讀書時候哪裡懂得餓？只曉得青春最重要。雖然現在也並沒老，但總覺得青春是過去了。我這樣冥想了一個長時間，心浪像海水一般地潮了一陣，追求實際吧！青春唯有自私的人才繫念它。只有飢寒，沒有青春。（蕭紅〈餓〉）

2 穿衣

剪裁製作

【補】修好破裂、破損處。
【綴】縫補。
【熨】藉熱力把衣物壓平。
【縫】以針線綴補。
【繡】用彩色絲線在綢緞上刺上各種花紋。
【挑花】在布的經緯線用彩線挑出小十字，構成圖案。
【穿針】將線穿入針孔。
【裁剪】縫製衣服時，把衣料按照一定尺寸裁開剪斷。
【補綴】修補裂縫。
【縫紉】剪裁、縫合、補綴衣服的工作。
【織補】依原織布方式縫補紡織品上的破洞。
【鑲滾】以布條鑲邊。
【打皺褶】做出褶紋。

這一件毛衣是母親留給我唯一的紀念品。我穿起一根絨線，慢慢兒縫著破了的扣子眼。忽然想起用紫紅絨線，沿著邊綴上一道細花。這樣不但別緻，而且可以使它煥然一新，我就這樣興匆匆地做起絨花來了。（琦君〈毛衣〉）

身著淺藍色西裝，裁剪合身，泰綢襯衫領子翻在外面的韓先生從化妝室走出來。（黃凡〈賴索〉）

正說著，薩黑荑妮又下樓來了，已經換了印度裝，兜著鵝黃披肩，長垂及地。披肩上是二寸來闊的銀絲堆花鑲滾。（張愛玲〈傾城之戀〉）

穿戴

【別】用別針等固定物品。
【披】將衣物搭在肩背上。
【套】加罩。
【配】搭配。
【兜】圍繞。
【圍】環繞。
【罩】套在外面。
【搭】掛；配合。
【襯】烘托；襯墊於內的。
【上身】衣服初穿在身上。
【打扮】衣著穿戴。
【更衣】換衣服。

【佩帶】物品繫掛身上。

【趿拉】把鞋子後幫踩在腳後跟下拖拉。趿ㄊㄚ。

【裝束】穿著打扮。

【脫】卸下，解下。

【褪】ㄊㄨㄣˋ，脫下，脫掉。「褪衣」。

【解帶】解開衣帶。

【寬衣】脫去衣服。

【赤】裸露。

【袒】赤裸。

【跣足】光著腳，沒穿鞋襪。跣ㄒㄧㄢˇ。

【裸露】沒有東西遮蔽。

【赤條條】赤裸著身體。

【一絲不掛】赤身裸露。

【袒裼裸裎】赤身露體。裼ㄒㄧˊ。《孟子．公孫丑上》：「雖袒裼裸裎於我側，爾焉能浼我哉？」

他很瘦，很小，穿一件褪了顏色的碎花黃緞袍，外面套上一件嶄新的黑緞子馬褂。（曹禺《日出》）

姨奶奶唐玉芝來自守舊的家庭，纏過腳，雖然放了，仍舊不大點兒。她罩一襲寶藍綉字福綢旗袍，一個個「壽」字困在一框框圓圈裡，整個的也是一軸裱得直挺的仿古百壽圖。（鍾曉陽《停車暫借問》）

他剝皮洗菜，她就切肉煮飯，一邊作事，一邊找著話跟他說。她穿著件粉紅的衛生衣，下面襯著條青褲子，腳上趿拉著雙白緞子繡花的拖鞋。祥子低著頭笨手笨腳的工作，不敢看她，可是又想看她，〔……〕（老舍《駱駝祥子》）

往往，為了生活奔馳了一天之後，從燈火輝煌的城市歸來，卸去西裝，脫了革履，在未扭亮電燈的室內，面壁靜坐了半晌，〔……〕（顏崑陽〈傳燈者〉）

我獨坐在前廊，偎坐在一張安適的大椅內，袒著胸懷，赤著腳，一頭的散髮，不時有風來撩拂。清晨的晴爽，不曾消醒我初起時睡態；但夢思卻半被曉風吹斷。（徐志摩〈北戴河海濱的幻想〉）

潮流

【入時】合乎時尚，趕上潮流。
【流行】盛行一時。
【風靡】隨風傾倒，流行。
【前衛】站在時代尖端且最富革新性。
【時尚】正在流行的事物。

【時新】及時新出的。
【時興】流行。「時興式樣」，或作「興時」。
【熱門】眾人爭相獲取或談論的。
【摩登】時髦；指打扮、穿著合乎時尚。

【趕時髦】追求時尚。
【復古】恢復古代的制度或習俗。
【老氣】形容服飾等的樣式顏色陳舊。
【冷門】受人漠視、乏人問津的事物。

【陳舊】過時而不合時宜。
【過時】陳舊而不合時宜。
【落伍】跟不上潮流。
【不合時宜】不適合時下的潮流、趨向。

我是典型的南方女子，一向穿著**時新**，但這麼鮮豔的顏色可還是第一次見到呢。（陳若曦〈晶晶的生日〉）

比如都是窮姑娘，誰也穿不起綢裙子，光皮鞋，可是其中有一兩個突然的**摩登**起來，手錶也有了，綢衣服也有了，絲襪子也有了。大家都少不得研究研究，這東西由那裡來的呢？（張恨水《小西天》）

為了彌補衣色的單調，母親還別出心裁地在這件式樣**老氣**的新衣的前胸從左肩到右腋下斜縫了一道寬闊的白色的抽紗花邊。（朱秀海《穿越死亡》）

教授的衣服也多殘破了。聞一多先生有一個時期穿了一件一個親戚送給他的灰色夾袍，式樣早就**過時**，領子很高，袖子很窄。朱自清先生的大衣破得不能再穿，就買了一件雲南趕馬人穿的深藍氈氌的一口鐘（大概就是彝族察爾瓦）披在身上，遠看有點像一個俠客。（汪曾祺〈不衫不履〉氈氌，西藏及中國西北地區所生產的手工羊毛織品。一口鐘，指一種沒有開衩的長袍，形狀上窄下寬如似鐘。）

樣式

【光鮮】鮮明、漂亮。
【別致】新奇，與眾不同。
【合身】大小適合身材。
【貼身】衣服緊挨身體。
【緊身】衣服十分合身而緊貼身體。
【花俏】色彩鮮豔、活潑。
【炫麗】華美豔麗。
【畢挺】形容衣服熨燙後布面平順，折疊的痕跡很直。
【盛裝】正式華麗的服裝。
【華美】光彩美麗。
【齊楚】整齊華美的樣子。

【熨貼】妥貼舒適。
【簇新】極新，嶄新。
【豔服】服裝鮮豔。
【奢華】奢靡華麗。
【性感】富有性的誘惑力。
【暴露】身體露在外面。
【混搭】不同風格混合搭配。
【俐落】自然簡單、不俗。
【好體面】光鮮華美。
【衣冠楚楚】整齊鮮麗。
【花枝招展】比喻女子打扮美麗、婀娜多姿的樣子。

【周周正正】形容衣著整齊、端正。
【珠翠羅綺】形容華麗的服飾或盛裝的婦女。
【素裝】淡雅的裝扮。
【淡雅】清淡高雅。
【淨素】裝扮潔淨樸素。
【衣不完采】衣服簡單樸素，不加彩飾。
【荊釵布裙】形容貧家女子的樸素裝扮。
【褪色】顏色脫落或變淡。
【單寒】衣服單薄，不足以蔽寒。

【襤褸】衣服破爛的樣子。
【不修邊幅】不講究衣飾儀容。
【奇裝異服】衣著式樣特異。
【衣不蔽體】衣服破爛，遮不住身體。非常窮困。
【鶉衣百結】鶉鳥尾巴禿，像多次縫補的破衣。衣服破爛不堪。鶉ㄔㄨㄣˊ。

樊素就這樣無法遁逃地，混亂虛空的站立。當他大澈大悟，大慈大悲地出現；她卻敷著庸脂俗粉，穿著炫麗戲服，將自己裝裹成俗不可耐的浮華意象。（張曼娟〈儼然記〉）

青木胸前佩滿勳章，神采奕奕。不單荷槍，還有豪華軍刀，金色的刀帶，在黯黑的台下，一抹黃。戎裝畢挺無皺折，馬刺雪亮。（李碧華《霸王別姬》）

汪二也穿了一件藍布大褂，將過年的洋緞小帽戴上，帽上小紅結，繫了幾條水紅線；因為沒有紅絲線，就用幾條綿線替代了。汪大嫂也穿戴周周正正地同了田大娘走出來。（臺靜農〈拜堂〉）

子富一見翠鳳，上下打量，不勝驚駭。竟是通身淨素，湖色竹布衫裙，蜜色頭繩，玄色鞋面，釵環簪珥一色白銀，如穿重孝一般。（清．韓邦慶《海上花列傳．第四十九回》）

像舊時約會一樣／說些傻氣又好聽的話兒／我繡滿詩句的雙人枕／才容許你醉臥／容許你高歌／容許你得意地發現一行小註／荊釵布裙也願相隨終生（洪淑苓〈合婚〉）

那雪越下的猛，林沖投東走了兩個更次，身上單寒，當不過那冷。在雪地裡看時，離得草料場遠了。只見前面疏林深處，樹木交雜，遠遠地數間草屋，被雪壓著，破壁縫裡透出火光來。（元末明初．施耐庵《水滸傳．第十回》）

他忘了一切困苦，一切危險，一切疼痛；不管身上是怎樣襤褸汙濁，太陽的光明與熱力並沒將他除外，他是生活在一個有光有熱力的宇宙裡；他高興，他想歡呼！（老舍《駱駝祥子》）

3 居住

居住環境

【熱鬧】人群聚集、吵雜。
【喧囂】喧譁吵鬧。

【稠集】人口稠密聚集。
【熙攘】人來人往而忙碌。

【繁華】繁榮熱鬧。
【車水馬龍】形容車馬絡繹不絕，繁華熱鬧的景象。

【櫛次鱗比】建築物排列

密集。櫛次，像齒梳般緊密排比。鱗比，像魚鱗一樣相次排列。也作「鱗比櫛次」。

【清幽】清靜幽雅。

【幽棲】隱居。

【偏靜】偏僻安靜。

【僻壤】偏僻的地方。

【冷清】荒涼寂靜的樣子。

【蕭條】寂寥冷清的樣子。

【曠野】空曠荒野。

【蠻荒】偏遠荒涼的地方。

【門可羅雀】做官的人離開政治中心後賓客稀少的景況。

【安家】安排家事。

【卜居】選擇居住的地方。

【落戶】在異鄉定居。

【安家落戶】到新地方建立家庭，長期居住。

【幽居】隱居。

【豹隱】比喻隱居山林。

【蟄居】隱居。蟄ㄓˊ。

【搬家】遷移居所。

【移居】遷居。

【搬遷】搬家，遷移居所。

【遷徙】搬移，遷移。

【喬遷】由低處遷到高處。後祝賀升遷或搬家。語本《詩經．小雅．伐木》：「出自幽谷，遷于喬木。」

【安土重遷】久居故土，滋生情感不肯輕易遷徙。

人也必自稠集狹囿的城市重返曠野鄉郊，才可在寧靜祥和的環境裡暫忘營營，浸享雨的豪爽情誼。（莊因〈雨天〉）

歲月流變，大稻埕早非舊貌，曾經叱吒風雲的郊商洋行褪了色，鱗比櫛次的老街，販賣的是南北匯集的乾、濕貨；〔……〕（劉還月〈你問，淡水河有多長？〉）

這地點離街約有里許，小徑迂迴，不易尋找，來客極稀。杜詩「幽棲地僻經過少」一句，這屋可以受之無愧。風雨之日，泥濘載途。狗也懶得走過，環境荒涼更甚。（豐子愷〈沙坪小屋的鵝〉）

大陸的一切，對台灣人的眼光來說，就是一個特色：大。即使是這地處丘陵僻壤的平和，隨便一個縣也是片大剌剌的土地養了五十一萬多人。（王浩威〈陌生的方向〉）

她也從不諱言曾祖母年輕時千里迢迢從挪威飄洋過海，落戶在澳門碼頭討生活的那一段歷史。（施叔青〈尋〉）

鳥畫家何華仁，戴著野鳥學會的迷彩帽，站在一座小橋，等候我們。瘦小的他，才在六龜蟄居一年，如今卻是最熟悉這裡動物地理相的人。（劉克襄〈荖濃溪畔的六龜〉）

修蓋裝潢

【整治】整頓治理。

【修葺】修築整治。葺ㄑㄧˋ。

【修繕】修理，修復。

【翻修】重新修造。

【翻新】把舊的拆了重做。

【大興土木】大規模興建土木工程。通常指蓋房子。

【裝修】裝飾，整修。

【布置】分布安排。

【陳設】陳列、擺設。

【裝飾】裝點、修飾。

【擺列】擺置陳列。

【粉刷】用石灰或油漆等物塗刷牆壁。

【塗飾】粉刷美化。

【垮】坍塌，倒塌。

【坍毀】倒塌毀壞。

【倒塌】傾倒、塌下來。

【傾圮】倒塌毀壞。圮ㄆㄧˇ。

【年久失修】建築物年代久遠，缺乏維修而損壞。

【斷垣殘壁】毀壞倒塌的牆。形容建築物倒塌殘破。

【豪華】指建築、裝飾或設備十分華麗。

【堂皇】氣勢宏偉。

【富麗】盛大華麗。

【金碧輝煌】裝飾華彩炫爛。多指宮殿等建築物。

【美輪美奐】形容房屋裝飾得極為華美。語本《禮記．檀弓下》：「晉獻文子成室，晉大夫發焉。張老曰：『美哉輪焉，美哉奐焉，歌於斯，哭於斯，聚國族於斯。』」

【雕梁畫棟】有彩繪雕刻的梁柱。用來形容建築物的富麗堂皇。

【瓊樓玉宇】形容精美華麗的樓閣。

【簡約】簡單樸素。

【樸質】樸素實在。

【破陋】破舊簡陋。

【簡陋】簡單鄙陋。

【斗室】形容狹小的房屋。

【陋室】簡陋狹小的房子。

【蝸居】謙稱自己的居舍窄小。

【家徒四壁】家中只剩四面牆壁。貧困，一無所有。

【蓬門蓽戶】用草、樹做成的簡陋門戶。

【環堵蕭然】除了四面土牆，家中別無他物。居室簡陋，十分貧窮。

我父親不精明，買下了這宅沒人要的破房子，修葺了一部分，拆掉許多小破房子，擴大了後園，添種了花樹，一面直說：「從此多事矣！」（楊絳〈回憶我的父親〉）

十年之內，我能夠弄他多少錢！我一輩子都是財神了。想到這裡，洋樓、汽車、珠寶，如花似錦的陳設，成群結隊的佣人，都一幕一幕在眼面前過去。（張恨水《啼笑因緣》）

我們四個人鑽進車廂，車就飛馳而去。我們被帶進一個陳設豪華的小客廳。我從未坐過小轎車，更從未見過這樣的堂皇富麗，又不知道為什麼來到這裡，心裡真是又好奇，又慌亂，又興奮。（樂黛雲〈初進北大〉）

我從破碎的窗口伸出手去，把兩枝漿液豐富的柔條牽進我的屋子裡來，教它伸長到我的書案上，讓綠色和我更接近，更親密。我拿綠色來裝飾我這簡陋的房間，裝飾我過於抑鬱的心情。（陸蠡〈囚綠記〉）

居無定所

【栖身】暫居，託身。栖，通「棲」。

【寄寓】暫時寓居。

【棲身】停留，居住。

【寓居】寄居。

【落腳】停留；暫住。

【客居】作客異鄉。

【旅居】客居異地。

【羈旅】寄居他鄉。

【流浪】飄泊，居無定所。

【流徙】四處流離遷徙，生活不安定。

【浪跡】行蹤無定，流浪。

【漂泊】居無定所，猶在水上漂流。亦作「飄泊」。

【不繫之舟】飄泊不定。

【四海為家】稱人漂泊無定所。

【流離失所】轉徙離散，沒有安身住所。

【斷梗飄萍】飄泊不定。

【顛沛流離】遭受挫折，生活困迫不安。

父母是工人不說，祖父母也是貧苦人民，是蘇北逃難過來的漁民，在閘北用蘆蓆捲起滾地龍棲身，然後才修起了這兩間草房。（王安憶〈阿曉傳略〉滾地龍，指上海解放前窮苦百姓的住宅。）

家父生前經營糖果作坊，祖父一代還是做農，先人一直居在學甲中洲，是十七世紀隨大將軍家眷落腳島上的那批移民。（舞鶴〈調查：敘述〉）

天涯盡頭　滿臉風霜落寞／近鄉情怯的我　相思寄紅豆　相思寄紅豆／無能為力的在人海中漂泊　心傷透／娘子她人在江南等我　淚不休　語沉默（方文山〈娘子〉）

沒有甚麼使我停留／——除了目的／縱然岸旁有玫瑰，有綠蔭，有寧靜的港灣／我是不繫之舟（林泠〈不繫之舟〉）

4 行動交通

往返

【上路】動身出發。

【前往】往，去。

【首途】動身，出發。

【啟程】動身前往。

【登程】上路，起程。

【動身】起程。

【路過】順道經過。

【取道】選取經由的道路。

【途經】路過，中途經過。

【改道】改變前進的路線。

【停歇】停止，歇息。

【逗留】暫時停留。

【滯留】停滯留止不前。

【盤桓】徘徊、留連不前。

【羈留】滯留在外。

【趕路】加快速度，期望在時限內到達。

【兼程】不分晝夜，加倍速度的趕路。

【順道】順路。

【繞道】放棄近路走遠路。
【抄近路】走捷近的路。
【到達】到了某一地點。

【安抵】安全到達。
【折返】半途轉回。
【重返】回到原來的地方。

【還鄉】返回家鄉。
【滿載而歸】裝載得滿滿的回來，比喻收穫豐富。

但想到回家，竟是千難萬難，平常時候，那三十里路，好像經不起腳板一顛，現在看來，真如隔了十萬八千里，實難登程。（高曉聲〈陳奐生上城〉）

交卸次日，帶領家眷上船，用小輪船拖到上海，然後取道天津，遵旨北上。（清・李寶嘉《官場現形記・第十九回》）

後來也登過東海的勞山，上過安徽的黃嶽，更在天台雁宕之間，逗留過一段時期，每到一處，總沒有一次不感到人類的渺小，天地的悠久的；〔……〕（郁達夫〈山水及自然景物的欣賞〉）

林如海已葬入祖墳了，諸事停妥，賈璉方進京的。本該出月到家，因聞得元春喜信，遂晝夜兼程而進，一路俱各平安。寶玉祇問得黛玉「平安」二字，餘者也就不在意了。（清・曹雪芹《紅樓夢・第十六回》）

十九年後重返部落，部落的建築變化很大，草屋、石板屋大都翻成了鋼筋水泥的洋式住居，唯一不變的是布農的純樸勤勉。（吳錦發〈重返部落〉）

路況

【平整】將凸凹不平的地方整治得平坦整齊。

【坦途】平坦的道路。

【康莊】平坦寬廣、四通八達的道路。

【通達】交通通暢無阻。

【通衢】四通八達的道路。

【筆直】形容很直的樣子。

【暢通】無礙，順暢通達。

【堵塞】阻塞不通。

【梗塞】阻塞不通。

【擁擠】群聚密集。

【壅塞】淤滯不通。也作「壅閉」、「壅滯」。

【熙來攘往】形容行人來往眾多，非常熱鬧。

【曲折】彎曲迴轉。

【迂迴】曲折迴旋。

【逶迤】ㄨㄟ　ㄧˊ，彎曲回旋的樣子。

【蜿蜒】曲折延伸的樣子。

【盤陀】曲折回旋。也作「盤蛇」。

【羊腸小路】形容狹小而曲折的路。

【蟠蟠蜿蜿】迴旋曲折的樣子。蟠ㄆㄢˊ。

【難行】不容易行走。

【坎坷】地不平，不好走。

【泥濘】雨後爛泥淤積，難於行走。濘ㄋㄧㄥˋ。

【阻隔】阻礙、隔絕。

【崎嶇】山路艱險峻峭，高低不平。

【窪陷】地面凹陷。

【險阻】地勢艱險阻塞，崎嶇難行。

【顛簸】上下振動；不平穩。簸ㄅㄛˇ。

【寸步難行】一小步也行走不得，形容行走困難。

【跋山涉水】形容走長遠路途的艱苦。

【翻山越嶺】翻越許多山嶺。長途跋涉，旅途辛苦。

在月光中，那黃土的甬道筆直的在眼前伸展著。轉一個彎，還是那月光中的黃土甬道，永遠走不完，像在朦朧的夢境中一樣。（張愛玲《赤地之戀》）

人生之路是那麼長，我還不能說什麼樣的路都經過了，可我畢竟走過高原上泥濘的小土路，惱人的沙路，灰塵僕僕的山路，渺無人煙的林中路，從幾十丈深的黃土溝壑裡蜿蜒上下的羊腸小路……一程連一程，沒完沒了。（李天芳〈呼喚〉）

像是給誰當胸猛捶了一拳，他定睛再看一遍。是長城。雉堞儼然，樸拙而宏美，那古老的建築物雄踞在萬山脊上，蟠蟠蜿蜿，一直到天邊，是長城，未隨古代飛走的一條龍。（余光中〈萬里長城〉）

在阿福來和他的車同樣遭到震動和顛簸之後，車輪就像在一次柔滑和天鵝絨上平滑地馳輾。（七等生〈阿水的黃金稻穗〉）

行駛

【開】發動，啟行，駕駛。

【划】用槳撥水使船行動。

【乘】駕騎，搭坐。

【駕】乘，騎，駕駛。

【駛】使開動，操縱。

【騎】跨坐在動物或其他物體上面。

【驅】駕駛或搭乘。

【行車】駕駛車輛。

【駕御】操縱車馬的前進。

【駕駛】操縱交通工具。

【操縱】駕駛，駕控。

【驅車】駕車或乘坐車輛。

【開航】船隻下水航行。

【拔錨】起錨開航。

【起錨】吊起海底的鐵錨，準備開航。可指船啟航。

【引航】船舶進出港口或在江河航行時，由熟悉航道的人員引領。也稱為「引水」。

【停泊】船靠岸停住。

【出航】船離開港口，或飛機駛離機場出去航行。

【飛航】空中航行。

【航行】船在水上行走；飛機在空中飛行。

【領航】引導船隻或飛機到達指定地點。

【導航】導引航向。

【乘坐】搭乘，騎坐。

【搭乘】乘坐交通工具。

【橫渡】從海洋、江河的此岸渡到彼岸。

船頭在漂浮的樹莖樹葉中間，急速地划過去，發出滑刺的聲響；船身兩旁不斷濺起水花。船後傳來船槳尖銳的碰擦聲音。（李永平〈圍城的母親〉）

苦騎了三天白馬雪山，衣服乾了又濕，濕了又乾，下胯的傷口結瘡了又發膿。儘管你還是掛著兩行鼻涕，胸口仍舊咳得發疼，但越過這一刻，你知道這一切暫時都不需擔憂了，只需要乘著單車一直朝下快速俯衝，像一支銳利的箭矢，時速保持四十，好好享受著迎風忘情的愜意。（謝旺霖《轉山》）

百年之前，當我們的祖先橫渡萬頃波濤，駕著移民船緩緩駛向西海岸，他們沒有看見巨大的女神，卻看見婆娑的綠樹和豐饒的大地，〔……〕（楊渡〈西海岸：汙染工業的見證〉）

接著又想起學生時代特別使人懷戀的，桃花開時和要好的朋友驅車往士林或草山，那時候的情景像走馬燈般一幕一幕重現眼際。（吳濁流〈菠茨坦科長〉）

交通意外

【撞】碰擊。

【衝】碰撞。朝向前直行。

【爭道】爭搶行進道路。

【急轉】緊急的轉彎。

【蛇行】指汽、機車在道路上作S狀的急行。

【誤點】延誤規定的時間。

【出軌】火車、電車等行駛脫離軌道。

【拋錨】此指車輛發生故障，無法行駛。

【翻覆】傾倒，翻轉。

【沉沒】沒入水中。

【迷航】飛機、船隻等迷失航行的正確方向。

【擱淺】船進入水淺的地方，無法行駛。

【觸礁】船航行時撞上暗礁。

【失事】發生意外的事故。

砰！畫面渙散，這次扎扎實實的，左臂猛然一道重壓，你連人帶車撞上臨崖邊緣半個人高的岩塊上，前輪死死卡在岩縫下，〔……〕一邊是緊迫充血的心跳，另一邊則是斷崖下依稀傳來那被你的身軀滑掃而墜落的細碎砂石，還有一隻掛在車上的鋁製水壺，沿著崖壁滾撞的無助回聲。它們此刻都成為你的代罪羔羊，替你摔下山谷。（謝旺霖《轉山》）

車子陷在泥裡拋錨不能動彈，又改乘前往高雄的遊覽車，車到臺南的交流道，把我們放下來，在那裡揚手叫計程車，〔……〕（龍瑛宗〈兩個臉龐——往訪鹽分地帶〉）

我很想告訴他，三十年前夜航之後的第二年，搭乘的「花蓮輪」就宣告觸礁，擱淺；青春旅人亦被年華耗損、折逆。（林文義〈島嶼回看〉）

5 娛樂

玩樂

【行樂】作樂、享受歡樂。
【作樂】取樂。
【取樂】尋取快樂。
【消磨】排遣時光。
【排遣】排除，解決。
【散心】排遣使心情舒暢。
【解悶】消解愁悶。
【狂歡】瘋狂的盡情歡樂。
【盡興】盡量滿足興致。
【遊戲】嬉笑娛樂。
【嬉戲】遊戲玩耍。

當夜五更時候，船已近曹操水寨。孔明教把船隻頭西尾東，一帶擺開，就船上擂鼓吶喊。魯肅驚曰：「倘曹兵齊出，如之奈何？」孔明笑曰：「吾料曹操於重霧中必不敢出。吾等只顧酌酒取樂，待霧散便回。」（明・羅貫中《三國演義・第四十六回》）

易先生她見過幾次，〔……〕雖然他這時期十分小心謹慎，也實在慾狠了，蟄居無聊，心事重，又無法排遣，連酒都不敢喝，防汪公館隨時要找他有事。（張愛玲〈色，戒〉）

藝文

【沉浸】沉潛漸漬。
【沐浴】比喻蒙受、承接。
【陶冶】怡情養性。
【濡染】濕潤。常指提筆寫字作畫。
【薰陶】因長期接觸某人、某事，在生活、思想、品行等方面，得到好影響。

【引吭】放開喉嚨吟唱。
【吟詠】吟誦詩歌。
【高歌】大聲歌唱。
【謳歌】唱歌。

【婆娑】舞蹈的樣子。
【翩翩起舞】輕盈愉快的跳起舞來。
【塗鴉】幼兒隨意塗寫，墨色一片如烏鴉般。泛指隨心書寫或作畫。

【素描】用單色描繪而不敷彩的畫。
【寫生】直接描繪實物。
【對弈】下棋。
【撫琴】彈琴。

倘能多造幾個簡易而高尚的胡琴曲，使像〈漁光曲〉一般地流行於民間，其藝術陶冶的效果恐比學校的音樂課廣大得多呢。（豐子愷〈山中避雨〉）

突然，有個船伕引吭，其餘的船伕就都輕輕地哼。散塔路琪亞，「何處歌喉悠遠，聲聲逐風轉」。尤其唱到那「散塔路琪亞」時，大家一起高歌。（劉墉〈夢中之夢〉）

在靜僻的道上你就會不自主的狂舞，看著你自己的身影幻出種種詭異的變相，因為道旁樹木的陰影在他們于徐的婆娑裡暗示你舞蹈的快樂；（……）（徐志摩〈翡冷翠山居閒話〉）

從小就喜愛文學與繪畫，又由於個性比較內向，所以覺得一個人躲在房內，不論看書寫文章或信筆塗鴉，都最自在而且充實。（林文月〈我的三種文筆〉）

在鄉下，農人每每在田裡勞作累了，赤腳出來，就於埂頭對弈。那赫赫紅日當頂，頭上各覆荷葉，殺一盤，甲贏乙輸，乙輸了乙不服，甲贏了欲再贏，這棋就殺得一盤未了又復一盤。（賈平凹〈弈人〉）

出遊

【迌迌】ㄓˋ ㄊㄨˋ，遊玩。

【蹓躂】閒逛，散步。

【郊遊】遊覽郊外的名勝或風景區。

【遠足】短程徒步郊遊。

【踏青】春日到野外郊遊。

【探勝】尋求。

【尋幽】探尋美景。

【攬勝】欣賞勝景。

【旅行】作客出行。

【遠行】出遠門。

【周遊】四處遊歷。

【雲遊】行跡無定，遨遊。

【遊歷】考察遊覽。

【遊覽】遊逛參觀。

【漫遊】隨意遨遊。

【暢遊】盡興的遊玩。

【遨遊】逍遙自在的遊玩。

【遊山玩水】遊覽山水。

【臥遊】不能親身旅遊，從遊記、圖片中去想像。

【神遊】足跡未到，而心神如遊其地。

迌迌——這兩個字美不美？一個人孤零零在外面漂泊流浪，白天頂著大太陽，晚上踏著月光，多逍遙自在，可又多麼的淒涼。（李永平〈雨雪霏霏，四牡騑騑〉）

鄉下人逛街是一隻耳朵當先，一隻耳朵殿后，兩隻眼睛帶著千般神祕，下死勁地盯著商店的玻璃櫥；城裡人蹓躂只是悠游的自得地，信步而行，乘興而往，興盡則返。蹓躂雖然用腳，實際上為的是眼睛的享受。（王了一〈蹓躂〉）

下午我們繞過美濃／直趨六龜／迎面而來的，／就是潑墨般的十八羅漢山／掩映在青翠的竹林。／如此的漫遊或攀登，／只宜在一個清涼的午後，／攜一瓶酒，／下一局棋。（張錯〈檳榔花開的季節〉）

三 社會行為與關係

1 學習

學

【自學】自我學習。
【自習】在課外或空閒的時間自己學習。
【預習】事前的準備學習。
【練習】反覆的熟練學習。

【自修】自己溫習功課。
【溫習】複習學過的功課。
【複習】溫習已學課程。
【討教】請教。
【就教】前往他人處受學。

【請教】請問、請求指導。
【切磋琢磨】切、磋、琢、磨是對玉石象牙的加工方法。比喻互相研究討論，以求精進。

【研習】研究學習。
【進修】進一步研究學習。
【實習】實地練習及操作。
【攻讀】致力讀書。
【深造】深入精微的境界。

耶誕節的前夜，上午照常上課。言教授想要看看學生們的功課是否溫習得有些眉目了，特地舉行了一個非正式的口試。（張愛玲〈茉莉香片〉）

以學問說，他是博士，已到了最高的地步，不用再和任何人討教；以生活說，他不應當這樣自足自傲。是的，無論怎麼說，自己的身分滿夠娶個最有學問的女子，麗琳不是理想的人物；但是她有她的好處，她至少在這些日子中使他的生活豐富了許多，這樣總得算她一功。（老舍〈文博士〉）

人的性格也難免有瑕疵稜角，如私心、成見、驕矜、暴躁、愚昧、頑惡之類，要多受切磋琢磨，才能洗刷淨盡，達到玉潤珠圓的境界。（朱光潛〈談交友〉）

他自以為這信措詞淒婉，打得動鐵石心腸。誰知道父親信來痛罵一頓：「吾不惜重資，命汝千里負笈，汝埋頭攻讀之不暇，而有餘閑照鏡耶？〔……〕且父母在，不言老，汝不善體高堂念遠之情，以死相嚇，喪心不孝，於斯而極！當是汝校男女同學，汝睹色起意，見異思遷；汝拖詞悲秋，吾知汝實為懷春，難逃老夫洞鑒也。若執迷不悔，吾將停止寄款，〔……〕」（錢鍾書《圍城》）

熟練與生疏

【嫻】熟練。「嫻熟」。

【諳】ㄢ，熟練。

【純熟】熟練。

【圓熟】純熟，熟練。

【熟稔】熟悉。稔ㄖㄣˇ。

【輕車熟路】熟習某事。

【駕輕就熟】比喻對事情很熟悉，做起來很容易。

【巧手】技藝精巧、高明。

【通曉】精通。

【善於】某方面有特長。

【精通】深入瞭解而貫通。

【擅長】專長，專精於某種技藝或學術。

【心手相應】指技藝的得心應手。

【遊刃有餘】對於事情能勝任愉快，從容而不費力。語本《莊子·養生主》：「彼節者有閒，而刀刃者無厚。以無厚入有閒，恢恢乎，其於遊刃必有餘地矣。」

【目無全牛】比喻技藝純熟高超。典出《莊子·養生主》：「始臣之解牛之時，所見無非牛者；三年之後，未嘗見全牛也。」

【鬼斧神工】形容技藝精巧，非人力所能及。

【爐火純青】學問、技術等到達精純完美的境地。

【老馬識途】經歷豐富練達的人。

【斲輪老手】技藝精練純熟或經驗豐富的人。斲ㄓㄨㄛˊ。

【薑是老的辣】年長者經驗豐富，辦事歷練。

【手生】不熟練。

【生澀】不流暢、不熟。

【荒廢】荒疏。

【疏棄】疏遠嫌棄。

【不到家】技能或功夫不具備應有的水準。

我那時不諳花事，種過一盆據說最好養的黃金葛，居然被我種得奄奄一息，便以為自己的手指最好不要碰植物。（宇文正〈那房子，那時光〉）

她留給我的第一印象不算好，過於拘謹彷彿懼怕什麼以至於表情僵硬。她留下來了，很熟稔地進廚房——出於一種本能，無需指點即能在陌生家庭找到掃把、洗衣粉、菜刀、砧板的位置。（簡媜〈母者〉）

千手觀音，祢的千手真能翻雲覆海，普渡眾生嗎？人們只交口不絕地禮讚祢超俗非凡的形象，卻從不問及：是誰巧手地將一塊巨大的檀香木雕琢成今日，輝煌而又壯觀的神祇。（林文義〈千手觀音〉）

據聞用隕石做墓碑的詩人／能在死後通曉天文／死前所寫的詩句／都可以上奏到三十三天／成為一千年後／再生為人的註記（詹澈〈隕石碑〉）

琴言不得已，雙鎖蛾眉，把弦和起來。這邊漱芳依譜吹簫。琴言一來心神不佳，而且手生，生生澀澀的彈了一套《平沙》。（清．陳森《品花寶鑑．第三十一回》）

其實我寧可多情的少年勤寫情書，那樣至少可以練習作文，不致在視聽教育的時代荒廢了中文。（余光中〈我的四個假想敵〉）

創新

【首創】最先開創。

【開闢】開拓，闢建。

【創舉】前所未有的舉動或事業。

【絕活】絕招；一般人所不具備的技藝。

【獨創】獨特的創造。

【自成一家】別出心裁創新，而自成一種風格。

【匠心獨運】心思巧妙，創作不同流俗。

【別出心裁】獨出巧思，不同流俗。

【別開生面】創新風格、形式。語本杜甫〈丹青引贈曹將軍霸〉：「凌煙功臣少顏色，將軍下筆開生面。」

【革故鼎新】革除舊弊，建立新制。

【推陳出新】除去老舊的，創造新事物或方法。

【創格趨新】開創新的風格，傾向新的法式。

【標新立異】創新奇的名目或主張，表示與眾不同。

我沒享受過什麼好日子，也沒煮過什麼好菜，可是既然來到這裡，還是得拿出生平唯一的絕活兒，向大家請教請教。（郝譽翔〈餓〉）

至今又是多年不見外祖父了，以前我跟旁人一樣，只佩服他能利用廢物，匠心獨運地做出清幽可愛的煤渣盆景，何嘗知道這正是藝術修養的一種細微的表現呢？（鍾梅音〈煤渣盆景〉）

翻譯霍普金斯尤難，因為他遣辭造句殊為大膽，志在創格趨新，每每逸出常態，所以語言次序可能顛倒相反，非入神揣測是無從領略的。（楊牧〈疑神（之二十）〉）

模仿

【模擬】模仿。

【仿效】依樣效法。

【仿照】按照已有的或他人的方式去做。

【套用】模仿著應用。

【援例】引用過去的例子。

【私淑】未親受業而宗仰其學，並以之為榜樣，作為學習的對象。語出《孟子・離婁下》：「予未得為孔子徒也，予私淑諸人也。」

【取法】仿效，當作模範。

【師法】效法。

【踵武】跟前人足跡走。

【因循】遵循舊習而無所改動。

【因襲】守舊而不知改變。

【守舊】因襲舊法不變。

【沿襲】依循舊例來處理。

【效尤】故意仿他人過錯。

【效顰】不衡量本身條件，盲目模仿他人，以致效果很壞。「東施效顰」。

【生搬硬套】不考慮情況，機械化套用別人方法。

【亦步亦趨】形容事事仿效或追隨別人。

【如法炮製】依照往例或現有的方法辦事。

【有樣學樣】仿照既有的模式行事。

【步人後塵】追隨效仿。

【照貓畫虎】照樣子模仿，沒有創意。

【依樣畫葫蘆】比喻一味模仿，毫無創見。

見莊生已死，口稱：「可惜！」慌忙脫下色衣，叫蒼頭於行囊內取出素服穿了，向靈前四拜道：「莊先生，弟子無緣，不得面會侍教。願為先生執百日之喪，以盡私淑之情。」（明・馮夢龍《警世通言・卷二・莊子休鼓盆成大道》蒼頭，指僕役。）

天公一枝筆，在一大地上塗抹，塗一次綠一分，直到夏初綠得透不過氣來為止。中國的山水畫不是青綠，就是赭，師法的是自然。（思果〈春至〉）

我們要揮著慧劍，割去陳腐。我們要廓清因循、頹廢、軟弱、倚賴、卑怯，和一切時代錯誤的思想——生命的毒菌。（羅家倫《新人生觀・自序》）

我看到京劇的危機，每一位同行都要有夸父追日的精神，才能與時代賽跑，毀滅是為了創新，創新是為了傳承，所以，傳承不是全盤的沿襲，傳承會帶來毀滅，毀滅也會帶來傳承。（吳興國〈自我學戲的那一天起〉）

這些廢話最見出所謂無用之用；那些有意義的，其實也都以無用為用。有人曾稱一些學者為「有用的廢物」，我們也不妨如法炮製，稱這些有意義的和無意義的廢話為「有用的廢話」。廢是無用，到頭來不可廢，就又是有用了。（朱自清〈論廢話〉）

2 工作營生

謀生

【上工】開始工作。

【從事】將某類事情當作職業般去做。

【就業】任職工作。

【謀生】找工作維持生活。

【謀事】謀求職業。

【謀食】謀求生計。

【餬口】填飽肚子。比喻勉強維持生活。

【討生活】過日子。

【奔波】形容人勞碌奔走。

【作嫁】比喻徒然為他人辛苦。

【拚搏】打拚、鬥搏。形容全心、努力在工作上。

【勞碌】辛勞忙碌。

【闖江湖】離家出外謀生，尋求發展。

【陳力就列】各人在自己的工作崗位上施展才能。陳，施展。列，職位。

【做牛做馬】工作勞苦。

【櫛風沐雨】以風梳髮，以雨沐浴。比喻在外奔走，極為辛勞。

【持祿】保祿位，無建樹。

【尸位素餐】占著職位享受俸祿卻不做事。

【無功受祿】沒有功勞而接受賞賜。

【拔擢】提拔，升用。

【晉升】晉級擢升。

【獎掖】獎賞提拔。

【加官晉祿】晉升官職，增加俸祿。

【魚躍龍門】登上高位。

【降職】貶低職位、等級。

【貶謫】降低官等職位，並調派到遠方就任。

長久謀食於異地，謹慎的求自保已成為他無需思索的求生原則。（黃錦樹〈魚骸〉）

耕種無非為了餬口養生，故而村人積數十年甚或幾百年將可耕土地擴充，他們努力並刻意，能挖掉一方石頭就挖掉一方石頭，能保住一分水氣即保住一分水氣。（舒國治〈村人遇難記〉）

站在旁邊的我們，除了萬分的疼惜，更有無限的敬佩，禁不住替這位心甘情願為文藝作嫁的編輯人鼓舞打氣。（鄭明娳〈側寫封德屏〉）

在夜以繼日的拚搏過程中，我們往往沉淪在意氣用事和爭長護短的泥沼之中，忘卻原則，忘卻自省，忘卻冷靜，忘卻虛心長進。（董橋〈是心中掌燈的時候了〉）

那時他是福建省政府的參議，有很多人不諒解他，說他平時寫文章老是罵做官的人尸位素餐，只拿乾薪，不替老百姓做事，如今他自己也做起官來了。（謝冰瑩〈郁達夫〉）

失業

【免職】免除職務。

【革職】免職。

【開除】取消職務。

【裁員】削減工作人員。

【解聘】雇主與受聘者間解除聘用關係。

【解雇】停止雇用。解除約雇關係。或作「解僱」。

【遣散】解散。解除職務。

【罷黜】免職。

【辭退】免除他人的職務。

【炒魷魚】魷魚一炒便捲

起，比喻被辭退、解雇。

【捲鋪蓋卷】收拾行李。比喻遭解雇。

【退任】離職、卸任。

【告老】年老而辭職。

【倦勤】厭倦辦事。

【賦閑】沒工作閑在家。

【致仕歸鄉】辭官退休回歸故鄉。

【掛冠求去】自動辭職。

我實在不願意去記掛早晨那件事情，那只是個意外，我說它是意外，一點也錯不了。他們要裁員，很不幸地裁到我了，它不是意外是什麼？當然，我看得出來這件事情使我的老闆十分為難；他已經很信任我的能力了，否則他不會把它看成重要事，連喊我的名字都很不自在。（吳國棟〈解雇日〉）

粗樹伯擔憂他被解僱後，無以養活他的父親。九十多歲的老人家，一生從未有過富裕的一天。兒子又沒出息，幾十年來拖垃圾賺的臨時工的錢，只能維持過著窮困的日子。（楊青矗〈低等人〉）

新上任的改革家，鐵腕人物，第一招就是對那些調皮搗蛋的人物實行「炒魷魚」。你不好好幹？你改不改？你還搗亂？好，請你捲鋪蓋卷，滾蛋！（劉心武〈公共汽車咏嘆調〉）

等到楊鄉長連任兩期即將退任之前，一個真實的消息走漏，一夜之間，全村子裡的人都知道，姓楊的退任之後，馬上就轉入工廠的公司內部當一個高級主管。（黃春明〈放生〉）

回家變賣典質，父親還了虧空；又借錢辦了喪事。這些日子，家中光景很是慘澹，一半為了喪事，一半為了父親賦閑。（朱自清〈背影〉）

交易

【採辦】採購各類物品。

【置辦】購置。

【收購】大量或各處收買。

【批購】大批購買。

【販賣】商人買入貨物而轉售給消費者。

【行銷】銷售。

【銷售】出售，販賣。

【出脫】賣出、脫手。

【出讓】轉讓財貨或出售。

【變賣】出售產業或物品。

【惜售】捨不得把產品或商品輕易賣出。

【躉賣】整批出售。躉ㄉㄨㄣˇ，成批的。

【拋售】將大量物資出售，減低損失或平穩價格。

【傾銷】以低價大量銷售。

【供銷】供應和銷售產品的商業性活動。

【招徠】吸引人群目光，以招攬生意。徠ㄌㄞˊ。

【展銷】展示推銷。

【兜售】向人兜攬出售。

【仲介】從中為買賣雙方介紹、提供資訊等，並於成交後抽取部分佣金的行為。

【拉縴】拉攏、撮合。

【轉手】間接經手。

【糴糶】ㄉㄧˊ ㄊㄧㄠˋ，買賣糧食。

【成交】買賣、交易成立。

【兩訖】買賣雙方將貨物與貨款同時付清，完成交易手續。「銀貨兩訖」。

【開價】要價，賣主提價格。

【討價還價】賣方索價，買方還價，以達理想價錢。

【賺】獲得、贏得。

【掙】努力獲取；賺取。

【獲利】取得利益。

【入息】收入、利潤。

【分紅】雇主將事業單位獲得的利潤，依照事業訂定的比率，與被雇人共享。

【牟利】獲取利益。

【漁利】用不當手段獲利。

【圖利】圖謀利益。

【暢銷】商品銷路旺盛。

【穩賺不賠】一定賺錢。

【薄利多銷】以低價刺激購買，達到多銷目的。

【蠅頭小利】微少利益。

【賠】虧損、損失。

【認賠】承認賠償或寧願損失。

【蝕本】虧損。

【滯銷】貨物不易銷售。

【虧空】現金比帳面短少，或入不敷出，以致負債。

就是孩子能掙到錢，我也不要置辦那中看不中用的東西，家裡許多正經事還得他辦了呢。唉，他爹

的，他爺爺奶奶的靈柩，還都沒下土……（凌叔華〈楊媽〉）

這是一對賣草的夫婦，但這職業是從他們搬到這間屋子來時纔開始的。房屋只有一間，原不是他們的產業，當他們出脫了原有的幾畝地和一幢平房時，一個鄰人正要把這房屋拆了搬往別處去。（羅淑〈生人妻〉）

有這麼幾回都急得要去找老梁想辦法替伊留意個像他女人所做的那一類洗衣幫傭的工作，或者覓個地方讓伊也像老梁那模樣能夠在晚上擺地攤躉賣外銷剩下的成衣，棉被什麼的。（王禎和〈素蘭要出嫁〉）

然後是賣青菜和賣花兒的。講究把挑子上的貨品一樣不漏地都唱出來，用一副好嗓子招徠顧客。白天就更熱鬧了，就像把百貨商店和修理行業都拆開來，一樣樣地在你門前展銷。（蕭乾〈吆喝〉）

但是，如果像多數同伴那樣，祇是坐在地上，伸出手，那是不會有多大入息的，阿枝也曾試過，就是不能像阿普哥那樣呼天嗆地，頭如搗蒜。（鍾肇政〈阿枝和他的女人〉）

其實，我長大後才曉得，祖母的養蠶並非專為圖利，葉貴的年頭常要蝕本，然而她喜歡這暮春的點綴，故每年大規模地舉行。（豐子愷〈憶兒時〉）

借還

【告貸】請求借錢。

【求借】向別人借貸財物。

【通融】暫時借貸，以補款項的不足。

【舉債】借錢。

【清償】償還債務。

【歸還】還給、償還。

【奉還】歸還，報答。

【璧還】完整無缺的退還。

【完璧歸趙】物歸原主。典出《史記・廉頗藺相如傳》。

有人天天喊窮，不是今天透支，就是明天舉債，數目大得都驚人，然後指著身上衣服的一塊補綻或是皮鞋上的一條小小裂縫做為他窮的鐵證。這是寓闊於窮，文章中的反襯法。（梁實秋〈窮〉）

十二歲那一年春節前，母親最後一次走進當舖，那是為了清償二哥在賭場欠下的債務。她賭氣不蒸年糕，不買新衣，不辦祭神供物，祇用素果清香禱拜祖先。我們對此很不高興，母親告訴我們，賭鬼賭鬼，愛賭的人不配做人，欠人家的還人家，再賭下去，以後每個春節誰都別想過年！（阿盛〈娘說的話〉）

貪賄

【貪汙】 利用職務上的便利而非法取得錢財。
【中飽】 官吏侵吞公款、壓榨人民而獲巨利。
【分羹】 從他人那裡分享利益。「分一杯羹」。
【私肥】 便宜自己。指貪汙中飽。

【侵吞】 非法占有公物或他人財物。
【剋扣】 扣減該付的財物，據為己有。
【貪贓】 貪取不應得的。
【盜用】 非法使用他人或公眾財物。
【揩油】 比喻占公家或別人的便宜。

【暗扣】 私自扣減應發的財物，據為己有。
【霸占】 強行占有。
【假公濟私】 以公家名義謀取私利。
【賄賂】 以財物買通他人。
【行賄】 以財物賄賂他人。

【受賄】 收受賄賂。
【打點】 送人財物以求疏通關係，託人照顧。
【買通】 用財物收買別人使受利用。
【走後門】 用不正當手段達到某種目的。

原來中國人很可以自殺，大規模的相約投入東海，以免身受亡國之痛。但自殺團亦必舉出幾位委員，辦理該團旅行購票事項。然而自殺委員如果是中國人，定必大做其中飽、剋扣、私肥、分羹的玩意起來，因此自殺委員之旅費亦無著落，並自殺亦不得。（林語堂〈粘指民族〉）

起初是兩三天她就來他家檢查一遍，說是看秀枝這小畜牲怎麼理家？其實是來尋找有什麼好揩油的——廚房裡有一斤半斤肉類，她就不客氣地全部拿走。（李喬〈凶手〉）

馮舅爺說：「我們在警察方面花了五百塊錢。你現在還想得出甚麼別的主意呢？各部門的官兒都得打點打點。」（林語堂《京華煙雲》）

她們是愛他的。西門慶心裡想——就算有人不明白這件事，那也無所謂。他的錢會買通一切，直到最後她們都理解到這件事為止。（侯文詠《沒有神的所在》）

3 愛情婚姻家庭

愛戀

【動情】發生情感。

【懷春】春情發動，思及婚嫁。語出《詩經．召南．野有死麕》：「有女懷春，吉士誘之。」

【情竇初開】初通情愛的感覺。

【一見鍾情】初次相見就彼此愛悅。

【求愛】向人表示愛意。

【相思】戀愛相思慕。

【愛慕】喜愛仰慕。

【單戀】單方面的愛戀。

【單相思】單方面的愛戀思慕。

【浪漫】富有詩意，充滿感

性氣氛。

【多情】富於感情。

【初戀】第一次的戀愛。

【相戀】互相愛悅的行為。

【熱戀】完全投入於彼此互相愛慕的情況。

【墜入情網】情愛似網，一旦墜入，便難以擺脫。

【含情脈脈】用眼神表達內心的感情。

【兩情相悅】雙方彼此情投意合。

【眉目傳情】以眉毛和眼睛傳達情意。

【眉來眼去】形容男女之間的傳情。

【柔情密意】親密、溫柔的情意。

【卿卿我我】親密貌。

【談情說愛】雙方傾訴愛慕之意。

【幽期】男女間祕密約會。

【幽會】男女間祕密約會。

【調情】男女挑逗行為。

【鍾情】感情專注。

【癡情】多情而痴迷。

【迷戀】入迷難捨。

【眷戀】思戀愛慕。

【依偎】彼此靠在一起的親暱動作。

【擁抱】相擁而抱。

【親吻】以嘴唇觸接，表示親密喜愛。

【雲雨】比喻男女歡合。

【綢繆】親密、纏綿。

【繾綣】情意纏綿不忍分離的樣子。

【纏綿】不忍分離的樣子。

【恩愛】彼此真切的相愛。

【山盟海誓】對山、海盟誓，表示愛情真誠不變。

【耳鬢廝磨】耳旁的鬢髮相互摩擦，親暱的樣子。

【如膠似漆】像漆和膠黏著，比喻感情投合親密。

【色授魂與】彼此神交心會，情投意合而不著痕跡。

【連枝比翼】男女感情深厚，形影不離。

【魚水和諧】比喻夫婦好合，和樂融融。

【畫眉之樂】夫妻恩愛，有閨房之樂。

【舉案齊眉】夫妻相敬如賓。典出《後漢書．逸民傳．梁鴻傳》。

【鶼鰈情深】夫婦愛情深厚，相處融洽。

女孩兒**情竇初開**，平時對二人或嗔或怒，或喜或愁，將兄弟倆擺弄得神魂顛倒，在她內心，卻是好生為難，不知該對誰更好些才是，「……」（金庸《神鵰俠侶》）

維持著**浪漫**的情調，我頗感興趣，我很願意把自己比做小說或電影裡的男主角，我是王子，而青青是平

民的女兒；越受阻礙，我們的感情越濃厚，越受壓制，我們的感情越深切。（郭良蕙《感情的債》）

茶沒有喝光早變酸　從來未熱戀已相戀／陪著你天天在兜圈　那纏繞／怎麼可算短　你的衣裳今天我在穿／未留住你　卻仍然溫暖（林夕〈曖昧〉）

這個靈魂赤裸的男人，長處、短處、大處、小處，處處斑斑點點，他又是哪一份魅力使另一個女子如此鍾情並傷情於他，使我從此也小看他不得？（傅天琳〈我也這樣叫他：惠〉）

而在寒冷的冬夜裡啊／我癡情的隔著一層冰雪輕輕吻妳／隔著夢／我把妳吻成一座青山／吻成一條河流／含著淚／我把妳吻成一隻蝴蝶／吻成一朵／帶血的玫瑰（杜十三〈妳〉）

燭啊越燒越短／夜啊越熬越長／最後的一陣黑風吹過／哪一根會先熄呢，曳著白煙？／剩下另一根流著熱淚／獨自去抵抗四周的夜寒／最好是一口氣同時吹熄／讓兩股輕煙綢繆成一股／同時化入夜色的空無（余光中〈紅燭〉）

那寶玉恍恍惚惚，依警幻所囑之言，未免有兒女之事，難以盡述。至次日，便柔情繾綣，軟語溫存，與可卿難解難分。（清・曹雪芹《紅樓夢・第五回》）

關係建立

【作媒】 替人撮合婚姻。

【牽線】 居中使雙方發生接觸或關係。

【撮合】 從中介紹說合。

【執柯作伐】 為人作媒。

【同居】 男女生活在一起。

【試婚】 男女雙方於結婚前先同居一段時間，然後再做結婚的決定。

【定情】 訂定婚約，結婚。

【許配】 女方應允男方的求親而訂立婚約。

【匹配】 相配，結婚。

【婚配】 結親、結婚。

【迎娶】 新郎到女家迎接新娘行婚禮。

【娶親】男子結婚，也指男子前往女家迎親。
【出閣】古時公主出嫁稱「出閣」，今指女子出嫁。
【過門】俗稱女子出嫁。
【招贅】招進門納為婿。
【拜堂】新婚夫婦跪拜禮。
【合巹】結婚之禮，婚禮中新郎新娘兩人交杯共飲。巹ㄐㄧㄣˇ。
【立室】娶妻成家。

【完婚】完成終身大事。
【新婚】剛結婚。如「新婚燕爾」。
【結褵】結婚。褵ㄌㄧˊ。
【圓房】新夫婦實行同宿。
【耦合】結合，結婚。耦，ㄡˇ。
【歸宿】可指結婚。
【明媒正娶】經過公開儀式的正式婚姻。
【悔婚】訂婚後一方反悔背棄婚約。

【退婚】解除婚約。
【仳離】分離或離婚。仳ㄆㄧˇ。
【休】丈夫主動向妻子解除婚約。
【再婚】婚姻效力消失，再與他人結婚。
【改醮】婦女再嫁。也作「改嫁」、「再醮」。醮ㄐㄧㄠˋ。

【扶正】將妾升格為正妻。
【填房】妻子死後，再續娶的妻。
【續弦】男子喪妻再娶。
【鰥寡】年老而失去配偶的人。鰥夫，老而無妻之人。寡婦，丈夫已死的婦女。
【嫠】ㄌㄧˊ，寡婦。
【孀】寡婦。「遺孀」。

她注意鏡子裡的自己，覺得過於精神了，不像是剛受到打擊的女人。可是為什麼要把這件事當做是打擊呢？她覺得自己並沒那麼愛良三。他們的婚姻是媒人撮合的。是很平靜不費力的婚姻。（袁瓊瓊〈自己的天空〉）

那天下午，新郎新娘飲「合巹杯」時，木蘭曾經和蓀亞說了幾句簡短的話。在別人散去之後，忽然就剩他倆在屋裡了，這時，他們沒有普通新郎新娘相對如陌生人那份兒尷尬拘束。（林語堂《京華煙雲》）

新婚夫妻總把吃飯的家伙靠邊放在屋子角落裡，他們不會考慮到人首先要吃飯，而只是想到要有愛情。（王安憶〈小院瑣記〉）

由於景明的敘述，我明白父親和母親，一對結縭三、四十年平日相敬如賓的老夫妻，時常為了我的事而口角；〔……〕（鍾理和〈奔逃〉）

既然這姻緣是她篤定要走的路，她就立了志向要在這路上找到她的歸宿。現在愛情是跟在她後頭跑的累贅，她來不及等它了。（蔣曉雲〈姻緣路〉）

然則，在那年的冬天，這一對偉大的試婚思想的實踐者，終於宣告仳離了。關於這仳離的理由，據我們的讀書界的消息說，則是因為他們要去「不斷地追索，以實現自我」底緣故。（陳映真〈唐倩的喜劇〉）

他自然也揣摸到慧美的私心。讓他和寧靜嫌隙加深，把寧靜休了，她好扶正。名為側，實為正，當然比不上名實皆正來得誘惑。（鍾曉陽《停車暫借問》）

周教官的女兒來台南探望父親，見田英體貼，父親高興，也就放心，反倒心存感激，覺得兩個弟弟和自己都在父親年邁時未能親盡孝道，現在有個貼心的填房，多少也減少些罪惡感。（馬森〈黑輪．米血．關東煮〉）

姨太太賣給一個久鰥的小商人，算是續弦。孩子給前巷一家人家抱去，那家夫婦兩個守了十幾年不見一個孩子，這樣也算嘗嘗當父母的滋味。（葉聖陶〈遺腹子〉）

不合

【分手】別離，分開。

【失戀】戀愛中的男女，失去了對方的愛情。

【劈腿】比喻人用情不專，腳踏兩腳船或多條船。

【另結新歡】另外結交新識而喜愛的人。

【喜新厭舊】多指愛情不專一。

【楊花水性】比喻女子用情不專。

【負心】背棄恩義、情誼。

【捐棄】捨棄、拋棄。

【絕裾】形容決意離去。裾ㄐㄩ。

【薄倖】薄情，無情。杜牧〈遣懷〉：「十年一覺揚州夢，贏得青樓薄倖名。」

【始亂終棄】男子誘惑女子做出違背禮法的行為，最後卻將她棄而不顧。

【外遇】有配偶而與人有超友誼關係。

【出軌】超出常規，外遇。

【戴綠帽】指妻子有外遇。

【下堂】女子被丈夫拋棄或與丈夫離婚。

【破鏡】夫妻分散或決裂。

【離異】離婚。

【勞燕分飛】伯勞和燕子離散分飛，比喻別離，而多用於夫妻、情人之間。

【同床異夢】比喻共同生活或一起做事的人意見不同，各有打算。

【琴瑟失調】夫妻不和。

【貌合神離】表面上彼此很切合，實際上心思不同。

譬如說，一個失過戀的男人談到女人的時候便說楊花水性。反之，失過戀的女人則說癡心女子負心郎。（胡品清〈女人〉）

也許亞陶已經知道妳躺在醫院裡，預訓班裡臺北的消息傳得很快，難怪他不寫信來了，他說他最討厭扭扭捏捏病病哼哼林黛玉型的女孩子，他會毫不留情絕裾而去的，〔……〕（水晶〈愛的凌遲〉）

這段時間有人介紹一個寡婦給他。寡婦帶有一個男孩，同居了兩個月，嫌日子過得窮苦，帶著男孩下堂求去。（楊青矗〈低等人〉）

苦過、淚盡之後，我不能想像擁抱。人的一生只能浪漫一次，最初也是最後，哪怕是對同一個人，黃金時代只允許一次，破鏡不能重圓。（簡媜〈水經注——訣朋〉）

4 地位財富

尊貴與低微

【尊榮】尊貴榮顯。

【聞達】被稱揚薦拔。

【顯達】顯耀通達。也作「顯貴」。

【顯赫】聲名顯要昭彰。

【烜赫】形容名聲、威望顯盛。烜ㄒㄩㄢˇ。

【泰斗】有聲望且成就卓越，而為眾人所景仰的人。

【養尊處優】自處尊貴，生活優裕。

【貴勢炎炎】形容身分地位尊貴顯赫到極點。

【知名】為人所知。

【大牌】在某一領域中，擁有傑出的成就或名望。

【飲譽】享有名譽。

【馳名】名聲遠播。

【蜚聲】揚名。

【大名鼎鼎】名氣很大。

【有頭有臉】有名譽。

【如雷貫耳】像雷聲傳入耳朵響亮。名氣很大。

【成名立萬】名聲流傳於萬世；即顯揚名聲。

【赫赫有名】聲名顯揚。

【聞名遐邇】聲名遠播，遠近皆知。

【德高望重】德行高，聲望隆。多稱頌年高德劭，且有聲望的人。

【卑瑣】卑賤、微賤。

【孤寒】貧窮無依，寒微。

【微賤】地位卑微低賤。

【低三下四】地位卑微。

【沒來歷】沒身分背景。

【沒頭沒臉】沒有地位。

【無名小卒】地位低而無足輕重的人。

【沒沒無聞】沒有名氣。也作「默默無聞」。

【無聲無臭】沒有聲音、氣味。比喻湮沒不彰。語出《詩經・大雅・文王》：「上天之載，無聲無臭。」

【湮沒無聞】無人知曉。

【籍籍無名】不為人知。

【名不見經傳】沒名氣。

列車順軌而下／我還是想回家／隱姓埋名／你不求聞達／我又怎好意思成名立萬（鍾曉陽〈出門〉）

他又說：「你母親生性要強，我卻一生沒有烜赫功名。」他又咳嗽了，我放下扇子，他那時敞著上

衣，只見他胸前根根肋骨畢露。（徐鍾珮〈父親〉）

擁有「皇家花園」一半以上資本的張季常，身居東南亞電影製片業的泰斗，儘管他旗下出品的拳頭枕頭片，只注重票房掛帥，本是不折不扣的商品，由於勢大財雄，張季常還是此間靠募捐來維持演藝機構所拉攏的對象。（施叔青〈一夜遊〉）

我漸漸明白牆裡的世界都寫在一本本精裝或平裝的書中，有些哀戚卑瑣像白先勇〈金大奶奶〉；有些則明媚荒涼如〈牡丹亭〉。（徐國能〈哭・牆〉）

請你家老爺出來！我常州姓沈的，不是甚麼低三下四的人家！他既要娶我，怎的不張燈結彩，擇吉過門，把我悄悄的抬了來，當做娶妾的一般光景？（清・吳敬梓《儒林外史・第四十回》）

在黃沙梁，每個人都是名人，每個人都默默無聞。每個牲口也一樣，就這麼小小的一個村莊，誰還能不認識誰呢。誰和誰多少不發生點關係，人也罷牲口也罷。（劉亮程〈人畜共居的村莊〉）

富與貧

【小康】略有資產而足以自給的家境。
【溫飽】衣食無缺。
【殷實】充足、富裕。
【富饒】財物多而充裕。
【裕如】富足、充足貌。
【寬裕】富足。

【餘裕】充裕而有餘。
【優渥】優厚、豐厚。
【優裕】充足、富裕。
【闊綽】寬裕，出手豪闊。
【豐足】富足，充足。
【豐衣足食】衣食充足。形容生活富裕。

【家給人足】家家豐衣足食，人人生活富足。
【富貴逼人】財富地位勝過人。
【腰纏萬貫】財富之多。
【金玉滿堂】極為富有。
【富可敵國】個人擁有的財富可與國家資財相比。形容極為富有。

【告罄】財物用完或售完。
【困頓】困苦窘迫。
【拮据】ㄐㄧㄝˊ ㄐㄩ，境況窘迫，尤指經濟困難。
【貧寒】貧乏窮困。

【貧窶】貧困。窶ㄐㄩˋ，貧陋。語本《詩經．邶風．北門》：「終窶且貧，莫知我艱。」

【清苦】清寒貧苦。

【窘困】窘迫困難；拮据。

【寒傖】窮困、寒酸。傖ㄘㄤ。

【落魄】窮困潦倒。

【匱乏】不足、貧乏。

【潦倒】不得志或生活貧困。

【窮困】生計窘迫艱難。

【入不敷出】收入少而支出多。

【左支右絀】顧此失彼，窮於應付。絀ㄔㄨˋ。

【捉襟見肘】生活窮困，或是無法顧及整體，照顧不周的窘態。

【寅吃卯糧】寅年就吃掉了卯年的食糧。比喻入不敷出，預支以後的用項。

【赤貧】窮得什麼都沒有。

【一文不名】非常窮困，一文錢都沒有。另有「不名一錢」。

【一貧如洗】一無所有，十分貧困。

【囊空如洗】口袋空空像洗過一樣。比喻沒錢。

【貧無立錐之地】窮得連插錐子的地方都沒有。形容非常貧窮。

總之，他是一望而知的沒有受過生活鞭撻的人，在一個陌生人的眼中，正如一般生活優裕的人，往往多受人們尊敬。（陸蠡〈獨居者〉）

但這些顧客，多是短衣幫，大抵沒有這樣闊綽。只有穿長衫的，才踱進店面隔壁的房子裡，要酒要菜，慢慢地坐喝。（魯迅〈孔乙己〉短衣幫，指做工的人。）

而在我們的有生之年，的確在台灣見到過好幾班這樣夢一般的列車，土地的，股票的，電子的，後來還有一班半途拋錨車毀人傷的網路的，搭上的人富貴逼人，沒搭上的人很遺憾卻也不抱怨，因此想說一定還會有下一班，那真的是人人都幸福極了的老日子。（唐諾〈記憶中那一班夜間進站的富貴列車〉）

小鎮的居民其實看來並不窮困。沒有基本的匱乏，生活簡單樸素，就不覺窘困。生活產生難堪的窘困之感，常常因為來自比較。（蔣勳〈小鎮商店〉）

上衣與迷你裙是深淺不一的粉紅色，大約是來自不同的瑕疵品貨源。顏色的差距很輕微，正好說明了它們是廉價的拼湊品，正好凸顯了它們主人的寒傖。（朱少麟《傷心咖啡店之歌》）

我彷彿聞到梔子花在夏夜濃冽的香氣，可是我手上缺短沽酒的錢，我值錢的兵器都典當盡了，就只賸了我驕傲的詩，落魄的我，四處流蕩，到處兜售，以求忘憂之資。（張錯〈依稀〉）

他在阿枝的床頭看見一個粉紅絨布絲的洋娃娃沾滿了歲痕，臆想她童年的赤貧。他的人生鍛鍊是不斷地尋找出口，他當下了然這個已在他心頭生根的女子同樣需要。（鍾文音〈慾海浮沉〉）

就以你我而論，辦了多少年糧臺，從九品保了一個縣丞，算是過了一班；講到錢呢，還是囊空如洗，一天停了差使，便一天停了飯碗。如果不是用點機變，發一注橫財，哪裡能夠發達。（清．吳沃堯《二十年目睹之怪現狀．第五十四回》）

浪費與節儉

【奢侈】浪費，不知節儉。

【揮霍】浪費金錢。「揮霍無度」。

【鋪張】張大其事，講究排場。

【撒漫】花錢慷慨不吝嗇，有揮霍之意。

【糜費】浪費。也作「靡費」、「糜擲」。

【擺場面】講究排場，粉飾表面。

【一擲千金】形容不惜金錢的豪舉。

【大手大腳】用錢浪費。

【揮金如土】花錢像撒土一樣。比喻極端浪費錢財。

【侈靡】奢侈淫靡。

【華奢】華麗奢靡。

【闊氣】豪華奢侈。

【紙醉金迷】比喻奢侈浮華的享樂生活。

【豪奢放逸】十分奢侈而無節度。

【窮奢極欲】極端奢侈。

【暴殄天物】糟蹋物力，不知珍惜。殄ㄊㄧㄢˇ，滅絕。天物，自然界生物。

【靡衣玉食】穿華麗的衣

服，吃精美的食物。形容豪華奢侈的生活。

【節約】節制約束。

【刻苦】生活儉省樸實。

【節流】減省開支。

【緊縮】節約。

【儉約】節省。

【儉省】節省。

【儉樸】生活儉省樸實。

【撙節】節省。撙ㄗㄨㄣˇ。「撙節用度」。

【積攢】一點一點的聚集、儲蓄。攢ㄗㄢˇ。

【量入為出】泛指根據收入來斟酌開支。

【精打細算】精細的謀劃打算。

【縮衣節食】節儉。

眾人見花子虛乃是內臣家勤兒，手裡使錢撒漫，都亂撮合他在院中請婊子，整三五夜不歸家。（明・蘭陵笑笑生《金瓶梅・第十回》）

我是愛面子的，陳恭喜也愛面子，我們都愛面子。他每次叫便當，總要多叫一個，卻連一個也吃不下；他越在人多越喜歡出點子，卻沒一個好點子；他喜歡擺場面，卻老是收不了場。（李潼〈恭喜發財〉）

在上海聞人裡，少不了大亨人物，上海今日所承續的流風遺韻，有一大半是大亨精神那種極盡華奢逸樂所釀造的一帖生活聲色。（鍾文音〈大亨遺風可曾遠去〉）

父親的一生，是用儉樸和誠實作為語言寫成的一本書，沒有絢麗的封面，也沒有巧美的插圖，是那種穩穩實實的筆調，一筆筆的誠懇寫成的書，（……）（王灝〈家譜〉）

以後有封阿登叔親筆底信來，大意說他生活頗過得去，要來春姨好生養病不要以他為念；以後他會設法每月撙節點錢給她寄上。然而關於他的感冒，在信中卻是一字不提！（王禎和〈來春姨悲秋〉）

反正都說早年有這樣個善心的老婆婆，多年守寡，靠著種地打草鞋，一輩子積攢幾個錢。她見來往行人從江邊過，山路險，艱難得很，便拿出錢，請人貼著江邊修一座橋。（楊朔〈畫山繡水〉）

大方與小氣

【大氣】大方、氣派。

【手鬆】任意花錢或散財。

【慨然】爽快不吝惜貌。

【慷慨】大方而不吝嗇。

【大手筆】大量揮霍錢財。

【有求必應】凡有所請求，必能如願。

【罄其所有】竭盡所擁有的一切。

【吝嗇】氣量狹小，用度過分減省。

【手緊】此指吝惜財物。

【吝惜】過分愛惜，不忍割捨。

【嗇刻】吝嗇刻薄。

【摳扒】小氣。摳ㄎㄡ。

【鄙吝】見識淺短，吝嗇。

【慳吝】吝嗇。慳ㄑㄧㄢ。

【慳剋】吝嗇苛刻。

【守財奴】財多吝嗇的人。

【摳門兒】吝嗇。

【鐵公雞】一毛不拔，戲稱人小氣吝嗇。

【一毛不拔】譏諷人極端吝嗇、自私。語本《孟子．盡心上》：「楊子取為我，拔一毛而利天下不為也。」

【掂斤播兩】掂量分量的輕重。形容過分計較。亦作「掂斤估兩」。掂ㄉㄧㄢ。

【視錢如命】愛財如命。

【錙銖必較】斤斤計較。

這事情你們又不懂了，大凡男人追女人的時候，酸的便會變成甜的，嘴巴裡說出來的話，都是蜂房裡流出來的蜜，吝嗇也會變成大氣，你要個金的，他決不會給你銀的；（……）（陸文夫〈井〉）

夏先生的手很緊，一個小錢也不肯輕易撒手；出來進去，他目不旁視，彷彿街上沒有人，也沒有東西。太太可手鬆，三天兩頭的出去買東西；（……）（老舍《駱駝祥子》）

她私自估了一下，三四百萬的家當總還少不了。這且不說，試了他這個把月，除了年紀大些，頂上無毛，出手有點摳扒，卻也還是個實心人。（白先勇〈金大班的最後一夜〉）

她對子女用錢一點不慳剋，對親友她總不求助，只有別人得她的好處，窮困者得她金錢的好處，富貴

者得她情意的好處。（胡蘭成〈世上人家〉）

我祈望你不會像我過去一樣，長期受到貧困的約制，我寧願你習於大方甚至偶爾揮霍，也不願你掂斤播兩致有傷大雅。（鄭明娳〈放你單飛〉）

5 生活境遇

順逆

【否泰】命運的好壞。否ㄆㄧˇ，惡運；泰：好運。

【窮通】窮困與顯達。

【油麻菜籽命】比喻女人的命運像油麻菜籽隨風飄散，落到哪裡長到哪裡，僅能隨遇而安，逃脫不了宿命。

【走運】運氣好，行事順。

【得志】達到自己的志願。

【得時】時運正好、走運。

【得勢】獲得有利的形勢。

【亨通】通達順利。

【順當】順適如意。

【順遂】稱心如意。

【飛黃騰達】比喻事業得意。飛黃，神馬名。騰達，形容馬的飛馳。

【天從人願】事態發展順心如意。

【左右逢源】左右兩邊都能夠得到水源。比喻辦事得心應手或處事圓滑。語本《孟子．離婁下》：「資之深，則取之左右逢其原。」

【平步青雲】比喻順利無阻，迅速晉升高位。

【扶搖直上】自下急遽盤旋而上。比喻仕途得志。語本《莊子．逍遙遊》。

【青雲直上】順利迅速升到高位。青雲，顯要地位。

【無往不利】做每件事都很順利。

【否極泰來】情況壞到極點後逐漸好轉。

【時來運轉】遇到機會，由逆境轉順境。

【失意】不如意、不得志。

【失勢】失去權勢。

【坎坷】潦倒、不得志。

【落拓】失意、不得志。

【乖舛】不順利。舛ㄔㄨㄢˇ。

【背時】倒楣、時運不濟。

【晦氣】遇事不順利、倒楣。

【蹭蹬】ㄘㄥˋ ㄉㄥˋ，倒楣、失勢、不得意。

【時運不濟】氣運不佳，無法如願以償。

【屋漏偏逢連夜雨】倒楣事接二連三不斷發生。

【磨難】在逆境中遭遇折磨、苦難。

【屯邅】ㄓㄨㄣ ㄓㄢ，處境險厄，前進困難。比喻困頓不得志。

【蹇促】處境困窘不順遂。蹇ㄐㄧㄢˇ。

【顛躓】跌倒。多比喻處境艱苦、窮困。躓ㄓˋ。

【山窮水盡】比喻陷於絕境，窮困之至。

【走投無路】無路可走。形容處境窘困。

【釜中之魚】比喻處在絕境中的人。

【窮途末路】形容走投無路，處於十分窮困的境況。另有「日暮途窮」。

但話又說回來，存摺上的數字既是生不帶來，死不帶去；人生一切窮通否泰，也無非一個簡單數字的運轉。一加一得二，一減一得零。追到極限，也只是一個「一」字在變化無窮。（羅蘭〈數字遊戲〉）

查某囡仔是油麻菜籽命，落到那裡就長到那裡。沒嫁的查某囡仔，命好不算好。媽媽是公平對你們，像咱們這麼窮，還讓你唸書，別人早就去當女工了。你阿兄將來要傳李家的香煙，你和他計較什麼？將來你還不知道姓什麼呢？（廖輝英〈油麻菜籽〉）

當坤樹走近來，他覺得還不適於說話的距離時，阿珠搶先的說：「我就知道你走運了。」她好像恨不得把所有的話都說出來。坤樹卻真正的嚇了一跳。（黃春明〈兒子的大玩偶〉）

他能把別人的命運說得分明，／他自己的命運卻讓人牽引：／一個女孩伴他將殘年踱過，／一根拐杖嘗盡他世路的坎坷！（余光中〈算命瞎子〉）

試想一想，如有銀錢經手的事，你信得過的朋友能有幾人？在你蹭蹬失意或疾病患難之中還肯登門拜訪乃至雪中送炭的朋友又有幾人？（梁實秋〈談友誼〉）

她閉眼盤坐在雲的頂端／看（寫）盡浮浮世間男女磨難／冰雪聰明　欲死欲仙／她每次凝神傾聽／那風，在時代後面惶惶追趕。（夏宇〈另眼相看歌贈張愛玲〉）

醫學院裡的行者應該是勇敢的，無懼於課業上最大的難關，無懼於漫漫長途間的困頓顛躓，勇於在礫土上生根，敢於把自己豁向茫茫大荒。（張曉風〈誰敢〉）

曹操下令軍中曰：「今劉備釜中之魚，阱中之虎；若不就此時擒捉，如放魚入海，縱虎歸山矣。眾將可努力向前。」（明．羅貫中《三國演義．第四十二回》）

福禍

【吉祥】吉利祥瑞。

【享福】生活安樂適意。

【僥倖】意外成功或免於災禍。

【萬幸】極僥倖、幸運。

【百福具臻】形容各種福分一齊來到。

【吉人天相】上天幫助善人安度困境。

【吉星高照】比喻交好運，萬事順遂。

【洪福齊天】福氣與天等高。稱頌人福氣極大。

【災厄】災難，禍患。

【遭劫】遭遇劫難。

【肇禍】闖禍，引起事故。也作「肇事」。

【橫事】凶事，意外禍事。

【飛來橫禍】突然降臨的意外災禍。

【無妄之災】比喻意外的災禍。古時一人把牛繫在路上，卻被路人牽走，使當地人受到懷疑和搜捕。語出《易經．无妄卦》。

【禍從天降】災禍的到來非常突然。

【趨吉避凶】避開凶險，尋求吉祥。

【報應】種善因得善果，種惡因得惡果。

【自食惡果】自己吃到自

己所種的惡果。

【咎由自取】所有的責難、災禍都是自己找來的。

【罪有應得】所有的責難、災禍都是自己找來的。

【含冤】蒙受冤屈。另有「蒙冤」。

【抱冤】含冤，受屈。

【負屈】蒙受冤屈。

【頂罪】代人承受罪行。

【頂缸】代人受過。

【墊背】充當犧牲品，代人受過。

【背黑鍋】代人受過頂罪。

【代人受過】代替別人承受責難。

【平反】洗清冤屈。

【昭雪】洗清冤枉。

當年僥倖，我遂得全身而退，／金盤洗手，退隱封刀於大雪山巔，／隨即下馬卸鞍，／與你圍爐夜話，／〈……〉（張錯〈今昔山莊——夜宿「鞍馬山莊」〉）

故鄉的神，常南北奔馳於高速公路上，遠在都市的故鄉人，有了疑難雜症，或是官司災厄，便會想到故鄉的神，千里迢迢，或回鄉問乩，或請駕南北，總要求神開示一條明路。（履彊〈鄉關何處〉）

啊！這險惡的亂世，沒有錢要餓死，有了錢要遭劫，叫人怎樣活下去！（高曉聲〈錢包〉）

太宗正色喜問道：「你那大乘佛法，在於何處？」菩薩道：「在大西天天竺國大雷音寺我佛如來處，能解百冤之結，能消無妄之災。」太宗道：「你可記得麼？」菩薩道：「我記得。」太宗大喜道：「教法師引去，請上台開講。」（明．吳承恩《西遊記．第十二回》）

此時哄動了獅子街，鬧了清河縣，街上看的人不計其數，多說西門慶不當死，不知走的那裡去了，卻拿這個人來頂缸。正是：張公吃酒李公醉，桑樹上吃刀柳樹上暴。（明．蘭陵笑笑生《金瓶梅．第九回》「張公」一句，比喻一方取得實質利益，一方空有虛名。亦可比喻一人作惡，卻由他人代為受罪。「桑樹」一句，比喻代人受過。）

隨後不久看到各界為孫將軍祝九十大壽，盛況足可視為非官方的平反。將軍重新出現在眾人面前，也許百感交集，也許，對歷史的公正更增了信心，減低了憾恨吧。（黃碧端〈孫將軍印象記〉）

成敗

【勝】占優勢，制服。

【遂】成功、成就。

【贏】勝。

【力勝】努力戰勝。

【求勝】爭取勝利。

【決勝】取得勝利。

【取勝】獲得勝利。

【大捷】取得大勝利。

【告捷】取得勝利。

【奏捷】獲勝。報告戰勝。

【凱旋】獲勝歸來。

【百戰不殆】多次戰爭都不失敗。

【攻無不克】只要進攻，沒有不打勝的。

【克敵制勝】戰敗敵人，贏得勝利。

【所向披靡】比喻力量所到之處，敵人紛紛潰退。另有「所向無敵」。

【連戰皆捷】接連數次都獲勝。

【屢戰屢勝】每一次戰爭或競爭都獲得勝利。

【戰無不勝】百戰百勝，無往不利。

【出奇制勝】指用奇特、創新的方法取勝。語本《孫子・勢》：「凡戰者，以正合，以奇勝。故善出奇者，無窮如天地，不竭如江河。」

【決勝千里】形容將帥謀劃得當，在千里之外，指揮若定而取得勝利。

【勝券在握】比喻很有把握，相信可以成功。

【穩操勝算】形容做事時，很有成功獲勝的把握。

【馬到成功】征戰時戰馬一到便獲得勝利。比喻成功迅速而順利。

【旗開得勝】一開戰就取得勝利。比喻事情一開始就獲得成功。

【輸】失敗。

【失利】戰敗，打敗仗。

【披靡】潰敗逃散的樣子。

【挫敗】挫折失敗。

【敗北】戰敗而逃；失敗。

【落敗】失敗，被打敗。

【塌臺】比喻事業瓦解失敗。也作「垮臺」。

【潰敗】戰敗。

【覆滅】滅亡。

【顛覆】翻倒使其覆滅。

【鎩羽】 鳥的羽毛殘落，不能高飛。比喻人失志不得意。鎩ㄕㄚ。

【大勢已去】 整個局勢已經無法挽回。

【付諸東流】 比喻希望落空或前功盡棄。

【功敗垂成】 事情在即將成功時失敗了。

【功虧一簣】 堆一座九仞高的土山，差最後一筐而失敗。比喻事情不能堅持到底，功敗垂成。語出《書經．旅獒》：「為山九仞，功虧一簣。」

【潰不成軍】 軍隊潰敗得不成個軍隊。遭到慘敗。

【一敗塗地】 戰敗身死肝腦散落滿地。失敗到無法收拾的地步。語本《史記．高祖本紀》：「今置將不善，壹敗塗地。」

【片甲不留】 軍隊打敗仗，全軍覆沒。

【折兵損將】 戰敗損失了兵將。也作「損將折兵」。

【反敗為勝】 從敗勢中得到勝利。

今天的美術比賽，成績空前好，我們學校得了一個亞軍，三個殿軍，團體成績是第四名。校長要我們盛大歡迎凱旋回來。（鍾肇政《魯冰花》）

我們看韓愈的「氣盛言宜」的理論和他的參差錯落的文句，也正是多多少少在口語化。他的門下的「好難」、「好易」兩派，似乎原來也都是在試驗如何口語化。可是「好難」的一派過分強調了自己，過分想出奇制勝，不管一般人能夠瞭解欣賞與否，終於被人看做「詭」和「怪」而失敗，於是宋朝的歐陽脩繼承了「好易」的一派的努力而奠定了古文的基礎。（朱自清〈論雅俗共賞〉）

人一旦對他的一生發生了反觀，就像發現了鏡子一樣，發生了可怕的戰爭——對自己的老、醜、死的注定敗北的戰爭。（孟東籬〈生活〉）

我很滿意我井裡滴水不剩的現狀／即使淪為廢墟／也不會顛覆我那溫馴的夢（洛夫〈向廢墟致敬〉）

華山腳下一場大戰，魔教十長老多數身受重傷，鎩羽而去，但岳肅、蔡子峰兩人均在這一役中斃命，而他二人所筆錄的《葵花寶典》殘本，也給魔教奪了去，因此這一仗的輸贏卻也難說得很。（金庸

《天龍八部》）

校醫發現我的肺部有些毛病，學醫於我不宜，勸我轉系。這真是一個晴天霹靂！我要學醫，是十歲以前就決定的。〔……〕在醫預科三年，成績還不算壞，眼看將要升入本科了，如今竟然功虧一簣！從班導師的辦公室裡走出來的時候，我幾乎是連路都走不動了。（冰心〈我的同班〉）

6 人際關係

相聚

【相逢】 相遇。

【偶遇】 偶然相遇。

【邂逅】 沒約而偶然相遇。

【不期而遇】 未經約定而相遇。

【萍水相逢】 浮萍因水而流蕩，聚散不定。比喻人素不相識，因機緣偶然相逢。

【邀約】 邀請，約請。

【會面】 見面。

【晤面】 當面相見。

【會晤】 見面。

【碰頭】 見面。

【聚首】 會面。

【雲集】 如雲般密集群聚。

【拜訪】 拜候，探望。

【造訪】 探訪。「登門造訪」。

【探望】 拜訪看望。

【探視】 探望訪視。

【串門子】 到別人家裡閑坐、聊天。

【迎迓】 迎接。迓ㄧㄚˋ。

【招呼】 以言語、手勢彼此寒暄、問候。

【寒暄】 見面時談天氣冷暖之類的應酬話。

【招待】 接待賓客。

【接待】 招待。

【款待】 殷勤接待。

【客套】 會客時表示謙讓、問候的應酬話。

【交際】 人與人之間彼此往來、聚會應酬。

【走動】 指親友間彼此往來酬應。

【往來】交往、交際。

【社交】社會中人與人的交際往來。

【過從】相往來。

【酬酢】本意為筵席中主客相互敬酒。後泛指交際應酬。酢ㄗㄨㄛˋ。

【應酬】交際往來。

【打交道】彼此接觸往來、交際或協商處理事務。

【作陪】作為陪客。

【奉陪】陪伴的敬詞。

烏舍凌波肌似雪，親持紅葉索題詩。還卿一缽無情淚，恨不相逢未鬄時。（蘇曼殊〈本事詩〉鬄，剃髮。此詩含有相識恨晚之意，因作者作詩時已經出家。）

過不了幾天，我就親眼看到常去百合子家串門子的監工。個子高大，身體很結實，不會粗魯，倒十分文氣，實在稱得上強壯、英俊。（林鍾隆〈百合子〉）

有客人上門的時候，討價還價、量布剪布、客套寒暄，時間倒也好打發；沒有客人上門的時候，以前他常去附近租書店租武俠小說回來看，但是如今一空下來就呆坐著看對面的工人忙來忙去的蓋公園。（季季〈雞〉）

《海上花》裡的長三書寓歌妓和客人的酬酢往來，我每每讀了感到一種瑣碎人世的動容，覺得人的感情和情義在某種狀態裡可以達到那麼深，深到沒有身分地位，只是交心，只是把酒言歡，（……）（鍾文音〈梧桐樹下吃路邊攤〉長三，舊時對上海高等妓女的稱呼。書寓，指高等妓院。）

分離

【別離】分離，不能相聚。

【分袂】離別。

【告辭】告別。

【辭行】行前告別親友。

【辭別】辭行，告別。

【道別】以動作或言語表達將與某人分別。

【話別】臨別前的談話。

【握別】握手道別。

【惜別】不忍分別。

【臨別依依】即將離別時卻依依不捨。

【送行】送人遠行。

【折柳】長安東有座灞橋，古人送友朋到此，常折柳贈別。後借指送別或餞行。

【餞別】設酒食送別。

【契闊】久別，別離。

【睽違】分離，別離。

【闊別】久別，遠別。

【久違】久別。後多用在久別重逢的客套語。

【風流雲散】比喻人飄零離散。

【生離死別】生時的分離與死亡時的永別。

這席話將來春姨的辛酸和悲憤都引上來。眼淚雖力忍住了，她兩眼紅潤，彷若哭過一般。當著阿福伯，她怎說得出她和阿登叔的情分如何如何？她和阿登叔是如何的無法分袂？她如何能夠向阿福伯提這些？捨此之外，她又能講什麼？（王禎和〈來春姨悲秋〉）

那年頭，有誰能到美國，可是天大的事，光到松山機場送行，經常是親朋好友三、五十人，圍住一個要去美國的人，幾乎是集體叮嚀，弄到後來，淚灑機場，彷彿天人永隔。（隱地〈一條名叫時光的河〉）

契闊死生君莫問，行雲流水一孤僧。無端狂笑無端哭，縱有歡腸已似冰。（蘇曼殊〈過若松町有感示仲兄〉）

像最近蘇雪林先生自南洋大學回來，就特別在臺北多住了兩天，就為的是參加了慶生會和久違的大家見見面再回臺南去。（林海音〈慶生會就是慶生會〉）

當年南京有虞博士在這裡，名壇鼎盛，那泰伯祠大祭的事，天下皆聞。自從虞博士去了，這些賢人君子，風流雲散。（清．吳敬梓《儒林外史．第四十八回》）

友好

【結識】 認識交往。

【交結】 交際，往來。

【交遊】 交往，交際。

【相交】 相互的交誼。

【締交】 結交。

【相識】 彼此認識。

【一見如故】 第一次見面就相處和樂融洽，如同老朋友一般。

【相知】 彼此相交而能相互了解。

【投合】 合得來。

【投契】 情意相合。

【投緣】 情意相合。

【投機】 見解相合。

【契合】 情志相投。

【莫逆】 比喻朋友要好，彼此心意相契合。

【志同道合】 彼此的志趣和理想一致。

【氣味相投】 雙方志趣、性情相投合。

【神交】 彼此心意投合，但憑精神相交，不涉形跡。

【交好】 往來密切，結成知己或友邦。

【知己】 相互了解而友誼深厚的人。另有「知心」、「知交」、「知音」。

【焦孟不離】 相傳焦贊與孟良二人交情很好，幾乎天天在一起。比喻感情深厚，形影不離。

【結夥】 結伴，夥同。

【勾結】 暗中結合、串通。

【串通】 彼此溝通聯結。

【拉攏】 籠絡對己有利者。

【籠絡】 以權術或手段統御他人。

【物以類聚】 原指性質相近的東西常聚集在一起。多比喻壞人互相勾結。語本《易經．繫辭上》。

【臭味相投】 譏諷人的興趣、性情相合。

【同流合汙】 隨世浮沉。多指跟壞人一起做壞事。語本《孟子．盡心下》：「同乎流俗，合乎汙世。」

【沆瀣一氣】 形容氣味相投的人勾結在一起。沆瀣ㄏㄤˋ ㄒㄧㄝˋ。

【朋比為奸】 彼此勾結做壞事。另有「狼狽為奸」。

【結黨營私】 互相勾結以謀求私利。

第一型，高級而有趣。這種朋友理想是理想，只是可遇而不可求。〔……〕高級的人使人尊敬，有趣的人使人歡喜，又高級又有趣的人，使人敬而不畏，親而不狎，交結愈久，芬芳愈醇。（余光中〈朋友四型〉）

有時候和朋友講得投機，他就任了一時的熱意，把他的內外的生活都對朋友講了出來，然而到了歸途，他又自悔失言，心裡的責備，倒反比不去訪友的時候，更加厲害。（郁達夫〈沉淪〉）

當家熊還害他媽用顫動的聲調央求著「熊兒，你別又給我惹禍嘍」的時候，我們便已經是「莫逆」朋友了。自然，這份友誼是幾番廝打的結果，而且是在相持不下的廝打中成長的。（蕭乾〈一隻受了傷的獵犬〉）

這些電子科技拉近了遙處地球兩端的人們，卻拉遠了同處一室的情人。人們現在不再跟近在眼前的這個人相處，而拚命跟遠在天邊的人拉攏關係。真是令人抓狂。（胡晴舫〈繁花如夢〉）

乃是朋友中間應有之義，但是談何容易。名利場中，沉瀣一氣，自己都難以明辨是非，哪有餘力規勸別人？（梁實秋〈談友誼〉）

對立

【失和】 不再和睦相處。

【鬧彆扭】 彼此有意見而合不來，因而乃採不合作態度或故意為難對方。

【扞格】 比喻性情不相投。扞ㄏㄢˋ。

【隔閡】 情意不相通，思想有距離。

【衝突】 意見不同起爭執。

【翻臉】 生氣變臉。

【反目】 不和。

【交惡】 感情破裂，彼此憎恨仇視。

【作對】 敵對。

【仇視】 以仇敵相待。

【敵視】 以對抗、仇視的態度相對待。

【敵對】 因利害衝突，或立場不同，而採取對抗甚至仇視的態度。

【仇隙】 因怨恨生裂痕。

【結仇】 結下仇恨。也作「結怨」。

【反目成仇】 從和睦的關係轉變成仇視敵對狀態。

【決裂】 破裂。

【絕交】 斷絕友誼。

【割席】 比喻朋友絕交。

三國魏管寧發覺朋友華歆貪鄙，便分開坐席與他絕交。典出《世說新語·德行》。

【決絕】堅決斷絕。

【一刀兩斷】斷絕關係。

【排斥】排除駁斥。

【排擠】用手段排斥人。

【排擯】排斥擯棄。擯ㄅㄧㄣˋ。

【傾軋】互相毀謗排擠。

【擯斥】排除，斥退。

【擠撮】排斥輕視。

【針鋒相對】兩針尖鋒相互對立。

【鉤心鬥角】比喻刻意經營，競鬥心機。

【爾虞我詐】互相詐騙。形容人際間的鉤心鬥角。

【黨同伐異】結合同黨，攻擊異己。泛指一切團體之間的鬥爭。

【水火不容】互相對立，不能相容。

【冰炭不相容】對立雙方無法調和或不能容忍。

【不共戴天】不願與仇人共生世間。

【勢不兩立】敵對的雙方不能同時並存。

【比劃】較量切磋。

【角力】較量勝負。

【爭逐】競相追逐、爭奪。

【較量】以競賽的方式比較高下。

【競逐】爭相追逐。

【一決高下】比喻互相較量以決定輸贏、勝負。

【爭霸】爭取霸權。

【零和】指兩數相加為零。在棋賽或牌賽中，一方之得恰為一方之失，其和為零，故稱。形容對立雙方採你死我活的僵硬態度。

【攆】ㄋㄧㄢˇ，趕走。

【轟】驅逐，驅趕。

【驅離】趕走。

【下逐客令】主人暗示或明示客人，該告辭離去。

【吃閉門羹】被摒拒在門外，被拒絕。

她知道自己的微笑能溶化人與人之間的隔閡，她一笑，就像初日射在雪白的花瓣上，她的面容旋即流轉著光輝和溫煦。（鍾玲〈刺〉）

人總是要鬥的，總是要鉤心鬥角的和人爭逐的。與其和人爭權奪利，還不如在棋盤上多占幾個官；與其招搖撞騙，還不如在棋盤上抽上一車。（梁實秋〈下棋〉官，即官子，圍棋術語。）

你記得寫給我的最後一封信嗎？你說：「這是一個比賽傷痛的遊戲麼？妳憑什麼認為憂傷由妳獨

享？」往後日子裡我試圖通過蛛絲馬跡來理解你。有些場景我三番兩次提起，因為那是關鍵，按下了就一吋一吋照亮這零和的棋局。（楊佳嫻〈零和〉）

一個白髮蒼蒼的老侍從嘍，還要讓自己長官這樣撐出門去。想想看，是件很體面的事嗎？（白先勇〈國葬〉）

也許真要等到最小的季珊也跟著假想敵度蜜月去了，才會和我存並坐在空空的長沙發上，翻閱她們小時的相簿，追憶從前，〔……〕。人生有許多事情，正如船後的波紋，總要過後才覺得美的。這麼一想，又希望那四個假想敵，那四個生手笨腳的小伙子，還是多吃幾口閉門羹，慢一點出現吧。（余光中〈我的四個假想敵〉）

幫助

【援助】援救幫助。

【扶助】幫助，援助。

【臂助】助以一臂之力。

【幫襯】幫助，贊助。

【贊助】幫助。

【拉拔】扶助、提拔。

【扶掖】此作扶助、提攜。

【提掖】提拔。

【提挈】提拔，照顧。

【提攜】照顧栽培晚輩。

【眷顧】十分關愛照顧。

【照拂】照顧。

【關懷】關心，牽掛。

【體恤】體諒而憐憫。

【接濟】救助，支援。

【餉】ㄒㄧㄤˇ，送食物給人。

【遺】ㄨㄟˋ，贈送，給予。

【布施】將自己所擁有的東西，施捨給人。

【周恤】體恤，幫助。

【周濟】對窮困的人給予接濟救助。

【施捨】將財物送人，布施恩德。

【捐輸】將財物捐助繳納給公家。

【賑濟】以財物救濟。

【濟助】接濟，幫助。

【幫補】在經濟上資助。亦作「幫貼」、「幫錢」。

【賚發】贈與；給人錢財幫助。賚ㄐㄧ。

【疏財仗義】肯施捨錢財而重視義氣。

【解囊相助】拿出錢財幫

助他人。

【施惠】給予恩惠、德澤。

【造福】為人創造幸福。

【拯救】援救，救助。

【援救】救助，援助

【奧援】內援，通常又用以稱有力而可靠的後援。

【搭救】幫助、拯救。

【解救】使脫離危險困境。

【營救】設法施救。

【挽救】設法從險難中挽回或補救。

【搶救】在緊急危險的情況下迅速救護。

【相濡以沫】泉水乾涸，魚兒以口沫互相潤溼。比喻同處困境，互相以微力救助。語出《莊子．大宗師》。

【雪中送炭】在艱困危急之時，給予適時的援助。

【濟困扶危】救濟困苦，幫助危難。

故賈瑞也無了提攜幫襯之人，不說薛蟠得新棄舊，只怨香、玉二人不在薛蟠前提攜幫補他，因此賈瑞金榮等一干人，也正在醋妒他兩個。（清．曹雪芹《紅樓夢．第九回》）

從這觀念來看，當我們在生活中遭受困頓和苦難，那在身邊好心拉拔一把的人，其實正是混跡人世的觀音菩薩。（奚淞〈說觀音〉）

A果然是一位十分熱心的婦人，她較我年長十餘歲，待我如長姊，照拂我生活起居的細節，無微不至。（林文月〈A〉）

只有等孩子上學去了（她怕孩子知道，傷了自尊），厚著臉皮，躊躇又躊躇，挨門挨戶看看是否有誰可以濟助一點的。她怕我們不相信，還把戶口名簿、眷補證、孩子的成績單都拿出來給我們看。（杏林子〈母親的臉〉）

這李小二先前在東京時，不合偷了店主人家財，被捉住了，要送官司問罪。卻得林沖主張陪話，救了他，免送官司。又與他陪了些錢財，方得脫免。京中安不得身，又虧林沖齎發他盤纏，於路投奔人；不想今日卻在這裡撞見。（元末明初．施耐庵《水滸傳．第十回》不合，不該。）

四 大自然

1 景物

天地

【空曠】開闊。

【空廓】空廣寬闊。

【廓落】廣大遼闊的樣子。

【廣袤】廣闊。廣，東西向。袤ㄇㄠˋ，南北向。

【廣漠】廣大空曠。

【廣闊】廣大寬闊。

【遼闊】遼遠，廣闊。

【壯闊】雄壯寬廣。

【無垠】遼遠而無邊際。

【蒼茫】曠遠迷茫的樣子。

【蒼莽】郊野景色看不清的樣子。

【一望無際】一眼望去看不著邊際。寬廣、遼闊。

【漫無邊際】非常寬廣，一眼望不到盡頭。

【狹隘】寬度窄小。

【迫窄】狹窄，狹隘。

【侷促】空間狹小。

【彈丸】比喻地方狹小。

【褊狹】可作土地狹小。褊ㄅㄧㄢˇ。

【湫隘】居處低濕狹小。湫ㄐㄧㄠˇ。

【皇天】對天的尊稱。

【天頂】天空。

【天幕】以天為帳幕，指天空。

【長空】遼闊的天空。

【青天】晴朗無雲的天空。

【穹蒼】蒼天。

【蒼天】天，上蒼。

【碧空】淡藍色的天空。

【碧落】指天空。白居易〈長恨歌〉：「上窮碧落下黃泉，兩處茫茫皆不見。」

【玉宇】宇宙，太空。

【雲霄】天際。

【霄漢】天際。

【幕天席地】以天為幕，以地為席。比喻胸襟高曠開朗，不拘行跡。

【后土】對大地的尊稱。

【肥沃】土質養料多，生產力大。

【沃腴】肥美。

【膏腴】形容土地肥美。

【膏壤】肥沃的土地。

【豐饒】富足。

【平疇】平原田地。

【沃野】肥沃的田野。

【不毛】荒涼貧瘠，不生草木的土地。

【荒瘠】荒蕪、不肥沃。

【荒蕪】土地因無人管理而雜草叢生。

【貧瘠】土地不肥沃。

【磽瘠】土地不肥沃。磽くㄧㄠ。

【磽薄】土地堅硬不肥沃。梁肅〈通愛敬陂水門記〉：「化磽薄為膏腴者，不知幾千萬畝。」

在那麼廣袤的中國大西北的黃土地上，閉上眼只會想到那麼悲傷的荒瘠與愁苦，〔……〕（李黎〈城的記憶〉）

然而，蒼天浩瀚無垠，世事變幻無常，七百多年以前那個龐大的帝國已經隨著白雲遠去，〔……〕（席慕蓉〈仰望九纛〉九纛，象徵蒙古精神的九纓白旗。）

當美國全境只有六百多種鳥類時，彈丸之地的台灣，竟擁有近五百種，地理位置的得天獨厚自然是絕對的因素。（劉克襄〈天下第一驛〉）

黎明前的魔術時刻，寶藍的天頂蓋，東邊有一片濃橙雲靄，可以看到金黃的太陽在後面騷動不安，即將破殼而出。（傅天余〈業餘生命〉）

遠望著片片的白雲，休息在淺藍的蒼穹下，太陽的金光，從葉縫裡灑在我們的身上，快樂啊，歡暢，我們都愛在天高氣爽，紅葉如花的秋光中歌唱、徜徉。（謝冰瑩〈故鄉〉）

頓然，碧空縱來一匹揚鬣飛蹄的雪駒朝我奔馳！那一驚不小，趕忙倏坐探眼，一眨，可把眼睛眨清了，眼界霎時縮小，原來只不過是，南台灣某一個下午的堆雲！（簡媜〈行經紅塵〉）

武洛原是茫濃溪河床中浮出的河川地平原，先民們發現這個地方土地肥沃容易開發後，很快的就落腳定居了。（鍾鐵民〈月光下的小鎮〉）

城市的土地是世界上最貧瘠的土地，我們這繁華街道的土地又是城市土地中最貧瘠的一塊。（王安憶《紀實與虛構》）

日月

【照耀】光線照射。

【折射】光線或能量從一種介質射入另一種介質，而改變行進方向的一種現象。

【投射】照射。

【投影】光線將物體的影子投射到另一個面上。

【映照】映射，照射。

【穿照】穿透照射。

【朗照】明亮的照射。

【輝映】光彩相互照映。

【篩透】從孔隙中透過。

【流瀉】流散，傾瀉。

【傾瀉】液體大量從高處傾倒流瀉。

【灑瀉】潑灑，傾瀉。

【炎炎】火光猛烈的樣子。

【溶溶】陽光暖熱的樣子。晏殊〈採桑子〉：「陽和二月芳菲遍，暖景溶溶。」

【熔熔】陽光非常強烈。

【火輪】太陽。另有「日輪」。

【烈日】炎熱的太陽。

【麗日】明亮耀眼的太陽。

【驕陽】強烈逼人的陽光。另有「炎陽」。

【皎然】明亮潔白貌。

【皎潔】光明的樣子。

【清輝】明亮澄淨的光輝。

【皓白】雪白，潔白。

【眉月】新月如眉。

【鉤】可形容月亮的外形細而彎。

【鐮】可形容月亮的外形細而彎。

【月牙】形狀似鉤的新月。

【望月】滿月。

【玉盤】月亮的代稱。另有「玉輪」。

【嬋娟】形容月色明媚或指明月。

【月華】月光。

【閃耀】光亮耀眼。

【耿耿】明亮貌。白居易〈長恨歌〉：「遲遲鐘鼓初長夜，耿耿星河欲曙天。」

【閃爍】光線不定的樣子。

【明滅】忽隱忽現閃動。

【朦朧】月色昏暗的樣子。

【星斗】天上的星星。

【星辰】星的通稱。

【河漢】天河，銀河。

【雲漢】聯亙如帶的星群。

下班的交通是谷底川流，遇到高樓空隙之間穿照而出的陽光，就在川面折射著金屬片燐燐的閃跳。碰到十字路口紅燈，又像大江橫阻，西邊望去，熔熔斜陽裡市景都曝了光，東邊是金色沙礫裡的一座海市蜃樓。（朱天文〈炎夏之都〉）

煙霧在草原上，在我的眼前飄飛輕舞。陽光篩透而過，亮光和淡影貼著草地流動變化追逐。我拿起筆記本，低頭寫下我的感動。（陳列〈八通關種種〉）

我站在我父親的病床旁邊。從窗帘縫隙裡透進來的夜光均勻地灑瀉在他的臉上，是月光；祇有月光才能用如此輕柔而不稍停佇的速度在一個悲哀的軀體上游走，濾除情感和時間，有如撫熨一塊石頭。（張大春〈角落裡的光〉）

海潮依然平靜地拍打著山嶺俯瞰下的小城，結著一條又一條永恆的白紗帶，在麗日下，風雨中，不斷地湧來，升起又落下。（楊牧〈接近了秀姑巒〉）

但燈光究竟奪不了那邊的月色：燈光是渾的，月色是清的。在渾沌的燈光裡，滲入一脈清輝，卻真是奇迹！（朱自清〈槳聲燈影裡的秦淮河〉）

月如鉤嗎？鉤不鉤得起沉睡的盛唐？月如牙嗎？吟不吟得出李白低頭思故鄉？月如鐮嗎？割不割得斷人間癡愛情腸？（簡媜〈月牙〉）

雲霧

【裊裊】縈迴繚繞的樣子。

【縷縷】接連不絕的樣子。

【氤氳】ㄧㄣ ㄩㄣ，形容煙雲瀰漫的樣子。

【瀰漫】遍布。

【籠罩】覆蓋。

【靄靄】聚集的樣子。

【靉靆】ㄞˋ ㄉㄞˋ，雲盛貌。

【雲蒸霞蔚】雲霧彩霞升騰聚集。比喻絢麗燦爛。蔚，聚集。

【煙霏霧集】煙霧迷漫集結的樣子。

【渺茫】遼遠而不易見。

【蒼茫】曠遠迷茫的樣子。

【縹緲】高遠隱忽而不明。

【山嵐】山中的雲霧。

【彤雲】紅色的雲彩。下雪前密布的灰暗濃雲。

【雲翳】陰暗的雲。

【暮靄】傍晚的雲霧。柳永〈雨霖鈴〉：「念去去、千里煙波，暮靄沉沉楚天闊。」

溪山縹遙無盡。天水林木都化作了氤氳，變成混沌眾世的一部分。在這恆久的混沌裡，千億人生活著；故事進行著。（李渝〈江行初雪〉）

看吧，烏雲像漲潮的海濤，一陣接一陣地席捲過來、瀰漫過來了，匯成了一支宏大浩蕩的部隊，那排山倒海、雷霆萬鈞的氣勢，顯然要一掃天地間的全部抑鬱與沉悶；〔……〕（斯妤〈小窗日記〉）

那靉靆的雲朵，無邊的夕照在波濤上輝煌：流水的奔流，石頭間迸生的野草，唱歌的星子，和永遠不變的河漢！（楊牧〈自然的悸動〉）

我們是唱著進山的。九重葛、脆柿子，都看不見了，祇剩下推翻了綠色調色盤之後的各種顏色，遠處的綠海裡，簪上了幾朵薄柔的白紗花。有人在感謝那片片的山嵐，將畫面裝飾得那般雅逸巧妙。（趙淑俠〈靈山夜雨〉）

緘默是好的，關於小河／可無庸我們多說／烈日當會指證：遠處／雲和雲翳的不安。垂首／而髮即覆藏整座山整座林的／暗影，而暗影裡唯一閃爍／右前方枝梢間聳立的鐘樓／猶諸我們瞬然擴放的瞳孔／為逃逸的鳥翼爭辯不休／小河到此，請勿多說（向陽〈小河請勿溜走〉）

山

【高聳】 聳立。

【屹立】 聳立不動。

【竦峙】 ㄙㄨㄥˇ ㄓˋ，聳立。

【巍峨】 高大聳立的樣子。

【矗立】 高聳直立。

【矗矗】 高聳的樣子。

【高峻】 山高而陡。

【陡立】 直立。

【陡峭】 坡度很大，高直峻立。

【峻峭】 山高陡絕貌。

【崔嵬】 高峻，高大的樣子。嵬ㄨㄟˊ。李白〈蜀道難〉：「劍閣崢嶸而崔嵬，一夫當關，萬夫莫開。」

【崢嶸】 山勢高峻突出的樣子。

【崚嶒】 ㄌㄥˊ ㄘㄥˊ，山勢高峻突兀。

【嵯峨】 山勢高峻的樣子。

【嶔崎】 山勢險峻的樣子。

【嶙峋】 山石奇兀聳峭貌。

【險峻】 地勢高峭險要。

【巃嵸】 ㄌㄨㄥˊ ㄗㄨㄥ，高峻的樣子。司馬相如〈上林賦〉：「崇山矗矗，巃嵸崔巍。」

【巉峭】 山勢險峻陡峭。

【拱抱】 環繞，環抱。

【連綿】 連續不斷。

【連亙】 接連不斷。

【迤邐】 連綿不斷的樣子。邐ㄌㄧˇ。

【綿亙】 連續不絕。

【綿延】 連續延長。

【橫亙】 綿延橫列。

【千山萬壑】 形容高山深谷極多。

【峰巒起伏】 大小山峰隆起與低伏。

【崇山峻嶺】 高大陡峭的山嶺。

【欹斜秀削】 歪斜不正、高聳陡峭的樣子。欹ㄧ。

【壁立千仞】 形容岩壁矗立之勢極高。

【懸崖峭壁】 高峻的山崖，陡峭的石壁。形容山勢高直險峻。

最裡層高峰屹立，籠著紫色嵐氣，彷彿仙人穿在身上的道袍，峰頂裹在重重煙靄中，看上去莊嚴，縹緲而且空靈。（鍾理和〈做田〉）

山是自地面上傲然而起的，這猛烈的一挺一拔，便是千丈的陡峭與萬尺的巍峨，以及凝凝濃濃的一片青翠。（張騰蛟〈風景滿山〉）

南峰則是另一番形勢：呈現弧狀的裸岩稜脊上，數十座尖鋒並列，岩角崢嶸，有如一排仰天的鋸齒或銳牙。白絮般的團團雲霧，則在那些墨藍色的齒牙間自如地浮沉游移，陽光和影子愉快地在猙獰的裸岩凹溝上消長生滅。（陳列〈玉山去來〉）

懸崖崚嶒，石縫滴滴答答，泉水和雨水混在一起，順著斜坡，流進山澗，涓涓的水聲變成訇訇的雷鳴，有時候風過雲開，在底下望見南天門，影影綽綽，聳立山頭，好像並不很遠；〔……〕（李健吾〈雨中登泰山〉訇訇，ㄏㄨㄥ，大聲之意。）

第一次是出門往右走，山迤邐於地平線上，彷彿已經有丹佛那麼高那麼驚人了。此後在路上走，開車，都忙於看山；那麼專注地看山，有時回憶起來，就怕這樣看山是危險的。（楊牧〈一九七二〉）

是一個初夏輕陰的下午，淺翠綠的欹斜秀削的山峰映在雪白的天上，近山腳沒入白霧中。像古畫的青綠山水，不過紙張沒有泛黃。（張愛玲〈重訪邊城〉）

水

【流】移動。

【瀉】水向下急流。

【飛濺】向外四濺。

【流瀉】流散，傾瀉。

【淌】流下，流出。

【奔流】急速流淌。

【迸流】飛濺，急射。

【傾注】可用以形容由高處

往下流瀉。

【傾瀉】液體大量從高處傾倒流瀉。

【奔騰】可形容波濤洶湧澎湃的樣子。

【洶湧】水流騰湧的樣子。

【澎湃】波濤相衝擊的聲音或氣勢。

【翻騰】上下滾翻，翻動。

【滾滾滔滔】波浪翻湧不絕的樣子。

【氾濫】形容大水橫流，漫溢四處。

【漫溢】氾濫。

【湍急】水流急速。

【汩汩】ㄍㄨˇ，水急流貌。

【湍激】水流猛急。

【涓涓】ㄐㄩㄢ，細水慢流的樣子。

【匯流】水流的會合。

【瀠洄】水流迴旋的樣子。

【倒流】向上逆流。

【宣洩】疏導發洩。

【汪洋】水勢浩大。

【泱泱】水深廣的樣子。

【浩淼】形容水面遼闊。

【浩瀚】水盛大廣闊的樣子。

【茫茫】水勢浩大無邊貌。

【一碧萬頃】形容碧綠的天空或水面遼闊無際。范仲淹〈岳陽樓記〉：「上下天光，一碧萬頃。」

【粼粼】水流清澈的樣子。

【盪漾】振動起伏，多指水波、聲音。

【瀲灩】ㄌㄧㄢˋ ㄧㄢˋ，波光映照、閃爍。蘇軾〈飲湖上初晴後雨〉：「水光瀲灩晴方好，山色空濛雨亦奇。」

【波光粼粼】波光閃動的樣子。

【枯竭】乾枯涸竭。

【乾涸】水份乾竭。涸ㄏㄜˊ。

雨中走向醉翁亭，恍如進入古文中的空靈境界，有一種超越時空的幻異感。過了古橋，驟聞水聲大作。原來連日多雨，山溪水勢湍激，水花銀亮飛濺。（何為〈風雨醉翁亭〉）

月亮圓的時候，正漲大潮。瞧那茫茫無邊的大海上，滾滾滔滔，一浪高似一浪，撞到礁石上，唰地捲起幾丈高的雪浪花，猛力沖激著海邊的礁石。（楊朔〈雪浪花〉）

同時，把夾塞在鵝卵石間的寶特瓶、鋁罐與塑膠袋撿拾出來。不久，終於清理出一條水流汩汩的小溝渠；溪水從魚梯洩出的嘩嘩聲，清楚而暢快地流過我的胸口。（劉克襄〈知本溪的魚梯〉）

因夏不久就要從湖上消褪／如湍急的湖水流過鵝卵石上／——你要急速將水聲把捉／當涼風起自九月的湖水／槳聲如驚雁飛散（蓉子〈湖上‧湖上〉）

他看出她原來在生著病。雨在黑夜的默禱等候中居然停止了它的狂瀉，屋頂下面是繼續在暴漲的泱泱水流，人們都憂慮地坐在高高的屋脊上面。（七等生〈我愛黑眼珠〉）

整個黿頭渚就是一個園林，可是比一般園林自然得多，又何況有浩淼無際的太湖做它的前景呢。在沿湖的石上坐下，聽湖波拍岸，單調可是有韻律，彷彿覺得這就是所謂靜趣。（葉聖陶〈三湖印象〉）

路過蘇隄，兩面湖光瀲灩，綠洲蔥翠，宛如由水中浮出，倒影明如照鏡。（林語堂〈杭州的寺僧〉）

黃昏時，我心慌意亂的徘徊在可以清楚看到歎息橋的渡船口，無法分心去同情一下舊日得行經此橋赴刑場的死刑犯們，我痴痴遙望著夕陽下波光粼粼的亞得利亞海，海天交接處的小離島麗都——每年的威尼斯影展舉行之地，〔……〕（朱天心〈古都‧威尼斯之死〉）

如果你願意　我將／把每一粒種子都掘起／把每一條河流都切斷／讓荒蕪乾涸延伸到無窮遠／今生今世永不再將你想起／除了　除了在有些個／因落淚而濕潤的夜裡　如果／如果你願意（席慕蓉〈如果〉）

花草樹木

【發芽】 植物種子開始萌發的現象。

【抽芽】 植物發出芽來。

【萌芽】 草木初生。

【萌動】 草木發芽。

【含苞】 花朵含著花苞，尚未綻放。

【怒放】 花朵盛開的樣子。

【繁茂】 繁密茂盛。

【扶疏】 枝葉繁茂四布貌。

【芊芊】 草木茂盛的樣子。

【莽莽】 草木茂盛幽深貌。屈原〈九章‧懷沙〉：「滔滔孟夏兮，草木莽莽。」

【森森】 樹木茂盛貌。杜甫〈蜀相〉：「丞相祠堂何處尋，錦官城外柏森森。」

【萋萋】草茂盛貌。崔顥〈黃鶴樓〉：「晴川歷歷漢陽樹，芳草萋萋鸚鵡洲。」

【葳蕤】ㄨㄟ ㄖㄨㄟˊ，枝葉繁密、草木茂盛貌。張九齡〈感遇〉：「蘭葉春葳蕤，桂華秋皎潔。」

【楙茂】林木茂盛的樣子。楙ㄇㄠˋ。

【蓊鬱】草木茂盛貌。

【蒼鬱】草木青翠茂盛。

【蔥蘢】草木青翠茂盛貌。

【蔚然】茂盛的樣子。

【蔭翳】繁盛的樣子。翳ㄧˋ。左思〈魏都賦〉：「蘴芋充茂，桃李蔭翳。」

【蔥心兒綠】淺綠微黃。

【碧綠】翠綠色。

【濃綠】深綠色。

【黛青】墨綠色。

【挺拔】直立高聳。

【擎天】托住天。比喻高大而有力。

【拔地參天】形容高大或氣勢的雄偉。

【旋捲】隨風旋繞、翻捲。

【搖曳】飄蕩、搖晃。

【花枝招展】可形容花木枝葉隨風搖擺，景致美好。

【百卉千葩】各式各樣盛開的花朵。

【奼紫嫣紅】形容花開得鮮豔嬌美。

【花團錦簇】花朵錦繡般聚集在一起。

【萬花如繡】形容繁花盛開，如同錦繡一般。

【萎謝】枯萎凋謝。

【殘凋】殘落、凋零。

【零落】草木凋落。

【稀稀疏疏】稀少疏落。

【落英繽紛】落花多而亂。

【枯朽】乾枯腐朽。

【乾枯】枯萎。

【光禿禿】沒有草木、樹葉或毛髮等蓋著的樣子。

桑是凡品，然而一舉枝、一抽芽皆有中國民間的貴氣無限。桑枝高敞楙茂，葉的氣味總讓人想起肥飽的白蠶進食間所發出的沙沙聲響；（……）（林耀德〈樹〉）

而且，總有一些樹葉不知倚仗什麼神奇的原因，乾枯發硬的還會掛在光禿禿的枝椏上，到開春葉柄下萌動新綠，才會被頂落下來。幾片枯葉活畫出秋冬肅殺的風景。（薛爾康〈北國秋葉〉）

極熱的時候，溪水潺潺，激撞起晶瑩的水花，山林裡仍是蓊蓊鬱鬱的濃蔭。（凌拂〈深入與遠離〉）

濃綠的柳枝後面，襯景是變換的：有時是澄藍，那是晴空；有時是乳白，那是雲朵；有時是金黃的長

針，那是陽光；有時是銀白的細絲，那是月色。（陳之藩〈垂柳〉）

相較於常綠樹種，臺灣櫸木的生長季節減半，更因冬藏的內斂，賦予記載生命滄桑的軌跡分外鮮明，木材的累積十分緩慢，數百年時光，始得造就擎天的氣概。（陳玉峰〈臺灣櫸木的故事〉）

憑空而來的風一浪一浪地掀動斑爛的落葉，如同掀動著生命的印象。我感覺自己就像是這空空的來風，只在脫落下和旋捲起斑爛的落葉之時，才能捕捉到自己的存在。（史鐵生《務虛筆記》）

五節芒隨風搖曳，新穗如麥浪沙沙作響。在秋陽溫煦地烘曬下，池邊又傳來一陣一陣地野薑花的香味，我突然覺得今天是這個城市最幸福的人。（劉克襄〈小綠山之歌〉）

實際，我向來對於花木無所愛好；即有之，亦無所執著。這是因為我生長窮鄉，只見桑麻、禾黍、煙片、棉花、小麥、大豆，不曾親近過萬花如繡的園林。（豐子愷〈楊柳〉）

哎——／那有花兒不殘凋／那有馬兒不過橋／殘凋的花兒呀隨地葬／過橋的馬兒呀不回頭……（鄭愁予〈牧羊女〉）

一株多麼沉鬱的樹，蒼灰色的樹。在它單調的軀幹上，只有稀稀疏疏的枝葉交錯著。（林泠〈無花果〉）

飛禽昆蟲

【汛】ㄒㄩㄣˋ，指每年一定時期內，螢火蟲成群出現。

【拍撲】翅膀在空中拍擊。

【振翅】振動翅膀。

【鼓翼】鼓動翅膀。

【盤旋】旋轉飛行。

【鴥然】鳥疾飛的樣子。鴥ㄩˋ，通「䮱」。

【翱翔】回旋飛翔。

【翻飛】飛舞。

我住的這裡每年四月流螢汛起，流光掛在樹梢，掛得真快。先是疏疏幾點彈落，彷彿似有若無，然而禁不住一日二日三回駐足，黑黑的山徑上停下腳來，季節的訊息，忽忽一轉頭，碎光煥發，一下子就輕快愉悅的燈花閃了滿地。（凌拂〈流螢汛起〉）

稍晚一點的季節，還有優雅的紅嘴鷗群到來，在河口和鷺鷥群溯河覓食。還有澤鵟展開大翅，緩緩地拍撲於草澤之上。（劉克襄〈關渡原鄉〉）

於是我失去了它／想像是鼓翼亡走了／或許折返山林／如我此刻竟對真理等等感到厭倦／但願低飛在人少，近水的臨界／且頻頻俯見自己以鴻然之姿／起落於廓大的寂靜，我丘壑凜凜的心。（楊牧〈心之鷹〉）

蝴蝶越聚愈多，一群群、一堆堆從林中飛到路徑上，並且成群結隊地向我們要去的方向前進著。它們在上下翻飛，左右盤旋；它們在花叢樹影中飛快地搧動著彩色的翅膀，閃得人眼花繚亂。（馮牧〈瀾滄江邊的蝴蝶會〉）

2 氣象

風

【掠】輕拂、輕拭而過。

【吹拂】微風拂拭。

【撲面】撲打臉部。

【颼】風吹。「颼乾」。

【颳】吹襲。

【急掠】迅速掃過。

【習習】形容微風吹拂。

【徐徐】緩慢的樣子。

【嫋嫋】風動的樣子。

【勁烈】猛烈。

【薰風】和風，尤指夏天由南向北吹的風。

【疾風】猛烈的風。

【金風】秋風。

【朔風】北方吹來的寒風。

【罡風】指天空極高處的風。罡ㄍㄤ。

【狂飆】狂風，暴風。

我更記得埋葬你時，忘記了為你穿雙小襪子，任你赤裸著一雙小腳去了，地上有萎落的松針同棘刺枯枝，會刺疼了你的腳掌吧，你哭了嗎？從那簌簌的雨聲，習習的風聲裡，我似聽到那悠悠的江水混合著你的嗚咽。（張秀亞〈寫給小若瑟〉）

風只管他自己嫋嫋的吹／月只管他自己溶溶的白；／小舟搖搖。不比蚱蜢大的／我自製的小舟搖搖／在水上，在水底的天上：／天有多高，我的小舟就有多高！（周夢蝶〈垂釣者之二〉溶溶，月色明淨潔白貌。）

你毅然返身往來路大步走去，風厲嘯著自你腋下頸下自耳傍踝間急掠而過，你整個人浮在風中。（溫瑞安〈龍哭千里〉）

外面罡風勁烈，一陣捲來，像刀割一般，玫寶覺得滾燙的面頰上，頓時裂開似的，非常痛楚，剛才的睡意，全被冷風吹掉了，頭腦漸漸清醒過來。（白先勇〈上摩天樓去〉）

雨

【甘霖】甜美的雨水。指解除旱象的雨。

【如絲】形容雨細如絲。

【溟濛】ㄇㄧㄥˊ ㄇㄥˊ，小雨。

【毛毛雨】密細的小雨。

【細雨濛濛】像霧般的小雨；毛毛細雨。

【瀟瀟】 風狂雨驟的樣子。或作小雨貌。

【沛然】 盛大的樣子。

【奔騰】 可形容雨勢盛大。

【淋漓】 溼透的樣子。

【滂沱】 雨勢盛大貌。

【傾瀉】 雨水如傾倒流瀉。

【飄潑】 形容雨勢很大。

【覆盆】 雨勢急暴，傾盆而下。另有「傾盆」。

【大雨如注】 雨勢如灌注般落下，大且急。

【霏霏】 雨、雪、煙、雲盛密貌。可形容雨下不止。

【霪雨】 久雨。范仲淹〈岳陽樓記〉：「若夫霪雨霏霏，連月不開。」

春寒料峭，春雨如絲，深夜漫步臺北街頭，確實別有一番風味，市聲漸隱，計程車馳過，黃色螢光燈燦現在乳白色霧靄深處。一切顯得有些漂浮靡定，在風絃上震顫。我開始領略到這蒼白而無重量的夜色，竟存在著一種朦朧的美。（趙滋蕃〈夜遊〉）

近窗的樹木，雨後特別蒼翠，細草綠茸的可愛。細雨濛濛的幾乎看不見，只聽見草葉上及田陌上渾成一片點滴聲。（林語堂〈杭州的寺僧〉）

所以，第一聲雷乍響時，我心便似虛谷震撼！好一陣奔騰的雨，這山頓時成了一匹大瀑布，泉源自天！（簡媜〈天泉〉）

在日式的古屋裡聽雨，聽四月，霏霏不絕的黃霉雨，朝夕不斷，旬月綿延，濕黏黏的苔蘚從石階下一直侵到他舌底，心底。（余光中〈聽聽那冷雨〉）

氣候

【清冷】清涼而略帶寒意。
【峭冷】寒冷。
【春寒料峭】早春薄寒侵人肌骨。料峭，形容風冷。
【肅殺】形容秋冬天氣寒冷，草木枯落的蕭條氣象。
【凜冽】寒冷刺骨。
【刺骨】形容非常寒冷。「寒冬刺骨」。
【凝寒】嚴寒，非常寒冷。
【嚴寒】非常寒冷。
【涼爽】清涼舒爽。
【蔭涼】因物遮蔽而感到涼爽。

【溫煦】和暖。
【和暢】和順舒暢。
【融融】和暖的樣子。
【暖烘烘】溫暖的樣子。
【風和日暖】微風和暢，日光溫暖。
【酷熱】炎熱，極熱。
【火傘】比喻熾熱的陽光。
【熾熱】很熱，酷熱。
【燠熱】炎熱。燠，ㄩˋ。
【流金鑠石】形容天氣非常炎熱，彷彿能把金、石鎔化。鑠，鎔化。
【燥熱】氣候乾燥炎熱。

【溽暑】夏季潮濕悶熱的氣候。
【乍暖還寒】形容天氣忽冷忽熱。
【乾爽】乾燥清爽。
【潮濕】濕潤，含水量高。
【晴朗】天氣清朗無雲，陽光普照沒有雲霧。
【妍暖】晴朗暖和。
【清霽】天氣晴朗。
【暉暉】晴朗的樣子。
【響晴】晴朗無雲。
【天清氣朗】天候狀況良好，晴朗清新。

【風恬日朗】沒有風，天氣晴朗。
【朗朗雲天】晴朗明亮。
【晴空萬里】晴朗的天空，萬里無雲。
【響天大日】天氣晴朗。
【陰晦】天氣陰沉、晦暗。
【晦昧】天色陰沉、昏暗。
【輕陰】天色微陰。
【陰霾】天氣陰沉、晦暗。
【烏雲密布】黑雲布滿天空，天氣陰霾。

海邊的風有點**峭冷**。海的外面無路可尋。孩子捧著空的貝殼，眼淚點點滴入海中。第二天，人們發現了手中捧著貝殼的孩子的冰冷的身體。第二夜，人們看見海中無數的星星。（陸蠡〈海星〉）

若遇到**風和日暖**的午後，你一個人肯上冬郊去走走，則青天碧落之下，你不但感不到歲時的**肅殺**，並

且還可以飽覺著一種莫名其妙的含蓄在那裡的生氣；（……）（郁達夫〈江南的冬景〉）

門前一片草坪，人們日間為了火傘高張，晚上嫌它冷冷清清，除了路過，從來不願也不屑在那裡留連。惟其如此，這才成了真正是「屬於我」的一塊地方；（……）（鍾梅音〈鄉居閑情〉）

那個黃昏，夕陽冉冉，猶有些許燠熱，但失去母親的子女，心中只有一片冰寒。（林文月〈白髮與臍帶〉）

清明已過，天氣乍暖還寒，春雨灑過後的草地上，萬頭鑽動，當陽光一露臉，粉紅、淡紫、嫩黃、雪白的小草花，齊綻歡顏，大地充滿了跳躍音符，真是撲朔的天氣，迷離的心情。（周艾〈春日的邀宴〉）

在陰晦的日子，看迷迷濛濛的遠山，真能體味到「數峰淒苦，商略黃昏雨」的意境，而「山雨欲來風雨樓」更是這小樓的寫真，因為華崗原是風崗，而我的小樓也就是風樓了。（胡品清〈我藏書的小樓〉商略，為醞釀之意。）

3 聲響

天籟

【淙淙】 ㄘㄨㄥˊ，狀聲詞，形容流水聲。

【琤瑽】 ㄔㄥ ㄘㄨㄥ，形容流水聲。

【潺潺】 ㄔㄢˊ，形容流水聲。曹丕〈丹霞蔽日行〉：「谷水潺潺，木落翩翩。」

【幽咽】 低沉微弱的水流聲。

【滴答】 可形容水滴落下的聲音。

【滴瀝】 水滴落下的聲音。

【呼呼】 形容風聲。

【渢渢】 ㄈㄥˊ，形容宏大的聲音或風聲、水聲等。

【厲嘯】 形容風大時發出的高亢聲響。

【蕭蕭】 形容風聲、落葉聲。《史記．荊軻傳》：「風蕭蕭兮易水寒，壯士一去兮不復還。」杜甫〈登高〉：「無邊落木蕭蕭下，不盡長江袞袞來。」

【颼颼】 形容風吹、雨打的聲音。

【蓬蓬然】 形容風聲。

【颯颯】 ㄙㄚˋ，風吹樹葉聲。也可形容風聲、水聲。

【策策】 風吹落葉聲。韓愈〈秋懷詩〉：「秋風一拂披，策策鳴不已。」

【窸窣】 ㄒㄧ ㄙㄨˋ，形容細碎、斷續的摩擦聲。

【瀟瀟】 此狀風雨聲。「瀟瀟淅淅」。

【嘩啦啦】 形容東西流下、倒塌散落的聲音。

【淅淅瀝瀝】 形容下雨的聲音。

【淅零淅留】 形容風雨、霜雪的飄打聲。周文質〈叨叨令〉：「滴滴點點細雨兒淅零淅留哨，瀟瀟灑灑梧葉兒失流疏剌落。」

易水淙淙向東流／水聲裡，／傳出一支幽微的變調／且送他遠行／雖非西出陽關／他那堪，白色世界／奪目的光／執轡時，馬且悲鳴／啊風更蕭蕭（李瑞騰〈刺客之歌〉）

是你，是花，是夢，打這兒過，／此刻像風在搖動著我；／告訴日子重疊盤盤的山窩；／清泉潺潺流動轉狂放的河；／〔……〕（林徽音〈靈感〉）

而當風生雲湧，冷氣颼颼刺痛著我寒凍的臉孔，所有的景物和生命跡象又都急急隱沒了，甚或細密的雨陣排列著從某個方位橫掃而來，夾著風與霧，消失了一座又一座的山谷和森林。（陳列〈玉山去來〉）

秋風起時，樹葉颯颯的聲音，一陣陣襲來，如潮湧，如急雨，如萬馬奔騰，如銜枚疾走；風定之後，細聽還有枯乾的樹葉一聲聲的打在階上。（梁實秋〈音樂〉）

我像個爬行的嬰兒在大地母親的身上戲耍，我偶爾趴下來聽風過後稻葉窸窸窣窣的碎語，當它是大地之母的鼾聲。（簡媜〈漁父〉）

依稀聽見窗外下起了雨，雨點打在小旅店的瓦簷和周圍的樹草上，聽來就像催眠的音樂。因為夜雨瀟瀟，也因為有了一個旅伴，我睡得很好，甚至夢見了那只美麗的紫線鳳蝶。（蘇童〈蝴蝶與棋〉）

動物

【噪】蟲、鳥爭鳴。

【囀】鳥鳴。

【吱吱】狀聲詞，鳥叫聲。

【啁啾】ㄓㄡ ㄐㄧㄡ，鳥鳴聲。

【啾啾】形容鳥鳴、蟲鳴、馬鳴聲。

【啼鳴】鳥、獸的鳴叫聲。

【喳喳】形容鳥噪叫聲。

【嘎嘎】形容鳥鳴聲。

【嘔啞】形容鳥鳴聲。

【嚶嚀】可形容鳥清脆嬌細的聲音。

【嚶嚶】形容禽鳥和鳴的聲音。吳均〈與朱元思書〉：「好鳥相鳴，嚶嚶成韻。」

【拍拍】形容鳥類翅膀振動時所發出的聲音。

【翽翽】ㄏㄨㄟˋ，形容振翅高飛的聲音。

【撲剌剌】形容鳥拍動翅膀的聲音。剌ㄌㄚˋ。

【唧唧】蟲鳴聲。

【咿咿】蟲鳴、雞鳴聲。

【喓喓】ㄧㄠ，蟲鳴聲。《詩經．召南．草蟲》：「喓喓草蟲，趯趯阜螽。」

【嗡嗡】昆蟲飛動的聲音。

【薨薨】蟲飛的聲音。《詩經．齊風．雞鳴》：「蟲飛薨薨，甘與子同夢。」

【閣閣】形容蛙鳴的聲音。

【吠】狗叫。

【狺狺】ㄧㄣˊ，狗叫聲。

【喵喵】形容貓的叫聲。

【哞】形容牛叫聲。

【咩】形容羊叫聲。

【嗥】ㄏㄠˊ，獸類的吼叫。

【蕭蕭】形容馬的叫聲。杜甫〈兵車行〉：「車轔轔，馬蕭蕭，行人弓箭各在腰。」

【達達】形容馬蹄聲。

【擂鼓似的】如作戰時壯大聲勢的擊鼓聲。

【踢躂】形容人或動物的腳步聲。

空中一陣鴉噪，抬頭只見寒鴉萬點，馱著夕陽，掠過紅樹林，轉眼便消失在已呈粉紅色的西天。（宗璞〈廢墟的召喚〉）

忽然，窗外有一隻小鳥啁啾了兩聲，迅速自我眼前飛逝而過，很快就鑽到樹叢裡，消逝不見。我想：匆匆的小鳥是在向我提示什麼？還是天地之間，許多事不過都是偶然！（張香華〈小鳥啁啾而過〉）

此後，日日都可聽到那隻白頭翁站在同樣的位置對著我的窗口啼鳴，我靜靜躺上床上聆聽，彷彿有種極其溫柔的東西輕輕撫慰我受傷的心靈。我深深知道：有一日即使我走進一個完全寂靜無聲的世界，在我生命深處，永遠有一隻白頭翁歌唱。（杏林子〈白頭翁〉）

好風緩緩吹過，知了乍停而續，又停了。我聽見四處鳥聲，細碎嚶嚀，短暫卻似永恆，〔……〕（楊牧〈十一月的白芒花〉）

然而晚上，那煤油燈的昏黃的光圈，卻使她感得淒清。窗外小院子裡的秋蟲唧唧地悲鳴。半個月亮的寒光落在窗紗上，印出些鬼蜮一樣的樹影。（茅盾《虹》）

在這片靜默中，除了臉盆裡偶爾傳來的水聲，以及蚊蚋的嗡嗡聲，一切都靜靜的，靜得有使人大聲吶喊的衝動。（古蒙仁〈盆中鼈〉）

我乃曠野裡獨來獨往的一匹狼。／不是先知，沒有半個字的嘆息。／而恆以數聲淒厲已極之長嘷／搖撼彼空無一物之天地，／使天地戰慄如同發了瘧疾；／並颳起涼風颯颯的，颯颯颯颯的：／這就是一種過癮。（紀弦〈狼之獨步〉）

馬群自歷史冊頁中飛奔而出，給我們踏蹄急馳、長嘯生風的生動形象，那擂鼓似的群馬的蹄聲，更如一首雄渾勇壯的長詩，以一種急速的節奏，使人心頭熱血騰湧如潮。（司馬中原〈歷史的配樂者——馬群〉）

無聲

【寂靜】 安靜無聲。

【岑寂】 寂靜。岑ㄘㄣˊ。

【沉寂】 寂靜。

【幽寂】 清幽寂靜。

【悄然】 寂靜無聲的樣子。

【寂然】 沉靜無聲的樣子。

【寥寂】 寂靜無聲。

【寧謐】 寧靜。謐ㄇㄧˋ。

【靜謐】 安靜。

【闃然】 靜無人聲。闃ㄑㄩˋ。

【闃靜】 寂靜。

【悄悄冥冥】 靜寂貌。

【渺無聲息】 沒有任何的聲音。

【萬籟俱寂】 萬物無聲，一片寂靜。

【鴉雀無聲】 非常寂靜。

【寂若死灰】 寂靜無聲如燃燒後的灰燼。非常寂靜。

每一扇窗都封鎖著冷寒和岑寂／到晴朗的南方去／七月蔭穠葉密／我鬱鬱的夢魂日夜縈戀／如斯不可企及的豐盈！（蓉子〈七月的南方〉）

晚上，看不清周遭景色，彷彿是一座林中木屋。次日清晨起床，悄悄推門出來，一片寧謐，整個青山都還在靜憩中。（袁鷹〈楓葉如丹〉）

深巷黑漆而闃靜，我看看麗明，她失神落魄的態度令我吃驚。（蓬草〈黑暗的靈魂〉）

我不知自己是難過還是喜悅。四野無聲地滑著輕柔的潮，像在傳遞著生動的咒語。一切都在屏息，注視我再生時的優美。萬籟俱寂，萬里無聲，只有一支神曲在沉思著漫遊徐行。（張承志〈海騷〉）

4 時間

長短流逝

【亙古】終古，永恆。

【恆久】永久，長遠。

【悠久】長久。

【悠遠】時間長久。

【漫長】悠長，長得看不到盡頭。

【百代】百世。比喻年代時間久遠。

【千秋】千年。比喻長久的時間。

【萬世】萬代，永久。

【天長地久】天地永恆無窮的存在著。

【天荒地老】比喻時代的久遠。

【年湮代遠】年代久遠。

【窮年累月】時間長久。

【億萬斯年】形容時間極為長久。語本《詩經．大雅．下武》：「於萬斯年，不遐有佐。」

【瞬息】比喻極短的時間。

【轉瞬】轉眼之間。比喻極短的時間。

【俄頃】很短的時間。

【頃刻】形容極短的時間。

【須臾】片刻、暫時。

【剎那】源自梵語，表示極短的時間。

【霎時】極短的時間。霎ㄕㄚˋ。

【半霎】非常短暫的時間。

【一時半刻】極短時間。

【旦夕】比喻時間短促。

【一瞬】眼睛一開一合。比喻時間的短暫快速。

【眨眼】眼睛迅速開合。比喻時間短暫。

【倏忽】疾速。

【短促】時間短暫而急迫。

【彈指】比喻時間過得很快。

【撚指】搓揉手指。形容時間過得很快。撚ㄋㄧㄢˇ。

【不旋踵】來不及回轉腳步。比喻時間之迅速。旋踵，一轉腳。

【白駒過隙】馬從洞孔前一下就跑過。比喻時間過得很快。語出《莊子．知北遊》：「人生天地之間，若白駒之過隙，忽然而已。」

【電光石火】時間短促。

【駒影電流】形容時間如日影、光電般過得很快。

【日月如梭】日和月如梭般快速交替運行。形容時光消逝迅速。

【歲月如流】時光如流水般迅速流逝。

【消逝】 消失。

【流轉】 轉換消逝。

【推移】 變遷，轉換。

【荏苒】 ㄖㄣˇ ㄖㄢˇ，時間漸漸過去。「韶光荏苒」。

【奄冉】 ㄧㄢ ㄖㄢˇ，形容光陰的流逝。

【物換星移】 比喻時序景物的變遷，世事的更替。

【淪胥而逝】 可形容時光一去便消逝不回。淪胥ㄒㄩ，為完全淪喪之意。

【打發】 消磨時間。

【消磨】 排遣，耗度。

【虛擲】 浪費，虛度。

【蹉跎】 虛度光陰。

【時不我與】 時間不等待我們。比喻錯失時機，後悔莫及。

夕陽西下／樓蘭空自繁華／我的愛人孤獨地離去／離我以亙古的黑暗／和亙古的甜蜜與悲悽（席慕蓉〈樓蘭新娘〉）

話說武松自從搬離哥家，撚指不覺雪晴，過了十數日光景。（明．蘭陵笑笑生《金瓶梅．第二回》）

然而人生的真諦，亦常在電光石火的夢幻中才能體會清楚。（亮軒〈定神一窺幽夢影〉）

時光真如駒影電流，丹心未改，白髮易生，也許轉眼又再過十七年，〔……〕（黃永武《字句鍛鍊法．序》）

當時我們都才二十歲左右，嘴裡雖然嘆息著說「時光荏苒」，那裡真懂得什麼！現在真的懂了，卻欲說還休罷了！（歐陽子〈回憶「現代文學」創辦當年〉）

我坐在這裡一如往昔，歲月淪胥而逝，溪水悠悠，芒花謝了又開，牛背鷺漸飛漸少，自然生態的破壞越發嚴重，溪裡的游魚已將滅絕。（吳鳴〈長堤向晚〉）

我讀了你那些山水文章，我乃想起了我的故鄉，我在那裡消磨過十數個春秋，我不能忘記那塊平原的憂愁。（李廣田〈山水〉）

晨昏晝夜

【凌晨】 清晨。

【黎明】 天快亮的時候。

【拂曉】 天將亮時。

【昧爽】 天將曉而尚暗之時；猶拂曉。

【破曉】 天剛亮。

【曚曨】 太陽初現時，光線暗淡的樣子。

【熹微】 天剛亮陽光微薄的樣子。陶淵明〈歸去來辭〉：「問征夫以前路，恨晨光之熹微。」

【曙光】 清晨大地初現的亮光。

【魚肚白】 常用來形容黎明的天色。

【旭日東升】 清晨太陽剛從東方升起。

【晨曦】 早晨太陽的光輝。

【朝暉】 早晨的陽光。

【朝曦】 早晨的陽光。

【朝陽】 早晨的太陽。

【白晝】 日出後，日落前的時間。

【傍晌】 接近中午的時候。另有「傍午」。

【向午】 接近中午。

【正午】 中午十二點鐘。

【亭午】 正午，中午。

【晌午】 中午。

【晝分】 中午。

【烈日當中】 正中午。

【過午】 中午以後。

【夕照】 黃昏時的太陽。

【餘暉】 夕照。

【斜陽】 傍晚西斜的太陽。

【殘陽】 夕陽餘暉。也作「殘照」。

【夕曛】 日暮時夕陽的餘暉。曛ㄒㄩㄣ。

【黃昏】 太陽將落，天快黑的時候。

【傍晚】 黃昏時分。

【向晚】 傍晚。

【薄暮】 黃昏；太陽將落的時候。

【垂暮】 傍晚時候。

【夜幕低垂】 天色昏暗，指天黑。

【華燈初上】 夜色低垂，家家戶戶點上明亮燈火時。

【入夜】 到了晚上。

【星夜】 有星辰的夜晚。泛指夜晚。

【夜闌】 夜深。

【更闌】 指夜已深。

【深宵】 深夜。

【夤夜】 深夜。夤ㄧㄣˊ。

【深更半夜】 深夜。也作「三更半夜」。

【鐘鳴漏盡】 夜半鐘響，計時的沙漏或水漏已殘。指深夜。

我們早已整裝並把攜帶的鎗械準備好，以隨時可以上陸的態勢等待命令。船一直在海上旋轉不停。像一停下來，就會被敵機炸毀似地。我們整整待期了一個晚上，到次晨拂曉前上陸命令才發出。（陳千

武〈輸送船〉）

熹微的日頭從燒水溝那邊照過來，我和阿公一大一小的身影淡淡地投映在大路上，好像一支分針和一支時針被聯結在一起慢慢地走動著。（袁哲生〈秀才的手錶〉）

首先，是聽到鳥叫，於是耳朵被喚醒了；接著，看到窗外翻著的魚肚白，於是眼睛被翻醒了；再是，觸摸到清風的裙擺，於是皮膚被摸醒了；而後，聞到了屋外的草香，鼻子也被薰醒了；最後，是餓，嘴巴跟舌頭、唾液與口水，全都蠕動了起來。（向陽〈在黎明的鳥聲中醒來〉）

在眩目的日影和水光間揚長相擊，如此決絕，近乎悲壯地，捨我而去。我聽到鐘聲十二，正是亭午。（楊牧〈亭午之鷹〉）

我回家來那幾天，她正給寺裡開墾土地。她把家裡大小雜物料理清楚，然後拿了鐮刀上工，到了晌午或晚邊，再匆匆趕回來生火做飯。（鍾理和〈貧賤夫妻〉晚邊，傍晚之意。）

在這片綠海上更燦開著無數的小黃花，稠密地編織成一面金黃的地毯，那樣堂皇地鋪蓋著平野。而夕曛如醉，與這片金黃交映成讓人迷惘的情境。（顏崑陽〈來到落雨的小鎮〉）

川川。你看到了嗎？那皇帝如癡如醉，在向晚的天光下，面對霞光和花色幻融成一片的景色，流下了狂喜的眼淚……（奚淞〈給川川的札記〉）

三十七年以前一個冬天的薄暮，我和一個朋友從秦淮河畔來到了雞鳴寺，發現這個有名的南朝勝跡，竟是這樣一個荒涼破敗的所在。（黃裳〈重過雞鳴寺〉）

蕭遠山聽他隨口道來，將三十年前自己在藏經閣中夤夜的作為說得絲毫不錯，漸漸由驚而懼，由懼而怖，背上冷汗一陣陣冒將出來，一顆心幾乎也停了跳動。（金庸《天龍八部》）

過往將來

【夙昔】從前。
【往昔】以前，從前。
【既往】過去。
【舊日】從前。
【疇昔】昔日，從前。
【疇曩】從前。曩ㄋㄤˇ。

【曩昔】從前。也作「曩日」、「曩時」。
【甫】始，才。「驚魂甫定」。
【頃】剛才。
【方才】剛剛，不久之前。

【適來】剛才，方才。
【而今】如今。
【時下】現在，眼前。
【迅即】立刻，馬上。
【登時】立刻。
【當下】即刻，立刻。

【不日】不久，幾天內。
【來日】未來的日子。
【前去】將來。
【嗣後】從此以後。
【有朝一日】將來有一天。

孔明喟然歎曰：「臣自出茅廬，得遇大王，相隨至今，言聽計從；今幸大王有兩川之地，不負臣夙昔之言。〔……〕」（明・羅貫中《三國演義・第八十回》）

及教以讀，慧悟倍於疇曩。逾年，文思大進，既入郡庠試，遂知名。世族爭婚，昌頗不願。（清・蒲松齡《聊齋志異・卷八・周克昌》）

他心裡暗暗悲酸著，想到他的母親，便覺心裡發軟。那熱狂不怕死的心登時也就冷了一半。他的堅強的意志漸漸軟化下去。（蹇先艾〈水葬〉）

婦人道：「既如此，為何一心只想討妾？假如我要討個男妾，日日把你冷淡，你可歡喜？〔……〕今日打過，嗣後我也不來管你。總而言之：你不討妾則已，若要討妾，必須替我先討男妾，我才依哩。我這男妾。古人叫做『面首』，面哩，取其貌美；首哩，取其髮美。這個故典並非是我杜撰，自古就有了。」（清・李汝珍《鏡花緣・第五十一回》）

五 事物情狀與數量

1 發展變化

盛衰

【崛起】興起。

【新興】剛興起、正流行。

【盎然】盈溢、充滿。

【昌隆】興盛。

【隆盛】興隆繁盛。

【鼎盛】正值壯盛。

【暢旺】繁榮興旺。

【蓬勃】旺盛、繁榮貌。

【熾盛】繁盛。

【豐繁】豐茂繁多。

【方興未艾】正在蓬勃發展。

【如日方升】比喻事物有美好的發展前景。

【欣欣向榮】比喻蓬勃發展、繁榮興盛。

【蒸蒸日上】形容不斷進步發展。

【衰歇】由衰落漸趨停止。

【式微】衰落、衰微。通常用以稱國勢、事業或某種社會運動的衰落。

【衰微】衰落，不興旺。

【凋敝】衰敗困苦。

【凋零】凋謝零落。

【中落】運途衰敗。「家道中落」。

【沒落】衰亡，落伍。

【敗落】衰敗；由盛而衰。

【頹壞】傾倒敗壞。

【蕭索】冷落，衰敗。

【蕭條】不景氣。

【日薄西山】太陽接近西邊的山。比喻事物接近衰亡或人近老年，殘生將盡。

【江河日下】比喻情況日漸衰微，一天不如一天。

【每況愈下】情況愈來愈壞。

【強弩之末】強弩射出的箭，到射程盡頭已沒力道。比喻原本強大的力量衰竭，無法再發揮效用。語本《史記．韓長孺傳》。

萊因河曾經死過，現在它已復活。待到幾時，我們的基隆河能再恢復活潑暢旺的生機？我想起源頭石壁中那一座觀音，希望她回答我的不會只是一聲長長的歎息。（郭鶴鳴〈幽幽基隆河〉）

在內蒙古的開闊上，沒有新疆天山北麓那種豐繁的奇異植被。沒有披雪的筆直雲杉，沒有結著野葡萄的灌木叢，因此，也沒有用黑醋栗對姑娘眼睛的比喻。（張承志〈金蘆葦〉）

你還就是那不可避免敗落的家族不可救藥的浪子，要從祖宗、妻室和記憶的繫絆、牽扯、困擾、焦慮中解脫，猶如音樂，〔……〕（高行健《一個人的聖經》）

時候既然是深冬，漸近故鄉時，天氣又陰晦了，冷風吹進船艙中，嗚嗚的響，從篷隙向外一望，蒼黃的天底下，遠近橫著幾個蕭索的荒村，沒有一些活氣。我的心禁不住悲涼起來了。阿！這不是我二十年來時時記得的故鄉？（魯迅〈故鄉〉）

始終

【起初】最初，剛開始。

【先河】事物的本源。

【苗頭】比喻事情的開端或起因。

【開場】一般活動的開始。

【萌生】開始發生。

【發軔】比喻事物的開端。

【肇始】開端。

【肇基】開始奠基。

【肇端】起始，開端。

【導源】發源。

【濫觴】水流的發源地。比喻事物的開端。

【嚆矢】響箭，發射有聲的箭時，先聞其聲，後見箭至。比喻事物的開始。嚆ㄏㄠ，呼叫。

【權輿】比喻開始。

【破天荒】形容從來沒有過的事，或第一次出現。

【畢】結束，終止。

【了局】結束。

【下梢】終了；結果。

【甘休】情願放棄，罷休。

【收束】結束。

【收尾】收場，結尾。

【告終】宣告結束。

【告竣】事功完畢，多指較

大的工程。

【掃尾】完成最後的工作。

【殺青】泛指書籍定稿或作品完成。

【終極】結束；最終。

【截止】到某個時期即停止進行。

【罷手】停止所做的事。

【止境】終點。「學無止境」。

當一個人在客觀的位置企圖辨識自己的存在，卻找不到熟悉或相屬的人事牽連，孤單寂寞就開始萌生。（黃寶蓮〈孤獨王國〉）

空茫是人所永遠不能知道的明天，因此是生機蓬勃的，是歷史最大的發軔，真要為之驚心動魄。（朱天文〈大風起兮〉）

翻開台灣史就知道於十七世紀時，荷蘭在現在的安平、台南地方，西班牙在現在的基隆、淡水地方，占據而開拓了殖民地。荷蘭對蕃族所施的文化，可以說是台灣文化的濫觴。（龍瑛宗〈台灣與南支那〉）

他引了一句英國古語，說結婚彷彿金漆的鳥籠，籠子外面的鳥想住進去，籠內的鳥想飛出來；所以結而離，離而結，沒有了局。（錢鍾書《圍城》）

我小時也有幾個村錢，也好騎匹駿馬。只因累歲屯邅，遭喪失火，到此沒了下梢，故充為廟祝，侍奉香火。（明．吳承恩《西遊記．第十五回》）

我明白這本書從整理、謄寫，到校對、殺青，費時甚久；老師是十分珍視此詩集的出版，有意以此傳世的。（林文月〈溫州街到溫州街〉）

快急慢緩

【快捷】快速敏捷。
【長驅】迅速前進，毫無阻礙。
【飛快】像飛一樣的快。
【飛速】形容快速。
【急遽】快速。
【神速】非常快速。
【疾快】迅速，趕快。
【疾射】像箭射出一樣快。
【翕忽】快速的樣子。翕ㄒㄧˋ。
【奮迅】奮力快速的樣子。

【兔起鶻落】兔子剛躍起，鶻鳥就猛衝下來。比喻動作快速敏捷。鶻ㄏㄨˊ。
【風馳電掣】比喻快速。速度像風一樣迅疾，形容像電光般快速。
【箭也似的】形容速度如飛箭般的快速。另有「飛也似的」。
【火急】極言十分緊急。另有「火速」。
【孔殷】迫切，緊急。另有「孔急」。

【迫促】短促。
【倥傯】ㄎㄨㄥ ㄗㄨㄥˇ，事情迫促、急切的樣子。
【燃眉】比喻情況危急。另有「眉急」。
【岌岌然】危險的樣子。
【間不容髮】距離十分相近，中間不能容納一絲毫髮。比喻情勢危急。
【冉冉】緩慢行進的樣子。
【施施】舒緩前進貌。

【徐緩】緩慢。
【舒緩】緩慢。
【遲延】拖延。
【遲滯】緩慢不前、停滯不動。
【老牛破車】老牛拉著破舊車子，行走非常緩慢。比喻做事慢吞吞，沒效率。
【蝸步龜移】形容動作極為緩慢。

人生的路途已經逐漸走向了下坡，生命的節奏將會越來越急遽，就像一條溪流，歷經轉折，艱難地繞過了許許多多的牽絆，然後一瀉而下，直奔向人生的終點。（趙雲〈永不會有第二次〉）

那平行的雙軌一路從天邊疾射而來，像遠方伸來的雙手，要把我接去未知；不可久視，久視便受它催眠。（余光中〈記憶像鐵軌一樣長〉）

尤有甚者，中世紀的貴族流行吃香料，愈貴吃得愈兇，他們的吃法也怪，不是拿來當調味料，而是大

把大把狼吞虎嚥！在需求孔殷，大量消耗下，丁香愈發顯得珍稀神奇了。（蔡珠兒〈丁香的故事〉）

闖王聽得是神劍仙猿穆人清的弟子到來，雖在軍務倥傯之際，仍然親自接見。袁承志見他氣度威猛，神色和藹，甚是敬佩。（金庸《碧血劍》）

因此，在看到所有的權威都面臨挑戰，所有的英雄都岌岌然要失去他們的名字的時候，我的感覺不能不說是憂喜參半。（黃碧端〈沒有了英雄〉）

猶未下弦，一丸鵝蛋似的月，被纖柔的雲絲們簇擁上了一碧的遙天。冉冉地行來，冷冷地照著秦淮。我們已打槳而徐歸了。（俞平伯〈槳聲燈影裡的秦淮河〉）

在熱病來襲之前／我做著決定。一層層／蓋好了生之床褥。／生，無非是死的遲延。（鴻鴻〈秋天的床〉）

分合

【分裂】分開，割裂。

【瓦解】像瓦片碎裂分離；比喻潰散、不可收拾。

【拆散】拆開分散。

【破碎】破裂散碎。

【脫節】事物前後沒銜接。

【崩潰】潰散瓦解。

【游離】離開依附的事物。

【割據】分割占據一方土地，形成分裂的局面。相對於統一而言。

【分崩離析】形容國家或集團分裂瓦解。

【瓜分豆剖】瓜被剖開，豆從莢中分裂而出。比喻國土被併吞、分割。

【冰消瓦解】比喻崩潰、分裂或失敗、離散。

【聚合】聚集會合。

【合併】由分散而聚合。

【串綴】串接連綴事物。

【拼湊】聚合零星的事物。

【穿織】貫穿後交織。

【重組】重新組合。

【淵藪】比喻人或物聚集的地方。淵，魚所居之處。藪ㄙㄡˇ，獸所聚之處。

【雲集】如雲般密集群聚。

【匯總】把資料意見、單據或款項等蒐集在一起。

【聚攏】集合在一處。

【薈萃】聚集，匯集。

【歸攏】聚集、合於一處。

我仍然相信著必然性，但我也經常被瓦解的必然性擊潰，擊潰得一次比一次更徹底，更片甲不存，〔……〕（邱妙津《蒙馬特遺書》）

當一個人像我這樣，坐在桌前，沉入往事，想在變幻不住的歷史中尋找真實，要在紛紛紜紜的生命中看出些真實，真實便成為一個嚴重的問題。真實便隨著你的追尋在你的前面破碎、分解、融化、重組……如煙如塵，如幻如夢。（史鐵生《務虛筆記》）

如今，看到信，看到從失去的地平線下冉冉上昇的你，剎那間，斷絕的又連接了，游離的又穩定了，模糊的又清晰了。你的信是我的還魂草。（王鼎鈞〈明滅〉）

然後我們絕口不談詩。／「這是全世界僅剩下違反進化定律／的事物了。」我懷疑／在每一個心靈的出口都曾經／有太多的憂與愁相接連，／串綴成巨大的／不可言說／的沉迷。自足，／卻不能遺忘。（許悔之〈心——致病中友人〉）

我後來決心走遍美國、日本、香港的圖書館，為的是要把謝雪紅的歷史形象碎片拼湊起來。（陳芳明〈晚濤裡這孤燈〉）

他應該長得像警察公佈的兇手畫像，蓄著絡腮鬍，或者沒有？究是他知不知道，從此以後，他永遠、永遠的改變了我們這家人，一個完全陌生的人，如何承受我們龐大的憤怒與怨恨，我們的命運卻如此穿織在一起了。（呂政達〈皆造〉）

翡冷翠稱為文藝復興搖籃之地，即因這個地方人文薈萃，人才輩出；〔……〕（林文月〈翡冷翠在下雨〉）

變動

【變遷】事物變化、改移。

【幻化】變化。

【丕變】轉變極大，改變極多。丕ㄆㄧ。

【代序】依次更替。

【交替】交接，接替。

【更迭】交換，更替。

【移易】更改。

【蛻變】事物發生形或質的改變。

【滄桑】世事變化很大。

【演進】演變進化。

【演變】事物在時間推移的過程中所產生的變化。

【遞嬗】交替轉換。嬗ㄕㄢˋ，轉換。

【潛移】暗中遷移變動。

【轉變】改變。

【變易】改變。

【瞬息萬變】形容短時間內變化迅速。

【不移】不變。

【不渝】不變。

【永恆】恆久不變。

【如常】像平常一樣。

【長存】長久存在。

【一成不變】比喻墨守成規，不知變通。原指刑罰一經執行，犯人或死或傷的事實無法改變。引申為事物一經形成，即不易改變。語本《禮記．王制》。

是的在重力的影響下，時間會變慢，或變快。時間穿越捷運木柵線的隧道時，磁場丕變。（朱天文〈巫時〉）

陰陽潛移，春秋代序，以及物類的衰榮生殺。無不暗合於這法則。由萌芽的春「漸漸」變成綠陰的夏；由凋零的秋「漸漸」變成枯寂的冬。（豐子愷〈漸〉）

杜鵑的花期長，是上天的優惠，但它又不像某些花開足十個月，顯得太長，反而失去了季節更迭的喜悅。杜鵑花的花時如情人的乍見與相守，聚是久違的狂歡，離是遲遲的駐步，發乎其不得不發，止乎其所當止。（張曉風〈杜鵑之箋注〉）

正如浮士德的名言：「一切理論皆灰色，唯生命樹長青青！」在無限滄桑的生死流變裡，我總沒有會

老的感覺；在追求真善美的道路上，人，朝著永恆的方向，應該是越來越年輕的！（高大鵬〈飛來樹的見證〉）

知己，所以要決定什麼是自己安身立命、生死不渝的價值。知彼，所以有能力用別人聽得懂的語言、看得懂的文字、講得通的邏輯詞彙，去呈現自己的語言、自己的觀點、自己的典章禮樂。（龍應台〈在紫藤廬和Starbucks之間〉）

而活著的生命啊，在長存的天地裡是何許的短暫眇小，窮其一生地迸發光亮，以為自己達到了什麼，改變了什麼，事實上連痕跡也不曾留下。人是風中的微塵。（朱少麟《傷心咖啡店之歌》）

連續

【延續】繼續。

【不迭】不停。

【不絕】持續不斷。

【承接】承受，接續。

【相銜】前後連接。

【相繼】連接，相續。

【魚貫】依序排列，像游魚般一個跟一個先後接續。

【紛沓】接連不斷，紛雜而至。

【連連】連綿不斷。

【連屬】連續不斷。

【陸續】接連不斷。

【接踵】後者腳尖接著前者腳跟。形容相繼不絕。「接踵而來」。

【接續】連續，持續。

【絡繹】往來不斷，前後相接。「絡繹不絕」。

【源源】水流不斷，引申為連續的樣子。

【綿綿】形容連續不絕。

【銜接】互相連接。

【賡續】繼續。賡ㄍㄥ。

【聯翩】接連不斷。

【蟬聯】連續相承。

【川流不息】連綿不絕，往返不斷。

【周而復始】循環不斷。

【承先啟後】承繼先人的遺教，並開啟後來的事業。另有「繼往開來」。

【接二連三】連續不斷。

你不太理會流連於那些五光十色的招牌，路人的臉，便利商店，或是卡式電話亭。你只專注於道路的錯密相銜，所以你不太會迷路，（……）（駱以軍〈降生十二星座〉）

除了那座金碧輝煌的廟宇、高大的佛像，他什麼也沒看到。燒完香、拜完佛，就又跟著大人們魚貫下山，四顧山的氣勢及景致，他一概不知，只緣身在此山中。（張拓蕪〈坐對一山愁〉）

許多穿戴整齊的紳士淑女摩肩接踵絡繹在這裡，名貴的車、巨幅的哀輓使哀矜淒清的氣氛逐漸淡化而去。這種準備大規模來弔喪的場面甚至有點點類似歡樂場似的。（宋澤萊〈糜城之喪〉）

這些故事都是你詩裡的好材料。你為什麼不在《彩雲曲》後，賡續一篇《琴樓歌》呢？（曾樸《孽海花．第三十五回》）

中止

【中輟】中途停頓。

【打住】進行的中途停止。

【作罷】不進行、取消。

【消停】停止；停歇。

【停頓】中止或暫停。

【停滯】停止，不動。指受某種阻礙，而處於原來狀況，無法繼續發展前進。

【停擺】原為鐘擺停止。比喻活動中止、事情擱置。

【歇手】停止正在做的事。

【腰斬】比喻將事物從中間割斷。

【煞住】止住，收住。

【截斷】切斷，打斷。

【擱淺】事情受阻停頓。

【擱置】停止不辦。

【攔擋】阻擋。

【戛然而止】形容突然停止。戛ㄐㄧㄚˊ。

【偃旗息鼓】軍隊放倒旋旗，停敲戰鼓，肅靜無聲，不露行蹤。比喻事情中止，不再進行。

儘管如此，記者們的報導不能一日中輟，而且越是「膠著」，越是要去「挖」獨家。（彭歌〈和談的採訪〉）

當你失望而回時，孩子，無論你長得多麼高，媽媽的胸懷還能將你環繞。我願做你的「媽媽鐘」，直到鐘老鍊斷沒有停擺的一天。（小民〈媽媽鐘〉）

小說越來越難賣，是不爭的事實，而年度小說選也差點遭到腰斬的命運，〔……〕（郝譽翔〈小說「沒落」了嗎？——八十八年度小說出版觀察〉）

阿蒼才轉完最後的一個念頭，開始要安逸地保守下去的當兒，列車卻戛然而止，阿蒼隨即驚然發現自己完全暴露在一片粲然亮麗的光線中，〔……〕（陳恆嘉〈一場骯髒的戰爭〉）

牽連

【干涉】牽連。

【瓜葛】泛指牽連，糾葛。

【攸關】相關連。

【糾纏】糾葛，纏繞。

【波及】澤及，影響。比喻如水波擴散，及於四周。

【涉及】牽涉、關聯到。

【株連】因一個人的罪，而牽連許多人。

【連帶】互相關連。

【牽扯】牽連。

【牽制】牽纏控制，約束而使不能自由。

【牽涉】牽扯關聯。

【掛累】連累。

【磨蹭】糾纏。

【攀扯】攀拉關係。

【關乎】關係、牽涉到。

【關聯】互相聯屬。

【纏繞】糾纏。

【羈絆】受牽制不能脫身。

【休戚與共】形容彼此的福禍、憂喜皆關聯在一起。

【環環相扣】每一個相互關連的事物緊密配合。

如果我結婚生子，家庭的每一成員必牽連著我，屬於家庭的瓜葛，將永無休止的纏繞著，直到我死。（隱地〈家啊，家〉）

沒想到，這聲咒罵隨我上岸，並糾纏成不停在我心底碾滾的棘刺。隱隱的疼，那沉不到底也浮不上來的惱恨。（廖鴻基〈你們四個〉）

在瀑布傾瀉似的雨聲中，我與這二十多位學生形成了休戚與共的孤島，我更不知此時應怎樣說才是最適當的告別。（齊邦媛〈一生中的一天〉）

忽然

【乍然】突然。

【匹然】突然間。

【忽忽】匆促、忽然之間。

【陡然】突然。

【倏地】忽然的、迅速的。

【猝然】突然。

【猛然】突然。

【翕然】忽然。

【霍然】快速、突然。

【遽然】忽然。

【驀然】忽然。辛棄疾〈青玉案〉：「眾裡尋他千百度，驀然迴首，那人卻在燈火闌珊處。」

【驟然】突然，意外的。

【冷不防】毫無防備，突然。

【抽不冷子】突然。

【突如其來】猝然而來。語出《易經．離卦》：「突如其來，如無所容也。」

但你是終於沒有出現，／沒有突然也沒有偶然。／正如我也不乍然立在你的青階：／那動人絲巾的晚風中，／那濕人面頰的雨霧中。（敻虹〈只有晚風與空無之一〉）

風雲入世多，日月擲人急；如何一少年，忽忽已三十。（梁啟超〈三十初度〉）

我倏地覺悟到這世界上最難跨越的邊界原來不是文化和國籍。而是些更物質、更直接控制人的存在的東西。例如貧窮。（楊照〈跨越邊界〉）

沒想到他居然還喜歡詩，要去我的一本詩集。有時他抽不冷子背出我的詩句，嚇得我一機靈，以為我那隱祕的聲音是被他竊聽到的。眼看著前警察和現行反革命找到了精神共鳴。（北島〈芥末〉一機靈，形容突然受到驚嚇。）

2 規模範圍

大小

【博】廣大，眾多。

【鴻】大，盛。通「洪」、「宏」、「弘」。

【遠大】長程宏觀的目標。

【碩大】巨大。

【宏偉】宏壯雄偉。

【狼犺】形容物體龐大、笨重。犺ㄎㄤˋ。

【磅礴】廣大無邊。

【龐然】巨大的樣子。

【碩大無朋】貌壯德美，無相比之行。後形容物品大到無可比擬。語出《詩經．唐風．椒聊》：「彼其之子，碩大無朋。」

【坐大】勢力擴張。

【伸展】延長擴展。

【遞增】順次增加。

【蔓延】向四周擴展延伸。

【膨脹】擴大、增長。

【擴張】擴大。

【藐】幼小。

【袖珍】小型或小巧的。

【渺小】微小。

【蕞爾】很小。蕞ㄗㄨㄟˋ。

【纖毫】非常細微的事物。

【滄海一粟】大海中的一粒米粟。比喻渺小，微不足道。蘇軾〈赤壁賦〉：「寄蜉蝣於天地，渺滄海之一粟。」

【微乎其微】形容非常少或極細微。語本《爾雅．釋訓》：「式微式微者，微乎微者也。」

【小巧玲瓏】形容極細緻精巧。

【縮減】緊縮減少。

【裁減】刪減、削減。

【緊縮】縮小。

【壓縮】使範圍或體積縮小。

【耗損】消耗減損。

【腐蝕】原指物質因化學作用而逐漸消損破壞。引申作消滅、侵蝕之意。

只有穿著臃腫的藍布面大棉袍的九莉，她只有長度闊度厚度，沒有地位。在這密點構成的虛線畫面上，只有她這翠藍的一大塊，全是體積，狼犺的在一排排座位中間擠出去。（張愛玲《小團圓》）

那時，我獨自一人，八面十方數百里內只有我一人單騎，嚮導已經返回了。在那種過於雄大磅礴的荒涼自然之中，我覺得自己渺小得連悲哀都是徒勞。（張承志〈漢家寨〉）

鴻漸雖然嫌那兩位記者口口聲聲叫「方博士」，刺耳得很，但看人家這樣鄭重地當自己是一尊人物，身心龐然膨脹，人格偉大了好些。（錢鍾書《圍城》）

一個小小的隙縫／一點小小的溫情／今日已蔓延成／我人生全部的重量（白萩〈重量〉）

然而在我們這個極隱祕，極不合法的蕞爾小國中，這些年，卻也發生過不少可歌可泣，不足與外人道的滄桑痛史。（白先勇《孽子》）

黑暗使波赫士記憶中的文字章句獲得最佳的襯底色，從而纖毫畢現，散發幽微的光暈。有了如此豐美的內在世界，波赫士似乎並不在乎眼盲，還常拿自己開玩笑；（……）（張惠菁〈盲目的閱讀〉）

寫詩的最大悲哀／不在於直接逼視人生的缺憾／又無補於現實／不在於必須隱忍人世的傷痛／壓縮再壓縮（吳晟〈寫詩的最大悲哀〉）

從戰地寄來的君的手絹／判決書一般的君的手絹／將我的青春開始腐蝕的君的手絹／以山崩的轟勢埋葬我（李敏勇〈遺物〉）

升降

【上漲】水位或物價升高。
【升騰】向上升起。
【凌空】高升到天空。
【浮升】在水上或空中升起。
【蒸騰】熱氣上升。
【墜】掉落。
【下跌】下降，下落。
【跌落】掉落。
【降落】落下。
【俯衝】從空中迅速下降。
【起落】升降。

夏末是深水式捕魚的小燕鷗，飛翔於廣闊的海岸凌空入水的聲音。小燕鷗看準目標，俯衝入水之後並不馬上拉起，潛水的剎那聲響沉穩地漫散於水深的魚塭或河口地帶。（王家祥〈秋日的聲音〉）

我現在認識的人都變成過去／他們在地面上奔跑呼喊／聽不清楚他們在說些什麼／我只是不斷往上浮升／用臉頰貼緊月球（雷光夏〈臉頰貼緊月球〉）

下了毛毛雨，那蒿草上就彌漫得朦朦朧朧的，像是已經來了大霧，或者像是要變天了，好像是下了霜的早晨，混混沌沌的，在蒸騰著白煙。（蕭紅《呼蘭河傳》）

其實人們一走出情場，失掉綺夢，對於自己種種的幻覺都消滅了，當下看出自己是個多麼渺小無聊的漢子，正好像脫下戲衫的優伶，從縹渺世界墜到鐵硬的事實世界，砰的一聲把自己驚醒了。（梁遇春〈第二度的青春〉）

夢，請降落在心裡／心，要降落在詩裡／詩，就降落在愛裡／而恨／就振翼遠去（渡也〈夢〉）

遠近

【遙遠】形容時、空的差距很大。

【迢迢】遙遠的樣子。

【迢遙】長遠。

【迢遞】遙遠的樣子。

【遙遙】長遠的距離。

【緬邈】長遠，遙遠。

【遼遠】遙遠。

【遼夐】遼遠寬廣。夐ㄒㄩㄥˋ，廣闊遙遠。

【天邊】極遠的地方。

【天各一方】形容分離後各居一地，相隔遙遠。

【千山萬水】山川眾多而交錯。路途遙遠險阻多。

【邇】ㄦˇ，近處，接近。

【眼前】面前。

【在望】就在眼前。表示時間或空間的距離很近。

【咫尺】形容很近的距離。咫ㄓˇ。

【一箭之地】一箭射及之處。不遠的路程、距離。

【近在眉睫】距離很近。

【朝發夕至】早上出發，晚上抵達。形容路程不遠或交通便利。

【貼近】靠近，接近。

【靠攏】靠近，接近。

【瀕臨】鄰近，緊接。

死生原來有這樣的大別；死即是這一世為人，再不得相見了——而生是只要活著，只要一息尚存，則不論艱難、容易，無論怎樣的長夜漫漫路迢迢，總會再找著回來。（蕭麗紅《千江有水千江月》）

劈劈拍拍地繾綣於心靈的枝頭／噢，是什麼使它如此的／如此的深澈如此的冷，以及／如此的遼夐與迷離（張默〈我站立在大風裡〉）

下午大雨滂沱，霹靂環起，若非番薯田在家屋邊，近在咫尺，真要走避不及。（陳冠學《田園之秋・九月七日》）

我倒是一向滿習慣於孤寂和淒清的；／我不喜歡被打擾，被貼近／被焚／哪怕是最溫馨的焚（周夢蝶〈焚〉）

在她臨考的前幾天，我們之間的疏遠達到了高潮，但我有一種預感，一種風雨來臨的預感，我感到重

負來自內心，我的孤傲瀕臨潰散的邊緣，我夜夜常有怪夢。（王尚義〈野鴿子的黃昏〉）

僅只

【才】僅。

【止】僅，只。

【祇】只。

【就】只，僅。

【光】僅，只。「光說不練」。

【徒】僅。「徒增煩惱」。

【但】僅，只。「但聞樓梯響，不見人下來」。

【唯】只有。通「惟」。

【唯獨】單獨，只有。

【偏偏】單單，只有。

【單單】僅僅。

【無非】不過是，不外是。

【不外乎】不超出某種範圍之外。

該有一個人倚門等我，等我帶來的新書，和修理好了的琴，而我祇帶來一壺酒，因等我的人早已離去。（鄭愁予〈夢土上〉）

什麼火車、輪船，走的雖快，總不外乎奇技淫巧；臣若坐了，有傷國體，所以斷斷不敢。（清‧李寶嘉《官場現形記‧第四十六回》）

不僅

【不單】不但，不止。

【不特】不但，不只是。

【不獨】不但，不只。

【何啻】用反問的語氣表示何止、豈只。啻，彳ˋ。

【非但】不僅。

【豈止】不僅，何止。

【超出】多出、越過。

【逾越】超過，越過。

【再說】表示推進一層的連接詞。

【況且】何況，而且。

【尚且】連詞，表示進一層，常與「何況」相應。

【甚而】表示更進一層的連接語詞。

管提舉笑而不答，因有筆在手頭，就寫幾行大字在几案之上，道：「素性不諧，矛盾已久。方著絕交之論，難遵締好之言。欲求親上加親，何啻夢中說夢！」（清．李漁《十二樓．合影樓第二回》）

而無論何種遊戲，均有其自身之邏輯、運作方式。那就是它的規則、它的秩序。沒有規則，形成不了遊戲。一旦逾越了規則，遊戲世界就瓦解了。（龔鵬程〈遊戲的人〉）

反正

【左右】可作反正之意。

【橫豎】反正，無論如何。

【無論如何】不管怎樣。

【好歹】無論如何。

【左不過】表決定的副詞，意指不能出此範圍，有反正、必然、一定的意思。

阿福心想：原來這船長是有家眷的，我左右空著，何妨去偷看看他們做什麼。想著，就溜到那屋旁。（曾樸《孽海花．第十七回》）

凡事總須研究，才會明白。古來時常吃人，我也還記得，可是不甚清楚。我翻開歷史一查，這歷史沒有年代，歪歪斜斜的每頁上都寫著「仁義道德」幾個字。我橫豎睡不著，仔細看了半夜，才從字縫裡看出字來，滿本都寫著兩個字是「吃人」！（魯迅〈狂人日記〉）

仍然

【仍舊】依舊，照舊。

【依舊】照舊。

【照例】按照慣例。

【一如既往】和過去完全一樣。

【如故】仍舊。

【尚且】表示依舊、仍然。

【照舊】與原來一樣。

【依然】依舊。

【猶然】依舊如此。

【還是】仍然，照舊。

如今，溫山軟水慢慢從噩夢中醒過來了；城廓如故，明月依舊，燕子來時，關心的是昔日的黃昏深院，不是日月換了的新天。（董橋〈回去，是為了過去！〉）

照例是個黯淡的黃昏，照例的拿著銅質小水壺，給花窗上的幾盆花草做三天一次的澆水。不經意的轉眸間，發現小花盆裡的黑土有些異樣。（趙淑俠〈故鄉的泥土〉）

包括

【總括】包括一切。
【概括】總括。
【賅括】總括一切。
【舉凡】凡是。表概括。

【包羅】包括網羅，涵蓋一切。
【括囊】包羅。
【容納】包容、接受。

【涵蓋】包含、包括。
【統觀】綜括觀察。
【綜合】總和起來。
【蘊含】蘊藏包含。

【兼容並蓄】把各種事物或觀念收羅、包含在內。
【無所不包】沒有包含不了的，一切都包括。

舉凡社會上的一切風俗制度都為生人而有，它的目的無非要使我們生活容易過些。假使它變成我們生活上的累贅了，那麼它即已失去它的本質了，〔……〕（鍾理和《笠山農場》生人，此作人民之意。）

統觀全部中國古代史，清朝的皇帝在總體上還算比較好的，而其中康熙皇帝甚至可說是中國歷史上最好的皇帝之一，他與唐太宗李世民一樣使我這個現代漢族中國人感到驕傲。（余秋雨〈一個王朝的背影〉）

終於

【終究】到底，畢竟。

【究竟】到底。

【到底】究竟。

【畢竟】表追根究柢所得的結論。

【終歸】到底、畢竟。

【總算】畢竟，到底。

【總歸】到底，畢竟。

【到頭來】結果，後來。

【歸根究柢】歸結追究事物的根本。柢，木根，引申為本源、根本。或作「歸根究底」、「追根究底」、「刨根究底」。

我還在可以喝三十五杯小酒的年齡，仍然孤身上路；但如果問我十六年前寫的一句詩：「別離，真的是愛情的最美麗嗎？」十八年辛苦不尋常，字字寫來皆是血：人生，畢竟不是說再見就能再見的。

（溫瑞安〈別離，真的是愛情的最美麗嗎？〉）

一班文人何以甘心情願守在「文字獄」裡面呢？我想歸根究底還是因為文字的韻味。（張愛玲〈論寫作〉）

不料

【不意】出乎意料之外。

【不測】不能預料。

【不圖】不料。《論語．述而》：「子在齊聞韶，三月不知肉味。曰：『不圖為樂之至於斯也。』」

【居然】竟然。

【竟然】居然。

【不期然】意想不到。

【殊不知】竟不知道。

【大爆冷門】出乎意料之外。

【出乎意外】超出人們的意料之外。

【始料未及】最初所沒有料想到的。

【從天而降】比喻事物突如其來，令人意想不到。

【陰溝裡翻船】事情的演變出乎意料之外。

張溫無言可對，乃避席而謝曰：「不意蜀中多出俊傑！恰聞講論，使僕頓開茅塞。」（明・羅貫中《三國演義・第八十六回》）

在星光下聽水聲，聽近村晚鐘聲，聽河畔倦牛芻草聲，是我康橋經驗中最神祕的一種：大自然的優美，寧靜，調諧在這星光與波光的默契中不期然的淹入了你的性靈。（徐志摩〈我所知道的康橋〉）

3 性狀程度

香臭

【芳菲】花草的芳香。

【芬馥】香氣濃盛。

【香澤】香氣。

【郁香】濃烈的香氣。

【馡馡】ㄈㄟ，香氣濃郁，四處散逸的樣子。

【馥郁】香氣濃厚。

【薰野】野生自然的香氣。

【馨香】芳香。

【馨逸】奇異的香氣。

【嗆】煙氣或味道刺激鼻腔，使人不舒服。「嗆鼻」。

【刺鼻】形容氣味強烈。

【臭烘烘】形容很臭。

【惡臭】難聞的氣味。

【腥臭】腥臊惡臭。

【濕霉】潮濕生霉發臭。

【騷臭】腥臭。

以前住在倫敦時，我常開車去郊外的運河邊散步，河岸鶯飛草長，有大片鮮怒肥壯的艾叢，枝葉沿路擦拂，芬馥四溢，把行人的臂肘都染香了，〔……〕（蔡珠兒〈艾之味〉）

而滄桑的二十年後／我們的魂魄卻夜夜歸來／微風拂過時／便化作滿園的郁香（席慕蓉〈七里香〉）

父親說，古時曾祖有匹白馬。經常繫在這個天井。幼時他來了總要瞧瞧，希望發現白馬。沒看到馬，卻見幾叢千里香托出一簇簇白花，吐著薰野的濃香。（林懷民〈辭鄉〉）

北平正明齋餑餑鋪有一種奶油元宵，餡裡摻有奶油，實際就是蒙古運來的牛油，經他們加工提煉之後，就叫它奶油，煮出來的元宵自成馨逸，表裡瑩然。（唐魯孫〈閑話元宵〉）

我記得那天是初春時節，空氣裡彌漫著一種城市特有的行道樹落葉濕霉腐爛的氣息。（駱以軍〈發光的房間〉）

清濁

【純淨】純粹而潔淨。
【光潔】明亮澄澈。
【明淨】明朗而乾淨。
【清明】清澈明淨。
【清湛】清澄明湛。
【清澈】澄淨透明。
【透底】清澈見底。

【湛然】清明瑩澈的樣子。
【澄清】清澈，清亮。
【澄澈】清澈，明亮。
【澄瑩】清亮、透明。
【皚皚】潔白的樣子。
【纖塵不染】一點灰塵也沒有。形容非常的乾淨。

【純粹】純淨、不含雜質。
【清一色】比喻組成分子純一不雜。
【混濁】不清潔，不清澈。
【汙濁】混濁，不乾淨。
【腌臢】ㄤ ㄗㄤ，不乾淨。通「骯髒」。

【溷穢】骯髒汙穢。溷ㄏㄨㄣˋ，混亂。
【邋遢】ㄌㄚˊ ㄊㄚ，不整潔或做事不謹慎。
【羼】ㄔㄢˋ，攙雜、混合。
【斑駁】色彩混雜不純。
【糅雜】糅和，混雜。

晨星墜落與櫻花飄落似雨如夢的幻象，如此清明的映入我的記憶，伊豆與那羅的影像又如此明晰成為我心中美的象徵，〔……〕（陳銘磻〈聽見櫻花雨落聲〉）

特別是在晚上十一點後就全然沉默下來的山裡，雨聲是如此純粹，不帶任何雜質，純粹就是雨擊打著

大地的靜寂；〔……〕（向陽〈微雨〉）

我從未見過曾先生穿著一般廚師的圍裙高帽，天熱時他只是一件麻紗水青斜衫，冬寒時經常是月白長袍，乾乾淨淨，不染一般膳房的油膩腌臢。（徐國能〈第九味〉）

女兒善解人意，遞給J一杯容量加倍的白瓷咖啡杯。白色的牛奶泡沫間羼著幾點褐色的條紋，形成美麗的圖案。（林文月〈J〉）

「園日涉以成趣」，我們遛翠湖沒有個夠的時候。尤其是晚上，踏著斑駁的月光樹影，可以在湖裡一遛遛好幾圈。一面走，一面海闊天空，高談闊論。（汪曾祺〈翠湖心影〉）

已不在同一個時代，我們／也告別了共有的時代。那曾經糅雜／異地相思，寄宿孤獨，生活與課業的茫然／綁住天下父母的焦慮孩子的鬱苦／而今都成了斷訊的回憶（陳義芝〈焚燬的家書〉）

明暗

【明朗】 明亮。

【炫目】 光彩耀眼奪目。

【雪亮】 形容十分明亮。

【通明】 十分明亮。

【絢麗】 耀眼而華麗。

【斑斕】 形容色彩明豔、燦爛。斕ㄌㄢˊ。

【晶瑩】 明亮透澈。

【璀璨】 光明燦爛。

【熠熠】 閃亮光耀。熠ㄧˋ。

【輝煌】 光輝燦爛。

【燁燁】 光鮮明亮的樣子。燁ㄧㄝˋ。

【燦爛】 形容光彩美麗。

【明晃晃】 光亮耀眼貌。

【昏暗】 陰暗不明。

【幽暗】 昏暗不明。

【冥冥】 幽暗，晦暗。

【晦暗】 天色昏暗、陰沉。

【暗澹】 不鮮豔，不鮮明。

【熒然】 光線微弱的樣子。

【慘澹】 暗淡無光。

【昏天暗地】 光線昏暗，分不清方向。

【漆黑】 黑暗沒有亮光。

【黝闇】 黑暗不明。

【黯然】 陰暗、黑暗貌。

【黑魆魆】 黑暗，漆黑。魆ㄒㄩ。

【黑漆漆】 非常黑暗。

常常駐足在我的燈罩上的還有許多出奇漂亮的小飛蛾。牠們的羽翅有的金光閃爍，有的花紋斑斕，使人暗詫造物者必然是個精力無處發洩的藝術家，〔……〕（黃碧端〈蜉蝣過客〉）

女人們穿著男人們為她們挑選的夜禮服，金光熠熠地向我們逼近，〔……〕（王安憶〈記一次服裝表演〉）

記憶沒有色彩。它卻既可以使人的心靈蒼白、幽暗，又可以讓人的內心世界絢麗、輝煌。（韓少華〈記憶〉）

每當行過一街風雨，面對一室熒然，回憶的長廊就欣然開啟。（封德屏〈生命之歌・回憶〉）

當銀的雪白氧化成硫的黝闇／當雪的銀白融解為水的透明／黝闇便疊入宇宙漆黑的景深／透明便涮亮銀河高熱的軌道（林耀德《銀碗盛雪・序詩》）

這船從黑魆魆中蕩來，鄉下人睡得熟，都沒有知道；出去時將近黎明，卻很有幾個看見的了。據探頭探腦的調查來的結果，知道那竟是舉人老爺的船！（魯迅〈阿Q正傳〉）

深淺

【刻骨】比喻深切。

【烙印】引申作深刻的印象。

【淪浹】深入，通透。浹ㄐㄧㄚˊ。

【銘刻】牢記。

【滲透】比喻思想或勢力逐漸侵入或影響其他領域。

【鏨入】刻鏤深入。鏨ㄗㄢˋ，意為鐫刻、雕鑿。

【幽深】幽暗深遠。

【深邃】精深遠大。

【淵深】深厚，深遠。

【沖淡】刻意淡化。

【淺薄】微薄；不深厚。

【皮相】膚淺而不深入。「皮相之見」。

【泛泛】浮淺的，尋常的。「泛泛之交」。

【浮泛】虛浮而不切實際。

【浮淺】淺薄而不深切。

【膚淺】浮淺而不深切。

【走馬看花】比喻略觀事物外象，而不究其底蘊。

【浮光掠影】浮於表面不深入。比喻觀察不細緻，學習不深入，印象不深刻。

【淺嘗輒止】稍微嘗試一下就停止。比喻做事不徹底，不肯深入研究。

【蜻蜓點水】比喻膚淺而不深入的接觸。

十八年前，當我做為一個地地道道的農民在高密東北鄉貧瘠的土地上辛勤勞作時，我對那塊土地充滿了刻骨的仇恨。（莫言〈超越故鄉〉）

封閉的車體中，我們重疊的生命會復返，相互對照、尋找存在座標、印證記憶、更新資訊，有時為彼此記憶的落差爭辯、校準、驚訝，有時難免落入昔時的慨歎中，重溫烙印在生命中諸多傷痕的千滋百味。（張清志〈與S一起回家〉）

雲氣已經遮沒了對面的峭壁，裹住了他們倆；鑽進他們的頭髮，侵入他們的襯衣裡。靜覺得涼意淪浹肌髓，異常的舒適。（茅盾〈幻滅〉）

牠斜身淩空顫擺著；牠尖嘴似一把武士的劍淩空砍殺；牠斜眼向我瞟視——那仇惡的眼神激爆出星藍火花狠狠鑿入我的心底。（廖鴻基〈丁挽〉）

我對於通俗小說一直有一種難言的愛好；那些不用多加解釋的人物，他們的悲歡離合。如果說是太淺薄，不夠深入，那麼，浮雕也一樣是藝術呀。（張愛玲〈多少恨〉）

我深刻的認為一個文明的國家，是建立在擁有美感的國民身上。許多人把美當作表面的素質，認為美感是膚淺的，其實美感是文明的基石。（漢寶德〈我為什麼要談美？〉）

冷熱

【清涼】涼爽。

【冰冷】冰涼。

【沁涼】滲入或透出涼意。沁ㄑㄧㄣˋ。

【冷冽】冰涼。

【冷冰冰】非常冰冷。

【透心涼】形容涼極了。

【火熱】如火一般的熱。

【發燙】發熱，燒熱。

【熱呼呼】熱的感覺。

【熱騰騰】形容很熱或冒著熱氣的樣子。

【火燒】比喻溫度很高。

【灼熱】熾熱。

【沸騰】液體加熱到一定溫度時，表面與內部發生氣化的現象。

【滾燙】溫度極熱、極燙。

【熾烈】火勢旺盛猛烈貌。

驚悸於海風的沁涼，我茫然的又醒過來了，是的，秋色將一天天的深了，時光將帶著我們走入冬天，也走入春天。（張秀亞〈秋日小札〉）

妳想著，甚至懷疑有一種冷冽的光，在阿婆背後偷偷啃噬著，將蛀蝕壞了的部分，悄悄掏空。（羅任玲〈鱉的黃昏〉）

吳少奶奶的臉熱得像是火燒！林佩珊愕然退一步，看見她姊姊的臉色不但紅中透青，而且亮晶晶的淚珠也掛在睫毛邊了。（茅盾《子夜》）

今夜，我要用文字敷住記憶，把自己包紮起來。濃稠的夜色、熾烈的火光、冰冷的山澗，……都一一藏進空乏的身體。（唐捐〈脫身〉）

輕重

【輕微】輕小，微小。

【淺鮮】輕微。

【綿薄】薄弱。

【輕飄飄】輕柔的飄動。

【輕如鴻毛】像羽毛般輕。非常輕微，不受重視。

【輕似蟬翼】比喻極輕極薄之物。

【錙銖之力】比喻極小的力量。錙銖，極小的計算單位，用來比喻極細微。

【無足輕重】不足以影響事物的輕重分量。有不重要、無關緊要的意思。

【沉重】形容物體厚重。

【厚重】厚，有分量。

【千鈞】器物重或力量大。

【沉甸甸】物體分量重。

【舉足輕重】所居地位極為重要，一舉一動皆足以影響全局。

如果慢彈的手指／能輕似蟬翼，／你拆開來看，紛紜，／那玄微的細網／怎樣深沉的攏住天地，／又怎樣交織成／這細緻飄渺的彷徨！（林徽音〈靜院〉）

那索似有千鈞之力，扯住兩岸石壁，誰也動彈不得，彷彿再有錙銖之力加在上面，不是山傾，就是索崩。（阿城〈溜索〉）

寶釵被他纏不過，因說道：「也是個人給了兩句吉利話兒，所以鏨上了，叫天天帶著；不然，沉甸甸的有什麼趣兒？」（清．曹雪芹《紅樓夢．第八回》）

真假

【真實】真確實在不假。

【不虛】不假。

【真切】真確切實。

【真確】真實、切確。

【確切】確實切當。

【確實】真實。

【確鑿】確定，不容懷疑。

【鑿鑿】確實可信。

【如實】按照實際情況。

【屬實】合於實際狀況。

【可靠】真實可信。

【實在】的確，真正。

【千真萬確】非常確實。
【無庸置疑】不用懷疑。
【地道】此作真實。亦作「道地」。
【實際】具體的、實在的。
【核實】考核事物真實性。
【去偽存真】去除虛偽的，保留真實的。
【偽】假的，假裝。

【贗】ㄧㄢˋ，假、偽造的。「贗品」。
【虛假】不真實。
【虛妄】不真實。
【無稽】無可考、沒根據。
【荒誕】荒唐虛妄。
【不經】違反常道，荒誕。
【誕妄】荒謬不實。
【失實】和事實不符。

【作假】造假。
【假托】假冒、偽托。
【偽裝】為隱藏真實情況所做的變裝、隱蔽等。
【子虛烏有】子虛和烏有都是漢代司馬相如〈子虛賦〉中虛構的人物，表示為假設而非實有的事物。
【虛幻】空幻不實。

【空中樓閣】脫離現實的幻想，不能實現，沒意義。
【海市蜃樓】比喻虛幻的景象或事物。
【虛無縹緲】形容虛幻渺茫，不可捉摸。
【夢幻泡影】空虛不實。
【鏡花水月】鏡中的花，水裡的月。空幻不實在。

安博托．艾可寫了一部《傅柯擺》，小說本身雖因吹牛吹到收不了場而告崩解，但在這樣的千年傳說上做各式各樣有學問言之鑿鑿的火上加油，說真的還很難想有誰比艾可厲害的。（唐諾〈找尋一間玻璃屋子〉）

當我見他吃萊菔白菜時那種愉悅的光景，我想：萊菔白菜的全滋味、真滋味，恐怕只有他才能如實嘗得了。對於一切事物，不為因襲的成見所縛，都還他一個本來面目，如實觀照領略，這才是真解脫、真享樂。（夏丏尊〈生活的藝術〉萊菔，指蘿蔔。）

下箸便思念起過去的南昌街寶來軒的方老闆，兩相比較，才知道方老闆的福州菜地道得多，可惜他們全家已經移民了。（逯耀東〈出門訪古早〉）

塞普路斯人開的果菜鋪裡，經常有南非來的荔枝，橢圓形的緋紅散粒，剝開來呈混濁不透明狀，猶如一隻白內障的眼球，味道更嚇人，不是酸得像醋就是淡得像水，肉薄多渣核又大，有如拙劣贗品，吃來令人氣苦，〔……〕（蔡珠兒〈南方絳雪〉）

在這個虛幻的舞台，荒誕不經從來不是反常，只是一種合理。（張瀛太〈夜夜盜取你的美麗〉）

對錯

【然】對，正確。

【正確】準確，無誤。

【不爽】不差，沒有差錯。「屢試不爽」。

【得當】恰當；正確。

【無誤】沒有錯誤。

【分毫不差】比喻沒有絲毫差錯。

【顛撲不破】本意怎麼摔打都不會破。比喻理論正確牢固，無法駁倒、推翻。

【訛】ㄜˊ，錯誤，不正確的。「訛誤」。

【錯誤】不對、不正確。

【出岔】發生事故、差錯。

【舛訛】差錯，不正確。

【舛誤】錯誤。

【舛錯】錯誤。

【乖舛】謬誤、差錯。

【差池】差錯、錯誤。

【差錯】錯誤。

【紕漏】因疏忽而產生的差錯、疏漏。

【紕謬】ㄆㄧ ㄇㄧㄡˋ，錯誤。

【閃失】差錯、意外。

【過錯】錯誤。

【錯漏】文字錯誤或脫漏。

【謬誤】錯誤。

【似是而非】表面相似，實際不然。語本《孟子．盡心下》：「惡似而非者。」

【大謬不然】大錯、荒謬，與事實完全不符。

【百無一是】形容能力太差，錯誤連連。

段譽並不動怒，一本正經的道：「你說我是癩蝦蟆，王姑娘是天鵝，這比喻很是得當。不過我這頭癩蝦蟆與眾不同，只求向天鵝看上幾眼，心願已足，別無他想。」（金庸《天龍八部》）

兩個又是一陣大笑。本來是自己心裡憋著的話，突然這麼明白無誤又分毫不差地被別人說了出來，他覺得窩在心裡的東西頓時煙消雲散，心中清爽得有如頭頂上這條分叉的河漢。（李銳〈篝火〉）

她在旁等著、看著、招呼著。沒想到會過起這樣的生活，成了一種規律，顛撲不破。（章緣〈更衣室的女人〉）

人家幾回出高價要買，她就是不讓。又沒有兒子或女婿幫襯，徒然引起外人的眼紅覬覦——現在不是出了紕漏了？（陳若曦〈路口〉）

至於世間無知的父母，將子女當作所有品，牛馬一般養育，以為養大以後，可以隨便吃他騎他，那便是退化的謬誤思想。（周作人〈人的文學〉）

貴賤

【上等】最高等級或最優異的品質。

【上品】上等品級。

【優質】品質精良。

【特級】特別好的等級。

【名貴】貴重難得。

【不菲】貴重。菲，微薄。

【珍貴】貴重，寶貴。

【連城】比喻物品貴重。「價值連城」。

【尊貴】高尚、高貴。

【貴重】珍貴重要。

【珍奇】珍貴奇異。

【瑰寶】稀有珍貴的寶物。

【一狐之腋】狐狸腋下的皮毛。比喻物稀而珍貴。

【不貲】非常貴重。貲ㄗ。「所費不貲」。

【百鎰之金】形容非常貴重。鎰ㄧˋ。

【劣等】下等、品質低下。

【低賤】低微卑賤。

【卑微】低下卑賤。

【芻狗】古時用草編結成的狗形，供祭祀用，用完即丟棄。比喻輕賤無用之物。

【粗賤】粗野卑賤。

【敝屣】破舊的鞋子。比喻毫無價值的事物。

【菲薄】薄少，鄙賤。

【塵芥】塵土和草芥。比喻微不足道的東西。

【螻蟻】螻蛄及螞蟻。力量微小或地位低微的人事物。

【一文不值】毫無價值。

這對玉馬必定價值不菲，倘若要不回來，還不是要爹爹設法張羅著去賠償東主。（金庸《笑傲江湖》）

我獨坐在發出黃光的萊油燈下，想，這百無聊賴的祥林嫂，被人們棄在塵芥堆中的，看得厭倦了的陳舊的玩物，先前還將形骸露在塵芥裡，從活得有趣的人們看來，恐怕要怪訝她何以還要存在，現在總算被無常打掃得乾乾淨淨了。（魯迅〈祝福〉）

在抗戰勝利前後，打著抗日旗號的軍隊多如狼羣，人民便賤如螻蟻。（郭楓〈紅葉季〉）

異同

【出入】不一致。

【分歧】相別、相背。

【歧異】不相同。

【相左】互相違異。

【迥異】不同。或「迥別」。

【迥然】差異很大貌。迥ㄐㄩㄥˇ。「迥然不同」。

【差距】差別距離。

【逕庭】相距極遠。「大相逕庭」。

【懸殊】相差很遠。「相去懸殊」。

【天差地別】差別很大，相差甚遠。

【天淵之別】相差極大，如天地般遠。另有「天壤之別」、「霄壤之別」。

【判若雲泥】相差懸殊。

【截然不同】差異明顯。

【難與抗衡】實力懸殊，無法對抗。

【不可同日而語】差別很大，不能相提並論。

【雷同】某事與眾人相通。

【匹敵】雙方實力相當。

【伯仲】比喻才能相當，不相上下。

【吻合】兩脣相合。比喻事物相符合。

【相侔】相等。侔ㄇㄡˊ。

【媲美】美好的程度相當。

【頡頏】ㄒㄧㄝˊㄏㄤˊ，不相上下；相抗衡。

【不分軒輊】相比較的結果，分不出高下。

【分庭抗禮】彼此關係對等，地位相當。

【平分秋色】形容二者一樣出色，分不出高下。

【功力悉敵】雙方功夫和力量，彼此相當。

【如出一轍】行徑相同，車轍一致。比喻事物十分相像或言行舉止很相似。

【並駕齊驅】實力相當。

【棋逢對手】實力相當。

【勢均力敵】雙方力量情勢相當，不分上下。

【旗鼓相當】雙方聲勢不相上下，勢均力敵。

【相提並論】相似的情況一起討論或同等看待。

【等量齊觀】將不同的事物同等看待。

【大同小異】大體相同，但略有差異。

【殊途同歸】採取的方法不同，結果卻相同。

【異曲同工】曲調異，工妙同。不同方法功效相同。

今晚我們又做了一次宗教上的爭論，直辯得怒目相向。但諸神漠漠，基督無言，釋迦不語，祂們似乎比我們更能容忍彼此的歧異，對我們這場爭論，默然不作任何的宣判。（顏崑陽〈結婚日記〉）

安妮的管教，一向是秋枝的事。秋枝的個性強，關於安妮的教育，從來不容與她相左的意見。（荊棘〈吉兒之死〉）

他傾訴自己的苦境和賤性，似乎越拉大我們之間的尊卑懸殊，他就越有理由接受這筆饋贈。（朱天文《荒人手記》）

許家每屆大閘蟹產季，食罷陽澄湖的頂級鮮蟹後，必用菌油下碗麵吃。他們認為貝介類裡最鮮的湖蟹，只有宜興的菌油才能與之匹敵，其考究竟至此。（朱振藩〈梨園中的知味人〉）

我有一個同班好友植田玲子便是住在那裡面。她品學兼優，是人人佩服的模範生，常常都做班長。我的成績也跟植田玲子在伯仲之間，但是只能偶爾做副班長。我認為老師有點不公平，但是想不出原因何在？（林文月〈江灣路憶往〉）

穆念慈武功雖也不弱，但彭長老是丐幫四大長老之一，在丐幫中可與魯有腳等相頡頏，僅次於洪七公一人而已，穆念慈自不是他的對手，不久即被他打倒綁縛，驚怒交集之下，暈了過去。（金庸《大漠英雄傳》）

優劣

【冠】超越、領先。「獨冠群芳」。

【上乘】指上等的事物或高妙的境界。

【出色】出眾、傑出。

【高明】高超明智。

【傑出】才能出眾，高出一般人之上。

【精粹】精細純粹。

【魁首】領袖，首腦。

【翹楚】比喻傑出的人才或突出的事物。原指荊樹叢中最高拔的樹。語本《詩經·周南·漢廣》：「翹翹錯薪，言刈其楚。」

【卓越】非常優秀，超出常人。「卓越超群」。

【俊彥】才智優異的美士。

【頂尖】最好、最優秀的。

【優異】特好、遠勝尋常。

【優越】才能品質突出。

【首屈一指】彎下手指計算時，首先彎曲拇指。用以表示第一或最優秀。

【獨占鰲頭】占首位或獲得第一。

【瑕不掩瑜】事物雖有缺點，無損整體的完美。瑕，玉的斑點。瑜，玉的光澤。

【粗劣】粗糙拙劣。

【見絀】顯得不足、較弱。「相形見絀」。

【拙劣】笨拙且低劣。

【差勁】不佳，低劣。

【缺陷】不圓滿的地方。

【破綻】露出毛病或漏洞。

【瑕疵】缺點、毛病。

【遜色】較差、比不上。

【窳劣】惡劣，粗劣。窳ㄩˇ。「品質窳劣」。

【罅隙】缺點或劣跡。罅ㄒㄧㄚˋ，裂開。

【蹩腳】跛腳，形容品質粗糙、低劣。

【望塵莫及】遠遠落後。

【瞠乎其後】瞪大眼在後遙望。落後很多，趕不上。

【難望項背】比喻程度相差太遠，趕不及、比不上。

【小巫見大巫】比喻能力相差甚遠，無法相提並論。

至於笑話的最上乘境界，則不在諷人或弄己，而是日常生活中隨機拈出的藝術表現，帶一點缺憾與荒謬，但靈光閃爍，反映出橫生的機智。（黃永武〈笑話三境界〉）

安息香使她回到那場八九年春裝秀中，淹沒在一片雪紡、喬其紗、縐綢、金蔥、紗麗、綁紮纏繞圍裹垂墜的印度熱裡，天衣無縫，當然少不掉錫克教式裹頭巾，搭配前個世紀末展露於維也納建築繪畫中的裝飾風，其間翹楚克林姆，綴滿亮箔珠繡的裝飾風。（朱天文〈世紀末的華麗〉）

我的一位曾叔祖到杭州去應鄉試，俗稱考舉人，他在考棚裡夢到一隻碩大無比的手伸進窗子。因為他從來沒有見過這樣大的手，這個夢就被解釋為他將獨占鰲頭的徵兆。放榜時我的曾叔祖居然中試第一名，俗稱解元。（蔣夢麟〈滿清末年〉）

那些討海人平時也曾組社練幾招拳棒，大家對這外鄉人的拳腳功夫實在是佩服，即使那個自稱為福建泉州人的阿福叔，比起他來還是相當遜色。（王拓〈吊人樹〉）

一個不快的牽掛始終沉沉的墜在心上，不知有多惱人，總是腳上這雙不稱心的「女官鞋」，叫人意識著長了一雙老太太的腳，又笨拙，又不如人。也沒見過還有這樣蹩腳過氣的式樣，又厚又笨，傳教的老太太才穿這樣的皮鞋。（劉慕沙〈元首的皮鞋〉）

難易

【吃重】 負擔重。

【畏途】 比喻危險困難，令人不敢嘗試的事。

【棘手】 事情難以處理。

【費神】 耗費精神。

【撓頭】 用手搔頭。形容事情煩雜，不易解決。

【盤錯】 盤旋交錯，複雜。

【磨人】 糾纏，折騰人。

【繁重】 事情多而責任重。

【繁複】 繁多複雜。

【艱虞】 艱難憂患。

【艱鉅】 困難繁重。

【傷腦筋】 事情不易解決，費心思。

【荊天棘地】 比喻障礙重

重，充滿困難。

【艱難險阻】比喻遭受的艱險困難。

【萬難】各種困難。

【海底撈針】比喻東西很難找到或事情很難做到。

【挾山超海】比喻做不到的事情。

【移山填海】極度艱難。

【難若登天】極為困難，如同登天一般。

【鐵樹開花】比喻事物罕見或極難實現。

【淺易】淺顯容易。

【單純】人或事物不複雜。

【輕易】輕鬆容易。

【簡易】簡單容易。

【一蹴可幾】一舉腳就能到達。比喻一下子成功。另有「一蹴而就」。

【反掌折枝】反轉手掌，折取樹枝，至簡易之事。

【手到擒來】一出手就將敵人捉住，輕而易舉。

【吹灰之力】不費力，事情很容易辦成。

【易如反掌】容易做到。

【迎刃而解】容易處理。

【探囊取物】伸手到袋子裡取東西，事情極易辦到。

【唾手可得】容易獲得。

【輕而易舉】毫不費力。

【甕中捉鱉】比喻舉手可得，有確實的把握。

在回家的路中，麗卿一路打著噴嚏。隨即，她患了重感冒，變成急性肺炎。那時，肺炎還是相當棘手的病，不到半個月，麗卿因為肺炎死掉了。（鄭清文〈髮〉）

幾天過去，一個互助會也莫能成形。老梁夫婦看不過意，便替他到處張羅招了三個會，解決辛先生眼下的艱虞。（王禎和〈素蘭要出嫁〉）

如果說我是經驗的信徒，我祇是現實經驗的信徒，而非浪漫經驗的信徒。革命，戰爭，饑餓，五角戀愛，重婚，諸般經驗並非人人可得，但是普通人的週遭事故，成長，職業，婚嫁，生老病死，普通人唾手可得，普通的作家都可採用——而作品未必普通。（王文興〈給歐陽子的信〉）

此人有一身好本事，弓馬熟嫻，發矢再無空落，人號他連珠箭。隨你異常狠盜，逢著他便如甕中捉鱉，手到拿來。（明・凌濛初《初刻拍案驚奇・卷三・劉東山誇技順城門　十八兄奇蹤村酒肆》）

整齊

【工整】精細整齊。

【勻整】勻稱工整。

【井然】整齊、有條理貌。

【平整】平坦，整齊。

【依次】按照次序。

【秩序】次序，條理。

【規則】定式、規律的。

【逐步】一步步的進行。

【整理】整頓治理。

【整飭】整頓。

【整頓】把散亂或不健全的事物治理得有條不紊。

【嚴整】嚴肅整齊。

【井井有條】整齊有序。

【有條不紊】指條理分明而不紊亂。語本《書經．盤庚上》：「若網在綱，有條而不紊。」

【按部就班】做事依照一定的層次、條理。

【條理分明】有系統、層次，不紊亂。

【措置有方】安排處置極有條理。

【循序漸進】按照一定的次序與步驟逐漸推進。

噓吁！緩緩拔劍三尺／吐出了七顆星宿，／佈成北斗位置——／天樞天璇天璣天權，／玉衡開陽搖光，／雖是曲折迴腸，／卻是井然有理；／〔……〕（張錯〈觀劍〉）

在都市進步繁榮，整齊秩序的靚容裡，卻存在著難以解決的文明苦果——擁擠、罪惡、噪音和汙染。（林耀德〈在都市的靚容裡〉）

雜亂

【紊亂】雜亂、無秩序。

【紛亂】雜亂。

【凌亂】雜亂而無秩序。

【狼藉】形容凌亂不堪。

【混淆】雜亂無別。

【參錯】參差相雜的樣子。

【散漫】分布紛亂。

【潦草】凌亂，不工整。

【錯落】參差相雜的樣子。

【錯亂】雜亂無序。

【蕪雜】雜亂，沒有條理。

【雜沓】雜亂，紛亂。亦作

「雜遝」。

【擾亂】紛擾，紛亂。

【龐雜】多而雜亂。

【七零八落】散亂貌。

【參差不齊】雜亂不整。

【越次躐等】不循正規順序，超越了原有的等級次序。躐，踰越。

【歷歷落落】參差不齊。

【雜亂無章】沒有條理。

【橫三豎四】雜亂無序。

【顛三倒四】混亂無序。

住到歐洲來之後，看到滿街走著那種嘴唇四周長著寸許長鬍子的老太太，很是受到驚嚇，猜想這些白種老婦人之所以跟男人一樣「嘴上有毛」，大概是吃多了各種成藥，紊亂了身體裡的內分泌系統，導致男性荷爾蒙的過量分泌所致。（鄭寶娟〈一百個摩登噩夢〉）

我和鄉親們一起走出窯洞，眼見到處一片狼藉，唯有村頭的大樹雖然斷了勁枝，卻仍然像石崖一樣高高聳立著，而碧草和田苗就像撲倒於血泊中的少女，正兩手撐地掙扎著抬起身子，我的心頭驀然升起一股強烈的悲壯感。（劉成章〈老黃風記〉）

我走到秋雨零落的街上。前方空無人跡。高低錯落的街屋輪廓黑黑的，寂寂的；街越寬越遠，就越充滿著歷史感，神祕感。（劉煒園〈自己的夜晚〉）

一語未完，鳳姐便拉過劉姥姥來，笑道：「讓我打扮你。」說著，將一盤子花橫三豎四的插了一頭。賈母和眾人笑的了不得。劉姥姥笑道：「我這頭也不知修了什麼福，今兒這樣體面起來。」（清．曹雪芹《紅樓夢．第四十回》）

顯明

【昭灼】顯著，彰明。

【昭然】明顯的樣子。

【昭著】明白，顯著。

【昭彰】顯著，彰顯。

【惹眼】引人注目。。

【赫然】引人注目的事物突然出現。

【醒目】形象鮮明，顯眼。

【鮮明】清楚、明白。

【露骨】用意十分顯露，毫無掩飾或假裝的狀態。

【顯眼】容易被看出。

【顯著】顯明。

【顯豁】顯明昭著。

【有目共睹】人人都看得到。比喻極清楚明顯，

【犖犖大者】非常明顯、明確。犖ㄌㄨㄛˋ，毛色不純的牛；分明，顯著。

【彰明較著】形容非常顯明。較，明顯。

【顯而易見】事情或道理明顯而容易明白。

攤開東部開發時期的地圖，依丁山尖尖的峯頂，被圈畫了一個惹眼的紅色危險記號，把它列為開發過程當中，最為險阻的一站。（施叔青〈倒放的天梯〉）

女人挨了打，楞了一下，被太陽晒黑的臉上赫然是一個看得很清楚的血手印，〔……〕（洪醒夫〈吾土〉）

今天，人們經常看到在一些陳舊的住宅區裡，廁所顯得氣派和醒目。在那裡，人們居住的房屋，人們行走的街道顯得破舊和狹窄，從遠處看去就像是一堆灰塵那樣，倒是廁所以明亮的色彩和體面的姿態站在中間，彷彿是一覽眾山小。（余華〈奢侈的廁所〉）

人類原不能不喫。但喫字的意義如此複雜，喫的要求如此露骨，喫的方法如此麻煩，喫的範圍如此廣泛，好像除了喫以外就無別事也者，求之於全世界，這怕只有中國民族如此的了。（夏丏尊〈談喫〉）

模糊

【依稀】模糊、不清楚貌。

【迷離】模糊難以分辨。

【混沌】模糊，不分明。

【漫漶】模糊不可辨別。漶ㄏㄨㄢˋ。

【曖昧】含混不清，不明。

【隱約】不分明的樣子。

【隱晦】幽暗，不明顯。

【隱微】幽暗不明顯。

【朦朧】不清楚，模糊。

【撲朔迷離】形容事物錯綜複雜，難以明瞭真相。語本《樂府詩集·木蘭詩》：「雄兔腳撲朔，雌兔眼迷離。」

【影影綽綽】隱約、模糊不真切的樣子。

【霧裡看花】看不清事情的真相。原形容視界模糊，看不清楚。語本杜甫〈小寒食舟中作〉：「春水船如天上坐，老年花似霧中看。」

落日黃昏時節，站到那個巍然獨在萬山環繞的孤城高處，眺望那些遠近殘毀碉堡，還可依稀想見當時角鼓火炬傳警告急的光景。（沈從文〈我所生長的地方〉）

如今想來，有神無神並不值得爭論，但在命運的混沌之點，人自然會忽略著科學，向虛冥之中寄託一份虔敬的祈盼。（史鐵生〈我二十一歲那年〉）

婦人回來的時候，或許是沒追上她丈夫，或許是追上了又聽了幾句狠話，她眼眶周圍黑色的眼影已漫漶開來，她抱起小女孩，不住地用哽咽的聲音向他道謝。（袁哲生〈送行〉）

隔著玻璃窗望出去，影影綽綽烏雲裡有個月亮，一搭黑、一搭白，像個戲劇化的猙獰的臉譜。一點，一點，月亮緩緩的從雲裡出來了，黑雲底下透出一線炯炯的光，是面具底下的眼睛。（張愛玲〈金鎖記〉）

很

【甚】很，非常。

【挺】很，甚。

【殊】非常，極，甚。

【頗】甚，很，非常。

【良】很，甚。「良久」。

【深】很，非常。「深得人心」。

【十分】很，非常。

【萬分】極甚，非常。

【十二萬分】形容達到極點的程度。

【不勝】不禁，無限。

【好生】很，非常。另有「好不」。

【何其】多麼。

【何等】感嘆詞。多麼。

【格外】特別，普通範圍外。

【萬般】極甚，非常。

【煞是】極是，非常。

【至】極，甚。

【最】至極。

【極】程度最高的；很。

【絕頂】極甚。

【窮盡】竭盡，盡止。

【無以復加】不能再增加。指已到達了極點。

【莫此為甚】沒什麼能超過它。形容程度極深。

當年操場上太陽白花花地，小跑著嬉鬧一陣，邦兒就站到茄苳樹蔭下去了。小時候，他憨憨的、胖胖的，聽由媽媽打扮，有時穿白襯衫打上紅領結，煞是好看。（陳義芝〈為了下一次的重逢〉）

奴才做了主人，是決不肯廢去「老爺」的稱呼的，他的擺架子，恐怕比他的主人還十足，還可笑。這正如上海的工人賺了幾文錢，開起小小的工廠來，對付工人反而凶到絕頂一樣。（魯迅〈上海文藝之一瞥〉）

好像

【猶如】如同，好像。

【不啻】無異於；如同。

【彷彿】似乎，好像。

【宛如】彷彿。另有「宛然」。

【近乎】差不多，幾乎。

【相若】相似。

【相仿】大致相同。

【恍若】彷彿，好像。亦作「恍如」。

【恰似】正如，就好像。

【貌似】外表很像。

【隱然】彷彿，好似。

【類似】差不多，大致相似，或部分相等但非全等。

【相去無幾】相差不多。

【活脫】酷似，極像。

【亂真】逼真，真假難辨。

【酷似】極像。

【酷肖】非常像。

【儼如】極似。另有「儼然」。

個人無法抵抗時代巨獸運轉的腳步，資訊科技突飛猛進後造成語言的氾濫，學習速讀以擴充眼睛在一秒鐘內所能掃瞄到的容量，好吞嚥增張之後臃腫的報紙，這對細嚼慢嚥的詩不啻作了最無情嘲諷。（郝譽翔〈詩的完成〉）

感到睏倦要閉上眼睛的時候，隱然看見一個星星，在低垂的月亮旁眨眼。（李敏勇〈想像〉）

此時此地，基隆河儘管水波微微盪漾，水草迎風招展，但看來渾不似含情的細語，活脫是無言的嗚咽。（郭鶴鳴〈幽幽基隆河〉）

多寡

【大宗】大批。
【大批】大量、很多。
【飽和】容許的最高限度。
【眾多】許多的。
【如蟻】眾多的樣子。
【洋洋】眾多的樣子。
【浩繁】浩大而繁多。
【繁多】種類多。
【無數】極多。
【不貲】數量極多。貲，計量，估量。
【萬千】形容很多、許多。
【萬端】極多。

【車載斗量】用車裝載，以斗來量。形容數量很多。
【滿坑滿谷】比喻數量極多，到處都是。
【不可勝數】非常多，多到數不完。
【不知凡幾】數目多得不可計算。
【不計其數】形容數目眾多，無法估算。
【成千累萬】數量很多。
【恆河沙數】數量極多。
【鮮】少。「鮮見」。

【寡】少。「寡不敵眾」。
【少許】一點點。
【些微】少許。
【無幾】很少、不多。
【涓滴】比喻微少或極少的財物、利益。
【區區】微小。
【幾希】相差不多、很少。
【零星】零散；分布稀疏。
【寥寥】數量稀少。「寥寥無幾」。
【毫髮】比喻極少的數量。
【絲毫】極微，非常少。

【屈指可數】扳著手指即可數清。形容數量很少。
【鳳毛麟角】比喻稀罕珍貴的人、物。
【九牛一毛】許多牛身上的一根毛。多數中的極少部分，對大體沒什麼影響。
【缺乏】短少，不足。
【短欠】欠缺。
【闕如】欠缺。闕ㄑㄩㄝ，空缺。如，語助辭。
【付之闕如】指缺少某些應該有而沒有的。

獃獃地，凝視著那一雙美麗的形影消失在如蟻的人流之中。對於人世間罩天蓋地鋪陳下來的情網，不知是欣還是悲了。（曹又方〈一雙手套〉）

這個時期，不當下雨的。下了這麼久的雨，橘子容易落，收成不好，採橘亦不便，橘子損失不貲，如何是好？（粟耘〈矛盾山居〉）

詩人艾略特著名的長詩巨構《荒原》，便也緣起於希臘神話裡那位向神求得如恆河沙數之壽，但忘了同時要求不老不病、青春常駐的巫祝的故事——最終她倒臥荒原之上，渾身病痛，形容醜惡，卻求死不得。（陳克華〈鼠室手記〉）

曲曲折折的荷塘上面，彌望的是田田的葉子。葉子出水很高，像亭亭的舞女的裙。層層的葉子中間，零星地點綴著些白花，有嬝娜地開著的，有羞澀地打著朵兒著；〔……〕（朱自清〈荷塘月色〉）

因為在學校的課本中，祇教育學生樹林可以用來製造家具、蜘蛛會捕捉蚊繩、何種蕈菌有毒，真正的生態學始終闕如。（陳煌〈人鳥之間．冬春篇〉）

全部

【均】皆，全。「老少均安」。

【具】皆，都，全。

【咸】都，皆，全。

【備】盡，皆，完全。

【滿】全，遍，整個。

【舉】全部的，整個的。「舉國歡騰」。

【一概】全部。

【一應】一切。

【十足】非常充足的程度。

【全豹】全部，整體。

【全副】全部，整套。

【全數】全部的數量。

【全盤】全部，全體。

【通盤】全盤，全部。

【悉數】全數，完全。

【渾然】完全；全然。

【整體】全體。

【一股腦兒】全部，通。

【纖悉無遺】非常詳盡，最微小的部分都沒遺漏。

【賅備】完備；完全。

【完備】完整齊備。

【完滿】圓滿無缺。

【齊全】詳備，完備。

【齊備】俱備齊全。

縱然農人果真僥倖能逃過滅亡，下一代悉數流向都市，後繼無人，農村依然要亡。（陳冠學〈田園今昔〉）

平平坦坦的大海之上／果然渾然自自然的是什麼都沒有（羅青〈多次觀滄海之後再觀滄海〉）

振保想把他的完滿幸福的生活歸納在兩句簡單的話裡，正在斟酌字句，抬起頭，在公共汽車司機人座右突出的小鏡子裡看見他自己的臉，很平靜，〔……〕（張愛玲〈紅玫瑰與白玫瑰〉）

部分

【大抵】大概，大多數。

【大致】大約，大概。

【約莫】大約，大概。

【約略】大概。

【粗略】粗簡，不精確。

【梗概】大略情形。

【率皆】大都是。

【八成】多半，大概。

【多半】大多數；大概。

【泰半】過半；大多。

【片面】單方面的。

【單方面】只有一方面。

相對於全面而言。

【局部】全體中的一部分。

【有些】一點，一部分。

【若干】大約計算之詞。即多少、幾許的意思。

【一斑】事情的一小部分。

【可見一斑】指由事物的某一點，便可推論其全貌。

【略微】稍微。

【稍許】些微，一點點。

二叔於星期假日，一定下鄉陪父親作上下古今談，他讀的新理論書比父親多，我更不敢望其項背。他每於書櫥中取出一部書，略略翻閱，便能述其梗概。（琦君〈三更有夢書當枕——我的讀書回憶〉）

郵局前即是有名的奧柏林廣場，而對著銘賢樓和家教中心，平常也是同學聚集的要塞，大概書信往來，約會、討論、借筆記等等，率皆在此進行。（吳鳴〈信箱〉）

第二天我再到「大陸書店」的時候，那年輕店員又為我搬出來兩箱，泰半都是詩集，〔……〕（何欣〈舊書店〉）

寺內現存一口「千人鍋」，直徑近二米，可容一千一百升，頗為引人注目。古剎當年的盛況，於此可見一斑。（謝大光〈鼎湖山聽泉〉）

唯一

【不二】忠誠無二心。

【無雙】獨一、最卓越的。

【絕代】當世無雙。

【絕倫】超越群倫，無可相比。

【獨步】獨一；無與倫比。

【曠世】當代無可比擬。

【空前絕後】獨一無二。

【無出其右】指沒有能勝過的，因古時以右為尊。語出《漢書·高帝紀下》。

【無與倫比】沒有相類似或可比擬的。

【絕無僅有】只有一個，沒有別的。形容非常少有。

【碩果僅存】僅存的大果實。唯一仍存的人或物。

【獨一無二】只此一個，別無其他。最突出的。

生平喜愛交接名士，故和高陽、唐魯孫、夏元瑜、張佛千等往來密切，相知相惜，時受薰陶啟發。「老蓋仙」夏元瑜曾稱其廚藝為「獨步全台」，他謙而弗受，〔……〕（朱振藩〈御廚巧烹姑姑筵〉）

您老早年就寫詩，還不能不說是一大文體家，霸氣可是空前絕後，把國中的文人都滅了，這又是您偉大之處。他說他還能弄點文墨也是得等老人家過世之後。（高行健《一個人的聖經》）

貳・內在世界

一 情感

1 情緒

喜愛

【嗜】喜好，愛好。

【寵】偏愛，溺愛。

【垂青】重視，見愛。

【溺愛】過分寵愛。

【嬌慣】縱容，溺愛。

【嬌寵】寵愛。

【鍾愛】特別疼愛。

【寶愛】珍惜喜愛。

【依依】依戀不捨的樣子。

【戀棧】比喻貪戀祿位。

【心儀】心中嚮往，仰慕。

【向風】景仰、仰慕。

【服膺】銘記心中。此指衷心敬仰、信服。

【注慕】仰慕。

【崇拜】敬仰，佩服。

【景仰】敬慕，仰慕。

【歆羨】羨慕，愛慕。

【傾倒】極端賞識感佩。

【孺慕】本指小孩子愛慕父母，後多指對人或事深切依戀愛慕之情。

【嚮慕】仰慕。

【五體投地】非常欽佩。

【心悅誠服】指誠心誠意的服從。

【入迷】專注於某種事物而心無旁騖。

【上癮】特別喜歡某種事物到無法割捨的地步。

【沉湎】沉溺，沉迷。

【耽溺】沉溺。

【陶醉】沉迷如醉。

【銷魂】心迷神惑。亦作「消魂」。江淹〈別賦〉：「黯然銷魂者，唯別而已矣。」

【熱中】此作醉心、沉迷。

【著魔】比喻迷戀某種事物到幾乎失去理智的地步。

【如醉如痴】形容人神情恍惚，陶醉於其中。

令狐沖素聞少林寺方丈方證大師的聲名，心下甚喜，道：「有勞大師引見。就算晚輩無緣，不蒙方丈大師垂青，但能拜見這位當世高僧，也是十分難得的機遇。」（金庸《笑傲江湖》）

她是天生應該受嬌寵的。因為我們一齊嬌慣她，依順她，而她卻一點也沒有因溺愛而得到什麼壞脾氣。（鹿橋《未央歌》）

我之所以戲稱丈母娘「野獸派」，因為她最服膺的畫家是馬蒂斯。（莊裕安〈野獸派丈母娘〉）

翠翠注視那女孩，發現了女孩子手上還帶得有一副麻花鉸的銀手鐲，閃著白白的亮光，心中有點兒歆羨。（沈從文《邊城》）

藉口是一種消除自怨自責的止痛劑，愈用愈上癮，用量愈大，最後不但沒能治病，它本身便成了絕症。（亮軒〈藉口〉）

只是我不把虛偽與真實寫成強烈的對照，卻是用參差的對照的手法寫出現代人的虛偽之中有真實，浮華之中有素樸，因此容易被人看做我是有所耽溺，流連忘返了。（張愛玲〈自己的文章〉）

厭惡

【反感】 因反對或不滿所引起的厭憎情緒。

【生厭】 心生厭煩。

【可厭】 令人厭惡。

【多嫌】 心裡厭惡而排斥。

【討嫌】 惹人厭。

【棄嫌】 厭惡不喜歡，不願接近。亦作「嫌棄」。

【膩味】 厭煩。

【看不慣】 厭惡，不喜歡。亦作「看不上」。

【偏憎】 在眾多的人事物中，特別厭惡某一個。

【鄙棄】 鄙視唾棄。

【憎惡】 憎恨厭惡。

【痛惡】 極端的憎惡。

【深惡痛絕】 厭惡至極。

但一回家鄉，馬上就像一條挨了痛打的狗，緊緊地夾起尾巴，生怕一翹尾巴引起鄉親們的反感，把我小時候那些醜事抖摟出來。（莫言〈忘不了吃〉）

我們說的話我老婆一字不漏全聽見了，她膩味透了這一套，加上那只沒擦出來的鍋也讓她絕望，她一句話不說邁著跳舞的步子，展閃騰挪、異常敏捷地到書架上拿了一本書翻開若干頁輕車熟路地小聲讀了起來。（徐星〈城市的故事〉）

菜裡有了炸豆腐，一定要一塊塊的揀出來。這種偏憎，不知道被大人們申斥過多少次。（梁容若〈豆腐的滋味〉）

平和

【心靜】心中平靜安寧。

【平寧】平和寧靜的狀態。

【安詳】平靜。

【空澹】恬靜、安然貌。

【恬和】恬淡平和。

【祥和】祥瑞和穆。

【清平】平靜。

【塌心】心情安定。

【心平氣和】心氣平和，不急不怒。亦作「心平靜氣」、「心和氣平」。

【心如古井】比喻人心境平靜而無情欲。

【釋然】形容疑慮消除後，心中平靜的樣子。

【冷靜】沉著、理智而不感情用事。

【沉著】鎮定而不慌亂。

【鎮定】使安定、平靜。

流浪，本是堅壁清野；是以變動的空間換取眼界的開闊震盪，以長久的時間換取終至平靜空澹的心境。故流浪久了、遠了，高山大河過了仍是平略的小鎮或山村，眼睛漸如垂簾，看壯麗與看淺平，皆是一樣。（舒國治〈流浪的藝術〉）

我平時寫作，喜在人靜的時候。船上卻處處是公共的地方，船面闌邊，人人可以來到。海景極好，心胸卻難得清平。（冰心《寄小讀者・通訊七》）

奇怪的是從前我窮，買了不少盒子。買時忍痛咬牙的掙扎，歷歷在目。現在，卻不那麼想買了。有時候想到它們在店裡的「命運」或許比在我手中的好，反而覺得釋然。（喻麗清〈盒子〉）

憤怒

【光火】生氣。

【怫然】忿怒、生氣的樣子。怫ㄈㄟˊ。

【勃然】發怒衝動的樣子。

【狷忿】性急容易發怒。狷ㄐㄩㄢˋ。

【氣忿】憤怒。

【掛氣】生氣。

【悻悻】憤恨難平的樣子。

【發標】不講理的發脾氣。

【慍惱】心生不快而生氣。慍ㄩㄣˋ。

【嗔怒】發怒。嗔ㄔㄣ。

【憤懣】氣憤不平。懣ㄇㄣˋ。

【犯脾氣】發怒使氣。

【使性子】耍脾氣。

【無明火】怒火。

【發威動怒】生氣發怒。

【義憤填膺】胸中充滿因正義而激起的憤怒。

【髮指】頭髮上指。形容盛怒的樣子。

【七竅生煙】眼耳鼻口都冒出火來。形容十分憤怒。

【大發雷霆】比喻發怒、大聲責罵。

【切齒拊心】怨恨至牙齒切磨，拍擊胸膛。形容痛恨到了極點。拊ㄈㄨˇ。

【扭頭暴筋】扭動頭部，暴露出青筋。非常忿怒。

【怒不可遏】憤怒到不能抑制的地步。形容憤怒之極。亦作「怒不可抑」。

「游到紅旗繞回來，你輸了，獎品歸我，我輸了，請你跟盧月美看一場電影；五百塊錢由你們兩個人隨意。」小賀邊說邊向海邊走。劉國宏跟著，他心裡有點光火，這不只是衝著他來的，竟也捲上盧月美了。（張毅〈鷹揚之前〉）

即如朝廷裡做官的人，無論為了甚麼難，受了甚麼氣，只是回家來對著老婆孩子發發標，在外邊決不敢發半句硬話，也是不敢離了那個官。（清・劉鶚《老殘遊記・第九回》）

孩子對母親的愛永不懷疑。有時，妻子板起面孔，裝出一副嗔怒的模樣，孩子窺視著，俄頃，反而舒心地笑了，他知道這是個玩笑。（薛爾康〈母子〉）

她說完了，還把她的高跟鞋頓了一頓，表示她那份憤懣的意思。全場的女人，這就鼓起掌來。北海看到，心裡就想著，像這位女太太那份激烈的樣子，那是可以壓倒賈多才的氣燄的。（張恨水《小西天》）

快樂

【快活】快樂，歡暢。

【怡悅】愉快，喜悅。

【怡愉】和樂；愉快。

【欣然】喜悅的樣子。

【娛娛】喜悅的樣子。

【悅樂】高興，快樂。

【陶然】形容舒暢快樂。

【舒心】開懷。

【酣暢】舒暢，快樂。

【開懷】敞開胸懷。形容人歡暢沒有牽掛。

【懽悰】快樂的心情。懽，通「歡」。悰ㄘㄨㄥˊ，心情。

【歡忻】歡欣，喜悅。忻ㄒㄧㄣ。

【歡然】喜悅的樣子。

【歡愉】歡樂愉快。

【喜孜孜】歡喜的樣子。

【樂陶陶】很快樂貌。

【至樂】最大的歡樂。

【雀躍】心中喜悅至極。

【喜躍】形容極為歡悅。

【大快人心】使人心裡非常痛快。

【喜地歡天】非常歡喜高興的樣子。

【樂不可支】形容快樂到了極點。

茉莉小姐的冷言嘲語像一把鋒銳的匕首直刺進我的心窩，我的笑凍結在臉上，我的快活立刻雲散霧消，我語為之塞，猶如被空氣槍擊中的鴿子，連羽搏的氣力也沒有了。（葉石濤〈葫蘆巷春夢〉）

小孩捏著一架玩具在空中飛劃，便是夢想在飛，喃喃自語，自編劇情，何等怡悅。（舒國治〈賴床〉）

一走進門，人聲鼎沸，立刻感染到痛快、節慶的氣氛，樂隊演唱著德國民謠，上千人跟著歌唱跳舞，每一張臉都綻放出喜悅的笑顏，每一張嘴都大口喝啤酒，大塊吃德國豬腳，用力抽雪茄菸，酣暢淋漓。（焦桐〈論豬腳〉）

一個月多上貳百元底進項，生活自會寬鬆一些底，有什麼不當的呢？「就央煩簡先生提攜我們這阿五吧！」她說了，萬發復又躺下來，一種悄悄底懽悰閃在嘴角邊。（王禎和〈嫁妝一牛車〉）

偶然我打開這本簿子來看看，總不勝感喟，也有許多感想。這裡面有我的傳記，失意的哀愁、得意的歡忻、人事的變遷，全寫在那裡。（思果〈像片簿〉）

哀愁

【杞憂】比喻無謂的憂愁、擔心。杞ㄑㄧˇ。

【埋憂】藏憂，不露出。

【憂思】憂愁的情緒。

【犯愁】發愁。

【怏怏】鬱悶不樂的樣子。怏ㄧㄤˋ。

【悒鬱】愁悶憂鬱。

【氣結】形容心情鬱悶。

【惆悵】悲愁，失意。

【悵惘】惆悵失意。

【惝怳】ㄔㄤˇ ㄏㄨㄤˇ，失意不悅的樣子。

【愀然】此作憂愁的樣子。

【愔愔】憂愁、沉默的樣子。愔ㄧㄣ。

【僝僽】ㄔㄢˊ ㄓㄡˋ，憂愁，煩惱。

【懷愁】心懷憂愁。

【鬱卒】心中愁悶不暢快。

【意擾心愁】心緒煩亂憂愁。

【憂心忡忡】憂愁不安的樣子。

【鬱鬱寡歡】悶悶不樂。

【百結】心中種種的憂愁鬱結。

【抑塞】沉淪鬱悶。

【惙惙】非常憂愁的樣子。惙ㄔㄨㄛˋ。《詩經．召南．草蟲》：「未見君子，憂心惙惙。」

【塊磊】比喻人心中積存不平之氣，抑鬱不適。亦作「磊塊」、「壘塊」。

【積鬱】長期積壓在心中的苦悶、鬱悶。

【千愁萬緒】形容憂愁思慮極多。

【日坐愁城】每天都沉浸在愁苦中。

【愁腸九轉】愁悶憂傷，頻頻在腹中纏繞不去。

【愁緒如麻】憂愁的思緒如同亂麻一樣。形容心情非常愁悶，難以排遣。

【心傷】傷心。

【傷情】傷懷，傷心。

【鼻酸】形容傷心難過。

【透骨酸心】形容極為傷心、酸楚。

【哀傷】悲痛。

【忉怛】ㄉㄠ ㄉㄚˊ，悲傷。李陵〈答蘇武書〉：「異方之樂，祇令人悲，增忉怛耳。」

【淒切】淒涼悲切。

【淒愁】哀愁。

【悲愴】悲傷悽愴。

【軫憂】憂傷哀痛。軫ㄓㄣˇ。

【傷慟】悲傷，哀慟。

【蒼涼】淒涼，悲壯。

【酸惻】悲酸淒惻。

【慘然】憂戚哀傷的樣子。

【慼然】憂愁，悲傷。

【憯惻】悲傷哀痛。憯ㄘㄢˇ。王粲〈登樓賦〉：「心悽愴以感發兮，意忉怛而憯惻。」

【恓恓惶惶】淒涼悲傷的樣子。恓ㄒㄧ。

【垂膺】拍打胸脯。形容極度悲傷的樣子

【痛切】悲傷哀切。

【慟絕】哀痛至極。

【如喪考妣】好像死了父母一般。比喻悲痛至極。

【迴腸寸斷】形容極端痛苦哀傷。

【悲不自勝】形容極度悲傷而無法承受。

【痛徹心腑】痛到心坎裡。形容極端的痛苦。

【摧心剖肝】心肝斷裂破碎。形容極度哀傷。

愛迪生曾說治療憂愁，工作是靈藥，其效用遠勝過威士忌。他畢竟是發明家，講究腳踏實地，工作至

上，我覺得一點近乎淡淡的杞憂，不完全為自己打算，也算不上是不治之症。（吳魯芹〈杞人憂天錄〉）

我怏怏地聽著母親這些話，心裡覺得有些難過，可是過後，我還是只顧忙自己的，並沒有設法幫他排遣什麼。（蘇葉〈紙葉兒〉）

海洋啊，每感覺無依孤獨時／所有位置、年齡、風向／悒鬱、笑容、記憶，如女子纖細待逝的心痛時般出現／〔……〕（汪啟疆〈人魚〉）

山上多霧，初去時常覺得一種渺茫的寂寞。輕輕的霧就如輕輕的愁。面對虛空，淒愁卻自你四周升起，冉冉的，像那不由自主的睡眠。（楊牧〈自然的悸動〉）

一天中午酒酣耳熱，我要德孝脫了鞋露出腳趾，德孝伸出腳與德模並列，是的，一模一樣，我沒在別雙腳上看見那樣的趾形，德模猛地灌下一碗酒，幾至悲愴，他重重拍向德孝肩膀：「兄弟，我認了你！」（蘇偉貞〈問路回家〉）

我不曉得多久才從父親過世的傷慟走出來，或者說我根本不曉得那是否是一個「走得出來」的時間。（或者說，是空間？）（吳明益〈死亡是一隻樺斑蝶〉）

剛剛熬夜溫書時，心事潮湧，想到近年來止也止不住的困頓與勞碌，真正覺得慼然，覺得不堪，覺得世上實不該有如許多的小人，糟塌了如許多的冰雪心腸、悲憫情懷……（吉廣輿〈君子〉）

激動

【抖擻】振作。

【振刷】振作。

【豎起脊梁】振作精神。

【悸動】激動。

【鼓動】鼓舞，激動。

【鼓舞】因為歡悅而興奮。

【顫悸】內心震盪、悸動。

【亢奮】極度興奮。

【昂揚】激昂，奮發。

【高亢】情緒高昂、激動。

【起勁】情緒興致高昂。

【激越】情緒激昂高亢。

【朝氣勃勃】生氣蓬勃，意志昂揚。

【衝動】因情緒過於激動，而訴諸非理性的心理活動。

【激憤】情緒激動。

【歇斯底里】形容情緒激動，行為失常。

天上風箏漸漸多了，地上孩子也多了。城裡鄉下，家家戶戶，老老小小，他們也趕趟兒似的，一個個都出來了。舒活舒活筋骨，抖擻抖擻精神，各做各的一份兒事去。（朱自清〈春〉）

一個黃昏，她憑倚在窗前，第一次聽見了使她顫悸的腳步聲，使她激動地發出了歌唱。但那驕傲的腳步聲踟躕了一會兒便向前響去，消失在黑暗裡了。（何其芳〈遲暮的花〉）

阿爸每日每日的上下班／有如自你們手中使勁拋出的陀螺／繞著你們轉呀轉／將阿爸激越的豪情／逐一轉為綿長而細密的柔情（吳晟〈負荷〉）

她幾乎歇斯底里的亂想一氣，愈想愈恐懼，搗心搗肺的不甘。那樣費盡心情，摧盡肝腸，到頭來她是除了他叫林爽然外就他的一切都不知道的。（鍾曉陽《停車暫借問》）

消沉

【低落】情緒低沉下落。

【沉淪】陷入，淪落。

【沮喪】意志消沉。

【委靡】頹喪，不振作。亦作「萎靡」。

【消極】逃避現實，消沉。

【疲軟】不振作。

【衰頹】頹喪不振。

【短氣】沮喪而不能振作。

【嗒然】沮喪貌。嗒ㄊㄚˋ。

【頹廢】精神委靡不振。

【懨懨】精神委靡的樣子。懨一ㄢ。

【黯然】心神沮喪的樣子。

【意興闌珊】興致低落。

【暮氣沉沉】形容精神頹廢不能振作的樣子。

【一蹶不振】遭受挫折或失敗後，無法再振作恢復。

【欲振乏力】想要振作，卻缺乏勁道。

當我從報紙上某項令人沮喪的記述中抬起頭來看到陽光照在遠遠的山坡上，我知道宇宙更在展現它的深廣，而我們對它的生命卻常漠視與無知。（陳列〈山中書〉）

想到我母親的心情，我就不能不偽裝出一副堅強無礙的心胸，來安慰素來那麼堅強而忽然間變得如此衰頹憂傷的一個母親。（馬森《夜遊》）

一條巷子靜悄悄，婦人家一身單薄白竹布小緊衣，坐到了門檻上，年少的，奶著孩子，年老的，揀著米穀，手裡一把大蒲扇只管搖過來，搖過去。時不時抬起了頭，懨懨地望著天頂上那一堆聚起的雲頭。（李永平〈日頭雨〉）

但上帝也不見得都很仁慈，總有些人跌落在愛情的失落裡，一蹶不振。有些則更可怕，是一頭栽進自己編織的愛情迷惘裡，始終不肯或不能走出來。（蔡詩萍〈愛情在妄想世界不過是暴力的遁詞〉）

煩躁

【忐忑】ㄊㄢˇ ㄊㄜˋ，心神不寧的樣子。
【鬧得慌】心中不安。
【七上八落】形容心情起伏，忐忑不安。
【千頭萬緒】心緒紛亂。
【心如懸旌】比喻心神不定，如搖晃的旌旗一般。
【心勞意冗】心緒煩亂。
【如坐針氈】比喻心神不寧，片刻難安。

【茶飯無心】心思煩亂而無意於飲食。
【急躁】碰到不稱心的事，心情易於焦躁，缺乏耐心。
【浮躁】急躁不沉穩。
【焦麻】焦慮、煩躁如亂麻般，難以整理。
【發急】著急。
【猴急】焦急。
【揪心】著急，擔心。
【煩亂】煩雜紛亂。

【過慮】過於擔心、憂慮。
【掙扎】用力支撐或盡力擺脫。內心承受煎熬、苦痛。
【焦灼】非常焦慮、著急。
【焦炙】非常憂慮、焦急。
【煎熬】內心受折磨而焦灼痛苦。
【燒心】非常焦急憂慮。
【五內如焚】五臟如被火焚燒一般。形容非常焦慮。
【火燒火燎】心中焦急，如著了火一般。燎ㄌㄧㄠˇ。

【油回磨轉】形容人心情焦急，手足無措的樣子。
【油煎似的】形容內心受到的焦慮、煎熬，如同在鍋中被煎煮的食物般。
【腹熱腸荒】焦急慌亂。
【熱鍋上螞蟻】陷入困境，手足無措、坐立不安貌。

人就像牛一般，一步一步的走，犁頭在後面一行一行的犁，不要急躁，不要跳來跳去，一個上午，說不定半畝地的蔓草，已經被新泥覆蓋在下面了。（顏元叔〈行走在狹巷裡〉）

究竟有誰能自詩的字裡行間真正捕捉當時折磨著他的焦麻不安？讀詩能理解什麼？字、意象、聲調昂抑之外，還有詩人背後掙扎的心壓？（楊照〈夜雨〉）

逢到他咳嗽得講不下去，她就會揪心地想到為什麼沒人阻止他吸煙？擔心他又會犯了氣管炎。（張潔〈愛，是不能忘記的〉）

也就是說，沒有挫折，沒有坎坷，沒有望眼欲穿的企盼，沒有撕心裂肺的煎熬，沒有痛不欲生的癡癲與瘋狂，沒有萬死不悔的追求與等待，當成功到來之時你會有感慨萬端的喜悅嗎？（史鐵生〈好運設計〉）

從早到晚，從朔到望，那一顆心哪，就像油煎似的；以油煎比喻，並無言過，那種淩遲和折磨，真個是油煎滋味！（蕭麗紅《千江有水千江月》）

怨妒

【芥蒂】微小的梗塞物。積在心裡使人不快的嫌隙。

【抱恨】心裡懷著怨恨。

【怨尤】怨恨責怪。

【怨懟】埋怨、忿恨。

【埋怨】抱怨、責怪。

【恚恨】怨恨。恚ㄏㄨㄟˋ。

【嫌怨】猜忌怨恨。

【嫌隙】因猜疑、不滿引發的仇怨。

【宿怨】長久累積下來的怨恨。也作「夙怨」。

【積恨】長久累存的怨恨。

【恨入心髓】怨恨深切。

【痛心疾首】痛恨至極。

【忮】ㄓˋ，嫉妒。《詩經．邶風．雄雉》：「不忮不求，何用不臧。」

【吃味】吃醋、嫉妒。

【作酸】吃醋、忌妒。

【忌妒】對才能或境遇比自己好的人心懷不平與怨恨。

【眼紅】看見別人條件好或有好東西而心生嫉妒。

【媢嫉】嫉妒。媢ㄇㄠˋ。《禮記．大學》：「人之有技，媢嫉以惡之。」

【嫉妒】妒恨他人勝己。

【潑醋】吃醋。

【醋妒】吃醋嫉妒。

【醋勁】妒嫉心的表現。

【拈酸吃醋】男女間因嫉妒所引起的不悅情緒。形容喜歡吃醋、嫉妒。

【嫉賢妒能】嫉妒比自己有才德的人。

直入生命深處，人類和飛禽走獸所共有的血淚，都有這種怨懟的鹹味。如果未曾舔嘗，最幸也是不幸。（林幸謙〈生活的風格〉）

易傷，脆弱，顫慄，是那時候初臨異國的心情。徬徨走在偶爾有醉漢錯身而過的暗巷，我不免懷著恚恨。滿城的燈光都傾瀉在漆黑而寬闊的海灣，我無端恨起家國，恨起身世，恨起放逐的、垂危的歲月，（……）（陳芳明〈時間長巷〉）

這時候，陳西蓮的母親用了她作母親的權力——一種可以將上一代的嫌隙向子女訴怨的權力吧——向陳西蓮表明她多年的積恨，（……）（李昂〈西蓮——鹿城故事之二〉）

陳列在櫥窗裡的花花綠綠的洋布聽說只消八分半一尺，女人早已眼紅了許久。（葉聖陶〈多收了三五斗〉）

嫉妒——是源於對自我生命的肯定的要求：不肯自己的生命不如他人。（孟東籬〈心〉）

懼怕

【生怕】只怕，惟恐。
【惟恐】只怕。
【憚】ㄉㄢˋ，怕，畏懼。
【畏怯】畏懼怯懦。
【恐懼】畏懼。
【發怵】膽怯，畏縮。
【誠恐】心裡害怕、恐懼。
【蝟縮】如刺蝟遇敵團縮。比喻畏懼退縮。

【憺畏】畏懼。憺ㄉㄢˋ。
【膽虛】害怕而心不寧。
【怯生生】膽小害怕貌。
【怯怯喬喬】膽小畏懼的樣子。
【怔忡】驚悸的樣子。
【恤然】驚恐的樣子。

【悚惕】驚惶恐懼。
【張皇】驚恐慌亂的樣子。
【惶悚】驚慌恐懼。
【惴慄】憂懼戰慄。惴ㄓㄨㄟˋ。
【震懾】震驚恐懼。
【駭然】驚恐的樣子。
【懾慴】害怕，恐懼。慴ㄓㄜˊ。

【驚乍】驚恐害怕。
【驚悸】驚恐心悸。
【不知所措】驚慌失度，不知道怎麼辦才好。
【不可終日】一天也過不下去。比喻心中惶恐不安。
【心有餘悸】危險不安的

事情雖過去，但回想起來仍感到緊張、害怕。

【骨軟筋麻】比喻恐懼害怕。

【骨顫肉驚】驚恐害怕。

【神不主體】神志無法主宰自己的身體。形容恐懼的樣子。另有「魂不附體」。

【擔驚受怕】處於驚恐害怕的狀態。

【懾人心魄】心神恐懼。

【膽寒】極為驚懼、害怕。

【不寒而慄】恐懼至極。

【心驚膽顫】形容非常害怕恐懼。

【寒毛直豎】因驚恐使細毛直立。恐怖到了極點。

【魂飛魄散】比喻非常恐懼害怕。

【膽裂魂飛】驚恐至極。

【捏一把冷汗】因擔心而極度緊張，手心出汗。情況驚險，令人緊張擔憂。

我走向這肥料工廠的傳達室，雖然我原已有心悸亢進的惡劣趨向和懼高心理。我有一點膽寒和一陣一陣的恐懼，但是我現在逃跑已經來不及了，這有失去一個穿軍服人的尊嚴，工廠的一個主任已經帶我走向那支又細又長的煙囪。（七等生〈讚賞〉）

及至看見那麼多的小孩，他更慌了。他沒想到過，一個地方能有這麼多的孩子，這使他發慌。他不曉得怎樣和他們親近。（老舍《牛天賜傳》）

對著排天倒海而來的桃紅柳綠，對著蝕骨的花香，奪魂的陽光，生命的豪奢絕豔怎能不令我們張皇失措，當此之際，真是不做什麼既要懊悔——做了什麼也要懊悔。（張曉風〈只因為年輕啊〉）

但若大雨滂沱，我就又惶悚不安了，屋頂濕印到處都有，起初如碗大，俄而擴大如盆，繼則滴水乃不絕，終乃屋頂灰泥突然崩裂，如奇葩初綻，砉然一聲而泥水下注，此刻滿室狼藉，搶救無及。（梁實秋〈雅舍〉）

交錯

【回嗔作喜】 由生氣轉為高興。

【排愁破涕】 排解憂愁，不再流淚。由憂轉喜。

【樂極生悲】 歡樂至極，往往轉生悲愁。

【興盡悲來】 高興到極點，悲哀就隨之而來。指萬事只能適可而止。

【亦恨亦懼】 又憎恨又害怕。

【苦中作樂】 在困苦之中仍能找出歡樂。

【陰晴不定】 比喻人性格不穩定，喜怒無常。

【喜怒無常】 情緒變化不定，令人難以捉摸。

【悲欣交集】 悲傷和喜悅的心情交織在一起。

【愁懼兼心】 既憂愁又恐懼的心情。

【憂喜參半】 憂愁和喜悅的心情各占一半。

【舊恨新愁】 久積的愁悶加上新有的悵恨，不得排遣。

【顛寒作熱】 一會兒冷，一會兒熱。形容喜怒無常，吵吵鬧鬧。

【五味雜陳】 各種感受齊湧心頭。

【百感交集】 各種感受混雜。思緒混亂，感情複雜。

許宣被白娘子一騙，回嗔作喜，沉吟了半晌，被色迷了心膽，留連之意，不回下處，就在白娘子樓上歇了。（明．馮夢龍《警世通言．卷二十八．白娘子永鎮雷峰塔》）

對於蒼蠅、螞蟻一類可惡的小蟲，我從來既不同情也不害怕；對於毛蟲、蟑螂之屬，雖然也同樣的憎恨，卻不免有些害怕的心理；至於像蛤蟆、老鼠輩，卻是亦恨亦懼，不要說想打死牠們的念頭不敢有，連死的都怕看見。我大概是相信人為萬物之靈，一切有害於人者皆可殲滅，卻又有些欺小怕大之嫌。（林文月〈蒼蠅與我〉）

小番茄想都不想，嬌滴滴的說：「送給娘娘的呀！」娘娘充滿怒氣的臉上掠過一抹安慰，第一次，她了解弘一大師「悲欣交集」四個字的意思。（簡媜〈有點混亂的「分享」〉）

話說潘金蓮在家恃寵生驕，顛寒作熱，鎮日夜不得個寧靜。性極多疑，專一聽籬察壁，尋些頭腦廝鬧。（明．蘭陵笑笑生《金瓶梅．第十一回》）

秀潔聽出他是有意幽默，有意製造輕鬆，有意大笑；胸中一時千頭萬緒，五味雜陳，聽著金發伯那樣的笑聲，竟比哭聲更令人難以承受，卻也只能附和著笑！（洪醒夫〈散戲〉）

2 感覺

孤單

【孑身】隻身，獨身。

【伶仃】孤獨無依的樣子。或作「伶丁」、「零丁」。

【伶俜】飄零孤單的樣子。俜ㄆㄧㄥ。

【空虛】寂寞無充實感。

【孤寂】孤單寂寞。

【落寞】寂寞。

【煢獨】孤獨。煢ㄑㄩㄥˊ。

【塊獨】形容人孤獨無聊。或作「塊然獨處」。

【寞然】寂寞。

【蕭瑟】寂寞淒涼。

【黶翳】寂寞的樣子。黶ㄧㄢˇ。

【冷清清】寂寞、孤單。

【孤伶伶】孤單。也作「孤丁丁」、「孤零零」。

【惸惸然】形容孤單、無依的樣子。惸ㄑㄩㄥˊ。

【枕冷衾寒】形容獨眠時的寂寞孤獨。衾ㄑㄧㄣ。

【形單影隻】孤單無依。

【形影相弔】形容孤獨無依。亦作「形影相顧」。

看看這位孑身塵外的僧人，便會感悟到，生命的豐富與貧瘠，是很難用世俗的常理來界定的，像他就是：看起來幾乎是一無所有，事實上他已經擁有很多。（張騰蛟〈山中人物誌〉）

我現在離家已經十二三年，值此新秋，又是風雨飄搖的深夜，天涯羈客不勝落寞的情懷，思念著母親，我一陣陣鼻酸眼脹。（郭沫若〈芭蕉花〉）

若不是靠著一位身在北方的朋友的好心，預先寫信告訴他家裡收留這個無所依歸的還鄉人，我準得到旅館裡去咀嚼一夜的煢獨。（何其芳〈街〉）

我外出歸來，樹上的白頭翁統統不見，只剩空巢一個，整個白頭翁家族上哪兒去了，嗒然若有所失，我心裡自是懸念不已。然而我確信這是一個驚險中平安孵育成功的家族，儘管悻悻然心有所不捨，但是應該是高興的，走得乾乾淨淨，健康的奔赴他途，〔……〕（凌拂〈白頭翁〉）

愧疚

【內疚】 內心慚愧不安。

【汗顏】 因羞慚而出汗。

【抱罪】 因過失而愧疚。

【抱憾】 心中懷著遺憾。

【疚懷】 內心自責不安。

【追悔】 事後追想而後悔。

【悔愧】 因做錯事而感到後悔慚愧。

【羞愧】 羞恥慚愧。

【無顏】 沒顏面，愧疚。

【愧恧】 慚愧。恧ㄋㄩˋ。

【愧赧】 羞慚而面紅耳赤。

【歉疚】 慚愧難安。

【慚怍】 慚愧。

【懊悔】 悔恨。

【遺恨】 事情過去但留下悔恨。

【懺悔】 悔過。

【自慚形穢】 自愧不如。

【過意不去】 心中不安，感到抱歉。

【痛悔前非】 非常懊悔過去的錯誤。

【無地自處】 無處可以躲藏。形容羞愧至極。

其實當初我寄卡片，半緣自不能常去看她的內疚之故，那多少是一種自我補贖的心理，詎料竟溫暖了老師母的一片冰心，儼然成為她生命裡最美麗的幾個最後的雪季……（高大鵬〈風雪寄遙情〉）

從前我在美國喬大執教時曾經有兩位韓國研究生，聽他們講起英文，簡直是一竅不通，有如在用非洲的土語與我對話，當時常使我尷尬與啼笑皆非，我們現在的排名一看，居然落後在他們之後，多汗顏！（黃崑巖《給青年學生的十封信．第二封信 學習外語的訣竅》）

我頗知自己在政治運動方面所投入的二十年時光，這輩子無論如何都不可能追回。但這並不意味無法追回就會使我追悔。（陳芳明〈深山夜讀〉）

女涕垂膺，默不一言。亟問之，欲言復忍，曰：「負氣去，又急而求人，難免愧恧。」（清．蒲松齡《聊齋志異．卷三．連瑣》）

驚訝

【呀然】吃驚的樣子。

【罕異】感到奇怪、詫異。

【咋舌】因吃驚或害怕而說不出話來。咋ㄗㄜˊ。

【納罕】驚奇，詫異。

【愣然】驚奇的樣子。

【駭異】驚駭訝異。

【瞠目】瞪大眼睛。形容憤怒、驚訝、無奈的樣子。

【錯愕】倉卒驚訝的樣子。

【驚詫】驚奇訝異。

【眼愣愣】張大著眼睛看，通常帶有驚愕之意。

【嘖嘖稱奇】咂嘴作聲，表驚奇、讚嘆。

當時的警官雖不能亂殺人，他的權勢與武士是差不多的。其中陳大人的作風，比別的警官更令人咋舌。（吳濁流〈陳大人〉）

從青年節的連續春假假日開始，他們常在山林冶遊，邊玩邊偷窺人家掃墓，那些本省人奇怪的供品或祭拜的儀式、或悲傷肅穆的神情，很令他們暗自納罕。（朱天心〈想我眷村的兄弟們〉）

有一次我們在看荷蘭畫家維米爾（Vermeer）的一張女子的頭像，在紅色的帽簷下，一張彷彿偶然回轉過來的眼眸，有一點意外錯愕的表情，微微張開嘴唇，彷彿有許多心事要說。（蔣勳《給青年藝術家的信・第三封信 空》）

感觸

【感動】觸動。

【同情】對他人不幸遭遇或處境，情感上發生共鳴。

【共鳴】別人的思想感情，引起相同的思想感情。

【戚戚】內心有所感動貌。

【哀矜】哀憐、體恤。

【矜愍】哀憐、同情。愍ㄇㄧㄣˇ。

【悲憫】憐憫。

【惻怛】此作惻隱。

【惻隱】見人遭遇不幸，而生不忍、同情之心。

【感人肺腑】深受感動。

【觸景生情】看見眼前景象而引發內心種種情緒。

【感慨】心生感觸而慨嘆。

【浩歎】感慨深長而大聲歎息。歎，通「嘆」。

【欷歔】歎息。

【喟然】嘆息的樣子。

【無奈】無可奈何；沒有別的辦法。

【技窮】技能用盡，指已難有作為。

【不得已】非心中所願，無可奈何，不能不如此。

【一籌莫展】一點計策也施展不出來。毫無辦法。

【束手無策】面對問題時，毫無解決的辦法。

【無可奈何】毫無辦法。

【鞭長莫及】馬鞭雖長，但卻打不到馬腹。

【麻木】對事物喪失感覺。

【無動於衷】心裡一點也不受感動。

那「愚昧無知」的漁村，確實沒有給我知識，但是給了我一種能力，悲憫同情的能力，使得我在日後面對權力的傲慢，欲望的囂張和種種時代的虛假時，仍舊得以穿透，看見文明的核心關懷所在。（龍應台〈十八歲那一年〉）

文秀沒法，知道一時勸導不過來。但孩子對臺灣對外婆的那份感情引起了她的共鳴。（陳若曦〈路口〉）

我想我們這個社會，需要的是「真誠惻怛」的政治家，但是它卻充滿了利益薰心和粗暴惡俗的政客。政治家跟政客之間有一個非常非常重大的差別，這個差別，我個人認為，就是人文素養的有與無。（龍應台《百年思索．序》）

一出關渡，那河面廣闊浩蕩，真是詩經裡的「死生契闊」啊！委婉、纏綿、叮嚀的愛，一旦割捨了，也可以這樣決絕，使我望之浩歎。（蔣勳〈淡水河隨想〉）

然而，我們只擁有百年光陰。其短促倏忽——照聖經形容——只如一聲喟然嘆息。（張曉風〈當下〉）

當我一杯在手，對著臥榻上的老友，分明死生之間，卻也沒有生命奄忽之感。或者人當無可奈何之時，感情會一時痲木的。（臺靜農〈傷逝〉）

二 心理活動

1 欲望

需要

【只消】只需要。消，「需要」的合音。

【亟需】迫切需要。

【需索】勒索，求取。

【企求】盼望得到

【慾求】想得到某種東西或想達到某種目的的要求。

【強求】不能得到而竭力營求、爭取。

【如饑似渴】如餓想吃飯，渴想喝水，需求迫切。

【追尋】追求，尋找。

【探求】探索尋求。

【尋覓】探求。

【摸索】尋求，探索。

你去，我也走，我們在此分手；／你上那一條大路，你放心走，／你看那街燈一直亮到天邊，你只消跟從這光明直線！你先走，我站在此地望著你，放輕些腳步，別教灰土揚起，我要認清你的遠去的身影，直到距離使我認你不分明。（徐志摩〈你去〉）

我感到其他三人所給予我的溫熱，感到我們都是同類的動物，我們誰也不比誰高尚，誰也不比誰低賤，都是同類的、可憐的、心中充滿了各種慾求的動物。（馬森《夜遊》）

山頂上的馬蒂領悟了，生命的意義不在追尋答案，答案只是另一個答案的問題，生命在於去體會與經

歷，不管生活在哪裡。（朱少麟《傷心咖啡店之歌》）

希望

【企盼】盼望。
【希冀】希望得到。
【俟望】等待盼望。
【祈願】祈求許願。
【神往】心神嚮往。
【憧憬】嚮往。
【冀望】希望、期望。
【屬望】期待、注目。
【巴巴】迫切盼望的樣子。
【渴望】迫切的希望。
【想望】渴望。
【熱望】熱切想完成希望。
【鵠望】比喻盼望等待。
【翹企】翹首企足。形容非常盼望的樣子。
【望眼欲穿】形容企盼的深切。亦作「望眼將穿」。
【夢寐以求】夢中都在尋找追求。願望強烈迫切。

這是王國維〈浣谿沙〉的下半闋：「試上高峰窺浩月，偶開天眼覷紅塵，可憐身是眼中人。」辛辛苦苦的爬上高山，巴巴的等月亮出來了，光達達看見的卻是自己。這裡有卑微的蒼涼與嘲弄，然而，他對於自己還是感到親切的，唯有自嘆自憐。（鍾曉陽〈可憐身是眼中人〉）

因而我又不能不在此，將內心深切的感懷，像當初一樣，寫一首紀念性的詩「春日之歌」獻給您與我們相處的「二十五年」，藉以追憶我們已過去的，並想望我們所未來的。（羅門〈記憶的快鏡頭〉）

這年頭時興外出打工，好多好多的人告別親人湧入城裡做建築工、做保姆、做小飯店伙計與招待等等，彷彿外面有個藏金子的世界，那外面的世界壓進了多少外來打工人的冀望！牽引了多少故鄉人對之望眼欲穿。（張潔〈祕密領地〉）

失落

【掃興】打消原有的興致。亦作「敗興」。

【事與願違】事實和願望相違背。

【洩氣】灰心喪志。

【憮然】悵惘若失的樣子。憮ㄨˇ。

【廢然】消極失望的樣子。

【大失所望】非常失望。

【心涼了半截】因遭受挫折或打擊而心灰意冷。

【心寒】失望而痛心。

【心死】比喻絕望。

【向隅】面向屋室的角落。後用來比喻孤獨失望。

【絕望】斷絕希望。

【無望】沒有希望。

【萬念俱灰】所有念頭全化成了灰。失意或受到沉重打擊後極端灰心失望。

【槁木死灰】形容人因遭受挫折變故而灰心絕望。

站在小橋頭看兩旁人家，和小船來去，雖充滿一種畫意，只是在鑑賞細部分時，會發現兩旁人家窗口多十分破舊，船隻最多的是糞船和從水中撈取肥料的船，不免有點掃興。（沈從文《沈從文家書．致張兆和》）

記得某年臥病醫院中，同室為一青年詩人，彼此其實均未到奄奄一息的程度。但，不知怎麼，有一晚淒風苦雨，相對憮然，竟討論到蕭條的後事上去了。（吳魯芹〈懶散〉）

從今後，老師您大膽向前走，酒瓶不離口，鋼筆別離手，寫出的文章九千九百九十九！讓那群蠢東西們向隅而泣去吧，〔……〕（莫言《酒國》）

如果，對於生命正如日初已升的青青子衿，我們都不能存有樂觀的想望，那麼，對於整個世界，我們又將抱持何等悲傷絕望的態度呢？（陳幸蕙〈結善緣〉）

滿意

【差強人意】大體上尚能令人勉強滿意。
【中意】合意、滿意。
【可心】合於心意。
【自得】自覺得意。
【快意】滿足、適意。
【知足】知道滿足。

【理想】使人滿意的、符合希望的。
【愜懷】稱心如意。
【遂心】稱心如意。
【過癮】嗜慾的滿足。
【對眼】合乎自己的眼光。指滿意。

【稱願】如心所願。
【饜足】滿足。
【正中下懷】恰好符合心意。亦作「正中己懷」。
【沾沾自喜】自以為得意而滿足。
【躊躇滿志】自得貌。

【甘心】發自內心的同意、滿足。
【盡如人意】完全合乎人的心意。

現在當我輕擊雙槳，揚起落下，一種快意的神氣，我的心在它君臨的位置跳躍，像一個好鬥的拳擊手在宣洩他過剩的精力，〔……〕（楊牧〈藏〉）

有些人知得不正確，於是趣味低劣，缺乏鑑別力，只以需要刺激或麻醉，取惡劣作品療飢過癮，以為這就是欣賞文學。（朱光潛〈文學的趣味〉）

原來母親也知曉「遠足」是啥事！於是我放心指名要了平常不能饜足的西點，特別是「汽水」，而且堅持要帶兩瓶！（雷驤〈上海日夜〉）

貪心

【市儈】唯利是圖的人。

【染指】比喻插手以獲取不應得的利益。

【貪婪】貪得無厭。

【貪饞】此作貪心。

【眼饞】羨慕而想得到。

【頑涎】貪心、貪念。

【覬覦】ㄐㄧˋ ㄩˊ，希望得到不該擁有的東西。

【無底洞】比喻人貪婪無度，無法滿足。

【巴蛇吞象】比喻人心貪婪無度。

【沒足厭的】不知滿足。

【見錢眼開】形容人貪婪愛財，唯利是圖。

【食髓知味】食得一次骨髓，便知其美味。比喻得到一次好處後便貪得無厭。

【狼貪鼠竊】狼天性貪婪，鼠天性好竊。形容人慾望無窮，貪得無厭。

【貪猥無厭】貪多而不滿足。

【欲壑難填】形容人的欲望有如深谷，永難滿足。

【得寸進尺】得到一些利益，即想獲得更多。

【得隴望蜀】比喻貪得無厭，不知滿足。

【餓虎撲食】非常貪婪。

【螞蝗見血】貪婪無厭。

那個管會計的壞蛋根本沒有把我放在眼裡，他說：「這個月大作沒有賣過一本！」他說「大作」，故意把聲音提高兩個調門，顯然有些譏諷。我碰過兩個釘子，暗中罵他市儈，可是心已經怯了。（思果〈與讀者會見記〉）

北京號稱人海，魚龍混雜。混混兒的派別，不知有多少。看見小玉多金，大家都想染指。（曾樸《孽海花·第三十五回》）

啊啊，我不知道，我不知道。／直到今天，我醒來，才發覺：／是我錯受了庸俗與醜惡的招待，／用一切去換取慾望的追求和貪婪的滿足。（楊喚〈醒來〉）

我媳婦眼饞別人穿高跟鞋挺胸提臀好看，也自作主張並且有節制地弄了一雙，是半高跟兒。她忐忑不安地把這雙好寶貝展示給我的時候，大眼睛汪著祈求理解和請求寬大的意思。（韓靜霆〈我是矮

子〉）

這蔣竹山從與婦人看病之時，懷覬覦之心，已非一日。於是一聞其請，即具服而往。（明．蘭陵笑笑生《金瓶梅．第十七回》）

壓抑

【憋】強忍；壓抑。

【吞氣】忍耐委曲。

【忍耐】按捺住感情或感受，不使發作。

【收攝】按捺，抑制。

【抑制】壓抑克制。

【抑塞】此作壓抑堵塞。

【按捺】忍耐，抑止。

【遏止】阻止，防制。

【禁架】把持，忍耐。

【隱忍】忍耐而不動聲色。

【受悶氣】受了冤屈、羞辱，強自忍耐而不敢發作。

【讓三分】禮讓一些或忍耐一下。

【忍辱求全】忍受屈辱以顧全大局。

【逆來順受】順從接受惡劣環境或不合理待遇。

【氣忍聲吞】受了氣也強自忍耐，不敢作聲。

【捺定性子】壓住脾氣。有忍耐、勉強的意味。

【唾面自乾】逆來順受，寬容忍讓。唐代婁師德勸弟弟，別人吐口水到臉上時，不擦讓它自己乾。典出《新唐書．婁師德傳》。

至於我的心裡麼，好像沒有憋著什麼東西。你看，窗外的雪花，又飄搖灑落得紛紛揚揚了，我覺得自己的心，現在是一片雪後的寧靜狀態。（謝魯渤〈一個法官的日常生活〉）

不任性的人，怎麼能維持健康的精神狀態？他隨時都在妥協、隨時在抑制自己，其不快或隱忍究竟能支撐多久？（舒國治〈一個懶人的生活及寫作〉）

在這樣愕然相對的情形下，雖然經過短短的瞬間，卻使雙方的內心焦灼起來，按捺不住心裡頭的緊迫，急著想打破眼前僵楞的氣氛。（黃春明〈甘庚伯的黃昏〉）

2 思想

思考

【考慮】思量，斟酌。

【忖度】思量，考慮。忖ㄘㄨㄣˇ。《紅樓夢・第二十三回》：「仔細忖度，不覺心痛神馳，眼中落淚。」

【推敲】思慮斟酌。

【琢磨】思索、研究。

【揣摩】反覆推想、探求。

【斟酌】考慮決定取捨。

【構思】運用心思。

【打腹稿】事前在心裡所作的考慮。

【剖析】分解辨析。

【反芻】反覆細心的思考。

【掂掇】考慮、估量。

【辨證】分析論證。

【權衡】衡量、評估事物得失輕重。劉勰《文心雕龍・鎔裁》：「權衡損益，斟酌濃淡。」

【擘肌分理】比喻分析事理十分細密。擘ㄅㄛˋ。

【沉思】深思。

【冥想】深沉的思考。

【覃思】深思。覃ㄊㄢˊ。

【深思極慮】思索得很深，考慮得很遠。亦作「深計遠慮」、「深思遠慮」。

【深思熟慮】仔細而深入的考慮。

【顧前顧後】處事周全而長遠。

伍寶笙揣摩著藺燕梅的心情，也不覺依了她那種口吻，自己在那裡癡癡地想，想著又疼愛，又好笑起來。（鹿橋《未央歌》）

有幾位朋友曾經勸我說：老寫鄉巴佬，也該寫一寫知識份子吧。言下之意，似乎很為我抱憾。我曾經也試圖這樣去做。但是，一旦望著天花板開始構思的時候，一個一個活生生浮現在腦海的，並不是穿西裝打領帶，戴眼鏡喝咖啡之類的學人、醫生，或是企業機構裡的幹部，〔……〕（黃春明〈屋頂上的番茄樹〉）

我拿定主意，非寫一封信不可，決定當面交給她，不能讓第三者看見。鐘聲悠悠，警報解除，她走了，我還在坑裡打腹稿兒。（王鼎鈞〈紅頭繩兒〉）

閒閒地對坐。開始又被生之疑團所困，活著，便註定要一而再反芻這命題。（簡媜〈水經〉）

父親在靜觀冥想的垂釣之趣中必定有些我所不能體悟的智慧與圓融，而那是文字奧義所不能言說的。（吳翎君〈靜靜的水塘〉）

判斷

【推斷】推測、斷定。

【論定】衡量人、物、事而給予評斷。

【證實】證明確切屬實。

【印證】證明符合事實。

【坐實】證實；落實。

【表證】證明。

【應驗】後來發生的事實與預先估計的相符。

【臆斷】憑一己的臆測作主觀的判斷。

【懸斷】不根據事理，憑空推斷。

【曲解】不正確的解釋或歪曲原意。

【走眼】誤看；判斷錯誤。

【盲目】比喻不辨是非，沒有一定的見解和目標。

【武斷】非理性的判斷。

【誤判】判斷錯誤。

【誤會】判斷錯誤。

【錯勘】判斷錯誤。

【皂白不分】不分是非善惡。皂，黑色。

我的孩子們！憧憬於你們的生活的我，痴心要為你們永遠挽留這黃金時代在這冊子裡。然而這真不過像「蜘蛛網落花」略微保留一點春的痕跡而已。且到你們懂得我這片心情的時候，你們早已不是這樣的人，我的畫在世間已無可印證了！這是何等可悲哀的事啊！（豐子愷〈給我的孩子們〉）

據悉，在一百二十七個被拘留的肇事者中，確乎難以坐實哪一個是巴克先生頭一次電訊中所描繪的那

種「排外暴徒」，〔……〕（劉心武〈五・一九長鏡頭〉）

唯一可以算是長處的就是脾氣好，人老實。難道說她只貪他一個老實，上天就要罰她看走眼嗎？（蔣曉雲〈姻緣路〉）

不同的人生命來到了不得不停止的一點，運動的繼續運動，以其盲目、無所以、不斷重複就以為堅持的方式繼續運動，無視那些離開的人：方向那麼吵鬧，他們無法再聽到靜默的聲音。（黃碧雲〈沉默詛咒〉）

地也，你不分好歹何為地？天也，你錯勘賢愚枉做天！（元・關漢卿《竇娥冤・第三折》）

認知

【多心】心生猜疑。

【打罕】感到奇怪、納悶。

【罕異】感到奇怪、詫異。

【狐疑】因多疑而猶豫不決。

【納悶】不明緣由，而心生疑問。

【迷惘】困惑而不知所措。

【猜嫌】猜疑不信任。

【蹊蹺】奇怪、可疑。

【打悶雷】不明內情心裡瞎猜。亦作「打悶葫蘆」。

【猜悶兒】猜疑納悶。

【半信半疑】也相信也懷疑，是非真假無法判定。

【疑信參半】抱懷疑的態度，無法完全相信。

【疑神疑鬼】內心多疑。

【理解】了解，明白事理。

【了悟】理解，明瞭。

【得解】悟得其中的道理。猶言領會。

【開竅】受到開導啟發，領悟或變得聰明有見識。

【會意】領悟，了解。

【頓悟】在一時間證得真理。

【領略】知道，了解。

【憬悟】覺悟。

【曉悟】了解，領會。

【覺醒】覺悟。

【體味】仔細體會。

【如夢初覺】好像從睡夢中剛醒過來。比喻從糊塗、錯誤的認識中恍然大悟。

【茅塞頓開】比喻馬上開

悟，忽然明白。

【醍醐灌頂】佛教以醍醐灌人之頂，喻以智慧灌輸於人，使人徹悟。

【看透】透澈瞭解、認識。

【洞明】洞察明白。

【勘破】看透、識破。

【洞燭機先】預先察知事情的發展、徵兆。

現在，他正銜著旱菸管，趴在洞窟裡隨手撿翻。他當然看不懂這些東西，只覺得事情有點蹊蹺。（余秋雨〈道士塔〉）

唯獨我們農民為了增加一點收成，心甘情願地爬著幹活。連給人驅使的牛馬也可以保持站立的「高」姿勢。我突然憬悟了廣大農民可憐可敬之處，我把眼光放到自己和家庭之外，這是我個人修養歷程中很重要的轉捩點。（余玉照〈田裡爬行的滋味〉）

牡丹沒有花謝花敗之時，要麼爍於枝頭，要麼歸於泥土，它跨越萎頓和衰老，由青春而死亡，由美麗而消遁。它雖美卻不吝惜生命，即使告別也要留給人最後一次驚心動魄的體味。（張抗抗〈牡丹的拒絕〉）

禪原在破執著，使人勘破知識的迷障，回到生活本身；禪成為流行，也可以又是另一種迷障，我卻與禪遠了。（蔣勳〈怨親平等〉）

想像

【玄想】不著邊際的幻想。

【妄想】不切實際或非分的想法。

【杜撰】沒有根據的編造、虛構。

【狂想】自由無拘，超越現實的幻想。

【春夢】比喻幻想、妄想。

【浮想】湧現的想像。

【假想】想像、設想。

【虛構】憑空想像、編造。

【遐想】超越現實的想像。

亦作「遐思」。

【夢想】渴想；理想。

【摹想】摹擬想像。

【臆造】憑想像編造。

【聯想】某概念引起其意識涉及到其他相關概念。

【懸擬】憑空揣度想像。

【白日夢】比喻不切實際的幻想。

【非非想】脫離實際而幻想不能做到的事情。

【捕風繫影】比喻追逐虛幻，憑空想像。

【鄉壁虛造】在牆壁上假造。比喻憑空想像捏造。

【憑虛構象】透過想像來構思創造物體豐富的形象，而不局限在物體上。

小說的別稱應當就是虛構，它從一出發時就走上了虛擬的道路。反正，你看小說就別指望這是真的。（王安憶《紀實與虛構》）

松濤如吼，霜月當窗，饑鼠吱吱在承塵上奔竄。我於這個時候，深感到蕭瑟的詩趣，常獨自撥劃著爐火，不肯就睡，把自己擬諸山水畫中的人物，作種種幽邈的遐想。（夏丏尊〈白馬湖之冬〉承塵，指天花板。）

想一想吧：果腹之後的美食，禦寒之外的時裝，繁殖之上的愛情，富足之下的迷茫，死亡面前的意義，以及眺望中的遠方，猜測中的未來，童年的驚奇與老年的回憶……人更多的時候是在夢想裡活的。但人卻常常忘恩負義，說夢想是最沒有用處的東西。（史鐵生〈人生三件私人大事〉）

死亡的閣樓裡，你只能被你臆造的一切牢牢鎖住，開始是黑色，然後，成為無色的。（楊煉〈其實往往是一個題目的聯想〉）

記憶

【回溯】回顧，回想。

【記憶猶新】對接觸過的人或事，還記得很清楚，就像最近才發生的一樣。

【掠上心頭】記憶在腦海中浮現。

【惦記】思念，掛念。

【作念】掛念，想念。

【追思】追想懷念。

【追撫】因眼前事物而追憶過往。

【根絆】牽掛。

【牽掛】心中掛念。

【罣礙】心中有所牽掛。罣ㄍㄨㄚˋ。

【緬懷】遙想。

【縈繫】掛念，心繫。

【憶念】回想，思念。

【離腸】別離思念的心情。

【懸懸】牽掛、思念。

【顧思】眷顧思念。

【苦憶】極為思念。

【幽思】深沉的思念。

【怨慕】不得相見而思慕。

【悠思】長遠的思念。

【廑念】殷切的想念。廑ㄐㄧㄣˊ，在此通「勤」。

【篤念】深切思念，不忘。

【心心念念】形容殷切的盼望或惦念著。

【目盼心思】形容企盼想念的殷切。

【念茲在茲】指對某人或某事牢記在心，念念不忘。

【長役夢魂】神魂顛倒，連在睡夢裡也思念著。

【掛肚牽心】思念深切。

【惄如調饑】憂思想念殷切，如早晨腹飢思食。惄ㄋㄧˋ，憂思。調，早晨。

【朝思暮想】白天晚上都在想念。形容思念極深。

【魂牽夢縈】形容十分掛念、思念的樣子。

【夢勞魂想】睡夢中也無法忘懷。形容思念深切。

【哀悼】哀傷悼念。

【追悼】追念死者的事跡。

【軫念】悲切思念。

【傷逝】感念死去的人。

【憑弔】對著遺跡或墳墓懷念過往。

【悼亡】悼念死去的妻子。源起於晉人潘岳喪妻作〈悼亡詩〉三首。

億萬年之後／忍過無數的晝夜日月／那痛腫的一念 仍然／依隱在微塵上／在悠悠天地間／愴然追撫當年的／哀願（杜國清〈塵〉）

而我，竟惆悵又怨抑地，讓那亭子永遠祕藏著未曾發掘的快樂，不敢獨自去攀登我甜蜜的想像所縈繫

的道路了。（何其芳〈黃昏〉）

離家後，奔走長途，每見著苔蘚，便憶念起家宅來，倒不全是鄉愁，而是對生命本身的回顧和依戀，想著苔痕，想著一院幽綠，那氣氛溫炙著胸臆，難以言宣，〔……〕（司馬中原〈苔痕〉）

我還是常常在窗前看著你離去。似乎永遠是我看見你而你看不見我。一天不見你，心中便懸懸的，覺得不圓滿。為了一個尚未深交的人，變成了另外一個人似的。完全不可解，我很生自己的氣。（鍾曉陽〈哀歌〉）

我們在廢墟中喧嘩、哀悼與聚集／這一切只是為了治癒我們自己（羅智成〈鎮魂〉）

我兒時的那些叔叔伯伯們一個一個的凋零了，那一個動亂苦難的年代，一步一步地遠去了，多少辛酸血淚，不再有人記憶，歷史不會記載他們，只有他們的墓碑，在荒煙蔓草間，憑弔著無窮的遺憾。（高大鵬〈清明上河圖〉）

計畫

【安排】打算，準備。

【盤算】心中謀劃、籌算。

【擘畫】安排、策劃。

【籌謀】商量規劃。

【從長計議】慢慢的仔細商議。

【深謀遠慮】計畫周密而思慮深遠。

【運籌帷幄】謀劃策略。語本《史記．高祖本紀》：「夫運籌帷帳之中，決勝於千里之外，吾不如子房。」

【決計】決定計策。

【特意】特地、專程。

【專程】特地。

【企圖】有所計劃、圖謀。

【蓄意】蘊積已久的意念。

【別有居心】有其他的企圖或目的。

【處心積慮】千方百慮，蓄意已久。

【醉翁之意】喝酒時意不在酒，而在玩賞山水。比喻別有用心。

【心機】心思、計謀。

【弄心】弄心機，耍手段。

【城府】比喻人的心機。

【工心計】人的心思細

密，擅長算計。

【耍心眼】施展小聰明，以圖謀個人的利益。

【使心作倖】用計謀、使心機。

【機關用盡】用盡所有精巧的計謀。比喻費盡心機。

【毛心】壞心眼。

【玩陰的】私下裡用詭計或心機。

【懷鬼胎】比喻心中暗藏著不可告人的事或計謀。

【包藏禍心】懷藏詭計，圖謀害人。

【扮豬吃老虎】比喻用心機耍詐。

沒有什麼可以斟酌／可以來得及盤算／是的 沒有什麼／可以由我們來安排的啊（席慕蓉〈緣起〉）

眾人知她在回部運籌帷幄，曾殲滅兆惠四萬多名精兵，真是女中孫吳，說話必有見地。（金庸《書劍江山》）

許多年後，攜著妻回鄉，特意在鄰村下車，讓她陪我走這條鑲嵌著童年腳印的路，才愕然發覺這條路竟是這麼短，只是我走向天涯的起程罷了。（顏崑陽〈故鄉那條黃泥路〉）

寶釵在外面聽見這話，心中吃驚，想道：「怪道從古至今那些奸淫狗盜的人，心機都不錯。這一開了，見我在這裡，他們豈不臊了。〔……〕如今便趕著躲了，料也躲不及，少不得要使個『金蟬脫殼』的法子。」（清．曹雪芹《紅樓夢．第二十七回》）

吳銀兒道：「二爹，你老人家還不知道，李桂姐如今與大娘認義做乾女兒。我告訴二爹只放在心裡。卻說人家弄心，〔……〕他替大娘做了一雙鞋，買了一盒菓餡餅兒，兩隻鴨子，一副膀蹄，兩瓶酒，老早坐了轎子來。」從頭至尾告訴一遍。（明．蘭陵笑笑生《金瓶梅．第三十二回》）

流蘇抬起了眉毛，冷笑道：「唱戲，我一個人也唱不成呀！我何嘗愛做作——這也是逼上梁山。人家跟我耍心眼兒，我不跟人家耍心眼兒，人家還拿我當傻子呢，準得找著我欺侮！」（張愛玲〈傾城之戀〉）

三 性格品德

1 個性

開朗

【外向】性格活潑開朗。

【活潑】自然生動。

【坦直】坦白率直。

【坦率】性情坦白真率，不虛偽造作。

【明快】爽朗、有決斷。

【直致】質樸率真。

【率直】坦率、爽直。

【爽朗】清朗通達的樣子。

【開豁】心胸開朗豪爽。

【樂天】順應自然之理，安於處境，樂觀而不憂傷。

【豁爽】豁達爽直。

【曠達】開朗豁達。

【直性子】性情率直。

【直筒子】形容個性率直坦蕩。

【天真未鑿】性情率真，未經人事歷練。

【天真爛漫】性情率真，毫不假飾。

【直心眼兒】比喻人的心地直爽，毫無心機。

【直肚直腸】性格坦誠率真，不善於隱瞞。

【胸無城府】比喻為人坦率正直，沒有心機。

而你——卻以你不卑不亢式的豁達大度，以你積極樂觀的生活意念和率直而強有力的個性，巧妙地征服了一顆不能算不頑固的心。（曹明華〈更為富有的一刻〉）

人們只知天寬娶了個癟袋婆，醜得可樂，卻不想生得這般俐口，是個惹不得的夜叉，都不敢來撩撥了。天寬也由此生出一些怕來，女人的瘻袋越哭越亮，圓圓的像個雷，他便矮下三寸去，覺得自己做個男人確是活得不帶勁，比不上這娘們兒豁爽。（劉恆〈狗日的糧食〉瘻ㄧㄥˇ袋，指長在頸上的囊狀瘤。）

使人生圓滑進行的微妙要素，莫如「漸」；造物主騙人的手段，也莫如「漸」。在不知不覺之中，天真爛漫的孩子「漸漸」變成野心勃勃的青年；慷慨豪俠的青年「漸漸」變成冷酷的成人；血氣方剛的成人「漸漸」變成頑固的老頭子。（豐子愷〈漸〉）

孤僻

【內向】指人的性格、思想感情等深沉、不外露。

【文靜】文雅安靜。

【沉靜少言】性情深沉文靜，很少說話。

【陰沉】性格陰鬱深沉，難以開朗坦誠。

【陰鬱】憂鬱不開朗。

【鬱暗】陰鬱深沉。

【孤傲】孤僻高傲。

【不因人熱】比喻人的性格孤傲、獨立，不倚賴他人權勢。

【落落寡合】形容性格孤僻高傲，不易與人相處。

【古怪】性情不同尋常人。

【古憋】性情怪僻、偏執。

【左性】偏執怪僻的性情。

【乖戾】悖謬、不合情理。

【乖張】執拗，不講情理。

【乖僻】乖張偏執。

【怪僻】性情怪異偏執。

【怪誕】古怪、荒謬。

【怪譎】古怪而變化多端。

【畸零】因個性怪異、不合時俗而造成的孤零。

【矯孑】古怪、倔強。

【古裡古怪】形容性情奇特，令人捉摸不定。

【陰陽怪氣】性情古怪，令人捉摸不定。

但我的工作是冰冷而陰森、暮氣沉沉的，我想我個人早已也染上了那樣的一種霧靄，那麼，為什麼一個明亮如太陽似的男子要娶這樣一個鬱暗的女子呢，當他躺上她的身邊，難道不會想起這是一個經常和屍體相處的一個人，〔……〕（西西〈像我這樣的一個女子〉）

不久，關於這個落落寡合、離群索居的要飯女人的閑話也就在莊子裡傳開了。婦女們用她們縝密的邏輯推理得出了一個結論：這個女人在老家一定還有個男人。（張賢亮〈邢老漢和狗的故事〉）

我是一個古怪的女孩，從小被目為天才，除了發展我的天才外別無生存的目標。然而，當童年的狂想逐漸褪色的時候，我發現我除了天才的夢之外一無所有——所有的只是天才的乖僻缺點。（張愛玲〈天才夢〉）

她是寫得非常委婉、懇摯，說自己如何辜負了姑母的好意，如何的不得不姑息著自己的乖戾性格的苦衷，她是必得開始她的遊蕩生涯，她走了。（丁玲〈夢珂〉）

我真是一個畸零的人，既不曾作成一個書獃子，又不能作為一個懂世故的人。（朱湘〈我的童年〉）

豪放

【不羈】不遵循禮法；不受拘束。
【狂誕】狂妄放肆。
【放浪】放縱不受拘束。
【放達】不受禮法拘束。
【恣肆】放縱。
【疏狂】狂放不羈的樣子。

【粗獷】粗野狂放。
【清狂】狂放不羈。
【落度】狂放，不受拘束。
【傲嘯】傲然自得，放歌長嘯。性情曠達任性。
【落拓】放任，不受拘束。
【豪宕】豪放不羈。

【豪縱】豪放，不受拘束。
【豪邁】豪放不羈。
【橫逸】縱橫奔放，不受拘束。
【縱脫】放蕩不羈。
【縱誕】縱恣放肆。
【邁達】豪邁曠達。

【擺落】擺脫、不受拘束。
【曠放】曠達不羈。
【曠蕩】開闊豪放。
【灑脫】態度自然大方，不受拘束的樣子。
【疏宕不拘】意氣灑脫，放蕩不羈。

可是驥東官職雖是武夫，性情卻完全文士，恃才傲物，落拓不羈。中國的詩詞固然揮灑自如，法文的作品更是出色。他做了許多小說戲劇，在巴黎風行一時。（曾樸《孽海花．第三十一回》）

不知道那些女孩兒們和樂師們，都早已把他當作叔伯之輩了。然而他還只是笑笑。不是不服老，卻是因著心身兩面，一直都是放浪如素的緣故。（陳映真〈將軍族〉）

想那周圍的笑聲，每雙眼睛專心的望你，「大哥，大哥」的喚你時的神情。你大笑得那麼盡情，一定又感到自己立在王朝的輝煌裡。傲嘯和珍惜。（方娥真〈絕句〉）

說李清照是中國第一個文學女人，我想沒人會反對。的確，論才情、成就，或個性的豪邁灑脫、聰明穎悟，她都是頂尖兒的，〔……〕（趙淑俠〈紅塵道上的文學男女〉）

拘謹

【自持】自我克制。
【拘局】拘謹局束。
【拘板】拘束呆板。
【拘泥】拘謹，拘束。
【拘拘】拘泥的樣子。
【刻板】因循；呆板。
【矜持】謹慎言行，拘謹而不自然。
【彆扭】拘謹、難為情。
【㑳㥮㥮】嚴肅拘謹的樣子。㑳ㄓㄡˋ。
【擺不開】受到太多拘束，而不敢放手去做事。
【小家子氣】不大方。
【小廉曲謹】拘泥小節，卻未能注重大局。
【躡手躡腳】生疏拘束。

只聽老爺往下說道：「我的怕做外官，太太是知道的，此番偏偏的走了這條路。在官場上講，實在是天恩，我有個不感激報效的嗎？但是，我的素性是個拘泥人，不喜繁華，不善應酬，到了經手錢糧的

事，我更怕。〔……〕」（清．文康《兒女英雄傳．第二回》）

她那雙微長嫵媚的鳳眼底下，透著幾分與這年齡不相稱的憔悴，只見她周旋席間賓客，矜持老練，看似閱世頗深，顧盼之間，卻又眉黛含春，風姿嫣然。（施叔青〈情探〉）

但大贏家硬是比小家子氣的贏家不一樣，因為他們想贏，是基於一個由衷的信念，他們深信自己有能力改變現狀，而改變現狀的目的，在於幫助他人活得更好。（蔡詩萍〈贏家視野，是一種氣質〉）

堅毅

【剛強】性情堅強。
【剛毅】意志剛強堅毅。
【烈性】較為激烈、剛強的性情或本質。
【堅忍】堅強、有韌性。
【堅韌】堅固而有韌性。
【強毅】剛強，有毅力。
【硬骨頭】剛毅不屈的人。

【正直】公正剛直。
【侃直】剛毅正直。
【耿介】正直、不流俗。
【耿直】正直。
【剛正】剛直方正。
【骨鯁】正直；剛毅不屈。鯁ㄍㄥ。亦作「骨骾」。

【端然】正直、不傾倚貌。
【鐵面】喻人剛強正直。
【方正不阿】為人正直，不逢迎諂媚。阿ㄜ。
【英勇】勇敢出眾。
【英毅】勇敢堅毅。
【勇健】勇敢強健。
【驃悍】驍勇強悍。驃ㄆㄧㄠˋ。也作「慓悍」。

【驍勇】勇猛。驍ㄒㄧㄠ。
【渾身是膽】比喻人膽量大，無所畏忌。
【萬夫不當】眾人不能抵禦。形容非常勇健。

窮，使我好罵世；剛強，使我容易以個人的感情與主張去判斷別人；義氣，使我對別人有點同情心。有了這點分析，就很容易明白為什麼我要笑罵，而又不趕盡殺絕。（老舍〈我怎樣寫《老張的哲

學》〉）

前幾天也不知無形中經過幾度掙扎，才嘔出那幾口苦水，這在我雖則難受還是照舊，但多少總算是發洩。事後我私下覺著愧悔，因為我不該拿我一己苦悶的骨鯁，強讀者們陪著我吞咽。（徐志摩〈再剖〉）

周媽口中的那個「一次鎗斃十個把人，眼皮都不霎一下」的，驃悍的，青壯時代的父親，她從沒見過。她看見的，卻只是一個邋遢的、懦弱的，一任妻子嘲罵和背叛的老人。（陳映真〈夜行貨車〉）

山如此有耐心，海如此殘酷，陽光如此刺眼，原住民如此驍勇，大小清水斷崖對他們來說只是折磨，既不壯美，也不神聖。（吳明益〈步行，以及巨大的時間回聲〉）

軟弱

【自卑】 心理上自覺比不上別人，而看輕自己。

【自餒】 失去信心畏縮。

【自輕自賤】 看輕自己，自貶身分。

【妄自菲薄】 過於自卑而不知自重。

【孬】 懦弱、無膽識。

【怯懦】 懦弱、膽小。

【脆怯】 懦弱無用。

【脆弱】 性格懦弱。

【荏弱】 軟弱。

【窩囊】 怯懦、無能。

【膽小】 缺乏勇氣。

【懦弱】 軟弱怕事。

【膿包】 譏罵軟弱無能的人。

【沒剛性】 懦弱而沒有剛硬的志氣。

【軟腳蝦】 軟弱無能者。

【爛忠厚】 比喻一個人過分忠厚而沒有原則。

【束手束腳】 形容膽子小、顧慮多。

【畏首畏尾】 畏懼怯懦。

【畏葸不前】 畏懼怯懦，不敢前進。葸ㄒㄧˇ。亦作「畏縮不前」。

【縮頭烏龜】 比喻懦弱不敢面對現實的人。

【縮頭縮腦】 形容怯弱無能的樣子。

【色厲內荏】 外表剛強嚴厲而內心軟弱。語本《論語．陽貨》：「子曰：『色厲而內荏，譬諸小人，其猶穿窬之盜也與？』」

你也很難回到他當時的心境中去，他已變得如此陌生，別將你現今的自滿與得意來塗改他，你得保持距離，沉下心來，加以觀審。別把你的激奮和他的虛妄、他的愚蠢混淆在一起，也別掩蓋他的恐懼與怯懦，這如此艱難，令你懊悶得不能所以。（高行健《一個人的聖經》）

誰也不會想到老實窩囊的父親在文學上會那麼狂妄，那麼執著和生氣勃勃。（葉兆言〈紀念〉）

胡屠戶又吩咐女婿道：「你如今既中了相公，凡事要立起個體統來。〔……〕若是家門口這些做田的，扒糞的，不過是平頭百姓，你若同他拱手作揖，平起平坐，這就是壞了學校規矩，連我臉上都無光了。你是個爛忠厚沒用的人，所以這些話我不得不教導你，免得惹人笑話。」（清・吳敬梓《儒林外史・第三回》）

因之這些大官，雖把他當了北京來的御史，可是心裡頭還是有些奇怪，怎麼他又是縮頭縮腦的。這個想法不過擱在心裡，誰也不敢說出來。（張恨水《中原豪俠傳》）

溫柔

【和順】溫和柔順。
【和婉】溫和婉約。
【柔和】溫馴、和順。
【柔順】溫柔和順。
【軟熟】性情柔和圓熟。

【婉約】和順謙恭。
【溫婉】溫柔和順。
【溫順】溫和順從。
【賢慧】形容女子善良且深明大義。

【嫻淑】文雅賢淑。
【隨和】溫和，容易相處。
【好性子】脾氣好。
【柔心弱骨】性格溫順、柔和。

【隨方就圓】性情隨和。
【外圓內方】外表溫和好相處，內心方正有主見。

父親的性情雖然和順，但是他很好強，也很自尊，不肯輕易服輸。（鍾鐵民〈父親．我們〉）

在哀慟中深切地惦記妳，隱約地覺得妳是我要照顧的女兒，或是要被妳照顧的母親，最後還是溫婉的妻啊！（溫瑞安〈更鼓〉）

她回來時變得更為穩定和堅強，外表看起來卻又比小時更溫順謙和，總是帶著微微的含蓄的笑容，好像對一切人一切事，對生活懷著甜甜的心意。（丁玲〈杜晚香〉）

黃二麻子此時同他們卻異常客氣，連稱：「我如今也是來靠人的，一切正望你們老爺提拔，諸位從旁吹噓。我們還不是一樣嗎？快別提到『舅老爺』三個字！……」大家見他隨和，倒也歡喜他。（清．李寶嘉《官場現形記．第五十九回》）

蠻橫

【刁悍】狡詐強悍。
【刁厥】凶狠強悍。
【刁蠻】狡猾蠻橫。
【刁鑽】奸詐、狡猾。
【火辣】此指性格尖銳潑辣。
【凶戾】凶惡粗暴。
【奸刁】狡詐刁蠻。
【悍然】強橫無理。

【強橫】蠻不講理。
【強悍】蠻橫凶悍。
【專橫】獨斷，任意妄為。
【野蠻】蠻橫而不講理。
【辣子】能幹、潑辣的人。
【撒野】無禮，任性放肆。
【撒潑】放肆，無理取鬧。
【潑悍】潑辣強悍。
【潑辣】凶悍不講理。

【雕悍】刁蠻、凶悍。
【憊賴】頑劣、潑辣。亦作「潑賴」。
【橫暴】強橫凶暴。
【獷悍】粗野蠻橫。
【霸道】強橫不明理。
【蠻橫】粗暴而不講理。
【凶巴巴】凶狠的樣子。
【潑皮貨】潑辣刁鑽難以對付的人。

【潑皮賴虎】罵人凶悍蠻強、刁鑽潑辣。
【潑皮破落戶兒】潑辣刁鑽的人。
【千刁萬惡】形容十分刁蠻凶惡。
【刁天厥地】形容非常強悍。

黃蓉從沒給父親這般嚴厲的責罵過，心中氣苦，刁蠻脾氣發作，竟乘了小船逃出桃花島，自憐無人愛惜，便刻意扮成個貧苦少年，四處浪蕩，心中其實是在跟父親鬥氣：「你既不愛我，我便做個天下最可憐的小叫化罷了！」（金庸《大漠英雄傳》）

啊　大夫　你說甚麼／台北的街頭並無／筑色的光暈一如／莫內的巴黎？　你竟／悍然的斷定／我看到的觸及的／夢見而寫入詩裡的祇是／生命的異象　歲月的／垂垂——那朦朧／雲一般的障翳／有一串長長的／拼不出的　鬱過地中海蒼藍的／拉丁的名字（林泠〈20/20之逝——致一眼科醫生在手術之前〉）

賈母笑道：「你不認得他，他是我們這裡有名的一個潑皮破落戶兒，南省俗謂作『辣子』，你只叫他『鳳辣子』就是了。」黛玉正不知以何稱呼，眾姊妹都忙告訴他道：「這是璉嫂子。」（清．曹雪芹《紅樓夢．第三回》）

孩子們和別家的兒女打架，她是可以破出命的加入戰爭；叫別人知道她的厲害，她是明太太，她的霸道是反射出丈夫的威嚴，像月亮那樣的使人想起太陽的光榮。（老舍〈鄰居們〉破出命，拚命。）

善良

【仁厚】為人忠誠老實。
【古意】忠厚、老實。
【老實】忠厚、誠實。
【良善】忠厚，待人和善。
【和善】溫和善良。

【和藹】溫和的樣子。
【忠厚】忠實厚道。
【素心】心地樸素、純潔。
【純良】純正善良。
【淳良】樸實而善良。

【淳厚】質樸敦厚。
【淑性】天賦的善良本性。
【渾厚】純樸老實。
【馴良】性情柔順而善良。
【慈祥】慈善且祥和。

【慈善】仁慈而好善。
【慈悲】慈愛、悲憫。
【溫良】溫和而善良。
【憨厚】憨直、忠厚。
【樸直】質樸憨直。

【篤厚】忠實厚道。

【好心腸】心地善良。

【豆腐心】心軟似豆腐。心地善良，易受感動。

【有良心】本性善良。

【活菩薩】心地善良而能救人急難的人。

【宅心仁厚】仁厚善良。

【赤子之心】如赤子般善良、純潔、真誠的心地。

打牛湳便說蕭笙實在很「古意」，所謂「古意」是說這個人的確是好好先生，不過卻是「沒路用」的人。蕭笙便這樣贏得大家的好感，在打牛湳建立起伊良善和煦的名譽。（宋澤萊〈打牛湳村〉）

芭蕉上人其實並不種芭蕉，他只是一個蕭蕭澹澹、突破物質主義、處處天機流露的素心之人罷了。（陳幸蕙〈人間咫尺千山路〉天機，此指天性。）

如果遠方有戰爭，而我們在遠方／你是慈悲的天使，白羽無疵／你俯身在病床，看我在床上／缺手，缺腳，缺眼，缺乏性別／在一所血腥的戰地醫院／如果遠方有戰爭啊這樣的戰爭／情人，如果我們在遠方（余光中〈如果遠方有戰爭〉）

但，畢竟他終於冷靜下來了，用農家子弟憨厚的本性和強韌的耐力迫使自己冷靜下來了，〔……〕（林雙不〈小喇叭手〉）

陰狠

【刁滑】奸詐狡滑。

【奸頑】奸詐、不老實。

【狡黠】狡滑、詭詐。

【滑頭】狡猾、不老實。

【詭詐】狡猾奸詐。

【詭譎】狡詐；狡黠。

【藏奸】心中不懷好意。

【權詐】權變狡詐。

【老奸巨滑】深歷世情而極奸詐狡猾的人。

【奸詐不級】非常奸猾詭詐。或作「奸詐不及」。

【揣奸把猾】心懷奸詐，行為狡猾。

【陰險】為人虛偽奸險。

【毒辣】殘酷、狠毒。

【姦邪】奸詐邪惡。

【狠辣】凶狠毒辣。

【桀黠】凶惡奸詐。

【陰毒】陰險且毒辣。

【陰鷙】陰險凶狠。鷙ㄓˋ。

【殘忍】凶惡狠毒而無惻隱之心。

【愆慝】ㄑㄧㄢ ㄊㄜˋ，罪過、邪惡。

【酷虐】殘酷凶狠。

【憸邪】奸詐邪惡。憸ㄒㄧㄢ。

【人面獸心】形容人凶狠殘暴，如野獸一般。

【狼猛蜂毒】比喻人凶猛狠毒似狼、蜂一般。

【蛇蠍心腸】比喻人心地陰險、惡毒。

【腹有鱗甲】比喻居心險惡，難以接近。

【攪肚蛆腸】比喻人的心腸惡毒。

【萬惡】極度惡毒。

【蛇口蜂針】蛇口的毒牙，蜂尾的毒針。比喻極危險、惡毒。

【喪盡天良】形容泯滅人性，極為惡毒。

【窮凶惡極】形容非常殘暴惡毒。

【嘴甜心苦】形容人說話動聽卻居心狠毒。

【佛口蛇心】嘴巴說得十分仁善，卻心懷惡毒。

【蜜餞砒霜】比喻言語親切而居心狠毒。

【鴞心鸝舌】惡鴞般狠毒心腸，黃鸝般悅耳鳴聲。說話動聽，心腸狠毒。鴞ㄒㄧㄠ，鸝ㄌㄧˊ。

【面善心惡】表面和善，內心卻很惡毒。

【大奸似忠】人外表看似忠厚老實，內心卻是奸詐險惡。亦作「大姦似忠」。

【兩面三刀】陰險狡猾，要兩面手法，挑撥是非。

【曲心矯肚】陰險虛偽。

【笑裡藏刀】比喻外貌和善可親，內心卻陰險。

【貓哭老鼠】假慈悲。

【綿中刺，笑裡刀】綿裡裹刺，笑裡藏刀。比喻外表和善，而內心陰毒。

每當我從他半開的房門口走過就常常看到他虎視眈眈地俯視施老頭子的豬舍，好似那兒躲藏著陰險狡黠的敵人，非時時予以嚴密監視不可的樣子。（葉石濤〈葫蘆巷春夢〉）

看來鳳天南決意將佛山鎮上的基業盡數毀卻，那是永遠不再回頭的了。胡斐心中惱恨，卻也不禁佩服

這人陰鷙狠辣，勇斷明決，竟然不惜將十來年的經營付之一炬，〔……〕（金庸《飛狐外傳》）

幾個月過去，屋前屋後，收拾得完全清爽整齊，一如她那顆無愆慝的心靈。她來此的目的，原為躲避壓到頭上的一堆苦難陰雲，一些無法排遣的蝕人回憶，〔……〕（張秀亞〈天鵝之歌〉）

他就是清淨姑姑兒了！單管兩頭和番，曲心矯肚，人面獸心，行說的話兒就不承認了。賭的那誓唬人子。我洗著眼兒看著他，到明日還不知怎麼樣兒死哩。（明．蘭陵笑笑生《金瓶梅．第七十五回》兩頭和番，兩邊挑撥。）

興兒連忙搖手說：「奶奶千萬不要去。我告訴奶奶，一輩子別見他才好呢。嘴甜心苦，兩面三刀；上頭一臉笑，腳下使絆子；明是一盆火，暗是一把刀：都占全了。只怕三姨的這張嘴還說他不過。好，奶奶這樣斯文良善人，那裡是他的對手！」（清．曹雪芹《紅樓夢．第六十五回》）

2 品格

清高

【冰霜】操守堅貞潔白。

【孤介】品行清正不隨俗。

【孤高】性情超脫不俗。

【孤絕】形容格調氣韻極高，無可比擬。

【貞潔】操守純正高潔。

【高尚】品格崇高。

【珪璋】比喻人品高潔。

【塵表】品格超絕塵俗。

【擢秀】品格秀美拔俗。

【一片冰心】比喻人冰清玉潔、恬靜淡泊的性情。

【一塵不染】原指修道人六根清淨，不受塵俗干擾。後比喻品性高潔廉明。

【人中之龍】品格高逸，出類拔萃者。

【光風霽月】雨過天晴後的明淨景象。比喻人的胸懷坦蕩，品格高潔。

【冰壺秋月】比喻人的品格高潔清亮。

【芒寒色正】星光清冷色純正。頌揚人品高潔正直。

【松風水月】人品高潔。

【孤峰絕岸】高峰絕壁岸然聳立。比喻人品傑出。

【空谷幽蘭】生長在深谷的蘭花。人品高潔、幽雅。

【風月無邊】人格高潔、胸懷灑落。風月，原指清風明月或風花雪月，後泛指美好的景色。

【風骨峭峻】形容人的品格剛正有骨氣。

【風清月朗】比喻品性高潔。

【貞風亮節】高尚的品德，堅貞的氣節。

【高山景行】光明磊落，德行高尚。高山，崇高的德行。景行，大道。語本《詩經．小雅．車舝》：「高山仰止，景行行止。」

【高風亮節】高尚的品格，堅貞的氣節。

【高節清風】比喻人品格高潔清廉。

【淵渟嶽立】像深淵沉靜，像高山聳峙。品德高尚，氣度宏大。渟ㄊㄧㄥˊ。

【晴雲秋月】晴空的白雲，清秋的明月。比喻人品格高潔，光明磊落。

【雲中白鶴】比喻人品高潔、不同凡俗的人。

【筋骨剛正】形容性情剛正，節操高潔的樣子。

【琨玉秋霜】比喻人品高潔，言行謹慎莊重。

【溫潤如玉】如美玉般溫和柔潤有光澤。比喻人品性、容色或言語溫和柔順。

【歲寒不凋】松、竹、梅等在寒冬不凋萎。比喻人的志節高尚，性格堅忍。

【嶔崎磊落】比喻人品高潔，有骨氣。

【璞玉渾金】未經雕琢的玉和未曾冶鍊的金。天然美質，喻人品真純質樸。

【矯矯不群】儀表品格超群出眾。

【懷珠抱玉】比喻人具有高潔的品格及傑出的才能。

【懷質抱真】比喻人格和品德純潔高尚。亦作「懷真抱素」。

【蘭根白芷】人品美好。

【振衣千仞岡】比喻心志高潔脫俗。

【蕙心蘭質】比喻女子芳潔的心地、高雅的品德。

【自命清高】自認清雅高潔，不屑與世俗同流。

晁梁長了六歲，要延師訓蒙。晁夫人重那陳先生方正孤介，又高年老成，決意請他教習晁梁，〔……〕（清．西周生《醒世姻緣傳．第九十二回》）

卑鄙是卑鄙者的通行證，／高尚是高尚者的墓誌銘。／看吧，在那鍍金的天空中，飄滿了死者彎曲的倒影。（北島〈回答〉）

丈夫而擅詞章，固重珪璋之品；女子而嫻文藝，亦增蘋藻之光。（清．李汝珍《鏡花緣．第四十二回》蘋藻，指水草，古人採作祭祀之用。此借指婦女的美德。）

程昱曰：「丞相在萬軍之中，矢石交攻之際，未嘗動心；今聞劉備得了荊州，何故如此失驚？」操曰：「劉備，人中之龍也，生平未嘗得水。今得荊州，是困龍入大海矣。孤安得不動心哉！」（明．羅貫中《三國演義．第五十六回》）

袁世凱做了中華民國的總統，因為孫中山先生把總統的職位讓給了他。這雖然是高風亮節，但是也未免太書生氣。（林語堂《京華煙雲》）

低劣

【下作】 鄙賤、下流。

【下流】 品格汙下。

【下節】 卑下的節操。

【不肖】 品性不良。

【卑劣】 形容人格低下。

【卑鄙】 人格惡劣低下。

【畜牲】 罵人的話。指人品格低劣，如同禽獸。

【媚骨】 奉承阿諛的品格。

【齷齪】 品行卑劣。

【下三濫】 卑鄙無恥或不成器。

【村筋俗骨】 鄙陋粗俗。

【狗彘不若】 連豬狗都不如。比喻人品低劣。彘，ㄓˋ。

【跳梁小丑】 興風作浪，成不了氣候的卑鄙小人。

【撅豎小人】 卑劣無行的人。

【厚顏】 不知羞恥。

【狗苟】苟且無恥。

【恬不知恥】做了壞事絲毫不感到羞恥。

【無恥之尤】形容一點羞恥心也沒有。

【衣冠沐猴】穿戴衣帽的猴。虛有儀表而品格低下。

【衣冠禽獸】空有外表而行同禽獸。品德敗壞的人。

老爺，你試試！你如果少我一個錢，我同你到江夏縣打官司去！賴了人家的工錢，還要吃人家的腳錢，這樣下作，還充什麼老爺！（清．李寶嘉《官場現形記．第四十四回》）

馬氏道：「官人為何悲傷？」陳秀才道：「陳某不肖，將家私蕩盡，賴我賢妻熬清淡守，積攢下諾多財物，使小生恢復故業，實是在為男子，無地可自容矣！」（明．凌濛初《初刻拍案驚奇．卷十五．衛朝奉狠心盤貴產　陳秀才巧計賺原房》）

醫生的自私、卑鄙，把錢看得比命還重要的作風，儘令我失望、反感，同時激起我內心憤怒的火燄。把我的生命，我的一生歲月都投到這枯寂的、死板的、缺乏熱情和創造的生活模型裡，是難以想像，難以忍受的。（王尚義〈現實的邊緣〉）

其實，在日本投降的那一天，他就應該不復存在了。他的人民，他的親戚朋友，他的父母都已唾棄他了，只是他恬不知恥地留了下來而已。（鄭清文〈三腳馬〉三腳，指走狗。）

四 才能態度

1 才智見識

聰明

【早慧】年幼時即顯聰明。

【奇童】天資聰穎的兒童。

【岐嶷】小孩才智出眾、聰明特異。嶷ㄋㄧˋ。《晉書．簡文帝紀》：「幼而岐嶷，為元帝所愛。」

【麒麟兒】聰穎異常的小孩。

【龍駒鳳雛】年幼而聰慧的人。駒，小馬。雛，幼鳥。

【伶俐】機靈，反應敏捷。

【伶變】機靈。

【乖覺】機警、聰敏。

【明悟】聰明穎悟。

【鬼黠】聰明，鬼靈精。

【敏慧】敏捷聰明。

【精明】聰敏仔細。

【精乖】聰明靈敏。

【睿智】深明通達的智識。

【機伶】機警伶俐。

【機敏】機靈聰敏。

【機警】敏銳，反應迅速。

【機變】隨機應變；靈活。

【穎異】聰明過人。

【辨敏】口齒伶俐，敏捷。

【聰慧】聰明慧穎。

【聰穎】聰明穎悟。

【黠慧】聰慧靈敏。亦作「慧黠」。

【靈透】聰慧伶俐。

【靈慧】天資聰穎。

【足智多謀】形容人聰慧多謀略。

【見精識精】看得明白、知道得清楚。比喻機靈。

【玲瓏剔透】聰明伶俐，靈巧慧黠。

【鬼靈精兒】伶俐的人。

【聞一知十】稟賦聰敏，領悟力、類推力強。

【冰雪聰明】非常聰明。

【百伶百俐】聰慧靈巧。

【百龍之智】具有一百個

公孫龍的智慧。非常聰明。

【穎悟絕人】聰明才智超越常人。

【大智若愚】智慧極高的人深藏不露，表面像是很愚笨。或作「大巧若拙」。

【秀外慧中】形容女子容貌清秀，內心聰慧。

譬如法國女作家沙岡十九歲以處女作《日安．憂鬱》一炮而紅，不但書暢銷數十萬冊，而且一夜之間成為文壇新寵，而印象派天才詩人藍波更是早慧，十五歲之前便以〈醉舟〉長詩鋒芒畢露，傳誦一時。（陳克華〈騎鯨壞少年〉）

母親大約是糊塗的，在生孩子之前，她或許聰慧，或許精明，做了母親，就難免變成昏君，事事袒護包庇，母親被父權社會驅逐懲罰，只有兒子能救她。（周芬伶〈還子〉）

仔仔精乖，一把嘴甜如蜜，把那群老山羊個個哄得樂陶陶，於是大把大把的小費便落入了他的口袋。（白先勇〈Tea for Two〉）

為節儉而儲蓄，是一種美德，但過分了會使人變為貪婪或吝嗇。只有知識的儲存，卻讓人愈來愈睿智、豁達、淵博、靈慧。美的儲存，更能陶冶性情，昇華氣質，高潔情操。（艾雯〈撲滿人生〉）

原來西門慶有心要梳籠桂姐，故此發言先索落他唱。卻被院中婆娘見精識精，看破了八九分。（明．蘭陵笑笑生《金瓶梅．第十一回》）

愚昧

【童昏】年幼無知。比喻愚昧無知的人。

【沖昧】年幼愚昧。

【蠢】愚笨。

【不慧】愚笨，不聰明。

【木頭】愚蠢或不靈活者。

【泥塑】比喻愚昧遲鈍。《西遊記．第二十九回》：「真是木雕成的武將，泥塑就的文官。」

【笨拙】不聰明，不靈巧。

【暗昧】愚昧。愚昧的人。

【愚蒙】愚蠢無知。

【愚駑】愚笨駑鈍。

【愚騃】愚，呆。騃ㄞˊ。

【痴傻】愚痴憨傻貌。

【頑鹵】愚昧且魯鈍。

【頑蒙】愚蠢，愚笨。

【獃痴】愚笨痴傻貌。

【蒙昧】昏昧不懂事。

【惷愚】愚蠢，愚昧。惷ㄔㄨㄥ。

【魯鈍】遲鈍，愚笨。

【蠢夯】形容笨拙愚蠢。夯ㄏㄤ。《儒林外史·第四十六回》：「小兒蠢夯，自幼失學。」

【不辨菽麥】無法分別豆子與麥子。形容愚昧無知。

【楞楞傻傻】不聰明、反應遲鈍。

【大愚不靈】非常愚笨，冥頑不解。語本《莊子·天地》：「大惑者終身不解，大愚者終身不靈。」

【愚不可及】愚笨至極。

【至愚極陋】極愚粗鄙。

【糊塗】混亂，不清楚。

【昏瞶】糊塗，不辨是非。

【懵懂】糊塗，不明白。

【顢頇】ㄇㄢˊ ㄏㄢ，糊塗；不明事理。

【惛惛罔罔】昏亂無知。

【渾渾噩噩】無知無識，糊里糊塗。

【懵然無知】糊里糊塗，不明事理的樣子。

那個時代的我，懵懂愚騃，不知天高地厚，一天到晚埋頭在卷帙中，是個不折不扣的書呆子；〔……〕（畢璞〈詩心・畫情・樂韻〉）

我們鄉下稱人「蕃薯」，就是為人愚不可及的意思。稱人「大條」，就是「大蕃薯」，特大號笨人的意思。蕃薯貢獻良多，卻遭人們戲弄，實在是馬好被人騎，「物」好被人欺啊！（鍾鐵民〈大蕃薯〉）

相形之下，將軍反而覺得：維揚把母親的死歸咎於老父的顢頇跋扈，倒是無可厚非的小事了。（張大春〈將軍碑〉）

不寫歌不寫詩的日子裡則渾渾噩噩，屋角一個衣架掉下來已經十天了，每天經過，看一眼，沒有一點欲望想要撿起來重新掛好。（夏宇〈寫歌〉）

博學

【通才】學識廣博，兼具多種才能的人。

【富贍】形容文才學識高超。贍ㄕㄢˋ。

【博恰】學識通博。

【飽學】學識廣博。

【賅博】學識淵博。

【鴻博】博學多識。

【江海之學】比喻學問淵博，見識深廣。

【有腳書廚】比喻博學強記的人。

【洞鑒古今】深察、熟識古今世事。

【胸中萬卷】比喻學識豐富。

【通人達才】博學多識貫通古今、才能出眾的人。

【通今博古】學問淵博，通曉古今。

【博聞強識】見聞廣博，記憶力強。

【博聞閎覽】見聞廣博，閱覽豐富。

【博覽群書】形容人閱讀廣博，學識豐富。

【握瑜懷玉】比喻飽富學識、才能。

【飽讀詩書】讀過很多書，很有學問。

【腹笥奇廣】形容學識豐富。腹笥ㄙˋ，指腹中所記書籍，多如書箱裡的藏書。

【滿腹經綸】人才識豐富，具有處理大事的才能。

【學富五車】形容人書讀很多，學問淵博。

【殫見洽聞】見聞廣博，學識豐富。殫ㄉㄢ，盡。洽，遍。

【才高八斗】原是對曹植的讚譽，後稱譽人才學很高。或作「才當曹斗」。

【高才絕學】才能高超，學識過人。

【書通二酉】形容人學識豐富精湛。二酉，指大、小酉山。相傳小酉山有書千卷。

【博雅】學問淵博，品行雅正。

【識禮知書】熟讀詩書，通曉禮節。有學識與教養。

【博而不精】學識廣博而不精深。

他這八股時文上倒不用心在上面鑽研，只是應付得過去就罷了，倒把那正經工夫多用在典墳子史別樣的書上去了，所以倒成了個**通才**；不像那些守著一部《四書》本經，幾篇濫套時文，其外一些不識的盲貨。（清・西周生《醒世姻緣傳・第十六回》）

何況書信深交，更勝於言筌。兩人信寫得愈勤，梅運愈賞愛他穩若磐山，以學術為終生志事的懷抱。趙聖宇則敬佩她筆頭千字胸中萬卷，如師亦友了。（簡媜〈弱水三千〉言筌，指在言詞上所留下的跡象。）

少林派武功固是博大宏富，澄觀老和尚又是腹笥奇廣，只要韋小寶覺得難學，搖了搖頭，他便另使一招，倘若不行，又再換招，直到韋小寶能毫不費力的學會為止。（金庸《鹿鼎記》）

穆爾有所謂：「一間沒有書的室子，正像一個沒有窗戶的房間。」我似乎是在我的房間裡開了許多窗戶，但它們並非華麗的裝潢以表示這房子的美侖美奐和房主的博雅；我只希望這些窗子為我引進一些清新的空氣與暖和的陽光。（彭歌〈買書〉）

寡聞

【吳下阿蒙】 學識尚淺。阿蒙，指居處吳下一隅時的呂蒙，聽從孫權勸說，篤學不倦，幾年後，學識英博。

【不才】 沒有才能。多用作自謙之詞。

【草包】 裝著雜草的袋子。譏笑沒有學識能力的人。

【譾陋】 見識淺陋。多用作自謙之詞。譾ㄐㄧㄢˇ。

【鄉巴佬】 戲稱人住在鄉下，因不常出門而見識不廣。亦稱「土包子」。

【一丁不識】 形容人不識字或毫無學問。

【一知半解】 所知不全，了解不深。

【才疏學淺】 才能駑下，學識淺薄。自謙之詞。

【不學無術】 沒有學問。

【目光如豆】 形容目光短淺，見識狹窄。

【坐井觀天】 比喻眼界狹小，所見有限。另有「井底之蛙」。

【草腹菜腸】 草包；沒有學問。多用作自謙之詞。

【胸無點墨】 胸中沒有一滴墨水。比喻無學識。

【略知皮毛】 見識淺薄，僅知大概。

【菲才寡學】 才能小，學識淺。

【鼠目寸光】 形容人目光短淺，識見狹小。

【管窺蠡測】 用管窺天，

今既及此，愚雖不才，「義利」二字卻還識得。且喜明歲正當大比，兄宜作速入都。春闈一戰，方不負兄之所學也。其盤費餘事，弟自代為處置，亦不枉兄之謬識矣！（清·曹雪芹《紅樓夢·第一回》大比，指古代三年舉行一次的科舉考試。）

我的形式生活可能太呆板，物質生活可能太貧瘠，但是我都不曾因此而感到任何「委屈」。我的快樂建築在一篇譾陋的稿子趕完的那一剎那、一堂平凡的課卻使我自得的時候。（鄭明娳〈教授的底牌〉）

記得在當時，來自香港的僑生很容易就可畫出一個使老師可以接受，甚至讚美的設計圖。而我這樣的鄉巴佬學生卻要努力設想，把廁所放在臥室旁邊，把廚房放在客廳旁邊。（漢寶德《給青年建築師的信·第一封信　建築與夢想》）

我所以別的買賣不幹，要販書往來之故，也有個深意在內。因為市上的書賈，都是胸無點墨的，只知道甚麼書銷場好，利錢深，卻不知什麼書是有用的，什麼書是無用的。所以我立意販書，是要選些有用之書去賣。（清·吳沃堯《二十年目睹之怪現狀·第二十二回》銷場，意為銷路。）

以蠡測海，所見狹小。

【獨學孤陋】無人可切磋，學識有限。語本《禮記·學記》：「獨學而無友，則孤陋而寡聞。」另有「孤陋寡聞」。

【朽木不可雕】腐朽的木頭不能雕刻。比喻資質低劣，不堪造就。

【夏蟲不可語冰】夏天的蟲入秋就死，不能與之談論冰雪。比喻見識短淺，不能與之談大道理。語本《莊子·秋水》：「夏蟲不可以語於冰者，篤於時也。」

【繡花枕頭】繡花的枕頭。比喻外表華美而無學識才能者。

出眾

【出格】超出常規。
【非凡】與眾不同，不凡。
【卓躒】卓絕、特出。躒ㄌㄨㄛˋ。亦作「卓犖」。
【拔尖】出眾。
【佼佼】美好出眾的樣子。
【特出】獨特突出。
【超格】超過常格，不凡。
【超絕】超群不凡。

【逸群】超群出眾。
【褎然】美好出眾的樣子。褎ㄧㄡˋ。
【龍蛇】比喻非凡的人。
【不同凡響】較一般事物特出、不平凡。
【本事高強】才力、技能優越出眾。
【出類拔萃】形容才能特出，超越眾人。語本《孟子．公孫丑上》：「出於其類，拔乎其萃。」
【挺拔不群】獨立特出，與眾不同。
【傲視群倫】指人才華出眾，成就非凡。
【獨領風騷】形容表現特出，超越群倫。

【邁越常流】遠超越過一般常人。
【鶴立雞群】鶴站在雞群之中，非常突出。
【靈蛇之珠】傳說的珍貴明珠。比喻超凡才智。曹植〈與楊德祖書〉：「當此之時，人人自謂握靈蛇之珠，家家自謂抱荊山之玉。」

黛玉如有壓倒眾人處，純粹是個人出格的詩詞才華，別無所恃；〔……〕（張惠菁〈她們的房間〉）

竊見處士平原禰衡，年二十四，字正平，淑質貞亮，英才卓躒。初涉藝文，升堂覩奧；目所一見，輒誦之口；耳所暫聞，不忘於心。（明．羅貫中《三國演義．第二十三回》）

他的閱讀速度恐怕是我一輩子所耳聞或閱讀到的人物中的佼佼者，而他身為金融大亨卻很少念金融經濟有關的書，又顯示範圍愈廣闊愈好是閱讀的金科玉律。（黃崑巖《給青年學生的十封信．第三封信閱讀是終身學習的唯一途徑》）

事業一有了著落，我很迅速的便在司書中成為一個特出的書記了。我比他們字寫得實在好些。抄寫文

件時上面有了錯誤處，我能糾正那點筆誤。款式不合有可斟酌處，我也看得出，說得出。（沈從文〈保靖〉）

時代像篩子，篩得每一個人流離失所，篩得少數人出類拔萃。（王鼎鈞〈一方陽光〉）

平庸

【泛泛】資質、才能普通。

【庸常】平庸尋常。

【等閑】平常，無足輕重。

【尋常】平常，普通。

【凡夫俗骨】人世間普通、平庸的人。

【凡桃俗李】平常的事物。也可比喻庸俗的人。

【畎畝下才】才能平庸、泛泛之輩。《舊唐書・楊收傳》：「臣畎畝下才，謬當委任。」

【眼肉胎凡】平常人的眼睛和肉體。塵世平凡的人。

【庸碌】平庸而無所作為。

【駑散】駑馬散材。比喻材質平凡庸拙。

【不成材】才能平庸而無用，沒有出息。

【不過爾爾】不過這樣罷了。有輕視人的意思。

【衣架飯囊】掛衣服的架子，盛飯的袋子。指人庸碌無能。

【飯坑酒囊】只會吃喝不能辦事的無用人。語本王充《論衡・別通》：「飽食快飲，慮深求臥，腹為飯坑，腸為酒囊，是則物也。」

【碌碌無能】平庸沒有才能。

【樗櫟庸材】平庸無用之材。自謙之詞。樗櫟ㄕㄨ ㄌㄧˋ，無法成材的樹木。

【蓼菜成行】蓼菜排列成行。比喻人才能平庸，無法擔大任。

【駑馬鉛刀】駑鈍的馬，不利的鉛質刀。比喻才能平庸，不中用。

【瓦釜雷鳴】陶製鍋具發出如雷巨響。比喻無才德的人居顯赫高位。語出屈原〈卜居〉：「世溷濁而不清，蟬翼為重，千鈞為輕，黃鐘毀棄，瓦釜雷鳴，讒人高張，賢士無名。」

即使他說的是誑話，那幢房子不是他的，不是他以二十七枚藏銀幣的標價賣掉的，光是這些銀幣也是個佐證——證明他即使不是貴族也肯定不是等閒人物。（馬原〈遊神〉）

景嵩卻自命知兵，不甘做庸碌官僚，只想建些英雄事業，所以最喜歡招羅些江湖無賴做他的扈從。（曾樸《孽海花．第三十二回》）

玄德曰：「天下高賢，無有出先生右者。」庶曰：「某樗櫟庸材，何敢當此重譽。」（明．羅貫中《三國演義．第三十六回》）

2 求學做事

謹慎

【仔細】周密、不輕率。

【審慎】仔細慎重。

【縝密】謹慎細心。

【謹飭】嚴謹修飭。指言行檢點而有節制。

【嚴謹】嚴肅謹慎。

【一絲不苟】做事認真，一點也不馬虎。

【步步為營】軍隊每前進一程，就建立營壘，嚴防敵人。小心謹慎，防備周全。

【謹小慎微】對細微末小的事情亦慎重處理。

【未雨綢繆】鴟鴞在未下雨前，便著手修補窩巢。比喻事先預備，防患未然。語本《詩經．豳風．鴟鴞》：「迨天之未陰雨，徹彼桑土，綢繆牖戶。」

【防患未然】在禍患未發生前就加以防備。

【杜漸防微】杜絕亂源的開端，防備細微的禍患。

【居安思危】處於安樂之境，要想到可能的危險、困難。《左傳．襄公十一年》：「居安思危，思則有備，有備無患。」

【謀而後動】預先計劃穩當然後才行動。亦作「謀定後動」。

【省戒】警覺戒慎。

【惕厲】因心存恐懼危難而警惕，指君子的修身自省。

【履冰】處於危險的環境中戒慎恐懼。

【憖憖然】戒慎貌。憖，ㄧㄣˋ。柳宗元〈三戒．黔之驢〉：「稍出近之，憖憖然莫相知。」

【朝乾夕惕】終日勤奮戒懼，兢兢業業，不敢懈怠。

【戰戰惶惶】戒慎畏懼的樣子。

家裡，裡裡外外，大小器具，都收拾得淨潔而明亮，一切井然有序，一種發自女人的審慎聰慧的心思的安詳、和平、溫柔的氣息支配著整個的家，使我一腳踏進來便發生一種親切、溫暖和舒適之感。（鍾理和〈貧賤夫妻〉）

形式的秩序，於我有何益處呢？只不過像太過嚴謹的理性，束縛著你底手腳、封閉著你底心靈和感情，沒有一點點人性中親密的成分和自然的情趣。（季季〈抽屜〉）

看著這位老人我一直在想，他心裡什麼都明白，卻又如此謹小慎微，為什麼？他當時的地位，已經比那些翻雲覆雨的人物高，為什麼不與他們針鋒相對？（余秋雨〈蒼老的河灣〉）

且今上啟天地生物之大德，垂古今未有之曠恩，雖肝腦塗地，臣子豈能得報效萬一！惟朝乾夕惕，忠於厥職外，願我君萬壽千秋，乃天下蒼生之同幸也。（清．曹雪芹《紅樓夢．第十八回》）

草率

【大意】不注意，忽略。

【毛糙】漫不經心；疏忽。

【失慎】不慎，疏忽。

【苟且】馬虎，得過且過。

【馬虎】草率不認真。

【疏虞】疏忽耽擱。

【搪塞】應付；敷衍。

【敷衍】辦事不切實，只應

付表面。

【不了了之】因事情很難處理，結果任由它去。通常指不負責任的態度。

【得過且過】可形容苟且偷安，不求上進。

【虛應故事】依照成例，敷衍了事。

【輕舉妄動】行為不慎，舉止輕浮。

【渴而穿井】事前未做好準備，臨時才想法子應付。

【臨陣磨槍】到了陣前才磨槍。急迫匆忙應變。

【急時抱佛腳】平時沒充分準備，遇事倉皇應付。

【冒失】鹵莽，莽撞。

【造次】鹵莽。

【莽撞】魯莽粗率。

【率爾】輕率，急遽。

【貿然】輕率，冒失。

【操切】做事過於急躁。

少年的許多夢，似乎都在成年之後，逐一的幻滅，未能實現的，就用很多冠冕堂皇的理由加以搪塞；實現的卻又感覺到異常空虛。（林文義〈少年之夢〉）

把孔子所不屑的「三思而行」的躊躇讓給老年人吧！年輕不就是有莽撞往前去的勇氣嗎？年輕就是手裡握著大把歲月的籌碼，那麼，在命運的賭局裡作乾坤一擲的時候，雖不一定贏，氣勢上總該能壯闊吧？（張曉風〈林中雜想〉）

低平的湖畔／並不適遠矚之人啊／楚地不可避免的／生胚的粗糙／屢屢銼傷精緻的心靈／我一籌莫展／判斷的法則還沒確立／最好的事物怎可以貿然出現？（羅智成〈離騷〉）

勤奮

【力行】努力實踐。

【來勁】積極，充滿幹勁。

【砥礪】砥、礪都是磨刀石。引申為磨鍊。

【淬鍊】鍛造時將燒紅的金屬浸入水中。引申為磨鍊。

【孳孳】勤勉不怠。

【水滴石穿】滴水久可使

石穿。持之以恆，必有成。

【夙興夜寐】早起晚睡。比喻勤勞。

【孜孜不倦】勤勉而不知疲倦。

【孜孜矻矻】勤勞、努力不懈的樣子。矻ㄎㄨˋ。

【胼手胝足】極為辛勞。胼胝ㄆㄧㄢˊ ㄓ，手腳因勞動摩擦生的厚繭。

【宵衣旰食】天未明就披衣起床，日暮才進食。形容勤於政事。旰ㄍㄢˋ。

【悉心戮力】竭盡才智和力量。戮ㄌㄨˋ。

【勤省耐勞】做事勤快，用度儉省，耐得住勞苦。

【殫精竭慮】竭盡精力與思慮。

【駑馬十駕】才智平庸的人，若能努力不懈，也能趕得上聰明的人。

【勤學】努力求學。

【耽習】專心而樂於學習。

【窮究】深究事物的根源。

【鑽研】深入研究。

【韋編三絕】本指孔子勤讀易經，使編聯竹簡的皮繩多次脫斷。後比喻讀書勤奮，刻苦治學。典出《史記．孔子世家》。

【研精覃奧】研究精微深奧的義理。

【焚膏繼晷】指燃燒燈燭一直到白天日光出現。形容夜以繼日地勤讀不怠。語本韓愈〈進學解〉：「焚膏油以繼晷，恆兀兀以窮年。」

我靜靜地坐在涼亭上，專注的聆聽父親祈福的詞語，並深深體會到，唯有親身力行捕撈飛魚的新生代，方能明瞭飛魚文化的特質及其對雅美人的重要性，牠真的是支配了族人的海洋觀、價值觀。（夏曼．藍波安〈飛魚季Arayo〉）

為了我自不量力，立志要做大建築師的夢想，我不得不把師父丟在台北，遠走他鄉，到這個對我才真是公平的上海，跟幾十個國際級的大建築師一起競爭，我才來勁。（登琨豔〈瓜賣老王〉）

然後日子像一尾失憶的魚，孜孜矻矻學著泅泳，如果迷路，我們就理所當然坐在心中一張木製的椅子上，出其不意地唱著兒歌；木製的椅子有一種不可終日的憨厚。（蔡深江〈漫步經心〉）

地方實在太窮了，一點點收成照例要被上面的人拿去一大半，手足貼地的鄉下人，任你如何勤省耐勞

的乾做，一年中四分之一時間，即或用紅薯葉拌和糠灰充饑，總還是不容易對付下去。（沈從文〈丈夫〉）

懶惰

【疏慵】倦怠懶散。

【懶散】懶惰散漫貌。

【懶適】懶散、閑適貌。

【懶洋洋】慵懶的樣子。

【吊兒郎當】作風散慢，態度不嚴肅、不認真。

【怠惰】懈怠懶惰。

【懈弛】懈怠廢弛。

【四體不勤】四肢不勞動。形容脫離生產勞動。

【好逸惡勞】貪圖安逸，憎惡勞動。

【坐享其成】不出勞力，享受現成的福利。

【拈輕怕重】挑選輕易的事，避開繁重工作。

【玩歲愒日】貪圖安逸，虛度光陰。愒ㄎㄞˋ。

【無所事事】閒蕩無事的樣子。

【遊手好閒】遊蕩貪玩，無所事事的樣子。

【飽食終日】整天吃得飽飽的，無所事事。

棚簷的雨滴每一分十七秒墜落一顆，那時你尚未找到適切的文字語言描述你們既寂寥又懶適的狀態，可能得好些年後。（朱天文〈遠方的雷聲〉）

每天我近午才懶洋洋睜眼，躺在床上看著窗外無聲的雲，試著喊一聲，確認己身所存，慢慢起床。（柯裕棻〈午安憂鬱〉）

這些雞毛小事，成了我的「第一件差事」；那個臃肥的中年婦女是我的第一位僱主，以隻計薪，每日結算；由於日趨怠惰，一個禮拜只賺了二十塊錢，幸好，政府扣不到稅，全都拿去買百香果冰。（鄭順聰〈那些雞毛小事〉）

專心

【入神】注意力集中。

【專注】專心注意。

【凝神】全神貫注。

【執一】專一。顏之推《顏氏家訓·省事》：「多為少善，不如執一；鼫鼠五能，不成伎術。」

【著意】集中注意力。

【誠壹】心志專一。

【潛心】心靜而專注。

【不二心】忠誠專一。

【心無二用】專心一致。

【全神貫注】心思精神全集中於某事物上。貫注，精神專注。

【用志不分】專心致志，聚精會神。

【目不窺園】專心致志的苦學精神。董仲舒長於春秋，景帝時為博士，專心治學，三年未曾窺視菜園一眼。典出《漢書·董仲舒傳》。

【定心定意】專心一意。

【專心致志】專一心思，貫徹意志。

【惟精惟一】精純專一。

【聚精會神】集中精神，專心一意。

他們的舞姿令我入神，彷彿各有一對新生的翅翼在他們堅韌的背脊上悄悄地延展。（林耀德〈房間〉）

當天地萬物貫注於生長的時候，似乎其他的什麼都不值得怨恨和記掛了，最該珍視的是自己的完整。（陳列〈無怨〉）

看母親蓬鬆著斑白的頭，鼻端架了老花眼鏡，聚精會神湊近豔麗的花朵細心描繪，有時竟連爐上煮著飯菜都渾然忘卻。我才了解到：在母親心底，也藏著一個從未被人注意過的藝術家呢！（奚淞〈姆媽，看這片繁花〉）

分神

【二心】注意力分散、不專心。

【失神】忽略、不注意。

【旁騖】分心；不專注。

【矍矍】倉皇不專心貌。

【不經心】不留神。

【心不在焉】心思心神不集中。

【心猿意馬】形容心意不定，不能自持。

【神不守舍】神魂不在軀體。心神恍惚，無法專一。

我心有旁騖的又思及，在多舛的人生路上，要有多大的智慧和勇氣才能坦然面對「錯誤」、「病苦」或「悲離」。（楊錦郁〈我們〉）

燈下刻印，一刀一刀刻著你的小名，不經心裡印刀滑出，割傷了左手食指，血汩汩地流出來了。我把血留在印面上，因為塗了朱砂也是紅的，看不出來，可是，ㄌ，當你的名字印著我脈管裡奔流的血液，那時你將知道甚麼叫做一往情深。（吳鳴〈刻印〉）

果決

【果敢】處事勇敢決斷。

【果斷】果敢決斷，毫不猶豫。

【明決】英明果決。

【俐索】利落、爽快之意。

【索性】乾脆；直截了當。

【麻利】動作爽快、敏捷。

【爽快】直截了當。

【乾脆】爽快、簡捷。

【大刀闊斧】比喻處事興革果斷有魄力。

【行權立斷】行事果決，當機立斷。

【決斷如流】決策或判斷事情果斷迅速。

【沉舟破釜】比喻做事果決、勇往直前。

【直截了當】說話做事乾淨俐落，不拐彎抹角。

【當機立斷】抓住時機，立刻作出決斷。

【毅然決然】態度堅決，毫不猶豫退縮。

【快刀斬亂麻】以果斷迅捷的手段，解決複雜問題。

【雷厲風行】猛烈如打雷，快速如颳風。比喻執行政令嚴格迅速。

我痛苦地想，難道給關了幾年的「牛棚」，真的就變成「牛」了？頭上彷彿壓了一塊大石頭，思想好像凍結了一樣。我索性放下筆，什麼也不寫了。（巴金〈懷念蕭珊〉）

早年老太太動作可麻利了，扔了筆隨時去做家事，手上得了空立即又踅回桌前續上。（蘇偉貞〈日曆日曆掛在牆壁〉）

遲疑

【流連】徘徊不忍離去。

【逡巡】徘徊不前的樣子。逡ㄑㄩㄣ。

【徘徊】猶豫不決。

【猶豫】遲疑不決。

【徬徨】徘徊不前。

【踟躕】ㄔˊ ㄔㄨˊ，猶豫、徘徊不前的樣子。

【盤桓】徘徊、流連不前。

【優柔】猶豫不決。

【瞻顧】向前看又向後看。比喻多顧慮而猶豫不決。

【躊躇】猶豫不決。

【拖泥帶水】比喻做事拖拖拉拉，不乾脆俐落。

【裹足不前】停止腳步，不往前行。比喻有所顧忌，不願去做。

【舉棋不定】拿著棋子，不能決定下一步怎樣下。比喻做事猶豫不決，拿不定主意。語出《左傳．襄公二十五年》：「弈者舉棋不定，不勝其耦。」

仁慈的青年獄卒，不識歲月的容顏，不知歲月的籍貫，不明歲月的行蹤；乃夜夜往動物園中，到長頸鹿欄下，去逡巡，去守候。（商禽〈長頸鹿〉）

你在夜色裡踟躕過嗎？你恐懼過嗎？你憂慮過嗎？生命不是憂慮，生命是讓我們在笑容和淚水裡體認的。笑聲終止的時候，淚水拭乾的時候，我們就在小小的懼怕中成長了。（楊牧〈水井和馬燈〉）

時間會使你真正成熟，使你變得冷酷而堅強，使你不再拖泥帶水。（黃凡〈大時代〉）

踏實

【安分】規矩老實，保守本分。

【務實】講求實際；致力於具體的或實際的事情。

【規矩】行為端正老實。

【立定腳跟】腳踏實地，認真務實。

【量力而行】衡量自己的能力做事。

【實事求是】做事切實，力求真確。

【穩紮穩打】穩健切實，逐步進行。

【一步一腳印】做事穩妥實在，每一步都腳踏實地的做。

沒錯，家庭的價值是無法取代的，但自由也是。妳不就是為了我的成長被關在家裡一輩子嗎，也許妳覺得這樣很安分；〔……〕（黃國峻〈報平安〉）

阿土伯吐露了多數老農的心聲，那種不尚虛榮、務實的心態，眷戀故土的情感，正是我國農者的典範。（曾春〈插秧與曬穀〉）

不切實際

【打高空】高蹈虛妄，不切實際的態度或言談。

【不自量力】過於高估自己的能力。

【井蛙語海】井蛙談論海。不自量力。語本《莊子．秋水》：「井蛙不可以語於海者，拘於虛也。」

【以卵投石】自不量力或以弱攻強，結果必然失敗。《荀子．議兵》：「以桀詐堯，譬之若以卵投石，以指撓沸。」

【以指撓沸】手指攪動沸騰的水，想使其變冷。力量薄弱，無效還造成傷害。

【好高騖遠】一味嚮往高遠的目標而不切實際。

【羽蹈烈火】自不量力而自取滅亡。

【舍近謀遠】捨棄近而謀求遠。愚拙而不切實際。

【蚍蜉撼樹】以大螞蟻的力量想去搖動大樹。不自量力。蚍ㄆㄧˊ蜉，大螞蟻。

【眼高手低】要求標準很高，但自己也做不到。

【螳臂擋車】螳螂舉雙

臂，想阻擋車子。不自量力。或作「螳臂當車」。

【打腫臉充胖子】死要面子，搞排場，不自量力。

【這山望見那山高】好高騖遠，不安於本職，老覺得別的比目前的好。

【畫虎不成反類犬】好高騖遠，但能力不足，仿效失真，變得什麼都不像。

【班門弄斧】在行家面前賣弄本事，不自量力。

【布鼓雷門】以布做成敲不響的鼓和雷門的大鼓相比。在高手面前賣弄本領，貽笑大方。語本《漢書．王尊傳》：「太傅在前說相鼠之詩，尊曰：『毋持布鼓過雷門！』」

【孔夫子門前賣文章】在中國文聖孔子面前賣弄文章，不自量力。

寫文章最要緊的是清楚、有力、美，沒有這三個東西人家不愛看。我是**眼高手低**，在這裡批評人，自己並不一定能做到，也正因為自己做不到，所以才感到焦慮。（冰心〈我們這裡沒有冬天〉）

大家幸會談文，原是一件雅事，即使學問淵博，亦應處處虛心，庶不失謙謙君子之道。誰知腹中雖離淵博尚遠，那目空一切，旁若無人光景，卻處處擺在臉上。可謂「**螳臂當車**，**自不量力**」！（清．李汝珍《鏡花緣．第十八回》）

3 待人處世

寬厚

【大度】形容人度量宏遠。

【厚道】待人誠懇寬厚。

【惇惇】ㄉㄨㄣ，仁厚貌。

【寬讓】寬容謙讓，不與人爭執。

【優容】寬容，寬待。

【海納百川】包容的東西非常廣泛且數量大。

【量如江海】度量很大，能寬容他人。

【瘠己肥人】律己嚴苛，待人寬厚。

【河海不擇細流】不論大小，一律收容。語本《史記．李斯傳》：「是以太山不讓土壤，故能成其大；河海不擇細流，故能就其深。」

【宥】ㄧㄡˋ，寬恕。

【包涵】寬容，原諒。

【原諒】寬恕諒解。

【留情】留情面。有寬恕、原諒之意。

【開恩】請求施予恩典。

【饒恕】原諒，寬恕。

【既往不咎】過去的事不再追究。指對過去的錯誤不再責難。語出《論語．八佾》：「成事不說，遂事不諫，既往不咎。」

【網開一面】比喻寬大仁厚，對犯錯的人從寬處置。

【放任】聽其自然，不加干涉。

【姑息】過於寬容、放縱。

【縱容】放任不加約束。

對姨丈和大姨全家特別優容他，以及大姨的眼光中那股憐憫的神情並不太能感受到，依稀只感到一種類似客人般的氣氛。（鍾鐵民〈大姨〉）

我景仰托爾斯泰，相信人生之美在宥與愛；我景仰白郎寧，相信世間有醜纔能有美，不完全乃真完全；〔……〕（朱光潛〈談動〉）

子女們偏愛母親，對父親淡然置之。母親對他，更是冷若冰霜。在這冰天雪地裡，父親卻是笑口常開，父親把一生哀怨，化成一臉寬恕姑息的笑。（徐鍾珮〈父親〉）

刻薄

【尖刻】刻薄，不厚道。

【冷酷】待人苛刻、無情。

【刻切】苛刻嚴峻。

【刻毒】刻薄，惡毒。

【不留餘地】逼人太甚，不留情面，沒有轉圜。

【小器】肚量淺窄、褊狹。

【斗筲】比喻才識器量狹小。筲ㄕㄠ。

【狷隘】急躁狹隘。

【褊狹】氣度狹窄。

【小心眼】胸襟狹小。

【鼠肚雞腸】心胸狹窄，度量小。

【找碴】挑毛病，故意找人麻煩。

【挑剔】在細節上過分嚴格，吹毛求疵。

【吹毛求疵】吹開皮上的毛，尋找小毛病。比喻刻意挑剔過失或缺點。語本《韓非子·大體》：「不吹毛而求小疵，不洗垢而察難知。」

【矯枉過正】把彎的東西扳正，又歪到了另一邊。糾正錯誤超過應有的限度。

至於他逼迫起窮房客，那冷酷的手段恰可證明了財主的本色。只是，這個人不愛生氣，懼內出名，當著街坊們的面，他太太罵他也不敢還口。（姜德明〈無酒齋閒話〉）

因此觸動自己的生平所見所聞，各處鴇兒的刻毒，真如一個師父傳授，總是一樣的手段，又是憤怒，又是傷心，不覺眼角裡，也自有點潮絲絲的起來了。（清·劉鶚《老殘遊記·第十三回》）

可是，智慧和信念所點燃的一點光明，敵得過愚昧、褊狹所孕育的黑暗嗎？對人類的愛，敵得過人間的仇恨嗎？嚮往真理、正義的理想，敵得過爭奪名位權利的現實嗎？為善的心願，敵得過作惡的力量嗎？（楊絳〈記傅雷〉）

可是，朱四喜並沒有因此而放鬆他對古蘭花的警戒之心。反而養成了挑剔她和顧客閒聊天的習慣。（張大春〈四喜憂國〉）

真誠

【由衷】出於本心，真心誠意。亦作「由中」。

【赤忱】十分真心誠懇。

【剖腹】滿懷誠意。

【拳拳】真摯誠懇。司馬遷〈報任少卿書〉：「拳拳之忠，終不能自列。」

【託心】以真誠相待。

【深摯】深切真誠。

【誠篤】誠懇忠厚。

【實心】待人真心。

【諄諄】誠懇忠謹貌。

【熱誠】熱心誠懇。

【輸實】十分誠懇實在。

【懇摯】誠懇真摯。

【一片至誠】滿心的真摯與誠懇。

【心貫白日】真心誠意可與光明的太陽相比擬。

【吐膽傾心】講出真心話，即真誠相待。

【抱誠守真】信守真誠。

【披肝瀝膽】比喻坦誠相待，忠貞不二。

【推心置腹】真心誠意待人。語本《後漢書．光武帝紀上》：「蕭王推赤心置人腹中，安得不投死乎！」

【開誠布公】誠意待人，坦白無私。語本《三國志．蜀書．諸葛亮傳》：「諸葛亮之為相國也，撫百姓，示儀軌，約官職，從權制，開誠心，布公道。」

但是那種契合之感是如此的真實，真實過我們從大學到現在的無數次玩樂、冶遊、和幾次差點可以發展成同性戀關係的同床共眠剖腹交談。（朱天心〈我的朋友阿里薩〉）

在那個貧瘠、樸實而善感的年代，人與人之間的交往經常浮蕩著濃濃的關愛和深深的懇摯。（董橋〈榆下景〉）

虛偽

【佯裝】假裝。

【偽善】假裝善良。

【作假】不真，故作客套。

【鄉愿】外表誠懇忠厚，討人喜歡，實際上卻是不明事理的偽善者。

【矯飾】造作以為掩飾。

【假惺惺】虛情假意。

【偽君子】表面像是好人，其實是欺世盜名。

【心口不一】心裡想和嘴裡說的不同。為人虛偽。

【釣名沽譽】故作虛偽奇行以獵取名譽。

【虛與委蛇】假意殷勤，敷衍應付。蛇，一ˊ。

【陽奉陰違】表面上裝著遵守奉行，實際上卻違反不照辦。

【貌是情非】表裡不一，

心裡想的與做的完全不同。

【賣狗懸羊】比喻表裡不一，欺騙矇混。

【披著羊皮的狼】伊索寓言的故事。一匹狼披著羊皮，混入羊群中偷羊。比喻偽善者。

他的老婆，佯裝不在意地，其實正放下鍋鏟很注意地在聽。自從跟我在一起，多少有些歉疚的緣故，他對自己老婆更細聲細氣了？（平路〈微雨魂魄〉）

自然，一個勁兒顧別人也不一定好。仗義忘身，急人之急，確是英雄好漢，但是難得見。常見的不是敷衍妥協的鄉愿，就是卑屈甚至諂媚的可憐蟲，這些人只是將自己丟進了垃圾堆裡！（朱自清〈論別人〉）

還是你會笑我，會生氣，還是沉默不語，背過頭去？如果我不再對你隱藏或矯飾，我會褻瀆你嗎？（邱妙津《蒙馬特遺書》）

公正

【中立】處於對立的各方之間，不傾向任何一方。

【中庸】待人處事不偏不倚，無過無不及。《論語．雍也》：「中庸之為德也，其至矣乎！」

【公允】公平恰當。

【持平】主持公正，不偏。

【無私】公正不偏私。

【嚴明】嚴格公正而分明。

【一視同仁】平等待遇，毫無歧視。

【不偏不倚】沒有偏差。

【天公地道】公平合理。

【允執厥中】不偏不倚，無過與不及。

【恰如其分】剛好符合分寸。做事、說話十分恰當。

【鐵面無私】公正嚴明而不偏私。

千百代的人們，對蜜蜂的讚美常常集中在它能釀造蜜糖這件事上面；我想，這是不大公允的。我們讚美它的蜜，也得讚美它的刺。（秦牧〈花蜜和蜂刺〉）

持平而論，袁枚寫的魚翅，乃今日粵人煮翅之法，以翅針碩長為貴；而梁章鉅所著墨的，乃當下江浙菜燒翅之法，此二者均有妙品，本不可一概而論。（朱振藩〈為食家們繼絕學〉）

無奈這些鬼判都不肯徇私，反叱吒秦鐘道：「虧你還是讀過書的人！豈不知俗語說的：『閻王叫你三更死，誰敢留人到五更？』我們陰間上下都是鐵面無私的，不比陽間瞻情顧意，有許多的關礙處。」（清．曹雪芹《紅樓夢．第十六回》）

偏私

【文飾】掩飾。

【包庇】袒護不當行為。

【左袒】古代喪禮中脫下左袖，露出左臂。後指幫助、偏護某一方。

【回護】包庇、袒護。亦作「迴護」。

【曲庇】袒護。

【庇護】袒護，保護。

【徇私】受私情左右，不能秉公處理事物。

【徇情】曲從私情。

【偏阿】偏袒徇私。

【偏倚】偏袒、靠向。

【偏袒】私心偏護一方。

【掩護】包庇。

【護短】不顧是非，一味袒護自己人。

【拉偏架】雙方發生衝突時，偏袒一方。

【開後門】不按規定辦事，方便或圖利他人。

【以權謀私】利用權勢謀取私利。

【厚此薄彼】優厚一方冷落另一方，有所偏頗。

【揀佛燒香】因佛大小燒不同香。待人有厚薄之分。

我覺得有一種自己確實犯了罪，卻被一屋子善良正直之人庇護，體內骨骼咔咔作響的陰暗幸福感。（駱以軍《遺悲懷．後記》）

洪老頭對那些輕巧話很反感，他偏袒小馬，因為他見到馬而立在修圍牆時馬不停蹄，衣衫濕透，那不是每個人都能做到的。（陸文夫〈圍牆〉）

那王砉夫妻兩口兒單單養得王慶一個，十分愛恤，自來護短，憑他慣了，到得長大，如何拘管得下。（元末明初・施耐庵《水滸傳・第一〇一回》）

親切

【和易】溫和，平易近人。

【殷勤】殷切、周到。

【溫馨】親切溫暖。

【關切】關心、注意。

【藹然】態度親切、和悅。

【沒架子】不裝腔作勢，態度謙和且平易近人。

【古道熱腸】形容待人仁厚、熱心。

【平易近人】態度和藹親切，容易接近。

【善氣迎人】以和善之氣待人。形容人和藹可親。

【賓至如歸】招待親切，使客人如同回到家裡一樣舒適。語出《左傳・襄公三十一年》：「賓至如歸，無寧菑患，不畏寇盜，而亦不患燥濕。」

【熱情】感情熱烈。

【熱忱】誠摯熱心。

【熱絡】融洽，往來頻繁。

【親暱】親密，親熱。

【一團火】待人熱情。

那些過往的客人剛剛承受了自己和別家女店主一番殷勤招待，跺跺腳腿上的塵土，擤擤鼻子，臉上含著辛苦安詳的笑，重新上道時，就又聽到漫田漫野的歌聲傳入耳裡來。（吳組緗〈樊家鋪〉）

他用手勢止住了幾位正跟夏小麗舌戰的乘客，藹然地對夏小麗說：「姑娘，你消消氣吧！」（劉心武〈公共汽車咏嘆調〉）

說起里長伯這個人，我私下以為他還相當古道熱腸，只是有點「沙鼻」愛人家奉承，本人也有點愛「膨風」，「……」（鍾鐵民〈約克夏的黃昏〉沙鼻，為客家語驕傲、愛現之意。）

冷漠

【生分】疏遠。

【見外】對人因過分客氣而顯得疏遠，像對陌生人。

【作外】見外。

【冷眼】冷靜理性的眼光；冷淡、漠然的態度。

【疏離】對周遭的人事物冷淡、不親近。

【無情】沒有感情。

【漠然】不關心或不相關。

【壁上觀】在營壘上觀看人家交戰。坐觀成敗，不幫助任何一方。語出《史記．項羽本紀》：「諸侯軍救鉅鹿，下者十餘壁，莫敢縱兵。及楚擊秦，諸將皆從壁上觀。」或「作壁上觀」。

【木心石腹】形容人冷酷無情，鐵石心腸。

【冷口冷心】形容待人冷漠，毫無感情。

【事不關己】事情與自己無關。漠不關心的態度。

【若即若離】像接近，又像不接近。態度不明確。

【袖手旁觀】把手放在袖子裡，在一旁觀看。置身事外，不予過問。

【視若無睹】當作沒看見一般。對事物毫不注意。

【隔岸觀火】袖手旁觀，漠不關心的態度。

【置身事外】對事情不理會，不聞不問。

【自掃門前雪】只顧自己，不管別人的事情。

不想剛走來，正聽見史湘雲說經濟一事，寶玉又說：「林妹妹不說這樣混帳話，若說這話，我也和他生分了。」林黛玉聽了這話，不覺又喜又驚，又悲又嘆。（清．曹雪芹《紅樓夢．第三十二回》）

關著的夜——／這是人世的冷眼／永遠投射不到的所在！／再為我歌一曲吧／再笑一個淒絕美絕的笑吧／當雞未鳴犬未吠時。（周夢蝶〈關著的夜〉）

在那班地鐵上，我一直以冷漠與疏離保護著的心，再也忍不住，一下子崩潰了，我掩著臉，許多情緒仍然從裂縫中決堤而出，一種巨大的疼痛終於將我掩沒。（柯裕棻〈裂縫〉）

看熱鬧的人很多，每個隔岸觀火地看著這麼一個小男孩，借著店面的燈光，赤足走進汙濁的泥溝中，彎著腰，伸手往溝內摸索著一個長方形的小盒子，還捏著一把臭氣衝鼻的汙泥，尋找小盒子散失在溝底的全部內容。（梁放〈一盞風燈〉）

謙恭

【謙虛】 虛心謙讓不自滿。

【沖虛】 淡泊謙虛。

【客氣】 謙虛禮讓的態度。

【虔敬】 虔誠恭敬。

【恭順】 恭敬順從。

【虛心】 謙退，不自滿。

【遜順】 恭順。

【謙沖】 謙虛和順。

【謙抑】 謙虛退讓；謙遜。

【謙洽】 謙虛，謙恭。

【下氣怡色】 態度恭順，容色和悅。《禮記．內則》：「父母有過，下氣怡色，柔聲以諫。」

【伏首貼耳】 恭順馴服的樣子。

【折節禮士】 謙虛抑己，禮遇有才能的人。

【恭己待人】 以恭順寬柔的態度對待他人。

【唯唯諾諾】 順從而無所違逆。

【虛懷若谷】 心胸寬廣如山谷能容納萬物。為人謙虛，能接納他人意見。

【敬上愛下】 敬事長上，愛護晚輩。待人謙恭有禮。

【過謙】 過於謙虛。

【足恭】 過於謙恭。《論語．公冶長》：「巧言、令色、足恭，左丘明恥之，丘亦恥之。」

【陪小心】 以謙卑恭順的態度對人，惟恐有所冒犯。亦作「賠小心」。

【垂頭拱手】 形容態度非常恭敬。

【畢恭畢敬】 極為恭敬。

【點頭哈腰】 點著頭、彎著腰。非常恭順或客氣。

上帝，我在，我在這裡，請你看著我，我在這裡。不比一個凡人好，也不比一個凡人壞，我有我的遜順祥和，也有我的叛逆凶戾，我在我無限的求真求美的夢裡，也在我脆弱不堪一擊的人性裡，〔……〕（張曉風〈我在〉）

沈先生的講課是非常謙抑，非常自制的。他不用手勢，沒有任何舞台道白式的腔調，沒有一點譁眾取

寵的江湖氣。他講得很誠懇，甚至很天真。（汪曾祺〈沈從文先生在西南聯大〉）

道士滿臉堆下笑來，連忙足恭道：「小道不知老爺到省，就該先來拜謁，如何反勞老爺降臨？」忙叫道人快煨新鮮茶來，捧出果碟來。（清．吳敬梓《儒林外史．第三十回》）

高傲

【不遜】不謙恭、不恭敬。

【自恃】過分自信而驕傲。

【倨慢】傲慢。倨ㄐㄩˋ。

【神氣】得意傲慢的樣子。

【傲岸】高傲，不屑隨俗。

【驕矜】傲慢、自大。

【擺架子】驕傲誇張，故意顯出自己身分比別人高貴。

【目中無人】比喻自高自大，瞧不起他人。

【自命不凡】自以為聰明、不平凡。顯露高傲自負的神態。

【神氣活現】得意、傲慢，目中無人的樣子。

【趾高氣揚】走路腳抬得很高，十分神氣。形容驕傲自滿、得意忘形。

【唯我獨尊】形容人高傲自大，目空一切。

【顧盼自雄】左顧右盼，自視不凡，得意忘形。

【不可一世】狂傲自滿，以為無人能及。狂妄自大已達極點。

【猖獗】狂妄放肆。

【跋扈】形容態度傲慢無理，舉動粗暴。

【囂張】放肆傲慢。

【桀驁不馴】倔強凶悍，傲慢不順從。驁ㄠˋ。

【小覷】小看；看不起。

【白眼】眼睛露出較多白色部分，表示輕視鄙惡。

【歧視】輕視，以不公平的態度相待。

【唾棄】輕視鄙棄。

【輕蔑】看輕，藐視。

【鄙夷】輕視，瞧不起。

【褻瀆】輕視，不尊重。

【嗤之以鼻】從鼻子裡發出冷笑。表示不屑、鄙視。

在一個濃霧大起的早晨，一名穿著黑色風衣的傲岸的男子迎面向妳走來，然後，妳知道，什麼事情發生了，〔……〕（侯吉諒〈三種春天的感覺〉）

可是不多久，他又開始嫌工作枯燥無意義，回家來總抱怨他們經理對下跋扈、對上奉承諂媚；科長陰險搶人功勞；同事一個個牛鬼蛇神急功好利，只要有一點點好處，個個削尖了腦袋窮鑽營。（蕭颯〈我兒漢生〉）

試想含意未伸的文人，他們在不得意時，有的采樵，有的放牛，不僅無異於庸人，並且備受家人或主子的輕蔑與凌辱，然而他們天生得性格倔強，世俗越對他白眼，他卻越有精神。（朱湘〈書〉）

我們終於能珍重蘇州的美，開始懂得不應該去做那些褻瀆美毀滅美的事情。（王蒙〈蘇州賦〉）

圓滑

【世故】待人處事圓融通達，不得罪人。

【渾圓】圓融周到，不露稜角、痕跡。

【圓融】圓滿融通。

【練達】幹練通達，熟悉人情世故。

【八面玲瓏】形容人處世圓滑，面面俱到。

【長袖善舞】衣袖長，有助於跳舞時的搖曳生姿。後比喻人行事的手腕高明，善於經營人際關係。

【面面俱到】各方面都照顧到。

【乖滑】機靈圓滑。

【知趣】識相、不惹人厭。

【識相】會看風色行事。

【看風向】看風的來向。比喻做人做事圓滑且會相機行事。

【看風使舵】做人做事隨機應變，以適應時勢。可比喻看別人的臉色行事。

【察言觀色】觀察人的言語神情而窺知對方心意。

【油條】歷練豐富、做事圓滑而老於世故的人。

【滑頭】處世圓滑、不老實的人。

【騎牆】對兩方面都討好，立場不明，態度模稜兩可。

【兩面光】做人處事老練成熟，兩方面討好。

【刀切豆腐】兩面光。處世圓滑，兩面討好。

二十三歲那一年，我踏出校門，跌跌撞撞幾回，就全然明白都市人的內外一切，我慶幸自己承續了祖父那種老於世故而不輕易扯破顏面的性格，祖父說過，看穿都市人很容易。（阿盛〈契父上帝爺〉）

杜預為人，老成練達，好學不倦，最喜讀左丘明《春秋傳》，坐臥常自攜，每出入必使人持《左傳》於馬前，時人謂之「左傳癖」。（明．羅貫中《三國演義．第一百二十回》）

固執

【古板】守舊，不合時宜。

【拗強】固執倔強。

【拗蠻】固執而不通情理。

【冥頑】昏昧頑固。

【拿老】固執，不通人情。

【剛愎】固執己見，不肯接受他人的意見。愎ㄅㄧˋ。

【偏執】對事物的見解偏差且固執己見。

【執拗】固執而不順從。

【頑梗】固執不通。

【死心眼】固執。

【老頑固】思想守舊、固執不通的人。

【不識時變】脫離現實、固執己見而不知變通。

【扞格不通】固執成見，不能變通。扞ㄏㄢˋ。

【刻舟求劍】拘泥固執，不知變通。

【食古不化】學了古代知識而不能充分理解、應用，像吃了東西不消化。比喻一味守舊而不知變通。

【執而不化】固執己見而不知變通。

【膠柱鼓瑟】將瑟的弦柱黏住，鼓瑟時就不能調節音調高低。頑固而不知變通。

【獨斷專行】只按自己意思行事，不考慮別人意見。

【懞昧執迷】不明事理，固執於一己之見。

【鑽牛角尖】固執而不知變通，費力研究無用或無法解決的問題。

甚至尊如法國國寶莫里哀，雖然一生備受禮敬，但因為他是演員，不但不能進法蘭西學院，死後也得不到基督教徒式的葬禮。莫里哀幽默的魂魄有知，對冥頑的世事人情不曉得是莞爾還是掉淚？（焦桐〈第四堵牆〉）

當米索剛開始愛他的時候，他的悲觀是他吸引她的重要原因。但究竟是她到現在才注意到，還是他真的改變了？他的悲觀混同了對未來的偏執，而加深了犬儒的傾向。（張惠菁〈蛾〉）

4 行為舉止

莊重

【正經】端莊嚴肅。

【老成】穩重，持重。

【沉穩】沉著穩重。

【岸然】形容莊重、嚴正。如「道貌岸然」。

【矜重】矜莊持重。

【矜莊】端莊穩重。

【持重】行事穩重，舉止不輕躁。

【威嚴】嚴肅、莊嚴。

【肅穆】嚴肅、莊重。

【敬穆】態度恭敬肅穆。

【端莊】端正、莊重。

【端凝】莊重。

【鄭重】莊重。

【凜然】莊嚴、肅穆。

【凝重】莊重嚴肅的樣子。

【嚴肅】態度嚴正莊重。

【一板一眼】本為民族音樂和戲曲中的節拍，二拍子的叫一板一眼。後借喻言語行為有條理，合規矩。

爸爸只要求死時是在一個台灣的高山區。有鶺鴒那樣孤獨的小鳥旁陪著，簡單地躺在那兒，在感覺著霧聲的到來，以及很安靜的肅穆中，慢慢地，感知世界的遠離。（劉克襄〈死亡之書〉）

她像是一位幼小的公主，忽然要被盛裝起來登上寶座，執行皇后的職務。她那端莊、敬穆的樣子就叫人又放心、又嘆息。（鹿橋〈幽古〉）

他圍巾裏得嚴嚴的，脖子縮在半舊的黑大衣裡，厚實的肩背，頭臉相當大，整個凝成一座古銅半身像。我忽然一陣凜然，想著：原來是真像人家說的那樣。（張愛玲〈憶胡適之〉）

輕浮

【輕佻】舉止不莊重。佻ㄊㄧㄠˊ。

【佻脫】輕薄浮蕩。

【佻達】輕薄、不莊重。

【狎暱】過於親近而態度不莊重。暱ㄋㄧˋ。

【浮滑】輕浮油猾。

【浮薄】不誠實而又輕薄。

【媟黷】ㄒㄧㄝˋ ㄉㄨˊ，行為放蕩不莊重。或作「媟狎」。

【輕狂】輕佻、放浪。

【調戲】用輕佻的言語行為調引戲弄。

【躁佻】輕浮，不穩重。

【沒正經】沒規矩。

【毛手毛腳】動手動腳。多指男女間輕浮的行為。

【油頭滑腦】形容人既狡猾又輕浮。

【輕浪浮薄】形容人的行為輕浮莽撞不莊重。

【撒風撒痴】恣意輕佻放肆。

【撲花行徑】比喻男子的輕薄行為。

教授對於莎士比亞的女人雖然是熱烈、放肆，甚至於佻達的，對於實際上的女人卻是非常酸楚，懷疑。（張愛玲〈殷寶灩送花樓會〉）

好個美人！真像個病西施了。你天天作這輕狂樣兒給誰看？你幹的事，打量我不知道呢！我且放著你，自然明兒揭你的皮！（清・曹雪芹《紅樓夢・第七十四回》）

負責

【牢靠】穩當可靠。
【承當】承受擔當。
【認真】切實負責而不馬虎隨便。
【擔負】擔當負責。
【扛大梁】承擔重任。
【任重道遠】負擔繁重，路途遙遠。長期肩負重大的任務。語出《論語·泰伯》：「士不可以不弘毅，任重而道遠。」
【事必躬親】凡事一定自己親自去做。
【責無旁貸】自己應盡的責任，沒有理由推卸。
【獨當一面】獨力擔當一方的重任。
【支配】調度指揮。
【包辦】負責辦理。
【把持】獨攬行事，不許外人參與。
【控制】操縱，節制使不超出範圍或隨意活動。
【掌管】管理。
【駕馭】指揮、控制。
【獨攬】一人獨自把持一切。
【壟斷】把持、獨占。

一件事接一件事作下來，從不休手。老闆覺得她牢靠，都交給她照料，自己上樓去。（李渝〈夜琴〉）

人唯有在有知覺地活著，在擔負和委屈之後所感到的迷惘和毅力中，才能顯出人所以為人的魅力。（陳列〈同胞〉）

鄰村有個有錢人到我們村子來，他說他願意負責蓋廁所的經費，條件是，水肥歸他收一年，村裡的人開會通過，半個月後，廁所蓋好了，還裝了水箱，那個有錢人每天派車子來載水肥，聽說他包辦了好幾個村子的水肥，轉手賣給魚塭和農家，一桶二十五塊錢。（阿盛〈廁所的故事〉）

躲避

【躲藏】躲避隱藏。
【潛伏】隱匿埋伏。
【隱祕】隱蔽不顯露。
【藏匿】隱藏不使發現。
【揜揜縮縮】躲躲藏藏。揜 一ㄢˇ。
【出奔】出走，逃亡。
【兔脫】像兔子一樣迅速逃跑。形容逃脫得快。
【流竄】四處流亡逃竄。
【逃遁】逃離、躲避。
【開溜】偷偷離開。
【逃之夭夭】逃跑。
【溜之大吉】迅速的偷偷逃跑，才是上策。
【腳底抹油】比喻溜得很快或溜之為妙。
【臨陣脫逃】臨上陣作戰時卻逃跑。意謂臨場退怯。
【卸責】推卸，諉過他人。
【推委】把責任推給別人。
【打太極】比喻推卸責任、不負責任。
【踢皮球】互相卸責。
【推乾淨兒】極力推諉以脫卸責任。
【鬼祟】行為不光明。
【暗地】偷偷的、私下。
【幕後】舞臺帳幕的後面。比喻背後、暗中。
【偷雞摸狗】形容做事偷偷摸摸，不光明正大。

華麗遊艇的甲板上，可能仰臥著穿泳衣的大毒梟；樸素的漁船，艙底也許藏匿了偷渡的人蛇。（西西〈手卷〉）

不過，抽象的觀念人人皆知，但付諸實踐卻往往困難重重，其原因仍在於我們待自己太寬厚，我們總是習於原諒自己，一次又一次地讓自己從自我申誡的自律中兔脫。（陳幸蕙〈微笑如花及其他〉）

總覺有誰在高處／冷冷察照我。照徹我底日夜／我底正反，我底去來。／而且，逃遁是不容許的／珂蘭經在你手裡／劍，在你手裡……（周夢蝶〈你是我底一面鏡子〉）

認同

【同意】贊成。

【附和】自己毫無定見，隨他人意見或行動而應和。

【首肯】點頭表示同意。

【許諾】答應，允諾。

【採納】接受他人的意見。

【接受】收受，接納。

【領教】接受別人的教誨或意見。

【應承】應允，承諾。

【贊同】贊成，同意。

【響應】附和某種主張或行動。

【支持】支援；贊同鼓勵。

【捧場】到劇場欣賞演員表演，指替他人臨場助陣。

【撐腰】給予支持，當靠山。

【擁護】扶助。

【妥協】與某人或幾個方面之間商談條件或求得互讓。

【屈從】委屈順從。

【威服】信服於一股令人敬畏的力量。

【勉強】心中不願而強為之。

【遷就】委屈自己，曲意迎合他人。

【馬首是瞻】作戰時，士兵依主將的馬頭決定前進的方向。比喻毫無主見，服從指揮或跟隨他人進退。

許多古老的故事／在沒有**許諾**中食言／在沒有發誓時背叛／世界的苦痛是／雙手被捆綁／躺在女人的胴體旁（李敏勇〈在葡萄牙歌聲裡的即興筆記——薩拉馬戈，我記得你的詩〉）

人能一旦震懾於美的無端無涯，**威服**於生命的湧動生發，亦即他終於近道之剎那了。（張曉風〈山的春、秋記事〉）

而我的靈魂的偉大，不論外表如何破舊，總該得人的認識。我可以終身不戀愛、不結婚，這個原則不能變。變就是**遷就**——我所頂反對的也就是**遷就**。（夏濟安《夏濟安日記》）

反對

【否決】否定某事的議決。

【抗議】對他方的意見或措施表示反對。

【抵拒】抵禦、抗拒。

【杯葛】集體抵制。

【拒卻】拒絕、推卻。

【骶排】拒絕、排斥。骶ㄉ一ˇ。

【駁回】不答應、不承認。

【謝絕】推辭、拒絕。

【唱反調】提出相反的意見或採取相反的行動。

【不以為然】不認為是這樣。表示不同意。

【背叛】違背、反叛。

【忤逆】違背。

【拂逆】違背，違反。

【叛逆】背叛。

【悖反】違背。悖ㄅㄟˋ。

【逆亂】悖逆叛亂。

【造反】叛亂。

【違抗】違背抗拒。

【違拗】違背，不順從。

【誖逆】悖亂忤逆。誖ㄅㄟˋ。

【離叛】脫離背叛。

【變節】改變舊有的志向、節操。

【出賣】背棄並加害。

【倒戈】背叛，反戈相向。

你太中年／我的年輕會因不懂事而忤逆你／你太淡泊／我的要強會起來／與你爭一日之長短／我寧可周旋於其他人中／縱使貽害四方／也不過害他們失眠罷了／而紅顏帶罪／何功以贖？（鍾曉陽〈紅顏〉）

在愛情中耽溺的人，悖反現在社會要求的明快效率，寧可在混亂中徘徊，也不要乾淨俐索的一刀兩斷。（張惠菁〈張國榮的兩個背影〉）

他變得勤於偵查，暴躁易怒而多疑。一通電話，一封短信都讓他聯想到女人的變節。（鄒敦伶〈一種遊戲〉）

選擇

【選取】挑選取用。

【抉擇】選擇。

【拔取】選拔、任用。

【物色】挑選；尋找。

【挑揀】挑選。

【採用】挑選取用。

【採擇】選用。

【推選】推薦選拔。

【揀選】挑選，選擇。

【篩選】原指利用篩子選揀。後指在同類事物中淘汰不需要的，留下需要的。

【擇優】選擇優異、傑出的。

【拔尤】選取才能特出的人。

【抉擿】選取精要。擿ㄊㄧˋ。

【達德】選拔錄用有才德的人。「尊賢達德」。

【選拔】挑選優秀的人才。

【去蕪存菁】去除雜亂，保留菁華。

【爬羅剔抉】蒐集極廣博，選擇極正確。爬羅，蒐集。剔抉，經過篩選後，選擇精良的。韓愈〈進學解〉：「爬羅剔抉，刮垢磨光。」亦作「爬梳剔抉」。

【舉要刪蕪】選取重要的，而去除冗雜無條理者。指應抓住重點。

三年前，她生父過世，母親託幾個媒人物色，總算嫁上一個走江湖的，他的確壯，至少看起來不會像她的短命老子死得太快；〔……〕（張瀛太〈飛來一朵蜻蜓花〉）

想起自「小豆子」搖身變了「程蝶衣」，半點由不得自己作主：命運和伴兒。如果日子重頭來過，他怎樣挑揀？（李碧華《霸王別姬》）

你和某個農村或城市的關係，你和大自然的關係，能最直接的交流，沒有任何的中介，這樣，一切都經過你頭腦的篩選和儲存，顯然，這種記憶會深刻、連續而富有立體感。（劉湛秋〈單人旅行〉）

去除

【勾消】勾除取消。亦作「勾銷」。

【扼殺】抑制，使其無法生存、發展。

【抹煞】消除，勾消。

【芟除】除去，消滅。芟ㄕㄢ。

【拋卻】拋棄，放棄。

【拔除】拔掉，去除。

【革除】消去。

【消弭】消滅，停止。

【祛除】除去，消除。祛ㄑㄩ。

【除汰】除去、淘汰。

【淘汰】經由選擇或競爭，剔除無用低劣的人或物。

【棄捨】放棄丟開。

【摒棄】排除、捨棄。摒ㄅㄧㄥˋ。

【肅清】完全清除。

【滅絕】消滅、斷絕。

【撇棄】丟開、拋棄。

【撤銷】撤回，取消。

【滌盡】去除淨盡。

【蕩滌】清洗，洗除。

【蠲免】免除。蠲ㄐㄩㄢ。

【打退堂鼓】比喻放棄、半途而廢。

眼見得這人也結連梁山泊，通同造意，謀叛為黨，若不祛除，必為後患。（元末明初．施耐庵《水滸傳．第四十回》）

若我們兩人之間，只有一個夢能夠成真，我願意那是你的夢。如此，則我的夢縱然憔悴、滅絕，我也心甘情願。（鍾曉陽〈哀歌〉）

一到家，他母親大聲宣布蠲免媳婦當天的各項任務，因為她丈夫回來了。媳婦反而覺得不好意思。她大概因為不確定他回來不回來，所以在綢夾襖上罩上一件藍布短衫，隱隱露出裡面的大紅緞子滾邊。（張愛玲〈五四遺事——羅文濤三美團圓〉）

調解

【挽救】設法從險難中挽回或補救。

【排解】調停解決。

【疏通】調解雙方的爭執。

【解拆】調解，排解。

【說和】調解雙方的爭執。

【說開】調解。

【斡旋】從中周旋、調解。斡ㄨㄛˋ。

【調停】調解、排除糾紛。

【調處】調停處理。

【緩衝】發生衝突時有人居中調停，緩和緊張。

【彌補】補救，挽回。

【轉圜】挽回，調停。圜ㄏㄨㄢˊ。

【勸和】調解使歸和好。

【打圓場】替人調解紛爭或撮合事情。

【排難解紛】為人解圍。

居然有人不知道他是誰了。這一家銀行，到底是怎麼開的。「這三家銀行的股東會，都是我在……我在斡旋。」他說出「斡旋」兩字，自己也很得意。（鄭清文〈報馬仔〉）

雙方心裡都已經懊悔了，面子上還負氣誰也不理誰。我講得對不對？這時候要有個第三者，出來轉圜。你不肯受委屈認錯，祇有我老頭子出面做和事老，〔……〕（錢鍾書《圍城》）

慫恿

【下火】挑撥是非。

【挑唆】挑撥、教唆。亦作「唆調」。

【鼓搗】撥弄、擺布。

【搬嘴】挑撥是非。

【煽動】慫恿生事。

【煽惑】煽動蠱惑。

【熒惑】使人迷惑、眩惑。

【說調】挑撥。

【撮弄】教唆，唆使。

【調白】挑撥。

【離間】從中挑撥使不合。

【攛掇】勸唆、慫恿他人去做某事。攛ㄘㄨㄢ。

【敲邊鼓】幫腔、助勢。

【挑三窩四】挑撥是非。

【乘間投隙】趁機挑撥。

【推波助瀾】從旁鼓動，使事態擴大。比喻不能消弭事情，反而助長它。

【掀風播浪】比喻鼓動風潮，惹起事端。

【煽風點火】比喻鼓動慫恿，以挑起事端。

她挑唆著我與養父母之間的仇恨，不停地安慰我，鼓勵我，要我挺起腰桿做人，要像一個革命烈士的後代，要對得起那位為革命捐軀的親生父親。（葉兆言〈記憶中的「文革」開始〉）

我們這一代是注定了像斷了線的風箏，拉不回去了。他們要早料到這一天，就不該一個勁兒地攛掇我們出國。（馬森《夜遊》）

如今咱們家裡更好，新出來的這些底下奴字號的奶奶們，一個個心滿意足，都不知要怎麼樣才好，少有不得意，不是背地裡咬舌根，就是挑三窩四的。我怕老太太生氣，一點兒也不肯說，不然我告訴出來，大家別過太平日子。（清．曹雪芹《紅樓夢．第七十一回》）

揭示

【公諸】公開表露。「公諸於世」。

【反映】把客觀事物的實質表現顯示出來。

【昭示】明白的宣告、公布。

【宣告】宣布、公告。

【發布】宣布通知。

【揭曉】公布、發表。

【楬櫫】ㄐㄧㄝˊ ㄓㄨ，標明、揭示。亦作「揭櫫」。

【頒布】政府或行政主管機關將政令布告大眾。

【標榜】揭示、品評。

【抖摟】揭開、宣布隱密的事情。

【洩露】顯露、暴露。

【點破】拆穿、揭露。

【戳穿】說破、揭開。

【曝光】隱瞞的事被揭露。

【露馬腳】洩漏真相、隱情。

【東窗事發】比喻陰謀敗露，將被懲治。

又，李漁個人較不喜肉食（注：除蟹之外），其所楬櫫的說法，我就不敢苟同。（朱振藩〈超級品味李笠翁〉）

一個學習小說的人，首先是去描摹一個人的行為與談吐；不只是注意那些顯著的特徵，而且更要注意那些細小的地方，一般人所忽視的地方；一個輕微的動作，一句無關緊要的語言，往往會洩露出人的內在的隱祕。（姚一葦〈淺談寫小說〉）

參與

【干預】干涉、過問。
【介入】參與並加干預。
【共謀】共同計劃、商量。
【合謀】共同謀劃。
【投入】置身其中。
【沾手】插手，參與其事。
【涉足】進入某一境界、環境或範圍。
【側足】插足，干預其事。
【插手】參與、加入。
【插足】參與、加入。亦作「插腳」。
【插花】比喻參與、加入另一個團體的活動。
【與會】參加聚會或會議。
【摻和】參與、插手。
【躋身】置身、跨入某種領域或行列。躋ㄐㄧ。
【蹚渾水】比喻參與他人不正當的事情。蹚ㄊㄤ。

然而，作為一個涉足藝術的人來說，無論成「家」或成「匠」，都意味著一些悲劇精神，或者說是一種「犧牲」，這本身已如此莊嚴，使人不忍心輕易的忽略那艱苦的過程！（張菱舲〈琴音〉）

此種行為的本身就可以躋身於科學家、理論家、文學家的行列，且不說他到底寫了點什麼東西。包坤年說得好：「只要他講講一生都吃了哪些名菜，就可以使我們大開眼界！」（陸文夫〈美食家〉）

促使

【提倡】對一種事物或風氣的鼓勵和倡導。
【宣傳】講解說明，闡揚。
【發揚】宣揚、提倡。
【鼓吹】提倡鼓動。
【倡導】帶頭發起、提倡。
【策動】發動、推動。
【催促】促使趕快行動。

【導揚】鼓吹宣揚。
【激勵】激發、鼓勵。
【鞭策】督促、鼓勵。

【役使】差遣、使喚。
【差撥】分派、指使。
【差遣】派遣。

【驅使】差遣、役使。
【遣撥】差遣撥派。
【迫令】強迫叫人做事。

【勒令】命令使他人遵從。
【逼使】強逼促使。

在繁縟和利欲之中培養一份淡淡情懷就是我最大的奢望。能有一分淡淡情懷支持著我，鞭策著我，使我不至於感嘆對月已無人可憶也該算一種幸運。（胡品清〈曼陀鈴小夜曲〉）

對付步步逼進的時間，不能俯首聽憑其征服，必須以攻為守的採取一些制服行動；讓時間為我所驅使，供我所利用。當然人與時間的頑強較勁，心總是會輸的，但是輸也輸得仍有些值得留下來的戰利品。（向明〈時間，頭大腳短的侏儒〉）

早知相遇底另一必然是相離／在月已暈而風未起時／便應勒令江流迴首向西／便應將嘔在紫帕上的／那些愚癡付火。自灰燼走出／看身外身內，煙飛煙滅（周夢蝶〈囚〉）

受限

【束縛】拘束或限制。
【制約】限制約束。
【拘囿】拘泥局限。囿一ㄡˋ。
【拘縶】牽絆。縶ㄓˊ。

【囿限】局限。
【枷鎖】比喻束縛、壓迫。
【桎梏】束縛。梏ㄍㄨˋ。
【牽掣】牽纏受制，行動不能自由。亦作「牽制」。

【牽縈】牽纏羈絆。
【圈禁】牽絆、限制。
【樊籠】鳥籠。比喻束縛不得自由。陶淵明〈歸園田居五首之一〉：「久在樊籠裡，復得返自然。」或作「牢籠」。

【纏縛】束縛。
【羈絆】受牽制而不能脫身。

依然明明白白的「承恩」兩字鐫刻在門楣之上，那種中國人昔時無可救藥的，甘受制約的奴性在這座大清國最後的封建體制的城門上顯露無遺：究竟承誰的恩？感誰的德？（林文義〈在護城河右岸〉）

我的心也同樣的感受了不知是年歲還是什麼的拘縶。動的現象再不能給我歡喜，給我啟示。（徐志摩〈自剖〉）

你的用功嗜書影響了我對讀書的觀念，不囿限在課堂的教科書、不在乎學校的成績，只尋找跟自己興趣相投的古人。（鄭明娳〈站在你的視域之內——寫給沈謙老友〉）

他是自由主義者，他反對宗教，反對權力，反對加上人類身上的經濟的和思想的一切桎梏，那麼他為什麼那樣苦苦地祈禱呢？（陸蠡〈獨居者〉）

捉弄

【招惹】戲弄；對人開玩笑。
【促狹】愛捉弄人。
【挑逗】撩撥逗引。
【掇弄】捉弄。
【撩撥】挑逗、捉弄。
【播弄】戲弄、耍弄。
【戲弄】愚弄他人，藉以取笑。
【擺布】捉弄。
【尋開心】故意捉弄人。
【開玩笑】戲弄、耍弄；說笑話。
【惡作劇】令人難堪的戲弄。
【擺了一道】捉弄。

總是在街口就轉向另一條路，看到她們眼中有一絲促狹，我卻提不起勁來計較，於是在不知不覺中，送我回家的任務轉到他身上。（林黛嫚〈情事〉）

她的聲音清脆得像琵琶，穿著繃緊的牛仔褲，穿堂入室在僧舍之中，到處丈量。眾僧的心弦，像被潔白光潤的手指撩撥著，發出急促的音符。（鍾玲〈蓮花水色〉）

作惡

【作歹】做壞事。

【造孽】做壞事種下惡因。

【肆虐】任意作惡。

【盜竊】竊取偷拿。

【打劫】劫奪財物。

【劫掠】強奪。

【洗劫】搶奪他人財物。

【攫取】奪取。

【威脅】以威力脅迫。

【恫嚇】ㄉㄨㄥˋ ㄏㄜˋ，虛張聲勢，恐嚇他人。

【挾持】用威力迫使對方屈服。亦作「脅制」。

【勒索】用威脅或暴力等非法手段索取財物。

【搜刮】用各種方法掠奪、聚斂財物。

【榨取】比喻搜刮、剝削他人的利益。

【箝制】用威勢壓制他人。

【誘剝】誘拐、剝削。

【擄掠】搶奪財物或人口。

【壓榨】以壓力榨取。比喻搜刮剝削。

【打秋風】向富人抽取小利，或藉故向人取財。

【敲竹槓】藉端勒索財物，或抬高價錢。

【榨油水】壓榨出油和水。以欺壓、敲詐非法手段搜刮錢財。

【抽筋剝皮】剝離抽取筋肉。殘酷的壓榨剝削。

【敲骨吸髓】敲碎骨頭，吸取骨髓。殘酷的壓榨。

【擅作威福】擅自作威作福。濫用權勢欺壓別人。

【破壞】擾亂毀棄。

【作梗】從中阻撓、搗亂。

【拆臺】比喻從中破壞，使事情不能成功。

【胡攪】瞎搗亂；擾亂。

【尋釁】故意找藉口製造事端，引發衝突。釁ㄒㄧㄣˋ。

【搗亂】以不好的手段或行動擾亂秩序，或破壞正在進行的事情。

【騷擾】擾亂使人不安。

【扯後腿】阻撓、破壞、牽制他人行動，使其不能達到目的。

【挖牆腳】挖毀牆腳的地基。在暗地裡阻撓或破壞別人的計畫、行動。

沒人意會到我這去國二十年的人對這城市的放心，即若迷路也從容。這是一個不需設防、不必擔心乞丐**騷擾**、瘋漢發狂、暴徒**打劫**、賊人**肆虐**、種族歧視、恐怖分子**威脅**的城市。（黃寶蓮〈親愛的台灣〉）

從前漢人侵占原住民土地還要鄙棄他們，現在都市人吃農人米還要**誘剝**他們的兒女，文人住工人建的

房屋，卻自造煙囪吐汙氣燻黑社會。（許達然〈探索〉）

我不曉得當時是什麼人在裡面作梗，使得媽跟大姨媽起了衝突，破壞了大哥同梅表姐的幸福！（巴金《家》）

還有妹妹的表情，更令人難以忍受。她的眼角，她的鼻翅，輕輕的牽動，總是意味著一種尋釁和敵對。對母親，我可以忍受，但對妹妹，我卻必須忍受。（鄭清文〈校園裡的椰子樹〉）

傷害

【汙染】沾染；玷汙。

【作踐】糟蹋、摧殘。

【折翼】折斷翅膀。遭受挫折、傷害。

【攻擊】以武力、語言或文字傷害他人。

【玷汙】汙辱，侮辱。

【凌遲】古代一種酷刑。今多意指欺凌虐待。

【強暴】強橫凶殘的行為。

【荼毒】苦菜與螫蟲。比喻苦痛、毒害。

【貽害】留下禍害或使其損害之意。貽ㄧˊ。

【摧殘】摧折破壞。

【斲傷】傷害。

【蹂躪】摧殘、傷害。

【糟踐】糟蹋、作踐。亦作「蹧踐」。

【打冷槍】暗中傷人。

【使絆子】背地裡耍弄手段害人。

【放冷箭】暗中設計陷害他人。

【暗箭傷人】趁人不備，用狡詐陰險的手段傷害人。

【行凶】傷害別人的行為；殺人。

【夷戮】誅殺。

【戕害】殺害。

【誅滅】滅除。

【草菅人命】輕視人命，濫殺無辜。菅ㄐㄧㄢ，一種野草。語本《大戴禮記·保傅》：「其視殺人若艾草菅然，豈胡亥之性惡哉？」

【殺人越貨】殺人搶劫。語本《書經·康誥》：「殺越人于貨，暋不畏死。」

【謀財害命】為謀取錢財，而傷害人命。

【血洗】血流很多，像被血洗刷過一樣。慘酷的屠殺。

【屠戮】殺戮；大批屠殺。

【血流成河】形容被殺害的人極多。

人就會說漂亮話，說什麼親近自然，愛自然，愛過之後便一刀刀地將它凌遲處死。在象山，在任何被人汙染被人蹂躪被人強暴的山林，你永遠也聽不到山靈的呼喚。（洛夫〈山靈呼喚〉）

我其實並不會去揣測不在我身旁的人正在做著什麼事？那種揣測既無助於實質的發展卻斲傷愛情的堅信。（鍾文音《從今而後．自序》）

假飾天真是最殘酷的自我糟踐。沒有皺紋的祖母是可怕的，沒有白髮的老者是讓人遺憾的。沒有廢墟的人生太累了，沒有廢墟的世界太擠了，掩蓋廢墟的舉動太偽詐了。（余秋雨〈廢墟〉）

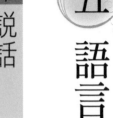

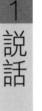

五 語言

1 說話

言談

【分說】解釋；細說。

【敘述】陳述。

【解釋】說明。

【洽談】接洽商談。

【協商】共同商量。亦作「協議」。

【諮詢】諮商、詢問。

【叮嚀】囑咐。

【交代】交互接替。

【囑咐】吩咐、囑託。

【告誡】申告勸誡。

【開解】開導勸解。

【遊說】以言語說動他人，使他聽從自己的主張。

【勸導】規勸開導。

【傳達】傳遞、通報。

【複述】重複敘述別人或自己說過的話。

【轉告】輾轉傳達。

【質問】詰問、責問。

【盤詰】仔細追問。

【審訊】詳細查問。

【訴苦】向他人訴說自己的困難、苦衷。

【傾吐】將心中的話全部說出。

【發牢騷】向人傾吐心中的不滿和怨恨。

文學教你怎麼說「我愛你」；政治教你怎麼解釋「我愛你」；歷史則教你從別人對另一個別人說的「我愛你」之中學會甚麼時候不說「我愛你」。（董橋〈父親加女兒等於回憶〉）

鄭夫人立在樓梯口倒發了一會楞，方才跟進房來，待要盤詰責罵，川嫦靠在枕頭上，面帶著心虛的慘

白的微笑，〔……〕（張愛玲〈花凋〉）

我向你傾吐思念／你如石像／沉默不應／如果沉默是你的悲抑／你知道這悲抑／最傷我心（覃子豪〈獨語〉）

細語

【咕噥】小聲說話。或作「嘓噥」。

【呢喃】此以燕鳴形容人的輕柔細語聲。

【附耳】靠近耳邊小聲說。

【悄聲】小聲說話。

【喁喁】ㄩˊ，細聲低語。

【嘰咕】小聲說話。

【打耳暗】耳邊小聲說話。

【咬耳朵】靠近別人耳朵說悄悄話。

【嘁嘁喳喳】形容細碎的說話聲。

【萋萋綽綽】低聲交談的聲音。

【竊竊私語】私下密語。

你是一樹一樹的花開，是燕／在樑間呢喃，——你是愛，是暖，／是希望，你是人間的四月天！（林徽音〈你是人間的四月天——一句愛的讚頌〉）

我也同樣記得坐在柳蔭下，兩隻腳放在水中，靜靜地讀著心愛的書。或者，划著一隻小船，深藏在綠蔭深處，和心愛的人喁喁情話，讓時光緩緩地流過。（郭嗣汾〈水．緣〉）

大家都嘁嘁喳喳的在那裡說閒話。因為人太多了，所以說的甚麼話都聽不清楚，也不去管他。（清．劉鶚《老殘遊記．第二回》）

叫罵

【叫囂】大聲喊叫、吵嚷。

【吆喝】大聲呼喊。

【吶喊】高聲喊叫。

【咆哮】人激怒時的吼叫。

【叱責】大聲責罵。或作「斥責」。

【呵叱】大聲斥責。

【嚷罵】大聲喝罵。

【捱罵】遭受責罵。

【攻訐】舉發他人過失而加以抨擊。訐ㄐㄧㄝˊ。

【抨擊】用言論或文章來指責、攻擊。

【苛責】嚴厲的責備。

【責難】責備；非難。

【詛咒】祈求鬼神降禍於所恨的人；咒罵。

【開炮】提出嚴厲的批評。

【貶抑】指出缺失，並予以負面的批評。

【說落】數落。

【數落】責備。

【詰責】譴責。

【誚讓】譴責。誚ㄑㄧㄠˋ。

【漫罵】亂罵。或「謾罵」。

【罵詈】辱罵。詈ㄌㄧˋ。《史記・魏豹傳》：「今漢王慢而侮人，罵詈諸侯、群臣如罵奴耳！」

【譙讓】責罵、譴責。譙，ㄑㄧㄠˋ。《史記・萬石君傳》：「子孫有過失，不譙讓。」

【譴責】責備。

【口伐】語言譴責、聲討。

【問罪】指出對方罪狀責備或討伐。「興師問罪」。

【撻伐】討伐，泛指聲討。

【聲討】譴責罪行，討伐。

我看過七叔咬牙切齒吆喝著牛，趕著牛，好像恨不得牠飛跑起來似的，但是，牛好像有牠自己的哲學，不論你怎麼趕，牠有牠一定的速度。（蕭蕭〈臺灣牛〉）

在我自己，本以為現在是已經並非一個切迫而不能已於言的人了，但或者也還未能忘懷於當日自己的寂寞的悲哀罷，所以有時候仍不免吶喊幾聲，聊以慰藉那在寂寞裡奔馳的猛士，使他不憚於前驅。（魯迅《吶喊・自序》）

但妳一聽到別人毫無負擔、淋漓痛快的抨擊它時，妳總克制不了的認真挑出對方言詞間的一些破綻為它辯護，而同時打心底好羨慕他們可以如此沒有包袱的罵個過癮。（朱天心〈想我眷村的兄弟們〉）

這命，要的是什麼？／而我要的更多／莫非諸神詛咒了我的天賦／但我會用它們來愛人（鯨向海〈與算命師和談〉）

人說「婊子無情／戲子無義」的話來貶抑歡場，張愛玲想必剝除了貶意而同意這句話，因為單是情義兩字太單薄，經不起小說家打撈保存。（張大春〈胡說與張歎〉）

這一類的罵詈不停地響進我的耳裡。間或也夾雜著微弱的哀求聲。那無疑是從吉村的嘴裡說出來的。我有些好笑，曾多少時候呢？他已從目中無人唯我獨尊的地位，一變而成為這種頻頻哀告的可憐蟲了。（鍾肇政〈初戀〉）

當時我同樣冷眼看著，同樣覺得與我無關，這種想法很可恥，該被撻伐，但我卻覺得很平靜，彷彿站在山岡上遙望著喧擾的人間，她們流淚控訴、懇求，全與我無關。（周丹穎〈前夏之象〉）

爭執

【嗑牙】 談笑鬥嘴，以消磨時間。

【犯牙兒】 鬥嘴、閒扯。

【磨嘴皮】 鬥嘴，逞口舌。

【口角】 言語上的爭執。

【反駁】 反對的理由辯駁。

【犯言】 鬥嘴、爭吵。

【舌戰】 激烈的辯論。

【抬槓】 各執一詞，互相爭辯、鬥口。

【拌嘴】 爭吵、鬥嘴。

【勃谿】 吵架、爭鬥。多指家人之間的爭吵。谿ㄒㄧ。

【頂撞】 回嘴；用強硬的話反駁別人。

【強嘴】 頂嘴；強辯。

【費嘴】 吵嘴、爭論。

【齟齬】 ㄐㄩˇ ㄩˇ，意見不合。

【辯駁】 據理爭辯駁斥。

【爭長論短】 爭論是非。

【脣槍舌劍】 比喻辯論的激烈和言辭的鋒利。

死在生活的末尾是件美事。大大小小的齟齬和糾纏不清的怨尤和口角再不會發生了。留下了寬容和諒解，一種令人懷念的告別。（徐遲〈網思想的小魚〉）

擁進來的果然是幾條大漢，為首的一個，臉上有幾顆凶蠻的酒刺，衝著她晃了晃一個紅袖標，又塞到衣裳裡去了。大概惱火於她剛才的傲慢頂撞，他們一進門來就沒有好臉色。（韓少功〈謀殺〉酒刺，粉刺、痤瘡的俗稱。）

你還敢跟我強嘴，你翅膀硬了是不是？自打這個小狐狸精進了門，你就不像我的兒子了！（莫言〈祖母的門牙〉）

喧鬧

【喧譁】大聲說話、叫喊、笑鬧。亦作「諠譁」。

【喧囂】喧譁吵鬧。

【鼓譟】大眾齊發出呼喊喧鬧聲。亦作「鼓噪」。

【嘈雜】聲音喧鬧、雜亂。

【鬧攘】喧鬧、紛擾。

【鬨然】喧嘩吵鬧的樣子。鬨ㄏㄨㄥˋ。

【譁然】人多聲音嘈雜貌。

【譁噪】喧鬧吵雜。

【囔刮】大聲喧鬧。

【七嘴八舌】人多口雜，言語紛亂的樣子。

【人言藉藉】人們議論紛紛。說有關人家名譽之事。

【沸沸揚揚】人聲雜亂，議論紛紛，如水沸騰。

【甚囂塵上】喧譁嘈雜，塵沙飛揚。

【街談巷議】大街小巷中的議論、傳言。

【蜚短流長】流傳的閒言閒語。或「飛短流長」。

【滿城風雨】事情一經傳出，流言四起，議論紛紛。

【語三道四】議論紛紛、信口批評。

【議論紛紛】不停揣測、討論。意見不一，議論多。

【打隔山炮】比喻背地裡議論紛紛。

與其說醫院家庭化，毋寧說醫院旅館化，最像旅館的一點，便是人聲嘈雜，四號病人快要咽氣，這並不妨礙五號病房的客人的高談闊論；六號病人剛吞下兩包安眠藥，這也不能阻止七號病房裡扯著嗓子喊黃嫂。（梁實秋〈病〉）

他哼地冷笑一聲。「誰都知道你們罵的是楊健。」「楊健？」全班鬨然。大家不約而同轉頭，一百多隻眼睛，集中在楊健臉上。（歐陽子〈最後一節課〉）

九莉與之雍的事實在人言藉藉，連比比不看中文書報的都終於聽見了。（張愛玲《小團圓》）

健談

【巧嘴】口才伶俐。

【利口】能言善辯。

【耍嘴皮】賣弄口才。

【口若懸河】說話滔滔不絕，能言舌辯。

【口能舌便】口舌伶俐，很會說話。

【巧舌如簧】舌頭靈巧，像簧片般發出動人樂音。能言善道，說話動聽。

【舌粲蓮花】口才好。

【利喙贍辭】能言善辯、工於辭令的利嘴。喙ㄏㄨㄟˋ。

【能言善道】口舌伶俐、善說話。或「能說慣道」。

【娓娓動聽】形容講話生動好聽。

【應對如流】形容才思敏捷，答話如流水般順暢。

【辯才無礙】能言善道。

【三寸不爛之舌】形容能言善道，擅長辭令。

【風趣】幽默或詼諧有趣。

【幽默】詼諧風趣意味長。

【詼諧】言談風趣。

【妙語橫生】談笑風生。

【插科打諢】戲曲表演中，穿插滑稽動作或言語引人發笑。指引人發笑的動作或言語。諢ㄏㄨㄣˋ。

【談笑風生】談笑之際興致高昂，言辭風趣。

【叨咕】嘮叨。

【呶呶】ㄋㄠˊ，不停說話。

【絮聒】說話喋喋不休。

【絮絮】說話煩瑣不止。

【聒噪】吵鬧不休。

【喋喋】多話的樣子。

【嘮叨】囉嗦的說不停。

【嘴碎】說話囉嗦。

【饒舌】多話。

【囉嗦】多言不止。

【連珠炮】說話連續不斷

的樣子。

【舌敝脣焦】形容用盡言語辭句論說。

【侃侃而談】從容不迫地說話。

【刺刺不休】嘮叨、話說不停的樣子。

【滔滔不絕】形容說話連續而不間斷。

【打岔】打斷他人的談話或工作。

【插話】插入別人的談話。

【搶嘴】搶著說話，爭相發言。

【置喙】插話以發表言論。

只見阮星竹和秦紅棉仍在絮絮談論。阮星竹雖在傷心之際，仍是巧舌如簧，哄得秦紅棉十分歡喜，兩個女人早就去了敵意。（金庸《天龍八部》）

他聽著放牧員們詼諧的對話和粗野的戲謔，驚奇他們對勞動、對生活並沒有他那麼多複雜的感情，他對自己的這種新體驗感到驚奇。（張賢亮〈靈與肉〉）

辯士唱作俱佳，畫面上不過是男女相擁，他就頻頻咋舌嘬嘴發出親吻聲，將劇情逗得香豔刺激無比，插科打諢的笑話穿插其間，惹得臺下哄笑連連。（……）（楊麗玲〈戲金戲土〉）

她們的工作可能非常輕鬆，工作時間與勞基法符合，因此每個人不在乎站姿是否穩定，嘴巴呶呶不休，比起車窗外景物的替換更快。（拓拔斯〈衝突〉）

正在家兩口兒絮聒，只見武松引了個士兵，拿著條扁擔，徑來房內，收拾行李便出門。（明・蘭陵笑笑生《金瓶梅・第一回》）

而讀書、練琴，卻治了一般女人到四十歲都難免的毛病——饒舌，我的丈夫如果有比別的丈夫幸福之處，那便是他有免於恭聆太座訓話的自由。（鍾梅音〈四十歲〉）

金大班連珠炮似的把這番話抖了出來，也不等童經理答腔，逕自把舞廳那扇玻璃門一摔開，一雙三寸高的高跟鞋跺得通天價響，搖搖擺擺便走了進去。（白先勇〈金大班的最後一夜〉）

可以我忽然覺得這一代的年輕人並不是渾渾噩噩不懂世故的孩子。他們對待事物的角度雖然與前人可能不同，但是他們並非沒有頭腦見解。在露薏絲的面前，我忽然感覺到自己的遲鈍與卑微，我還有什麼置喙的餘地？（馬森《夜遊》）

話少

【口鈍】口舌遲鈍、不善於言談。亦作「口訥」。

【木訥】質樸且不善言辭。

【嘴笨】不善於言辭。

【口舌呆鈍】比喻不善於運用辭令來表達己意。

【拙口鈍辭】不會說話，言辭拙。或「拙口笨腮」。

【謹言】謹慎小心的說話。

【藏拙】掩藏自己的意見或技能，不願讓他人知道。

【不苟言談】不隨便說話，形容人謹言慎行。

【罕言寡語】少言、不多言。沉默，不隨意發言。

郭靖心中難受之極，要想說幾句話安慰黃蓉，可是他本就木訥，這時更是不知說甚麼好。黃藥師望望女兒，又望望郭靖，仰天一聲長嘯，聲振林梢，山谷響應，驚起一群喜鵲，繞林而飛。（金庸《大漠英雄傳》）

我心裡不免發毛，她會背誦的詩可以比我多，該藏拙了。男人的天賦毛病之一是知道贏不過女人就裝作滿瓶不響，或是轉換目標。（阿盛〈腳印蘭嶼〉）

直言

【不諱】不避諱，直言。

【切諫】直言極諫。

【謇諤】ㄐㄧㄢˇ ㄜˋ，直言，不留情面的直說。

【批逆鱗】直言諍諫。逆鱗，指龍喉下倒生的鱗片。

【一針見血】比喻言辭直截簡明，切中要害。

【侃侃諤諤】直言無所忌諱的樣子。

【單刀直入】直截了當的論及問題核心。

【脫口】不加思索便說出。

【嘴快】藏不住話，不假思索說出。

【炮筒子】性情急躁，口無遮攔，說話直爽的人。

【說溜嘴】不假思索，脫口而出，以致造成錯誤。

【口快如刀】形容人說話直爽，不多加修飾。

【和盤托出】毫無保留全部拿出來或說出來。

【麻口袋倒米】麻布袋淺短，一下就倒光米，比喻將事情一股腦兒說盡。

【打開天窗說亮話】無須隱瞞，攤明的說。

朱懷亮道：「平常你是嘴快不過的人，這倒奇了，總不見答應一個字。」振華見父親逼得厲害，索性不說了，就起身回她自己房裡去。（張恨水《劍膽琴心》）

於是連同試播期間以及開播以來的短暫時日之間，我們已聽到熾烈的「空中交談」，不知姓甚名誰的交談者，憑一通電話便那樣侃侃諤諤地開陳意見。（鍾肇政〈熱情的呼喚——客家電台開播有感〉）

吞吐

【支吾】用含混牽強的言語，應付搪塞他人。

【含糊】言語不明確。

【結舌】結巴或不敢說話。

【影射】借此說彼；暗指某人某事而不直接說出。

【模稜】比喻態度或言語含糊、閃爍不定。

【囁嚅】ㄋㄧㄝˋ ㄖㄨˊ，吞吞吐吐，有話想說又停止。

【籠統】含混、不明確貌。

【溫吞水】水不冷不熱。不想惹是非，言行吞吐者。

【繞彎兒】不直接明說。或「繞圈子」。

【欲說還休】想說又不知從何說起。情意複雜，難以表達。辛棄疾〈醜奴兒・少年不識愁滋味〉：「而今識盡愁滋味，欲說還休，欲說還休，卻道天涼好個秋。」

【期期艾艾】口吃。期期，不流利。艾艾，結舌。

【語焉不詳】未說詳盡。

老舍先生不是那種慣說模稜兩可、含糊其詞、溫吞水一樣官話的人。我在市文聯幾年，始終感到領導我們的是一位作家。他和我們的關係是前輩與後輩的關係，不是上下級關係。（汪曾祺〈老舍先生〉）

這太冤枉了，我確實沒有發財，問得我結舌。這套衫是基督教會配給的，不是偷來，還有什麼可講呢。（吳濁流〈幕後的支配者〉）

我本來不知道這影射何人，後來聽了旁邊的人七嘴八舌地議論，才明白指的是尹縣長。（陳若曦〈尹縣長〉）

他們婚禮的細節都辦得差不多了，就只要提親那天拜託她以媒人的身分跟去女方家說幾句吉祥話就好了。他母親囁嚅了幾句她肖虎不宜啦，她現在孤寡不全不好為人作媒啦……還是捱不住應允了人家。（駱以軍〈運屍人a〉）

他的話很籠統，對於別的糊塗青年，也許很適用，可是我是特別人，他就一向不當我特別人看待。天下不知子者，莫若父。（夏濟安《夏濟安日記》）

誇口

【自詡】自誇。詡ㄒㄩˇ。

【侈言】誇口。

【炫耀】誇耀。

【浮誇】虛浮誇大、不實。

【渲染】言語過度誇大。

【喇嘴】胡亂誇口。

【說嘴】說大話。

【蓋仙】善於辭令，能將話說的天花亂墜的人。

【誑嘴】誇口。

【賣弄】誇耀；顯露本事。

【膨風】吹牛、說大話。

【大吹大擂】誇大宣傳。

【大放厥辭】發表誇張的言詞。

【天花亂墜】言詞巧妙、動聽。多指誇大不切實際。

【危言聳聽】故意說些誇大、嚇人的話，讓人驚駭。

【言過其實】言辭虛妄誇

大，與事實不相符。

【紙上談兵】不合實際的空談、議論。

【誇誇其談】文章或言語浮誇，不切實際。

【添油加醋】比喻故意渲染，誇大事實。

【彈空說嘴】空說大話。

以文明、成熟自詡的西方列強，很篤定的幫助以色列萬里尋仇，連「始作俑者」的德國也悶聲不響，表示默默的贊同。（龍應台〈可以原諒，不可以遺忘〉）

行者上前跪下道：「菩薩，弟子拿不動。」菩薩道：「你這猴頭，只會說嘴。瓶兒你也拿不動，怎麼去降妖縛怪？」（明·吳承恩《西遊記·第四十二回》）

多好笑！余孟勤這個人，他在壁報上大吹大擂地也談光榮和責任。他似乎就沒有生物學的常識，甚至他彷彿是從石頭中劈出來的孫猴子，不是一個有父母的生物一樣。（鹿橋《未央歌》）

他們都受過相當的教育，可是每逢看到論及世界大勢，和政治動向的文章，他們就不由的一笑置之。這些文章，據他們看，都是紙上談兵，迂生的腐談。（老舍《蛻》）

說謊

【扯白】胡亂說話。

【胡謅】隨口瞎編、胡說。謅ㄗㄡ。

【調喉】胡言亂語。

【咬舌根】隨意胡說。

【信口雌黃】比喻不顧事實，隨意亂說。

【道聽塗說】泛指沒有經過證實、缺乏根據的話。語本《論語·陽貨》：「道聽而塗說，德之棄也。」

【唬】蒙混、欺騙。

【欺哄】欺騙。

【誆騙】欺騙。

【糊弄】欺騙、愚弄。

【放空炮】比喻說話不切實際。

【耍花腔】用花言巧語來蒙騙他人。

【言不由衷】言詞與心意相違背。

【瞞】欺騙、隱藏真相。

【蒙蔽】隱瞞欺騙。

【隱諱】有所忌諱而隱瞞。

【失信】不守信。
【背約】違背信約。
【食言】不遵守諾言。
【跋嘴】人說話前後不一或與事實不符。
【出爾反爾】人的言行前後反覆，自相矛盾。

如果林天福那一篇揭發材料完全是胡謅出來的鬼話，為什麼他提出來的正反兩面的說法，都恰好提到生吃羅某人心肝這麼一件難以捏造的事實呢？（劉大任〈杜鵑啼血〉）

畢竟回國後去診所看病，藥袋裡的處方單，寫著我的年齡是三十九歲三個月。健保局是慈善的，算年齡的方法很科學。但我想唬誰？論中國人的虛歲，我已經四十一。（王文華〈我四十歲，我迷惑〉）

天上人間　如果真值得歌頌／也是因為有你　才會變得鬧哄哄／天大地大　世界比你想像中矇矓／我不忍心再欺哄　但願你聽得懂（林夕〈人間〉）

稱讚

【叫絕】叫好。表示讚賞。
【表彰】表揚、獎勵。
【唱好】喝采叫好。
【喝采】大聲叫好。亦作「喝彩」。
【誇獎】稱讚。
【嘉許】嘉獎讚許。
【歌頌】以詩文來頌揚、讚美。
【稱道】稱讚、讚揚。
【褒揚】讚美表揚。
【歎賞】讚賞。
【讚譽】讚美稱譽。
【過獎】過分誇獎。常作自謙之辭。亦作「過譽」。
【溢美】過分的讚美。

我雖然自信奉教甚虔，但虛榮心還沒有脫盡。我一直就渴想看見一個捧著我那本「私念」的讀者，聚精會神地讀，不特發出驚嘆，甚至拍案叫絕，感動得眼淚都流出來。（思果〈與讀者會見記〉）

莉莉此時該已在後臺化妝，以層層脂粉掩飾她的恐懼。她說了多少次，不想再唱下去，他卻也替她想不出別的路好走，他們都需要別人喝采。（張系國〈征服者——「遊子魂」之十一〉）

詆毀

【中傷】惡意攻擊或陷害他人。

【反咬】被控告的人反而誣賴檢舉人或控告人。

【抹黑】塗黑。引申為消掉、醜化及歪曲事實。

【非議】毀謗人的議論。

【栽贓】將贓物放在他人處，以誣陷其犯法。

【造舌】造謠。

【造謠】捏造不實的說辭。

【嫁禍】把自己應負的罪責，轉移給他人。

【訾短】詆毀、批評。訾ㄗˇ。

【毀短】毀謗、數落他人的缺點。

【誣陷】捏造，以陷害人。

【誹謗】毀謗。

【醜化】將事物的面貌描述成醜陋、惡劣的。

【羅織】網羅罪狀，以陷害無辜的人。

【讒害】以壞話陷害他人。

【口蜜腹劍】嘴巴說的好聽，但內心險惡想害人。

【含血噴人】比喻捏造事實，誣賴他人。

【鼓脣搖舌】鼓動嘴脣與舌頭。以言語搬弄是非。

【編筐捏簍】編湊、捏造不實之事，以陷害他人。

步騭曰：「曹操久欲篡漢，所懼者劉備也；今遣使來令吳興兵吞蜀，此嫁禍於吳也。」（明·羅貫中《三國演義·第七十三回》）

父親，一個忠厚本分的教了數十年小學和中學語文的老師，被一個無賴輕易的誣陷，一夜之間，便成了歷史反革命份子。（賈平凹〈初中畢業後〉）

這場官司我候著。您們想吃烘柿揀軟的捏，在老師們身上編筐捏簍辦不到！我還有一張嘴。（李准〈王結實〉）

奉承

【巴結】奉承、攀附。

【吹噓】此作吹捧。

【佞媚】諂媚、討好。佞ㄋ一ㄥˋ。

【阿諛】阿附諂諛。

【迎阿】逢迎阿諛。

【便佞】花言巧語逢迎人。

【恭維】奉承、諛頌。

【逢迎】在言語行動上奉承討好別人。

【媚諂】巴結奉承。

【夤緣】攀附權貴求進身。

【趨奉】奔走奉承。

【藎獻】奉承；獻殷勤。藎ㄐ一ㄣˋ。

【攀附】投靠有權勢者，求升官發財或得到好處。

【鑽營】指設法找門路，巴結有權勢的人。

【拍馬屁】諂媚、奉承。

【抱粗腿】喜歡拍馬屁，攀附權貴。

【戴高帽】比喻用好聽的話奉承人。

【灌迷湯】恭維、奉承，使人心神迷醉。

【打勤獻趣】阿諛奉承。

【戴炭簍子】裝木炭的簍子細高，像一頂高帽子。比喻吹捧，恭維別人。

我們從小培養出來的信任荒謬可笑，她如果說我能瘋魔全球，我也絕不謙虛。此刻我得拚命想像蠻子吹噓我時的神態，那我的自信心就會猛增。（劉索拉〈藍天綠海〉）

不過我想，如果純粹是為了佞媚獻寵，阿二不可能練就一手功夫，烹飪就像其他的技藝一樣，必須高度投入長期磨練，沒有興趣怎熬得住？（蔡珠兒〈今晚飲靚湯〉）

這是在一年前曾騷擾過我的一個安徽粗壯男人所寄來，我沒看完就扯了，我真肉麻那滿紙的「愛呀愛的」，我厭恨我不喜歡的人們的藎獻……（丁玲〈莎菲女士的日記〉）

吃過了酒，送過了客，獨有魏翩仞不走。他原是最壞不過的，看見陶子堯官派熏天，官腔十足，曉得是歡喜拍馬屁、戴炭簍子的一流人。（清．李寶嘉《官場現形記．第八回》）

嘲諷

【自嘲】自我嘲笑；解嘲。

【打趣】開人玩笑；嘲弄。

【打諢】取鬧；趣話哄笑。

【挖苦】輕薄的話譏諷人。

【奚落】嘲弄人，使難堪。

【俳笑】戲弄嘲笑。俳ㄆㄞˊ。《史記·黥布傳》：「人有聞者，共俳笑之。」

【訕笑】譏笑。

【排調】嘲笑戲弄。

【揶揄】嘲弄。

【嗤笑】譏笑，嘲笑。

【嘲弄】調笑戲弄。

【嘲撥】嘲笑，戲謔。

【調侃】揶揄，嘲諷。

【調笑】戲謔嘲笑。

【齒冷】譏笑，恥笑。開口久了，牙齒變冷，故稱。

【諷刺】以隱微的方式嘲諷譏刺。

【戲謔】以詼諧的話取笑；開玩笑。

【譏誚】冷言冷語地譏諷。

【刮冷風】用冷言冷語表示不贊同的意見。

【冒涼腔】冷言嘲笑。

【冷言冷語】諷刺、譏笑的話。

【冷譏熱嘲】尖酸、刻薄的嘲笑和諷刺。

【謔浪話頭】帶有挑逗意味、戲謔放蕩的話。

自嘲變成自吹自擂，尤其是認識我的人都知道我說話往往不得當，說我木訥還不服，大言不慚令人齒冷。（張愛玲〈編輯之癢〉）

人在相親的時候，彷彿自己是市場上的斤兩，被人評頭論足，被人奚落，自尊喪盡，自卑滋生。原來我在別人眼中，分量比一個橘子還輕。（隱地〈二十六個我〉）

有的講那囝仔演得不錯，這就是在譏誚我演了有些不應該，有的卻直接在講我的橫逆，這也難怪，人的心本來是對於弱者劣敗者表示同情，對於強者懷抱嫉妒和憎惡，〔……〕（賴和〈惹事〉）

聲音

【洪亮】聲音宏大而響亮。

【轟然】聲音大而嘈雜。

【震耳欲聾】聲音很大，幾乎要震聾耳朵。

【聲如洪鐘】聲音像鐘聲一樣響亮。

【響徹雲霄】聲音響亮。

【嘶啞】聲音沙啞。

【岔劈兒】聲音沙啞。

【倒了嗓】演員或歌手嗓音變沙啞，不圓潤。

【粗聲粗氣】大聲粗魯。

【潑聲浪氣】聲音粗大。

【尖脆】聲音尖細輕脆。

【泠然】形容聲音清脆悅耳。泠ㄌㄧㄥˊ。

【玲玎】形容觸發玉、石的清脆聲。

【清越】聲音清脆悠揚。

【鏗鏘】ㄎㄥ ㄑㄧㄤ，聲音清脆、響亮。

【銀鈴般】形容聲音清脆、嘹亮。

【戛玉敲冰】聲音響亮清脆或文章音節鏗鏘有聲。

【悅耳】言語或聲音美好動聽，使人感到愉悅。

【婉轉】聲音悅耳動人。

【軟儂】聲音輕清柔美。

【圓韻】聲音婉轉、和諧。

【餘音繞梁】餘音環繞屋梁旋轉不去。形容音樂美妙感人，餘味不絕。

【哀厲】聲音淒厲悲切。

【淒婉】聲音悲哀而婉轉。

【悲切】聲音淒厲、悲痛。

只要是夏天，「豆腐花」的吆喝聲便一路路熾熾烈烈要斷不斷的，坡下喊到坡頂，然後又一跌一宕的滾回去。那是個瘦瘦小小的中年人，黝黑的臉，老戴頂窄邊草帽，大概喊慣了也就聲如洪鐘，一條線直衝七重天的高亢。（鍾曉陽〈販夫風景〉）

老婦老早倒了嗓，她現在只能跑龍套，有時客串鑼鼓陣，但她很少提起當年的英雄史，只是逢人喜歡誇讚她調教的後輩。（心岱〈遊戲者〉）

這對夫婦彷佛還是新婚的，兩人感情很好，每天傍晚男的從辦公處回來以後，這院子就有了銀鈴般的笑聲和歌聲。（巴金〈豬與雞〉）

茶館店夜間成了書場，琵琶叮咚，吳語軟儂，蘇州評彈尖脆悠揚，賣茶葉蛋的叫喊愴然悲涼。（陸文夫〈夢中的天地〉。）

觀眾像觸了電似地對這位女英雄報以雷轟般的掌聲。她開始唱了。她圓韻的歌喉在夜空中顫動，聽起來似乎遼遠而又逼近，似乎柔和而又鏗鏘。（葉君健〈看戲〉）

她急切地說，眉頭突然地皺起來。「你以為我不肯等……我沒有辦法呀！」她最後的聲調不僅悲切，簡直是抗議的語氣。（陳若曦〈耿爾在北京〉）

沉默

【杜口】閉口不言。

【啞然】此形容一時說不出話來的樣子。

【掩口】比喻沉默。

【絕口】從此不說。

【結口】閉口不言、保持沉默。亦作「緘口」。

【暗默】沉默不語。

【瘖默】默默不語。瘖ㄧㄣ。

【緘默】閉口不說。

【嘿然】不作聲。嘿ㄇㄛˋ。

【噤聲】閉口不作聲。多作制止人發聲之詞。

【鍼口】守口不說。鍼ㄓㄣ。

【不作聲】沉默不語。亦作「不則聲」。

【不吭氣】不作聲。

【不置一辭】不說話。

【不聲不吭】不說話；不出聲。亦作「不聲不響」。

【沒嘴葫蘆】啞口無言。

【啞口無言】默然不語，無話可說。

【悶不吭聲】閉著嘴不發出聲音。

【噤若寒蟬】有所顧慮，不敢出聲。蟬嘶於夏秋，不久即死。古人以為蟬到寒天，不能發聲，故稱。

【默默無語】默不作聲，不說話。

【萬馬齊瘖】比喻眾人皆沉默、無異議。

我知道他們也像我一樣在等待機會，能與你更接近。只見他們一時啞然，眼中出現妬忌，我幾乎覺得像是一個勝利者，大聲地接受了邀請。（郭強生〈深情與絕情〉）

然而，我得先學會對你緘默，懂得如何一點都不傷害你，唯有如此愛才會像巨浪的岩石般慢慢顯露出來……（邱妙津《蒙馬特遺書》）

2 文字

書寫

【作】創作。

【修】著述、撰寫。「修史」。

【撰】著述。「撰文」

【題】簽署、寫在上面。

【簽】在文書上題字、題名，以示負責或作為紀念。

【疾書】快速地書寫。

【揮毫】運筆寫字或繪畫。

【搦筆】執筆；即書寫。

【摛藻】鋪陳辭藻。摛ㄔ。

【爬格子】寫作。

【抄】謄寫。「抄寫」。

【謄錄】謄寫抄錄。

【繕寫】抄寫、謄錄。

【編纂】編輯。纂ㄗㄨㄢˇ。

【輯錄】收集記錄，彙編成書。

【更正】改正錯誤。

【修訂】修改訂正。

【校閱】審訂書籍。

【勘誤】校正文字訛誤。亦作「刊誤」。

【潤色】修飾文句，以增加文采。

【筆耕】依靠抄寫或寫文章過活。

【鬻文】賣文。替人撰寫文字而收受酬金。

【煮字療飢】賣文以維持生活。

也想起遠在臺北的愛妻與稚子，想起燈下搦筆疾書的漫長歲月，生命的理想與奮鬥，此刻竟覺得有些虛幻起來。（李瑞騰〈和山靈對話〉）

當年沒有去混太妹，做落翅仔，進少年監獄，只因為胆子小，只會一個人深夜裡拚命爬格子——那道永遠沒有盡頭的天梯，想像中，睡夢裡，上面站著全家人，冷眼看著我爬，而你們彼此在說說笑笑。（三毛〈一生的戰役〉）

白天上課改作文，和學生不休不止的「戰鬥」；到了晚上又得伏案疾書，煮字療飢；精疲力竭才上床，貪圖的是天亮前後那一會兒甘美酣睡。（李喬〈修羅祭〉）

閱讀

【吟哦】吟詠。
【朗讀】高聲的誦讀詩文。
【嘯詠】嘯歌吟詠。
【過目】閱讀，看一遍。
【披覽】翻閱、觀賞。
【涉獵】粗略地閱讀、瀏覽，不求深入鑽研。
【瀏覽】大略看看。
【拜讀】恭敬謹慎的閱讀。
【捧讀】拜讀。
【精讀】仔細地閱讀。
【熟讀】細心閱讀能背誦。
【默唸】背誦。
【闇誦】默記而背誦。
【覆誦】背誦。
【倒背如流】比喻將書或詩文讀得滾瓜爛熟。
【評論】批評與討論。
【月旦】品論高下。
【品題】評人物，定高下。
【臧否】ㄗㄤ ㄆㄧˇ，評論、褒貶。
【褒貶】批評是非、優劣。

一張清瘦的臉，略帶蒼黃色；兩鬢斑白了，鬍髭也是。常自唇間滑出些蒼老、低啞、又微含醺醉的吟哦。詞意毫不重要，祇是那含混不清的咿唔，或高或低的吟著。（司馬中原〈如歌的行板〉）

於是，從客廳壁櫥到廁所小木架，眼目所及，到處顛危危疊著高低不齊的書。這種真正「開架」式的收藏，很便於興之所至的涉獵，無意間「掘」到「寶」，更足以廢寢忘食。（方瑜〈「佚書」追憶錄〉）

而我徘徊天使墜毀的岸邊／在沙地寫字，寫你的名字／以為掩來又退去的海浪將會記憶／所有的詩句，並且跋涉迢遠／向你覆誦（楊佳嫻〈夢得〉）

我記得最清楚的是玩「封侯遊戲」，用軍中的階級來給當時的詩人作個「價值判斷」，例如封鄭愁予為五星上將，或封某某是中將、上校等等，雖然是玩笑，卻也有些月旦評論的意味。（瘂弦〈文人與異行——懷念沙牧〉）

一個人祇要不太逾越法律的範圍，就可以在紐約為所欲為。祇要他不太違背習俗，誰也不會干涉他的私人行動。祇要能夠找到聽眾，誰都可以評論古今，臧否時政。（蔣夢麟〈留美時期〉）

技巧

【弔詭】奇異。

【新穎】新奇別緻。

【不落窠臼】不落俗套，有獨創的風格。窠臼，陳舊的模式規格。

【自出機杼】比喻詩文的組織、構思，別出心裁，獨創新意。《魏書．祖瑩傳》：「文章須自出機杼，成一家風骨，何能共人同生活也。」

【老練】純熟精練。

【純熟】熟練。

【神乎其技】形容手法、技巧極為高明巧妙。

【體大思精】著作規模宏大、構思精密。

【炒冷飯】重複做過的事或說過的話，沒有創新的內容。

【了無新意】絲毫沒有一點創意。

【千篇一律】形式或內容毫無變化。

【文不對題】 文章內容不符合題意，或答非所問。

【辭不達意】 詞句不能確切表達出意思和感情。

【抄襲】 抄錄他人的作品以為己作。

【剽竊】 偷取他人財物或作品以為己有。

【竄改】 任意做不實更改。

【代筆】 代人寫作。

【捉刀】 替人寫文章或頂替他人做事。

幻覺比記憶真實，記憶比現在真實，現在比語言真實，語言比書寫真實……一場沒完沒了的比賽。最終將回到弔詭的修辭表層。（零雨〈亂世的你盛世的他〉）

他住在台大宿舍，不修邊幅，抽著菸斗看著文章，我好像等著宣判一樣，等了半天，他抬頭說，你這篇小說文字鑾老練，我要留下來，登在《文學雜誌》上面，頓時讓我覺得像是登上龍門，那可是我夢寐以求的願望。（白先勇〈我的第一篇小說〉）

思想和情感的深度固然重要，但詩的核心在語言，唯有神乎其技、無所不能的語言技藝，才能將一首詩昇華到不朽的境界。（陳大為〈細節〉）

你不應抄襲別人，要叫你有你的，有不同於別人的；且不能抄襲自己，你不能叫這一篇是那一篇的副本，得每一篇是每一篇的樣子，每一篇小說有它應當有的形式、風格。（汪曾祺〈短篇小說的本質〉）

畢竟是親身經歷，與旁觀的道聽塗說的感覺不同，他一封封地往上海發信，給親友講述自己的事蹟，博士看到他邊寫邊參考四眼捉刀的小結。（李曉〈屋頂上的青草〉）

語彙

【明暢】明白、流暢。

【流美】流暢華美。

【通順】通達順暢。

【中肯】扼要肯切。

【扼要】行文或者發言切中要領。

【洗鍊】讚美人講話或文章簡潔精粹。

【剴切】切中事理。剴ㄎㄞˇ。

【言簡意賅】言辭簡單而要義賅括。

【玄奧】神奇奧妙。

【深湛】深厚、精闢。

【透闢】透徹精妙。

【精到】精細周到。

【精湛】精良深厚。

【精微】精深微妙。《禮記．中庸》：「致廣大而盡精微，極高明而道中庸。」

【精闢】深入而透徹。

【入木三分】筆力遒勁。評論深刻中肯或描寫生動。

【鞭辟入裡】評論他人的文章見解深刻。

【清雋】文句清新，意義深長。雋ㄐㄩㄢˋ。

【雋永】甘美而意義深長，耐人尋味。

【耐人尋味】意味深遠雋永，值得反覆尋思體會。

【咳唾】比喻人的言談不凡或文筆優美。

【壓卷】足以壓倒其他的最佳之作；比喻作品極優秀。

【字字珠璣】句子或文章遣詞用字非常優美。

【斐然成章】言語或文章富有文采，且成章法。常用來稱讚別人的文章。

【絕妙好辭】形容極為佳妙的文辭。

【落紙如飛】文思敏捷，創作文稿如行雲流水般。

【夢筆生花】比喻文人才思泉湧、文筆富麗。

【擲地有聲】文辭巧妙華美、音韻鏗鏘有致。

【淺白】淺顯明白。

【淺顯】淺白明顯。

【通俗】淺顯易懂且適合大眾水準。

【深奧】高深不易理解。

【晦澀】詩文、樂曲等含意隱晦不易懂。

【艱深】不易明瞭。

【生硬】生澀、不流暢。

【佶屈聱牙】文句艱澀，讀起來不順口。佶ㄐㄧˊ。韓愈〈進學解〉：「周誥殷盤，佶屈聱牙。」

【冗贅】繁雜而多餘。

【重複】文句反覆相同。

【堆砌】文章中堆積大量華麗而無內容的詞藻。

【繁蕪】文字多而雜亂。

【長篇大論】滔滔不絕的言論或篇幅極長的文章。

【空洞】文章內容貧乏。

【板滯】死板呆滯。

【索然】無味；沒趣味。

【貧乏】不足、缺乏之意。

【無趣】沒有趣味。

【味同嚼蠟】沒有味道。多比喻文章、語言索然乏味，毫無生氣和感染力。

這幾天讀汪曾祺先生的《蒲橋集》，大好。他對文章的觀點尤其精到。他說，散文過度抒情，不知節制，容易流於傷感主義……（董橋〈老翁帶幼孫閒步庭院〉）

你的彩筆那麼清雋、婉約，輕輕地淡淡地，卻散發著人人心靈所渴求的真、善、愛、光與力！（王怡之〈逝水〉）

大概因為他娓娓而談的時候，面部表情不但複雜，而且總略帶誇張，話裡的意義乃大為加強，又常在上下兩句之間安上許多感歎詞……總而言之，這是散文家的隨風咳唾，筆下既已如此，舌底也不會太走樣的。（余光中〈沙田七友記〉）

然而高適獨能直抒胸臆，氣骨兼高。「莫愁前路無知己，天下誰人不識君？」噴薄而出，落日黃雲，風雪紛飛之中似聞豪士長嘯以壯行色，足堪恢宏志士之氣，評其為千古贈別之壓卷，不其宜哉！（沈謙〈天下誰人不識君〉）

起初，大家都說方思是個太晦澀的詩人，說他「歐化」，也許是因為他寫了許多德國背景的小詩吧，那是他最好的詩的一部分。（楊牧〈爐邊〉）

為了我們的國家，為了我們國家的文藝前途，我虔誠地祈禱：愛國家有良知的文藝作家，自覺自發地運用你們的思想和文藝技巧，以棄絕味同嚼蠟的「口號文學」吧！（吳濁流〈要經得起歷史的批判！要對得起子子孫孫！〉）

國家圖書館出版品預行編目資料

如何捷進寫作詞彙／黃淑貞編. —— 二版. ——
臺北市：商周出版：英屬蓋曼群島商家庭傳媒股份有限公司城邦分公司發行, 民112.10
面； 公分. ——（中文可以更好；17）

ISBN 978-626-318-857-0（平裝）

1.CST:漢語 2.CST:作文 3.CST:寫作法 4.CST:詞彙

802.7 112014887

中文可以更好 17

如何捷進寫作詞彙

編　　者／黃淑貞
企畫選書人／林宏濤
責任編輯／程鳳儀（初版）、林瑾俐（二版）

版　　權／吳亭儀
行銷業務／周丹蘋、賴正祐
總 編 輯／楊如玉
總 經 理／彭之琬
事業群總經理／黃淑貞
發 行 人／何飛鵬
法律顧問／元禾法律事務所　王子文律師
出　　版／商周出版
城邦文化事業股份有限公司
台北市104中山區民生東路二段141號9樓
電話：(02)2500-7008　傳真：(02)2500-7759
E-mail：bwp.service@cite.com.tw
發　　行／英屬蓋曼群島商家庭傳媒股份有限公司　城邦分公司
台北市中山區民生東路二段141號11樓
書虫客服服務專線：02-25007718・02-25007719
服務時間：週一至週五上午09:30-12:00；下午13:30-17:00
24小時傳真專線：02-25001990；2500199
劃撥帳號：19863813；戶名：書虫股份有限公司
讀者服務信箱：service@readingclub.com.tw
城邦讀書花園：www.cite.com.tw
香港發行所／城邦（香港）出版集團有限公司
香港灣仔駱克道193號東超商業中心1樓　E-mail：hkcite@biznetvigator.com
電話：(852)25086231　傳真：(852)25789337
馬新發行所／城邦（馬新）出版集團【Cite (M) Sdn. Bhd.】
41, Jalan Radin Anum, Bandar Baru Sri Petaling,
57000 Kuala Lumpur, Malaysia
電話：(603) 90563833　傳真：(603) 90562833

封面設計／杜浩瑋
插　　畫／陳婷衣
排　　版／唯翔工作室
印　　刷／卡樂彩色製版印刷有限公司
經 銷 商／聯合發行股份有限公司　電話：(02) 29178022　傳真：(02) 29110053

城邦讀書花園
www.cite.com.tw

■2023年（民112）10月3日二版
ISBN 978-626-318-857-0
定價／350元